## REVIEW

열일곱 살에, 학교 도서관에서 처음 헤로될 수사 시리즈를 읽었는데 반산히 푹 빠지고 말았다. 어떻게 21세기 한국의 고등학생이 12세기 동굴의 수도사에게 친밀감을 느낄 수 있었을까? 책을 끝지면 캐드펠 수사가 가꾸는 허브밭의 싱그러운 향이 미종에 절러 오는 것만 같았고, 푸지포시칼에 이웃처럼 정이 든 마을 사람들이 살이 들어닥칠러 겪을 때를 함께 함시겠다. 그 생생한 경험늘 통해 역사와 문학을 동시에 사랑하게 되었는지도 모르겠다.

사본다섯 살이 되어 캐드펠 시리즈를 다시 맡고 읽어갔는데, 독사 두 번째로 입었을 때와 관의기 예전만 못할가 걱정했다. 가우 참이 기우었다. 열일곱 살에 발견하지 못했던 부분들을 진짝 발견하디 읽을수 있었고, 역사추비스설을 수창하는 사리에서 매번 자신 외에 주합하곤 했다. 소박하고 말백하게 시작해 역사의 큰 틀나바라는갈 있게 딲올러 들어가는 이 놀라운 이야기에 대해 말할때 항상이 행복했다.

일미스 피학스가 독식대 중반에 아서할 대룡한 시다즈를 기진뎃다는 것을 때올리면 마을에 한한 빛이 든다. 먼 길을 다녀와 거기이 샇이 지혜를 참고 유쉐세를 아길 겸으며 작품늘 고생겠을 평가를 상약하고 만다. 멋진 일은 언제든 시작말 수 있고, 집학을 대해 달은 이야기는 시리라 공간을 재미넘님다는 것을 노를 곧을 작품들을 통해 갖게 되었다.

강세경
소설가

# REVIEW

엘리스 피터스는
가장 뛰어난 추리소설 작가다.
UMBERTO ECO
움베르토 에코

캐드펠 수사는 한 세기를
완벽하게 구현한 셜록 홈스에
비견되는 창조물이다.
LOS ANGELES TIMES
BOOK REVIEW
LA 타임스 북 리뷰

이보다 더 매혹적이고 인상적인 작품은
찾기 어려울 것이다.
SUNDAY TIMES
선데이 타임스

서스펜스와 역사소설이 혼합된
유쾌하고 독창적인 마술.
LONDON EVENING
STANDARD
런던 이브닝 스탠더드

시리즈가 추가될 때마다 기쁨을 느낀다.
언제까지 시리즈가 계속 이어지기를 바란다.
USA TODAY
USA 투데이

캐드펠 수사는 중세 범죄소설의
대표적 인물이 될 것이다.
FINANCIAL TIMES
파이낸셜 타임스

엘리스 피터스의 미스터리는 역사적 디테일,
마을과 수도원의 종교 생활상, 생생한
캐릭터 묘사, 우아하고 문학적인 문체, 흥
이야기 그 자체로 즐거움을 선사한다.
THE WASHINGTON POST
워싱턴 포스트

스타일과 격조를 갖춘 미스터리로
멋지게 포장된 뛰어난 역사소설.
THE CINCINNATI POST
신시내티 포스트

엘리스 피터스는 중세인들의 삶을 상세히고
설득력 있게 재현함으로써, 독자들을
강력하게 흡인하여 끈끈하게 짜여진
중세의 어두운 미로 속으로 데려간다.
YORKSHIRE POST
요크셔 포스트

고전적인 의미의
선과 악이 격투를 벌이는 역작.
CHICAGO SUN-TIMES
시카고 선 타임스

욕망의 땅

THE POTTER'S FIELD

THE POTTER'S FIELD
Copyright©1989 by Ellis Peters
All rights reserved.

Korean translation copyright©2025 by Bookhouse Publishers Co.
Korean edition is published by arrangement with
Intercontinental Literary Agency(ILA) through EYA(Eric Yang Agency).

이 책의 한국어판 저작권은 에릭양 에이전시를 통해 Intercontinental Literary Agency(ILA)와 독점 계약한 (주)북하우스 퍼블리셔스에 있습니다. 저작권법에 의해 한국 내에서 보호를 받는 저작물이므로 무단 전재와 무단 복제를 금합니다.

욕망의 땅

엘리스 피터스 장편소설
송은경 옮김

북하우스

# CADFAEL

중세 웨일스

1 아를레흐웨드
2 아르본
3 홀레인
4 흐로스
5 디프린 클루이드
6 마일로르
7 컨홀라이스
8 펜홀린
9 메카인
10 아르수이스틀리
11 마일리에니드
12 엘바일

# CADFAEL

슈롭셔와 웨일스 국경지대

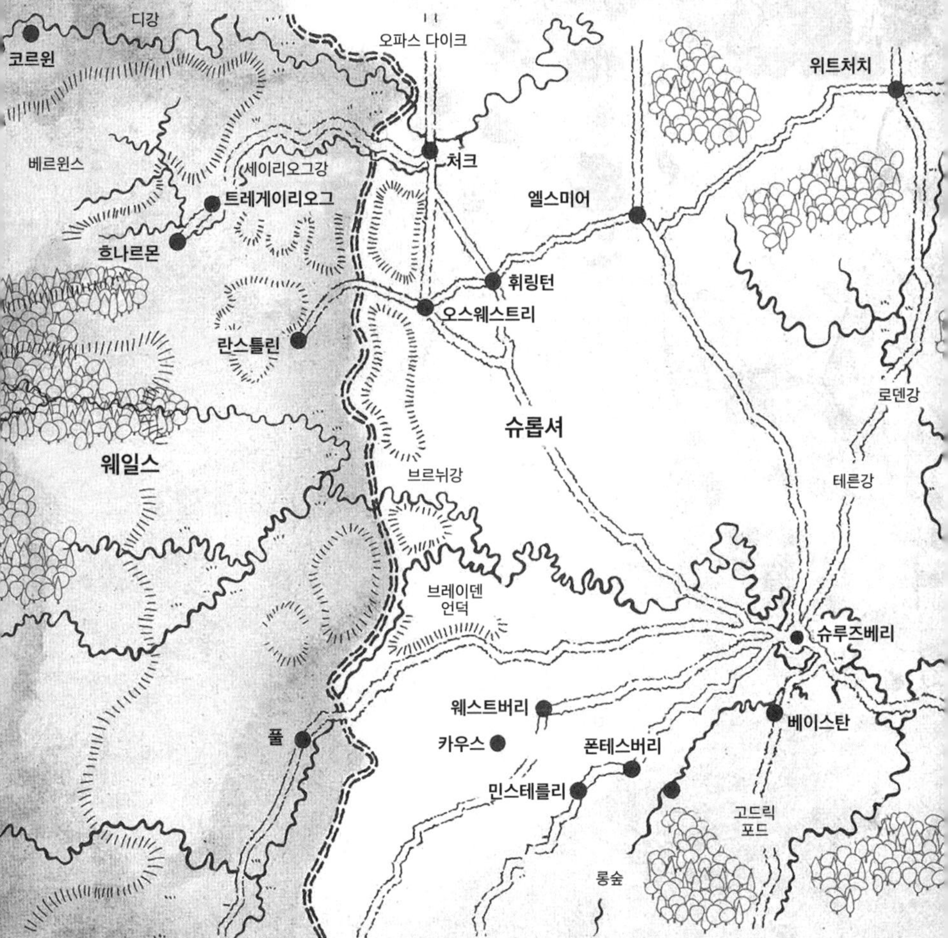

# CADFAEL

슈롭셔주 슈루즈베리

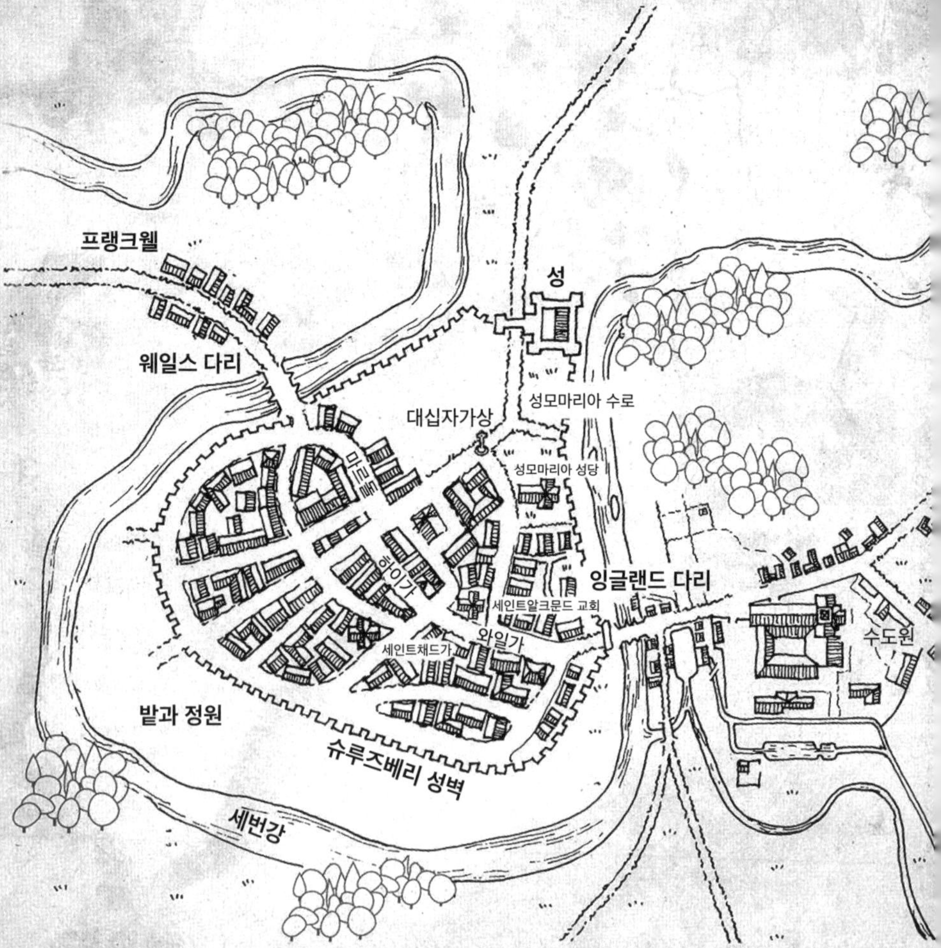
프랭크웰
웨일스 다리
성
성모마리아 수로
대십자가상
마르들
성모마리아 성당
하이가
잉글랜드 다리
세인트알크문드 교회
와일가
세인트채드가
수도원
밭과 정원
슈루즈베리 성벽
세번강

# CADFAEL

슈루즈베리
성 베드로 성 바오로 수도원

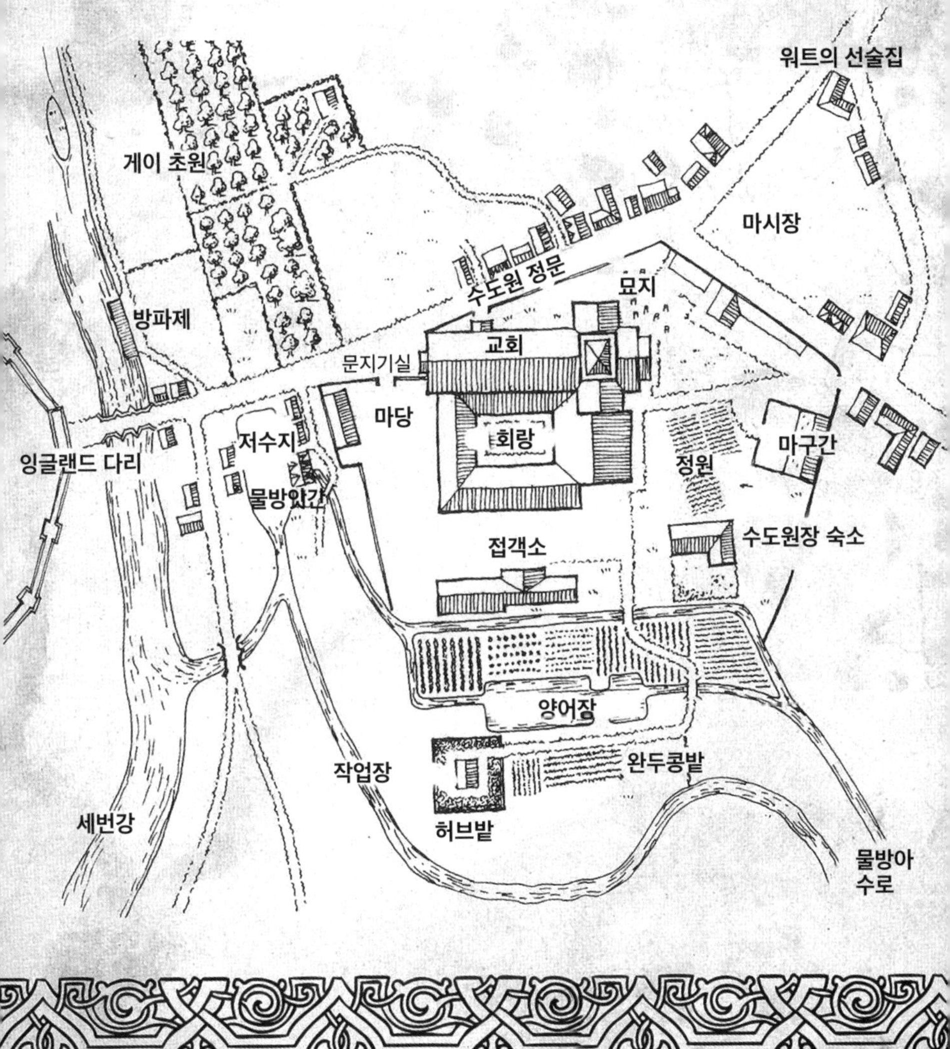

**일러두기.** 주석은 모두 한국어판 주다.

**중세 지도**
4

**욕망의 땅**
11

주
353

# 1

1143년, 식품 창고 관리 담당자인 매슈 수사가 총회에서 문제의 거래에 대해 처음 이야기를 꺼낸 것은 그해 성 베드로 축일에서 일주일이 지난 날, 축일장을 무사히 마치고 곡물도 모두 수확하여 광마다 그득그득 쌓아놓은 채 모두들 다시 평온하고 순조로운 8월의 일상으로 침잠하던 시기였다. 장이 서는 동안에도 매슈 수사는 며칠에 걸쳐 성 아우구스티누스 수도회 소속 소小수도원의 원장과 거래에 대해 논의한 터였다. 성 요한을 빋드는 그 수도원은 슈루즈베리에서 북동쪽으로 7킬로미터가량 떨어진 호먼드에 자리하고 있었다. 수도원을 창건한 피챌런은 스티븐 왕[1]에 맞서 슈루즈베리성을 장악했던 이후 눈 밖에 나 재산을 몰수당하고 프랑스의 은신처에 머물다가 이제는 무사히 잉글랜드로 돌아와 브리스틀에 주둔한 모드 황후[2] 세력에 합류했다는 소문이 나돌았으나, 그 소작인들 대부분은 줄곧 스티븐 왕을 섬기며 토지를 보유해왔으며, 호먼드 수도원 역시 그들의 후원과 기증 속에 융성하고 있었다. 슈루즈베리 수도원의 입장에서 보면 호먼드 수도원은 이따금 서로 이로운 거래를 주고받을 만한 상대이자 썩 괜찮은 이웃이라 할 수 있었다. 매슈 수사의 견해로는 이번 일 역시 그런 경우에 속했다.

"이번에 토지 교환을 제의해온 쪽은 호먼드 측입니다만, 제가 보기엔 양측 모두에 이익이 될 것 같습니다. 필요한 자료는 수도원장님과 로버트 페넌트 부수도원장[3]님께 이미 드렸으니 이 자리에서는 거론된 두 곳의 토지와 관련하여 대략적인 내용만 밝힐까 합니다. 일단 두 곳 모두 방대하며 그 가치도 엇비슷합니다. 저들이 원하는 건 호턴에서 3킬로미터쯤 떨어진 곳에 자리한 우리 수도원의 소유지로, 호먼드 수도원에 기증된 땅들이 그 사방을 둘러싸고 있지요. 그러니 이 땅을 손에 넣게 되면 저들로선 여러 모로 이익이 클 것입니다. 우선 토지를 경제적으로 활용할 수 있고, 오가는 데 드는 시간과 노력도 절약되니까요. 그리고 호먼드 측에서 그 대가로 우리에게 제안하는 것은 롱너 장원의 이쪽편에 있는 땅입니다. 우리 쪽에서는 3킬로미터도 채 떨어지지 않은 곳이지만 호먼드에서 가려면 불편한 장소이지요. 제가 미리 땅을 살펴본바 분명 괜찮은 거래 같습니다. 저로선 수락하는 것이 좋다고 생각합니다."

"롱너 장원 이쪽 편 땅이라고 했는데, 강이랑 가까운 곳입니까? 침수 지대에 속하지는 않고요?" 부원장의 보좌 수사인 리처드 수사가 물었다. 그는 롱너 장원 근처 출신이라 그쪽 지형에 훤했다.

"예, 걱정할 것은 없습니다. 한쪽 측면이 세번강에 면해 있기는 하지만, 강둑이 높고 그쪽 둔덕으로 오르막 목초지가 형성되어 있거든요. 그리고 둔덕 꼭대기에는 수목이 우거진 방풍림이 조성되어 있습니다. 여기 계신 루알드 수사님이 작년까지 그곳에서 지내셨으니 잘 아실 겁니다. 강둑을 따라 자그마한 점토 채굴장이 조성되어 있는데, 사실상 점토는 이미 고갈된 것으로 알고 있습니다. '도공의 땅'이라는 이름으로 알려진 곳이지요."

회의실 장내에 가벼운 술렁임이 일더니, 사람들의 고개가 한쪽으로 향하면서 한순간 모든 시선이 루알드 수사에게 가 꽂혔다. 호리호리한 체격에 조용하고 근엄한 풍모, 길고 엄숙해 보이는 얼굴. 루알드 수사는 고전적인 단아함을 풍기는, 그야말로 대단히 수도사다운 용모를 갖춘 사람이었다. 게다가 서원을 한 지 겨우 두 달밖에 안 되어서일까, 그는 여전히 은밀한 황홀경에 반쯤 빠진 사람처럼 경건하기 이를 데 없는 시간들을 보내고 있었다. 15년의 결혼 생활과 25년간의 성실한 도공 생활 끝에 비로소 자각한 내면의 갈망, 다시 말해 수도자로서의 삶을 향한 갈망을 격심한 고뇌 속에 불태우다가 마침내 허락을 얻어 평안의 길로 들어선 터였다. 이제 그 평안은 한순간도 그에게서 떠나지 않는 듯 보였으니, 모두의 시선을 받고 있음에도 그 침착하고 고요한 태도는 조금도 흔들리지 않았다. 총회장에 자리한 모두가 복잡하고 기이하기 그지없는 그의 내력을 알고 있지만 그는 개의치 않았다. 이 순간 자신이 원했던 자리에 앉아 있기 때문이었다.

"거긴 좋은 목초지입니다." 그가 입을 열었다. "필요하다면 훌륭한 경작지도 될 수 있지요. 위치도 침수 경계선에서 한참 위쪽이고요. 우리가 내어줄 땅에 대해선 아는 바가 없어 비교하기 힘들지만요."

"저희 땅이 약간 더 넓습니다." 고개를 한쪽으로 기울인 채 생각에 잠겨 실눈을 뜨고 양피지 문서를 바라보던 매슈 수사가 단언하듯 말을 이었다. "하지만 그만한 거리면 우리로선 시간과 노동을 절약할 수 있지요. 조금 전에도 말씀드렸듯이 피차 공정한 교환이 되리라 판단됩니다."

"도공의 땅이라!" 로버트 부원장이 생각에 잠겨 입을 열었다. "유다가 배신의 대가로 얻은 은전을 가지고 사들인 땅도 그런 이름으로 불렸지. 그곳은 이방인들의 묘지로 쓰였소. 그 이름에 혹시 불길한 징조가 깃든 건 아닌지 모르겠군."

"그 땅의 경우, 제 직업 때문에 그런 이름이 붙었지요." 루알드가 말했다. "땅은 그저 정직합니다. 어떻게 활용하느냐에 따라 쓰임이 다를 뿐이에요. 스스로의 참된 길을 깨닫지 못했던 시절, 저는 그곳에서 정직하게 노동하며 살았습니다. 좋은 땅이지요. 당시 저는 그저 작업장과 가마로밖에 이용할 줄 몰랐지만, 이제 훨씬 더 나은 일에 활용될 수 있을 겁니다. 사실 제 일은 한 뼘 땅만 있어도 충분했을 작업이니까요."

"접근하기 힘들거나 하진 않겠습니까?" 리처드 수사가 물었다. "대로에서 봤을 때 강 저쪽 편에 위치해 있으니 하는 말입니다."

"상류로 조금 올라가면 그리로 건너갈 수 있는 여울목이 있는데, 나룻배를 이용하면 훨씬 더 가깝습니다."

"그 땅은 불과 1년 전에 롱너의 유도 블런트가 호먼드에 기증한 곳입니다." 안젤름 수사가 말했다. "이번 거래에 블런트도 동의하는지요? 설마 그 사람과 상의하지도 않은 건 아니겠지요?"

"유도 블런트는 금년 초에 윌턴에서 사망했다는 사실을 기억해주시기 바랍니다." 어떤 일이든 허투루 하는 법이 없는 매슈 수사가 인내심 있는 태도로 대답했다. "후위에서 국왕의 퇴각로를 확보하다가 변을 당했지요. 현재 롱너 장원은 아들 유도가 관리하고 있습니다. 물론 그와 상의해보았고요. 그는 반대하지 않았습니다. 그 땅은 이미 기증된 것이니 호먼드의 재산이며, 따라서 호먼드에 가장 이로운 방향으로 쓰여야 할 것이라고 하더군요. 이번 교환이야말로 그 목적에 딱 들어맞는다 할 수 있지요. 그 점에 있어서는 아무런 걸림돌도 없습니다."

"우리가 땅을 활용하는 방식에 있어서도 아무 제한이 없는 거요?" 부원장이 날카롭게 캐물었다. "그러니까 통상적인 조건에 따라 어느 쪽이든 교환한 땅을 원하는 대로 활용할 수 있는지 묻는 거요. 건물을 짓든, 경작을 하든, 혹은 목초지 그대로 두든, 각자 원하는 대로 할 수 있소?"

"그렇게 합의되었습니다. 수도원에서 경작을 원하면 경작할 수 있습니다."

"이만하면 충분히 들은 것 같군." 자신을 따르는 이들의 얼굴 하나하나를 둘러보며 라둘푸스 수도원장이 말했다. "그 외에 또 제기할 의문이 있다면, 무엇이라도 좋으니 지금 이 자리에서 말 하도록 하시오."

그러자 모두들 머리를 짜내느라 잠시 침묵이 이어졌고, 그사이 몇몇 사람의 시선이 다시 루알드 수사의 엄숙한 얼굴 쪽으로 향했다. 그들의 눈길에는 은근한 기대감이 실려 있었으나, 루알드 수사는 여전히 관심 없다는 듯 무심한 얼굴이었다. 오랜 세월 그 자리에서 일했으니 그곳이 어떤 땅인지 그보다 더 잘 아는 사람이 누가 있을까? 또한 이번 거래 제안을 받아들이는 것이 좋을지 어떨지 입장을 밝힘에 있어 그보다 더 나은 사람은 누구이겠는가? 하지만 루알드는 본분을 지키는 선에서 해야 할 말을 이미 다 했으므로 더 이상 첨언할 필요를 느끼지 못했다. 세상을 등지고 바라던 소명으로 뛰어든 순간, 땅과 집, 가마, 피붙이 따위는 이미 그에게 아무런 의미가 없었다. 그는 자신의 지난 생애를 일절 입에 담지 않았으며, 심지어 생각조차 하지 않는 것 같았다. 그에게 지나간 세월은 진짜 집에서 멀리 떨어져 나가 방황한 시간에 불과했다.

"좋소!" 수도원장이 다시 입을 열었다. "이 거래는 우리에게도 호먼드 측에도 이익이 될 듯하군. 매슈 수사, 부원장과 상의하여 계약서를 작성하고 날이 잡히는 대로 증인 서명과 날인을 받도록 하시오. 그리고 그 일이 끝나면 리처드 수사와 캐드펠 수사가 땅을 한번 돌아보며 어떻게 활용하는 것이 가장 이로울지 고민해보는 게 좋겠소."

매슈 수사는 만족스러운 미소를 띤 채 민첩한 동작으로 양피지를 말았다. 이 수도원의 재산과 기금을 엄중하게 감시하며 토지와 곡물, 기증품, 유산을 수도원에 이익이 되는 방향으로 늘려가는 책임을 맡은 사람으로서 그는 전문가다운 통찰력으로 도공의 땅을 평가하고 있었으니, 이번 총회 결과가 더없이 만족스러웠다.

"더 논할 사안은 없소?" 라둘푸스가 물었다.

"없습니다, 원장님!"

"그렇다면 오늘 총회를 마칩시다." 수도원장은 이렇게 선언한 뒤 회의실을 빠져나갔다. 8월의 햇살이 원내 묘지의 풀밭으로 쏟아지고 있었다.

\*

저녁기도를 마친 캐드펠 수사는 맑은 초저녁 햇살을 받으며 시내로 들어섰다. 행정 장관이자 친구인 휴 베링어와 한잔할 겸, 또 대자代子인 자일스도 볼 겸 나선 길이었다. 이제 세 살이 지나 키도 커지고 힘도 제법 생긴 자일스는 휴의 집안 전체를 휘두르는 독재자, 그러나 인정 많은 독재자였다. 대부로서의 책임을 신성한 의무로 여기는 캐드펠은 정기적으로 대자의 집을 방문해도 좋다는 허락을 받아둔 터였다. 물론 아이와 함께할 때는 책임감 있는 대부로서 진지하게 훈육하기보다는 그저 더불어 노는 시간이 더 길었지만, 그렇다고 자일스나 그의 부모가 불만을 표하는 법은 없었다.

"자일스가 저보다 수사님을 더 따르는 것 같아요." 평온한 미소를 띠고 얼라인이 말했다. "하지만 아이한테 뭘 해주시려고 애쓰실 것 없어요. 그 전에 벌써 지쳐버리실 테니까. 어쨌거나 이제 잘 시간이 되었으니 수사님께는 다행스러운 일이네요."

가무잡잡한 휴와 달리 얼라인은 살결이 아주 희었다. 앵촛빛이 도는 피부에 체격이 좋고 남편보다 키도 조금 더 컸다. 자일스도 제 어머니를 닮아 아맛빛 머리칼에 키가 큰 편이었다. 갓 태어난 후계자를 처음 보았을 때 휴 자신이 예언했듯이, 아마도 나중에는 아버지보다 머리 하나는 더 커지리라. 성탄절을 며칠 앞둔 겨울철에 태어나 최고의 축일 선물이 되어주었던 이 아이는 어느덧 세 살로 접어들어 건강한 강아지처럼 난폭하게 원기를 발산하는 중이었는데, 그러다 기운이 빠지면 역시나 전력을 다해 포기한 뒤 금세 잠으로 빠져들곤 했다. 길게 뻗어버린 자일스가 얼라인의 품에 안겨 침실로 가자 휴와 캐드펠은 포도주를 앞에 두고 다정스레 마주 앉아 그날 하루 있었던 이런저런 일들에 대해 이야기를 나누었다.

"루알드가 살았던 땅 말입니까?" 수도원 아침 총회 때 있었던 일을 듣자 휴가 말했다. "롱너 쪽에 있는 넓은 땅이죠? 전에 루알드의 집과 가마가 있던…… 호먼드에 기증되었을 때 제가 증인으로 참석했어요. 그러니까 작년 10월 초였을 겁니다. 블런트 가문은 호먼드 수도원의 충실한 후원자 역할을 꾸준히 해왔죠. 하지만 그쪽 참사회에서는 땅을 기증받고도 제대로 활용하지 못했어요. 저희 수도원이 보유하는 것이 훨씬 나을 겁니다."

"그 부근 길로 가본 지도 꽤 오래되었군." 캐드펠이 말했다. "호먼드에서는 왜 그 땅을 그리 소홀히 다루었을까? 루알드가 수도원으로 들어올 때 그의 업을 이어받은 사람이 아무도 없었다는 건 나도 아네만, 그래도 호먼드 측에서 오두막에다 소작인 하나쯤은 배치했을 법한데."

"그렇게 하긴 했습니다. 하지만 나이 든 여인 혼자라 땅이 있어도 뭘 하기가 힘들었을 거예요. 지금은 그 여인조차 시내에 있는 딸의 집으로 가버렸다는군요. 가마는 돌을 노린 자들이 약탈해 갔고 오두막도 다 쓰러져가는 중이죠. 누군가 그곳을 관리해야 할 때가 되긴 했어요. 올해는 호먼드 측에서 그곳의 건조소차 거둬들이지 않았으니, 아마 땅을 처분하게 되면 아주 좋아할 겁니다."

"양측 모두에게 잘된 일이지." 캐드펠이 생각에 잠겨 말했다. "그리고 매슈 수사 말로는, 롱너의 새 영주인 유도 블런트도 반대하지 않는다더군. 애당초 그의 부친이 기증한 땅이니 사전에 그의 허락을 구했던 모양이야." 이어 그가 안됐다는 투로 말을 이었다. "안타까운 일이야. 기증자가 때 이르게 창조주께 가버리는 바람에 이 문제와 관련해 정작 본인의 의견은 한마디도 내놓을 수 없게 되었으니."

롱너 장원의 전前 영주였던 유도 블런트는 그 땅을 호먼드에 기증하고 몇 주 지나지 않아 자신의 영토를 후계자인 아들에게 맡긴 채 전장으로 떠나버렸다. 당시 옥스퍼드에서 황후와 그 군사를 포위하고 있던 스티븐 왕의 군대에 합류하기 위해서였다. 그는 전투에서 살아남았으나 그로부터 한두 달 뒤 뜻밖에도 윌턴에서 패주하던 중 사망하고 말았다. 한두 번 겪는 일도 아니었지만, 이번에도 스티븐 왕이 가장 만만찮은 적수인 글로스터의 로버트 백작[4]을 과소평가하여 적이 움직이는 속도를 잘못 넘겨짚은 채 전위만 믿고 아슬아슬한 상황으로 뛰어들었던 것이다. 왕 자신은 후위 부대의 영웅적인 활약으로 무사히 몸을 피했으나, 그 와중에 가신인 윌리엄 마텔이 포로로 붙잡히고 유도 블런트는 목숨을 잃고 말았다. 왕은 도의상 많은 대가를 치르고 포로가 된 마텔을 빼내주었다. 반면 유도 블런트는 몸값조차 치러줄 수 없게 되었으니, 결국 그의 장남이 그를 대신하여 롱너의 영주가 되었고 램지 수도원의 견습 수사인 차남이 부친의 시신을 고향으로 옮겨 와 지난 3월에 묻어주었다.

"키가 크고 멋진 사람이었습니다." 휴가 기억을 더듬었다. "살아 있었다면 마흔두세 살밖에 안 되었을 거예요. 인물이 아주 좋았죠. 아들들 중에는 아버지만 한 인물이 없어요. 부인은 그보다 몇 살 위인데 건강이 그리 좋지 않습니다. 안색도 어둡고 통증 때문에 계속 고초를 겪었는데, 그런 부인은 아직 이 세상에 남아 있고 그는 가버렸으니 사람 운명이란 게 얼마나 기이한지…… 혹시 그 부인이 수사님께 약을 구하러 사람을 보낸 적은 없었나요? 이름은 잊어버렸습니다만…….”

"도나타." 캐드펠이 말했다. "도나타였지. 자네 얘길 듣고 보니 그런 적이 있었군. 하녀가 여주인의 통증을 가라앉힐 약을 구하러 이따금 오곤 했네. 하지만 1년 전부터는 발길이 끊겼어. 이제 병이 회복되어 약초를 쓸 필요가 없어졌나 보다 했지. 어쨌든 내 약초가 별 도움은 안 됐을 걸세. 세상에는 보잘것없는 내 기술로는 가당치도 않은 질환들이 많지."

"유도의 장례식 때 부인을 보았는데 병이 나은 것 같지는 않았습니다." 열린 홀 문 너머 바깥을 내다보며 휴가 우울하게 말을 이었다. 여름날의 땅거미가 푸르스름한 빛을 내며 정원 위로 몰려들고 있었다. "얼마나 앙상하게 야위었는지 가죽이 뼈에 붙은 듯하고, 손을 위로 들었을 땐 정말이지 햇빛이 그대로 통과해 버릴 것 같더군요. 얼굴에도 라벤더처럼 칙칙하고 깊은 주름들이 잡혀 있었고요. 유도가 옥스퍼드 공략전에 출정하기로 마음먹었을 때 제게 사람을 보냈었습니다. 저로선 다소 놀랐어요. 그런 상태의 아내를 남겨두고 어떻게 떠날 마음을 먹었을까 생각했죠.

스티븐 왕이 그를 소환한 것도 아니고, 설령 그랬다 하더라도 굳이 그가 직접 출정할 필요까진 없었거든요. 무장한 향사나 하나 말에 태워 40일간 출정시키면 그걸로 의무는 끝이니까요. 하지만 그는 자기 앞에 닥칠 일을 미리 알고 정리라도 하듯 장원을 아들에게 맡긴 채 출정해버렸지요."

"어쩌면 집에 계속 머무는 게 힘들어서 그랬을지도 모르지. 곁에 있는 아내가 고통스러워하는데 달리 도와줄 길도 없이 날마다 지켜보기만 하는 것도 쉬운 일이 아니었을 테니까."

그때 얼라인이 다시 홀로 들어섰다. 캐드펠의 목소리가 매우 낮았던 탓에 그녀는 두 사람이 무슨 얘기를 나누는지 알지 못했다. 아내와 어머니로서의 소임을 다하여 만족스러운 듯, 행복감에 젖어 환한 얼굴로 들어서는 그녀를 보자 그들은 침울했던 분위기를 황급히 떨쳐냈다. 그녀의 평온에 조금이라도 그림자를 드리우고 싶지 않았던 것이다. 얼라인은 그들 옆으로 와 앉았다. 드물게도 그녀의 양손에는 아무것도 들려 있지 않았다. 바느질을 하거나 물레를 잣자니 이미 해가 많이 기울었고, 그렇다고 촛불을 켜서 어둠을 물리기엔 포근하고 따뜻한 초저녁이 너무도 아름다웠다.

"자일스는 금세 잠들었어요. 기도를 하면서도 꾸벅꾸벅 졸더라고요. 그래도 끝까지 잠들지 않고 콘스턴스한테 매일 들려주던 이야기를 해달라고 조르지 뭐예요. 비록 몇 마디 듣지도 못했지만…… 습관이란 게 참 무섭죠. 자, 이제 수사님을 보내드리기 전에 저도 이야기를 좀 들어볼까요?" 그녀가 캐드펠을 향해 미소를 지었다. "수도원에 무슨 소식이라도 있나요? 지난번 축일장 이후로는 미사 보러 세인트메리 교회[5]에 갔을 때를 빼고는 통 밖에 나가보질 못했거든요. 수도원에선 금년 축일장이 성공적이었다고 보나요? 플랑드르 상인들이 많이 줄었던데…… 그래도 좋은 옷감들은 변함없이 나와 있었지만요. 저도 겨울용 가운을 지으려고 웨일스산 모직을 좀 샀지요." 이제 그녀는 익살맞은 표정으로 휴를 바라보았다. "우리 행정 장관께선 입는 것에 도무지 관심이 없으시지만, 저로선 남편이 해진 옷을 입고 벌벌 떨도록 내버려둘 수가 없거든요. 저이가 제일 아끼는 실내복이 있는데 10년이나 묵어 안감을 두 번이나 갈았다고 하면 수사님은 믿으시겠어요? 그런데도 저이는 그걸 버리려 하지 않는다니까요."

"오래된 하인이 제일 좋은 법이니까요." 휴가 말했다. "솔직히 나도 그저 습관적으로 그 옷을 찾는 것뿐이지만, 당신 좋을 대로 얼마든지 새 옷을 입혀줘요. 그리고 캐드펠 수사님이 들고 오신 새 소식으로 말하자면, 슈루즈베리와 호먼드가 땅을 교환하기로 합의를 봤다는군요. 롱너에서 기증한 도공의 땅이 우리 수도원으로 들어오게 될 거예요. 곧 밭갈이가 시작되겠지. 수도원에서 그렇게 하기로 결정했다면 말이지요. 안 그런가요? 수사님."

"아마 그리 될 걸세. 강물이 들지 않을 것이 확실한 고지대에서는 경작이 진행될 테고, 저지대는 방목하기에 좋을 테지."

"저도 예전에 루알드의 물건을 사곤 했는데요." 다소 섭섭한 투로 얼라인이 말했다. "정말 훌륭한 장인이었잖아요. 전 지금도 궁금해요. 그 사람은 왜 뒤늦게 세상을 등지고 수도원으로 들어갔을까요? 게다가 그렇게 갑자기 말이에요."

"그걸 누가 설명할 수 있겠나?" 참으로 오랜만에, 캐드펠은 수십 년 전 자신의 인생에 닥쳤던 전환점을 떠올려보았다. 무더위와 추위와 역경을 참아가며 돌아다니고 싸우던 시절, 몸으로 경험한 쾌락과 고통의 세월 뒤에 느닷없이 그 갈망이 찾아들었다. 갑자기 모든 것을 뒤로한 채 정적 속으로 침잠하고픈, 뿌리칠 수 없는 갈망. 그게 어디서 비롯한 것인지는 여전히 수수께끼로 남아 있었다. 분명 후퇴는 아니었다. 오히려 빛과 확신 속에서 나온 것이리라. "그에 대해서는 그 사람 자신도 설명하거나 표현하지 못하더군. 다만 하느님의 계시를 받고 그것이 가리키는 쪽으로 돌아섰다고, 그리하여 부름 받은 곳으로 가게 되었다고 했지. 그런 경우도 있는 법이야. 처음에는 라둘푸스 원장도 그에 대해 의구심을 가졌던 것 같네. 기간이 만료된 후에도 한참이나 더 그를 견습 수사로 두었거든. 그의 의지는 극단적이라 할 수 있었는데, 우리 원장님은 원래 극단적인 것을 의심하는 분이니까. 게다가 그는 15년이나 기혼자로 살아왔으니 아내가 순순히 동의했을 리 만무했지. 루알드는 자신이 가진 모든 것을 아내에게 남겨주겠다 했지만 그녀는 콧방귀를 뀌며 거절했고, 이후로도 몇 주에 걸쳐 그의 마음을 돌리려 했다더군. 하지만 그는 꿈쩍도 않았지. 마침내 그가 우리 수도원의 입문 허락을 받아내자 그녀는 그 땅에 오래 머물지 않았네. 그가 남겨준 것들에도 일절 손대지 않았고, 그저 몇 주 뒤에 이곳을 떠나버렸어. 오두막집 문도 잠그지 않고 모든 것을 제자리에 그대로 둔 채 사라져버린 거지."

"이웃들은 모두 그녀가 다른 남자와 함께 떠났을 거라고 떠들어댔죠." 휴가 씁쓸하게 덧붙였다.

"글쎄, 남편이 자기를 버렸으니 그 원한이 대단했을 거라고들 하기는 했지." 캐드펠이 말을 이었다. "누가 알겠나, 복수심에 연인을 하나 만들었는지…… 자네는 그 아내를 본 적이 있는가?"

"아뇨, 없습니다." 휴가 대답했다.

"전 있어요." 얼라인이 말했다. "장이 서는 날이면 남편의 노점에 나와 일을 거들었거든요. 물론 작년에는 안 나왔지만요. 그때 그는 수도원에 있었고, 그녀는 이미 떠나버린 후였으니까. 루알드가 아내를 버린 것을 두고 당연히 말들이 많았는데, 소문이라는 게 본디 자비로운 법이 없잖아요. 그녀는 시장 여자들 사이에서 큰 호감을 얻지 못했고, 자기 스스로 나서서 친구를 사귀거나 하는 일도 없었어요. 다른 이와 친밀하게 지내는 걸 꺼리는 것 같았죠. 아시다시피 그녀는 대단한 미인에, 이방인이었잖아요. 루알드가 오래전에 웨일스에서 데려왔다는데 세월이 흘러도 그녀는 잉글랜드어를 거의 배우지 않았어요. 이방인 흔적을 지워보려는 노력조차 없었죠. 루알드 외엔 그 어떤 사람도 원하지 않는 여자처럼…… 그러니 자신을 버린 남편에게 큰 원한을 품었다 해도 놀라울 건 없지요. 이웃들이 말하기를, 나중에는 그를 무척이나 증오하게 되었다더군요. 다른 남자를 얻었으니 그런 남편 따위 없어도 잘 살아갈 거라고요. 하지만 그녀가 남편을 잃지 않으려고 끝까지 싸웠던 건 사실이에요. 사랑이 자신에게 고통만 안겨줄 때 여자들은 때로 스스로를 위해 증오 쪽으로 돌아서곤 하죠." 다른 여인의 고뇌가 남 일 같지 않은 듯, 얼라인은 무척 심각한 표정으로 말을 잇다가 문득 놀란 얼굴로 상념을 떨쳐냈다. "이런, 제가 너무 수다를 떨었네요! 어쨌거나 전부 지난 일이에요. 1년이나 되었으니 지금쯤은 그녀도 마음의 평화를 얻었겠죠. 그녀가 아무 말 없이 살던 곳을 완전히 떠나버렸다는 게 사실 저로서는 전혀 이상하게 여겨지지 않아요. 애초에 이 지역에서 대대로 살아온 집안 사람도 아닌 데다 루알드까지 떠나버린 마당이니 아마 고향인 웨일스로 돌아가는 편이 낫다고 생각했겠죠. 그리고 다른 남자와 함께 갔든 혼자 갔든, 아무려면 어때요?"

"얼라인, 정말이지 당신은 놀라운 사람이에요." 휴가 경탄과 즐거움이 뒤섞인 표정으로 말했다. "대체 무슨 수로 그 일에 대해 그렇게 많이 알게 된 거죠? 게다가 그처럼 열렬하게 공감하다니 말이에요."

"그들 부부가 함께 있는 모습을 봤거든요. 그걸로 족하죠 뭐. 장터 노점에 서 있는 것만 봐도 그녀가 얼마나 다정스럽고 열정적인 사람인지 한눈에 알 수 있었어요." 얼라인이 부드럽게 말을 이었다. "남자가 수도원에 들어가든 전쟁터에 나가든 자신이 원하는 일을 하기로 마음먹었을 때 당신네 남자들 눈에는 당연히 그의 권리가 먼저 보일 테지만 난 달라요. 루알드의 일로 그의 아내가 얼마나 깊은 상처를 받았을지 이해할 수 있었죠. 남편의 결심과 관련해서 과연 그녀에게 아무 권리도 없었을까요? 그리고 당신들은 한 번이라도 생각해본 적이 있나요? 집을 떠나 수도사가 된 것은 그의 자유였겠지만, 그가 떠났다고 해서 그녀에게 자유가 주어지는 건 아니었다는 사실을 말이에요. 그녀는 새 남편을 얻을 수도 없잖아요. 수도사든 뭐든 그녀에겐 아직 남편이 살아 있으니까요. 그게 과연 공평한 일인가요?" 그녀의 목소리가 한층 진솔해졌다. "사실, 전 그녀가 새 연인과 함께 떠났길 바라는 쪽이에요. 혼자 참고 살아가는 것보다야 그게 낫죠."

휴가 웃음인지 한숨인지를 내쉬고는 팔을 뻗어 아내를 끌어당겼다. "당신의 말에 심오한 뜻이 담겼군요. 이 세상은 불의로 가득 차 있고요."

"하지만 그것이 루알드 탓은 아니었다고 봐요." 얼라인이 다소 누그러진 투로 말했다. "감히 말씀드리지만, 그도 할 수만 있었다면 그녀를 놓아주었을 거예요. 이제 다 지난 일이죠. 저로선 그녀가 어디에 있든 편안한 삶을 살기를 바랄 뿐이에요. 어쨌건 사람이 정말로 불가항력적인 무언가와 마주친다면 복종하는 수밖에 달리 방법이 없지요. 그래서, 그는 지금 어떤 수사가 되어 있나요, 캐드펠 수사님? 그의 소명이 정말 거부할 길 없는 그런 것이었나요?"

"그렇지." 캐드펠이 대답했다. "분명 그랬을 거야. 그는 전적으로 신앙에만 매달려 있네. 내가 보기에도 그로서는 다른 대안이 없었던 게 분명해." 그는 말을 멈추고 잠시 생각에 잠겼다. 망아忘我라고나 할까, 몰두의 어느 단계를 표현할 적절한 단어를 찾아내기가 어렵기도 했거니와 캐드펠 자신에게는 그러한 감정이 불가능하다고 생각해왔기 때문이기도 했다. "그는 지금 좋은 것으로도 나쁜 것으로도 흔들 수 없는 완전한 확신의 단계로 접어들어 있어. 현재 상태로는 만사가 다 좋고 감사할 걸세. 만일 오늘 당장 그에게 순교를 요구한다 해도 축복받을 때와 똑같이 평온한 마음으로 수락할 테지. 사실 그 이상의 것을 전혀 알지 못하며 알려 하지도 않는 것, 그게 바로 축복일 거야. 그가 지난 40여 년의 인생이나 함께 살아온 아내를 한 번이라도 떠올려볼지, 나로선 의심스럽네. 그래, 루알드에겐 달리 방법이 없었어."

얼라인은 눈을 동그랗게 뜨고 한참이나 그를 빤히 바라보았다. 천진난만하면서도 영민하기 그지없는 눈빛이었다. "지난날 수사님께 그런 일이 닥쳤을 때도 똑같았나요?" 그녀가 물었다.

"아니, 내겐 선택의 여지가 있었지. 나는 이 길을 선택했고, 힘든 선택이긴 했지만 난 해냈고 그 길을 고수했네. 루알드처럼 선택받은 성자의 부류는 아닌 셈이야."

"그런 게 성자라고요?" 얼라인이 물었다. "제가 보기엔 너무나 쉬운 길 같은데요."

\*

9월 첫째 주에 호먼드와 슈루즈베리 간의 토지 교환 계약서가 작성되었고, 이어 날인과 증인 서명까지 이루어졌다. 그로부터 며칠 뒤에는 캐드펠 수사와 부원장의 보좌 수사인 리처드 수사가 장차 수도원에서 가장 유용하게 활용할 수 있는 방안을 연구할 겸 새로 얻은 땅을 돌아보러 나갔다. 아침에 출발할 때는 안개가 자욱하더니, 땅의 상류에 자리한 나루터에 당도할 무렵에는 엷은 안개를 뚫고 해가 고개를 내미는 중이었다. 강기슭 위편 이슬 맺힌 풀밭에 그들의 가죽 신발이 남긴 검은 흔적들이 길게 이어졌다. 맞은편의 가파른 모래 강둑은 물살에 여기저기 깎여 나가 평탄해지면서 기다란 풀밭을 이루었고 그 너머로 수풀과 나무들이 들어찬 봉우리가 솟아 있었다. 배에서 내려 풀밭을 따라 몇 분쯤 걸어가자 곧 도공의 땅 언저리에 도착할 수 있었다. 비스듬히 펼쳐진 들판 전체가 눈에 들어왔다.

대단히 좋은 땅이었다. 강둑의 급경사면에서 시작된 풀밭 비탈이 수풀과 가시나무가 들어선 둔덕 쪽으로 이어지며 점차 높아지는 형세로, 그 꼭대기에는 자작나무들이 병풍처럼 하늘을 가리고 있었다. 그 맨 끝 귀퉁이에, 산등성이를 등진 채 뼈대만 남은 빈 오두막이 웅크리고 있었다. 오두막에 딸린 뜰은 울타리마저 달아나 무성할 대로 무성해진 주변의 잡초들과 하나가 된 채 야생의 풀밭으로 변해버렸고, 호먼드 측에서 거두어들일 가치가 없다고 판단한 곡물들은 벌써 몇 주 전에 다 여물어 씨를 터뜨렸는지 초가을 햇살 속에 누렇게 말라가고 있었다. 허연 곡물 줄기들 사이사이로 토끼풀이며 천사풀, 양귀비, 데이지, 수레국화 등 초원 지대에서 볼 수 있는 온갖 꽃들이 눈에 띄었고, 시들어가는 곡물들의 뿌리를 막 뚫고 올라오는 잡초의 파룻파룻한 새싹들도 보였다. 산등성이 밑에는 산딸기나무들이 뒤엉켜 있었는데 열매가 농익어 막 빨간색에서 검은색으로 바뀌어가는 중이었다.

예리한 눈길로 야생의 들판을 훑어본 뒤 리처드 수사가 입을 열었다. "이것들을 베어 말리면 침구용 짚은 나오겠지만, 그런 수고를 할 필요가 있을까요? 차라리 저절로 죽어 쓰러진 다음에 땅을 가는 것이 좋을 것 같구먼. 보아하니 오랫동안 경작된 일이 없는 듯한데."

"힘든 작업이 되겠군요." 멀리 산꼭대기에 솟은 자작나무들의 하얀 줄기 위로 광채를 떨구는 햇살을 흐뭇하게 바라보며 캐드펠이 말했다.

"생각만큼 그렇게 힘들지는 않을 겁니다. 밑에 있는 흙이 무르고 비옥하잖습니까. 들판 길이로 보아 힘 좋은 황소 여섯 놈만 투입해도 충분하겠지. 처음 갈 때 밭이랑을 깊고 넓게 내면 될 거예요." 농사꾼 집안에서 나고 자란 리처드 수사가 자신 있게 말하고는 역시 농민다운 본능으로 풀밭 대신 둔덕을 따라 산봉우리 쪽으로 올라가기 시작했다. "보아하니 저지대는 방목용으로 남기고 이 고지대 쪽을 경작하는 게 좋겠습니다."

캐드펠의 생각도 같았다. 슈루즈베리가 내준 호턴 너머의 땅은 목축용으로 적합한 반면, 이 땅은 밀이나 보리 같은 작물을 키우기에 좋았다. 수확 이후 저지대의 가축을 그루터기만 남은 밭으로 몰아넣어 토양에 거름을 더해주면 후년도 대비할 수 있을 것이다. 그는 이곳이 마음에 들었지만, 동시에 왠지 모를 우수가 느껴졌다.

오두막에 당도하니 풀이 무성하게 뒤엉킨 뜰 이곳저곳에 흩어진 울타리의 잔해들, 그리고 햇빛과 공간을 두고 자리다툼을 벌이는 약초들과 잡초들이 눈에 들어왔다. 문 없는 문간이며, 덧문이 떨어져 나간 창이며, 그 모든 것들이 사람이 떠나버렸음을, 이곳에 살기를 포기했음을 말해주고 있었다. 어떻게 생각하면 완벽하게 평온하고 조용하고 만족스러운 풍경이었겠으나, 버려진 오두막을 보며 이곳에서 15년간 살아온 두 남녀의 삶을 떠올리지 않기란 불가능했다. 아이도 없이 둘이서만 살아온 그들이 나누었을 생각들과 감정들……. 그러나 이제 그것들은 사라졌다. 돌이란 돌은 모조리 약탈당한 저 벌거벗은 평지 또한 가마를 채우고 불을 피우며 애써온 한 도공을 떠올리지 않을 수 없게 하건만, 지금은 아궁이만 싸늘하게 식은 채 아무 쓸모도 없이 남아 있었다. 여기에도 인간의 행복이란 게 있었으리라. 하루 일과를 끝마치고 만족해했을 마음이 있었으리라. 물론 슬픔과 쓰라림과 분노도 있었을 것이다. 그러나 지금은 폐허만이 차갑고 무심하고 우울하게 과거를 증언할 뿐이었다.

한때 사람이 살았던 이 산자락의 귀퉁이에서 등을 돌리자 목초지가 눈앞에 펼쳐졌다. 햇볕에 말라 부드럽게 김을 피워 올리는 아침나절의 안개와 이슬, 풀밭 사이로 환하게 고개를 내민 평범하면서도 선명한 각종 꽃들, 둔덕 수풀 위로 스쳐 지나가는가 싶더니 어느새 산등성이 수목들 사이에서 파닥거리는 새들……. 인간사의 편치 못한 기억들은 도공의 땅에서 흔적 없이 사라져가고 있었다.

"그래, 형제님 생각은 어떻습니까?" 리처드 수사가 물었다.

"겨울 곡물로 시작하면 괜찮겠군요. 일단 이랑을 깊이 파 밭갈이를 한 다음 겨울 밀을 파종하는 거죠. 콩도 좀 곁들이고요. 두 번째 밭갈이 때 이회토를 뿌려두면 좋을 것 같습니다."

"그게 제일 좋은 방안이겠지." 리처드가 만족스러운 듯 동의하고 걸음을 옮겨 모랫둑 밑으로 반짝이며 굽이치는 강을 향해 걷기 시작했다. 캐드펠도 그의 뒤를 따랐다. 발목 언저리를 스치는 마른 풀들이 마치 비극을 기억하는 듯 긴 한숨 같은 소리를 규칙적으로 토해냈다. 그래, 어서 저 땅을 갈아엎어 맨흙을 드러내는 것이 나을 거야, 캐드펠은 생각했다. 가마가 있던 자리를 어린 옥수수의 푸른색으로 덮어버리자. 오두막에도 소작인을 들여 뜰을 말끔히 치우고 돌보게 하자. 아니, 아예 헐어버리는 게 나을까? 이곳이 한때 어느 도공의 땅이었다는 사실은 그저 잊히는 편이 좋겠지.

 10월 초순이 되자 수도원의 경작꾼들이 소 여섯 마리와 높다란 바퀴가 달린 무거운 쟁기를 끌고 그곳 여울목을 건넜다. 곧 루알드의 땅을 갈아엎기 시작했다. 버려진 오두막과 가까운 고지대 귀퉁이에서부터 작업이 시작되어 산봉우리 밑, 덤불과 나무딸기가 무성한 둔덕 바로 아래쪽에 첫 번째 이랑이 만들어졌다. 황소들은 소몰이꾼의 재촉 소리에 쿵쿵 둔한 걸음을 옮겼다. 보습 날이 풀과 땅을 깊이 파고들면서 헝클어진 뿌리들을 갈라놓고 이랑판이 음침하게 부서지는 파도와도 같이 시커먼 흙더미를 거칠게 들어 올려 뒤집을 때마다 주위에는 온통 흙내가 진동했다. 리처드 수사와 캐드펠 수사도 현장에 나와 작업을 지켜보고 있었다. 라둘푸스 수도원장의 축복기도 덕분인지 이날은 날씨마저 매우 좋았다. 밭을 따라 일직선의 첫 이랑이 생겨나 검은색 흙이 초가을의 누런 풀잎들과 대조를 이루었고, 반환점에 다다른 쟁기꾼은 제 기술을 자랑하듯 절도 있고 매끄럽게 방향을 틀었다. 리처드의 판단이 옳았다. 흙이 그다지 무겁지 않으니 작업은 순탄하게 진행될 것이었다.

 오두막 문간에 서 있던 캐드펠은 작업 현장에서 등을 돌려 텅 빈 집을 들여다보았다. 지금으로부터 꼭 1년 전, 발로 먼지를 털며 이곳을 드나들었을 안주인이 새 출발을 위해 삶의 파편을 떨치고 어딘가로 사라진 이후 루알드 부부의 물건들 가운데 옮길 수 있는 것은 모두 사라진 상태였다. 대군주인 롱너 영주의 동의하에 구호품 분배 관리를 맡은 앰브로즈 수사가 이를 수거해 구호 신청자들 중 필요한 사람들에게 나눠주었다고 했다. 난로 바닥에 흩어진 차가운 재들, 바람에 날려 들어와 동면하는 고슴도치와 겨울잠쥐들의 보금자리를 만들어준 이파리들, 바깥 덤불에서 자라난 가시나무 한 사리가 텅 빈 창으로 들어와 있고, 이파리는 반쯤 떨어져 나갔지만 빨간 열매가 조롱조롱 달린 산사나무도 어깨 너머로 가지 하나를 집 안에 들이민 채 까닥거리고 있었다. 바닥의 갈라진 틈새에 뿌리를 내려 제 공간을 확보한 쐐기풀과 개쑥갓도 눈에 띄었다. 자연이 인간의 흔적을 덮어버리는 데는 긴 시간이 걸리지 않는다.

들판 저 건너편에서 아련한 외침이 들려왔다. 캐드펠은 몰이꾼이 소들한테 고함을 치나 보다 생각하며 크게 신경 쓰지 않았다. 하지만 곧 리처드가 다가와 그의 소맷자락을 잡으며 목소리를 높였다. "뭔가 잘못된 것 같군! 봐요, 작업이 중단됐어요. 뭘 발견했나? 아니면 연장이 부러졌나? 설마 보습 날은 아니겠지!" 아닌 게 아니라 쟁기는 값비싼 연장이었고, 한 번도 땅을 파보지 못한 새 보습 날은 쉽게 망가지기 마련이었다.

캐드펠이 고개를 돌리니 들판 끄트머리, 수풀이 솟아오른 지점에 일꾼들이 보였다. 땅을 최대한 활용하고자 쟁기를 둔덕에 바짝 붙여 작업하고 있었는데, 새 이랑으로 들어서 몇 미터 전진하지 못한 지점에서 소들이 걸음을 멈춰버린 모양이었다. 소몰이꾼과 쟁기꾼은 상체를 구부리고 머리를 맞댄 채 땅바닥의 무엇인가를 내려다보고 있었다. 곧 쟁기꾼이 허리를 펴더니 풀에 발이 채여 비틀비틀 달려오며 양팔을 휘저어댔다. "수사님…… 캐드펠 수사님…… 어서, 어서 가서 보십시오! 저기 뭔가가 있어요……."

리처드 수사는 이 느닷없는 일에 다소 짜증을 느끼는 표정으로 내막을 물어보려는 듯 입을 벌렸다. 그러나 뭔가에 크게 놀라 불안해하는 쟁기꾼의 표정을 확인한 캐드펠은 단숨에 들판을 가로지르기 시작했다. 무슨 일인지 짐작이 가지 않지만 무언가 달갑잖은 사건, 보다 큰 권한을 지닌 누군가 책임을 져야 할 만한 문제가 터진 게 분명했다.

"보습 날에 걸렸어요……." 쟁기꾼이 설명을 시작했는데, 너무도 경황없이 말을 쏟아내는 터라 크게 도움이 되지는 않았다. "땅 밑에 더 많이 있어요. 뭐라 설명할 수가 없는……."

소몰이꾼은 하릴없이 양팔을 늘어뜨린 채 그들이 오기를 기다리고 있었다.

"수사님, 더 이상 어떻게 할 수가 없었어요. 이게 도대체 무슨 일인지……." 이어 그가 황소들을 몇 발짝 앞으로 끌어내 문제의 지점을 보여주었다. 들판 가장자리를 이루는 나지막한 둔덕 바로 밑, 금작화 무리가 늘어선 지점이었다. 쟁기가 헛돌고 그 뒤를 따라가며 보습 날이 땅 깊이 파고들었는데, 그때 뿌리도 줄기도 아닌 무언가가 날에 걸린 모양이었다. 캐드펠은 쭈그리고 앉아 몸을 굽히고는 그곳을 자세히 살피기 시작했다. 리처드 수사도 놀란 얼굴로 막 도착하여 일꾼들과 함께 침묵을 지키고 있었다. 캐드펠은 이랑에 손을 뻗어, 보습 날에 얽혀 햇살 속으로 올라온 기다란 실 자락들을 만져보았다.

섬유질이긴 한데 사람이 만든 것이었다. 강둑에서 파낸 질긴 근모가 아닌, 반쯤 썩은 천 가닥들. 본래 검정색이나 평범한 짙은 갈색이었던 모양인데 지금은 황토색으로 변해 있었다. 그러나 쇠로 된 날이 헤집고 들었을 때 길게 풀리며 찢겨 나올 만큼은 본래의 성질을 지닌 상태였다. 그리고 함께 끌려 올라온 것이 더 있었다. 바로 그 섬유질 속에서 나온 것 같았다. 이랑을 따라 사람 팔뚝 하나만 한 길이로 놓인 그것은 곱슬기가 있는 미세한 검은 가닥들, 누군가의 기다란 머리 타래였다.

## 2

 홀로 수도원으로 돌아온 캐드펠 수사는 즉각 라둘푸스 원장에게 알현을 청했다.
 "원장님, 웬만하면 걱정을 끼쳐드리고 싶지 않았지만 뜻밖의 일이 생기는 바람에 이렇게 서둘러 돌아오게 되었습니다. 도공의 땅에서 쟁기질을 하던 중 무언가 발견되었는데, 아무래도 그게 우리 수도원과 세상의 법률 양쪽 모두에 큰 관심사가 될 것 같아서요. 아직 더 깊이까지는 파보지 않았습니다. 원장님의 허락을 받아야 휴 베링어에게 이 사실을 보고할 수 있고, 또 그가 허락해야지만 더 파헤쳐볼 수 있겠지요. 원장님, 천 조각과 사람의 머리 타래가 보습 날에 걸려 올라왔습니다. 제가 볼 땐 여자의 머리칼입니다. 길고 가느다란 것이, 그동안 한 번도 자른 적이 없는 듯 보이더군요. 그리고 그것은 땅 밑으로 단단히 이어져 있습니다."
"그러니까……" 라둘푸스는 입을 다물었다가 한참이 지나서야 다시 말을 이었다. "그것이 아직 사람 머리에 붙어 있다는 얘기군." 흔들림 없이 차분한 음성이었다. 쉰 해가 넘도록 살아오며 그는 별의별 일들을 경험한 터였다. 이것이 처음 겪어보는 기이한 일일지라도 그가 마주한 일들 중 최악의 것은 결코 아니었다. 수도원에 틀어박혀 지낸다고는 하지만 이곳 역시 세상의 일부이니 온갖 일이 가능한 그곳의 영향을 받을 수밖에 없지 않겠는가. "버려진 땅에 사람이 묻혀 있다…… 그것도 불법적으로."
"그 점이 바로 제가 우려하는 바입니다." 캐드펠이 말했다. "하지만 아직 확언할 수 있는 단계는 아닙니다. 원장님의 허락과 행정 장관의 입회가 있기 전에는요."
"그래, 어떻게 조치했소? 현장은 지금 어떤 상태요?"
"리처드 수사가 지키고 있습니다. 쟁기질은 계속 이어가되, 현장에서 멀리 떨어진 곳부터 조심조심 하라고 했지요." 그가 차분하게 설명했다. "작업을 늦출 필요는 없을 것 같아서요. 게다가 세인의 지나친 관심을 불러일으킬 필요도 없지 않겠습니까. 저희가 거기 가 있는 것은 밭갈이를 하기 위함이라고들 알고 있으니 계속 분주한 움직임을 보이는 편이 쓸데없는 관심을 줄이기에는 좋을 겁니다. 그리고 그 머리카락은…… 그것과 관련하여 원장님께서 예상하신 결과가 나온다 하더라도 아마 오래전, 우리 시대 이전의 일이었을 가능성이 있겠지요."

"그렇다면 천만다행이겠지만 수사 자신부터도 그렇게 믿는 것 같지 않군." 수도원장이 캐드펠의 얼굴을 면밀하게 살피며 말했다. "각종 기록이나 특허장에 근거하여 아는바 그 부근에 교회나 묘지가 있었던 적은 결코 없었소. 이제 그런 것이 더 이상 발견되지 않기를 바라는 수밖에. 시신은 하나로 충분하니까. 어쨌거나 형제에게 권한을 부여할 테니 필요한 조치를 취하도록 하시오."

\*

캐드펠은 바삐 조치를 취했다. 우선 휴에게 사실을 알려 그다음 일을 속세의 권위자가 직접 확인하도록 하는 것이 급선무였다. 친구를 너무도 잘 아는 휴는 질문이나 이의를 제기하여 시간을 낭비하지 않고 일말의 의심 없이 따라나섰다. 필요할 때 급사로 쓸 요량으로 수비대의 하사관 하나만 대동한 채, 그와 캐드펠은 도공의 땅으로 걸음을 옮기기 시작했다.

둔덕을 따라 올라가보니 밭갈이 일꾼들은 비탈 아래쪽에서 여전히 작업을 이어가는 중이었고, 금작화가 무리지어 있는 언덕배기 옆에서 리처드 수사 혼자 현장을 지키고 있었다. 길고 가느다란 S자 형태의 검은 이랑들이 무성하게 흐트러진 갈색 초지를 배경으로 윤기를 발했다. 불길한 징조가 발견된 둔덕 밑 귀퉁이만 그대로 남겨진 채 모든 곳에서 밭갈이가 순조롭게 이루어지는 중이었다. 휴는 보습 날이 남긴 흉터 자리로 다가가 홈을 따라 그어진 검은 실 같은 이랑들을 바라보다가 몸을 굽혀 발견된 것들을 만져보았다. 천 가닥이 부슬부슬 풀어지고 긴 머리카락들은 손가락에 감기며 달라붙었다. 손에 힘을 주자 머리칼이 팽팽하게 당겨지는 것으로 보아 아직 땅 밑 어딘가에 단단히 붙어 있는 모양이었다. 그가 몸을 일으켜 한 발 물러서서는 현장의 깊은 흉터를 침울하게 내려다보았다.

"뭐가 되었든 일단 파보는 게 좋겠군요." 그가 입을 열었다. "쟁기꾼이 땅 욕심을 좀 낸 모양이에요. 조금만 덜 가서 방향을 바꾸었더라면 이런 수고를 할 일도 없었을 텐데 말이죠."

그러나 일은 이미 벌어진 터였으니 다시 덮어버리고 없었던 것으로 만들 수도 없는 노릇이었다. 이제 준비해 온 삽과 곡괭이와 낫을 들고 헝클어진 뿌리 같은 저 기다란 것들을 벗겨내야 할 참이었다. 아니, 그에 앞서 이 은밀한 매장지를 반쯤 가린 채 움직임을 방해하는 저 늘어진 금작화들부터 쳐내야 했다.

그렇게 작업을 시작한 지 15분쯤 되었을까, 땅속에 묻혀 있는 것의 크기가 작은 무덤만 하다는 점이 분명해졌다. 둔덕 발치와 일직선 방향으로 군데군데 썩은 천 조각들이 모습을 드러내자 캐드펠은 삽을 내던진 뒤 쭈그려 앉아 손으로 흙을 파내기 시작했다. 깊은 무덤은 아니었다. 그저 금작화 덤불 너머 비탈에 천으로 싼 뭉치를 숨기고 두툼하게 흙을 덮었다고 하는 편이 정확하리라. 위치가 그러하니 비교적 얕게 묻혔다 해도 망자의 안식에는 큰 지장이 없었을 것이다. 효율을 노린 쟁기가 둔덕에 바짝 붙어 돌지만 않았어도, 보습 날이 그렇게 깊이 파고들지만 않았어도 말이다.

드러난 검은 천을 더듬어보던 캐드펠은 그 안에 뼈가 만져진다는 것을 깨달았다. 보습 날이 파고들면서 머리가 있는 부분을 찢어놓았고, 그때 머리칼이 삐져나와 걸려 올라온 것이었다. 그는 얼굴로 추정되는 자리의 흙을 털어냈다. 시신은 머리부터 발끝까지 천에 싸여 있었는데 썩어가는 그 모직 천이 망토인지 외투인지는 알 수 없었다. 그러나 여기 이렇게 은밀하게 묻혀 있는 것이 사람이라는 점에는 더 이상 의심의 여지가 없었다. 라둘푸스 원장의 말마따나 누군가 불법적으로 죽여 불법적으로 매장한 시신이었다.

그들은 흙을 손으로 찬찬히 훑어냈다. 계속해서 양 측면 밑으로 조심스레 파고든 끝에 마침내 그것을 들어 풀밭 위에 놓을 수 있었다. 햇빛 속에 드러난 시신은 가볍고 호리호리하고 연약했다. 손길만 닿아도 모직 천이 바스러질 것만 같았기에 모두 숨을 죽인 채 조심조심 다루었다. 마침내 캐드펠이 찢긴 틈새를 벌려 천을 젖히자 말라빠진 잔해가 드러났다.

틀림없이 여자였다. 허리띠나 장식이 없는 검은색 긴 가운을 걸친 여자. 치마 전체에 기이하리만치 정갈하고 세심하게 주름이 잡혀 있었다. 시신을 감싼 천 덕분에 주름이 내내 그대로 보존된 모양이었다. 피골이 상접한 얼굴에 긴 소맷자락에서 삐져나온 손도 완전히 뼈만 남은 채였으나 역시 바깥을 두른 천 덕분에 형체는 비교적 온전한 편이었다. 손목과 맨발의 발목에 말라 쭈글쭈글해진 살의 흔적이 보였다. 풍족한 삶의 흔적이라면 큼직한 왕관처럼 꼬아 올린 머리채가 유일했는데, 바로 그 머리채에서 오른쪽 관자놀이 옆으로 삐져나온 한 타래의 머리칼이 보습 날에 걸려 올라왔던 것이다. 그녀는 마치 매장되기를 기다리기라도 했던 양 두 손을 가슴 위에 모아 겹친 채 편안히 몸을 뻗은 모습이었고, 그 손에는 기이하게도 막대기 두 개를 다듬어 리넨 끈으로 묶어 만든 조악한 나무 십자가가 쥐여 있었다.

캐드펠은 썩어가는 천 자락을 조심스레 끌어당겨 두개골을 다시 덮었다. 얼굴이 가려지자 시신의 존재감이 한층 커진 것만 같았다. 현장에 있던 이들 모두 조금씩 뒤로 물러나 일종의 경외감 속에 그것을 내려다보았다. 그처럼 차분하고 엄숙한 죽음 앞에서는 동정도 공포도 적절치 않은 듯했다. 심지어 이 시신의 매장과 관련한 의문을 품어볼 마음조차 들지 않았다. 물론 곧 그래야만 할 때가 오기는 하겠지만, 지금 여기서는 아니었다. 논평이나 놀라움은 접어두고 우선 필요한 조치부터 취해야 할 터였다.

"자, 이제 어떻게 하지요?" 휴가 담담하게 입을 열었다. "이것을 제가 맡는 게 좋을까요? 아니면 수사님들께 맡겨야 할까요?"

"물론 이곳이 수도원 땅이긴 하지." 리처드 수사가 평소보다 어두운 얼굴로 머뭇머뭇 말을 이었다. "그러나 이 매장은 법에 어긋난 일인 듯하고 법이라면 행정 장관 당신의 소관인데…… 상황이 워낙 기이해 수도원장님의 의중은 어떠할지 통 짐작이 가지 않는구먼."

"원장님은 이 시신을 수도원으로 옮겨 가길 바라실 것 같습니다." 캐드펠이 자신 있게 말했다. "이 여인이 누구이든, 또 이렇게 축복받지 못한 채 묻혀 있었던 세월이 얼마나 되었든, 구제받아야 할 또 하나의 영혼이라는 사실은 틀림없으니 기독교 의식에 따라 매장될 권리가 있지요. 일단 수도원으로 옮기는 것이 좋겠습니다. 분명 원장님도 그러길 바라실 겁니다." 이어 그가 신중하게 말을 맺었다. "물론 그런 다음엔 이 영혼의 다른 권리들도 충족시켜야겠지요."

"일단은 그렇게 하지요." 휴는 잠시 생각에 잠긴 눈길로 금작화가 우거진 둔덕과 자신들이 파낸 구덩이 주변을 쭉 훑어보았다. "여기서 뭐가 더 나오지는 않을까요? 시신과 함께 묻힌 것들이 있을지도 모릅니다. 범위를 조금 넓혀서 깊이 파보는 게 좋겠군요." 그는 상체를 숙이고 해진 천으로 다시 시신을 싸려 했지만, 손길이 닿자 금세 실들이 떨어져 나가며 뽀얀 먼지를 공중으로 날려 보냈다. "싸개부터 새것으로 바꿔야겠습니다. 지금 이 상태 그대로 옮기려면 들것도 필요하고요. 리처드 수사님, 제 말을 타고 가셔서 수도원장님께 좀 전해주시겠습니까? 여기서 시신이 발견되었으니 수도원으로 옮겨 갈 수 있도록 들것과 적당한 싸개 하나를 보내주십사 하고요. 그 이상은 아직 알릴 필요가 없을 것 같습니다. 사실 저희로서도 더 아는 것이 없고요. 자세한 얘기는 다 같이 돌아가 보고드리기로 하죠."

"좋소!" 리처드 수사의 어조로 보아 이제야 마음이 좀 놓이는 모양이었다. 아닌 게 아니라, 그의 태평한 성격에는 이러한 작업이 영 맞지 않을 터였다. 그는 만사가 예상대로 움직이며 심신을 지나치게 힘들게 하지 않는 평온한 삶을 좋아했다. 리처드 수사는 민첩하게 달려가, 한가로이 서서 둔덕 밑의 초록빛 풀을 뜯는 휴의 빼빼 마른 잿빛 말에 올랐다. 근래에는 말을 탈 일이 없었지만 딱히 문제가 될 건 없었다. 그는 열여섯 살 되던 해에 기사의 길과 수도사의 길을 두고 고민하다가 후자를 선택한 사람이니까. 평소 주인이 아니면 도무지 받아주지 않는 휴의 말도 이번에는 웬일인지 성질을 부리지 않고 얌전히 그를 태운 채 둔덕을 따라 달려갔다.

"저 녀석이 변덕을 부려 여울목에서 수사님께 물을 뒤집어씌우지나 않을지 모르겠네요." 강을 향해 멀어지는 말을 바라보며 휴가 입을 열었다. "자, 이제 우리는 여기에 뭐가 남아 있는지 확인해볼까요?"

그의 하사관이 벌써 언덕배기 아래쪽 금작화 덤불 밑을 깊숙이 파고 있었다. 캐드펠도 시신에서 몸을 돌려 그녀가 누워 있던 구덩이 속으로 내려섰다.

"아무것도 없군." 잠시 후, 야물지 않은 양토를 조심조심 삽으로 떠내던 캐드펠이 입을 열었다. 그가 무릎을 댄 층은 단단하게 다져져 있었고, 그 밑으로는 진흙층이 드러나 보였다. "이거 보이나? 루알드는 강변 저 아래쪽에서 진흙을 채취하곤 했네. 지금 그 자리는 다 파내고 없다더군. 손대기 쉬운 곳이니 그럴 만하지. 하지만 여기 진흙층은 그대로 남아 있어. 더 파볼 것 없네. 아무것도 없으니. 주변을 좀 더 살펴보는 것도 좋을 테지만, 내 생각엔 아무래도 이게 다일 것 같아."

"예, 이만하면 충분합니다." 휴가 질기고 무성한 풀 더미에 손을 넣어 흙을 털어내었다. "아니, 사실은 전혀 충분하지 못하지만요. 여자의 나이나 이름을 알아내기엔 단서가 없군요."

"혈족 관계나 살았던 집, 사인 같은 것도 전혀 알 수가 없고 말이지." 캐드펠이 침울하게 동의했다. "어쨌든 여기서는 더 할 일이 없어. 시신의 매장 상태는 내가 잘 봐두었네. 이제 남은 일들은 은밀하게, 그리고 가능한 한 신속하게 처리하는 편이 좋을 걸세. 믿을 만한 사람들과 함께해야겠지."

윈프리드 수사와 유리언 수사가 천과 들것을 짊어진 채 둔덕을 따라 성큼성큼 올라온 것은 그로부터 한 시간이 지나서였다. 그들은 앙상한 뼈 뭉치를 조심스레 들어 올려 천으로 감싼 뒤 들것에 옮겼고, 휴는 하사관을 성 수비대로 돌려보냈다. 이어 침묵 속에, 정체 모를 시신의 초라한 장례 행렬이 수도원으로 향했다.

*

"여성의 시신입니다." 캐드펠은 수도원장의 응접실에서 절차에 따라 은밀하게 보고를 올렸다. "경내 시체 안치소에다 옮겨놓았어요. 제가 볼 땐 사망한 지 좀 된 것 같지만, 설사 최근 일이라 하더라도 뭘 알아낼 수나 있을지 의문입니다. 가운은 농가 아낙들이 주로 입는 종류입니다. 장식도 허리띠도 없는 그런 옷으로, 원래는 검은색이었던 것이 지금은 칙칙한 적갈색으로 변해 있지요. 신발은 신지 않았고, 몸에 걸친 장신구도 없었습니다. 이름을 알려줄 만한 단서도 전혀 없고요."

"얼굴은 알아볼 수 있을 것 같소?" 수도원장이 물었다. 그러나 기대는 하지 않는 듯 체념 어린 말투였다.

"얼굴이라기보다 얼굴 비슷한 형태만으로 남아 있습니다. 특징이라 할 만한 게 전혀 없으니 누가 보고 내 아내다, 내 누이다, 혹은 내가 아는 여자다 하기도 힘들 겁니다. 아, 굳이 한 가지 특징을 들자면 숱이 풍성한 검은 머리카락이랄까요…… 하지만 그런 머리를 한 여자들이 좀 많습니까? 키는 보통입니다. 나이는 대충 짐작해볼 수밖에 없는데 머리칼을 보아 하니 그리 늙지도, 그렇다고 아주 어리지도 않은 듯합니다. 스물다섯에서 마흔 사이일 겁니다."

"머리카락이라…… 그걸 빼면 특별한 구석이 전혀 없단 말이오?" 라둘푸스가 물었다.

"매장 방식이 좀 특별하긴 하지요." 휴가 말했다. "상복도 안 입히고 의식도 생략한 채 정해지지 않은 땅에다 불법으로 유기해놓았으니까요. 게다가…… 아니, 이건 캐드펠 수사님이 보고하실 겁니다. 어쨌거나 원장님, 괜찮으시다면 직접 한번 보시지요.

시신을 발견 당시의 상태 그대로 옮겨다놓았으니까요."

"그러잖아도 죽은 여인을 내 눈으로 한번 봐야겠다 생각하던 참이었소." 라둘푸스가 대답했다. "하지만 기왕 얘기가 나왔으니 장관이 직접 말해보시오. 방금 하려던 이야기가 뭐요?"

"그러니까…… 기이하게도 시신은 머리를 꼬아 올리고 양손을 가슴 위에 포갠 채 똑바로 누워 있었습니다. 손에는 관목 가지 두 개를 엮어 만든 십자가가 쥐어 있고요. 시신을 땅에 묻은 자가 일종의 경의의 의미로 그렇게 해둔 모양입니다."

"그런 짓을 한 악인도 두려운 마음이 들었던 모양이지." 라둘푸스가 이맛살을 찌푸렸다. 인간의 마음이란 한줄기가 아니라 늘 이런저런 방향으로 나뉘고 갈라지는 법이다. "하지만 그 일은 어둠 속에서 은밀히 이루어졌소. 나쁜 짓이란 걸 알기 때문에 그랬겠지. 만일 그녀가 자연사한 것이라면, 다시 말해 누가 봐도 수긍할 만한 그런 죽음이었다면, 무슨 이유로 사제도 부르지 않고 매장 의식마저 생략했겠소? 캐드펠, 형제는 그 가엾은 여인이 불법적인 죽임을 당했다고 말한 바 없소만 나는 감히 그렇게 주장하는 바요. 그러지 않고서야 도대체 무슨 연유로 축복도 못 받은 채 은밀히 땅 밑에 눕혀졌겠소? 게다가 무덤을 판 자가 손에 쥐여주었다는 그 십자가도 그렇소. 관목 가지로 만들어졌으니 그게 누구의 물건인지 우리는 결코 알아낼 수 없겠지. 이 역시 살인자를 지목하지 못하게 하기 위함이 아니겠소? 그녀의 신원을 밝혀줄 만한 것은 모조리 몸에서 제거되어 있소. 쟁기질 덕분에 그녀가 다시 광명을 찾고 은총의 기회를 가지게 된 것은 다행이나, 어느 악인이 감추고자 한 비밀은 결국 밝혀내기 힘들게 생겼군."

"그렇지만……." 휴가 말했다. "캐드펠 수사님은 시신에 부상 흔적이 없고 부러진 뼈도 없다는 점에 주목하고 계십니다. 어떻게 죽었는지를 보여주는 단서가 전혀 없다는 얘기지요. 물론 단검이나 칼에 찔려 죽었을 경우, 오랫동안 땅속에 묻혀 있었다면 그 흔적을 찾아내기도 힘들겠지만요. 어쨌든 목뼈가 골절되거나 두개골이 파손되지는 않았습니다. 교살 가능성에 대해서도 캐드펠 수사님은 회의적이시죠. 시체는 마치 자기 집 침대에서 자다가 죽은 듯한 모습입니다. 하지만 원장님 말씀대로, 그런 경우였다면 그렇게 남몰래 매장하진 않았겠지요. 죽은 여인을 다른 여자들과 구분해주는 것들을 모조리 숨겨버리지도 않았을 테고요."

"그렇고말고! 절박한 이유가 없고서야 스스로의 영혼을 위태롭게 하는 그런 짓은 못 할 거야." 이어 수도원장은 잠시 입을 다문 채 참으로 자신의 손에 맡겨진 이 기이한 사건을 곱씹어보았다. 부당하게 죽은 이를 정당하게 대접해주는 일은 물론 어렵지 않다. 죽은 이의 영혼은 응당 그러한 권리를 지니고 있으니까. 그 이름도 모르지만, 수도원에서는 고인을 위해 기도하고 미사도 올려줄 것이다. 기독교식 무덤도 제공할 수 있다. 그러나 다른 한편에선 이 세상의 정의가 자신의 존재도 인정해달라 주장하고 있었다. 수도원장은 고개를 들어 휴를 바라보았다. 책임자로서 다른 책임자의 의중을 가늠해보려는 것이었다. "어떻게 생각하시오,

휴? 그 여인이 살해되었다고 보시오?"

"아는 것보다 모르는 것이 더 많은 상황에서 감히 말씀드리자면, 저로서는 다른 경우를 생각할 수가 없습니다." 휴가 조심스레 대답했다. "그녀는 죽임을 당하여 속죄도 하지 못한 채 땅속에 버려진 것입니다. 다른 근거가 나오기 전까진 살인으로 간주해야겠지요."

"그렇다면 장관도 그녀가 그 무덤에 오래 있었다고 보지 않겠군." 라둘푸스가 잠시 생각을 정리한 뒤 입을 열었다. "내 생각을 말하자면, 이 파렴치한 짓은 지금으로부터 오래지 않은 과거에 자행된 듯하오. 만일 먼 옛날 일이라면 그녀의 영혼에 가해진 잘못을 적당히 보상해주는 것으로 우리의 일은 끝나겠지. 하느님의 정의는 몇 백 년 세월이라도 통과하니 얼마든 때를 기다릴 수 있지만, 우리 인간의 정의는 그 세대를 벗어나면 이내 무력해지는 법이니까. 그래, 두 분께선 그녀가 죽은 지 얼마나 되었다고 생각하시오?"

"조심스레 추정해보자면," 캐드펠이 말했다. "한 해밖에 지나지 않았을 수도 있고 서너 해, 길어야 다섯 해 전에 묻혔을 겁니다. 그녀는 먼 옛날의 희생자가 아닙니다. 몇 년 전까지도 살아 숨 쉬던 사람일 겁니다."

"그렇다면 전 책임을 면할 수 없겠군요." 휴가 조용히 중얼거렸다.

"나보다 더 책임이 크다고 할 수는 없지." 수도원장이 이렇게 말한 뒤 힘줄이 불거진 기다란 손을 펴 책상을 짚고서 불쑥 일어섰다. "이제 여인의 얼굴을 직접 보고 나의 의무를 인정해야 할 이유가 하나 더 보태진 것 같군. 자, 그만 가서 우리의 손님을 한 번 만나봅시다. 그 여인을 다시 흙으로 보내기 전에 반드시 살펴보아야겠소. 누가 알겠소? 혹시 작은 것이라도 발견되어 생전의 그녀를 아는 누군가의 기억을 불러일으킬 수 있을지."

원장을 따라 밖으로 나오던 캐드펠은 그들 모두 어딘가 부자연스러운 태도를 보이고 있다는 느낌을 받았다. 어찌 된 일인지 한 사람의 이름을 애써 언급하지 않으려 하는 것이다. 과연 누가 제일 먼저 그 이름을 입에 올릴지, 또 자신이 왜 진작에 그 불가피한 상황을 재촉하지 않았는지, 그는 도무지 알 수 없었다. 결국 그 이름이 나오기까지 오랜 시간이 걸리지는 않을 것이다. 그러나 어찌 되었든 수도원장이 먼저 언급해주는 편이 좋으리라.

그들은 큰 마당을 가로질러 회랑과 교회가 있는 남쪽 현관으로 들어섰다. 작고 서늘한 시체 안치소, 위아래로 촛불이 밝혀진 돌 관대 위에 리넨으로 덮인 채 이름 모를 그 여인이 누워 있었다. 앞서 그녀가 어떻게 죽었는지 단서라도 찾아볼까 하여 미리 시신을 살펴보는 과정에서 그들은 가능한 한 그녀의 뼈를 흩뜨리지 않으려 애썼고, 아무 소득 없이 조사가 끝났을 때도 최대한 원래의 상태에 가깝게 맞춰놓은 터였다. 캐드펠이 살펴본바 그녀의 몸에는 상처의 흔적이 전혀 없었다. 밀폐된 공간에 오래 묻혀 있던 탓에 시신에는 흙냄새가 강하게 배어 있었는데, 돌의 냉기 덕분인지 이제는 냄새도 거의 나지 않았다. 시신에 깃든 차분함과 정갈함이 죽음이라는 위압적인 숙명을 이겨내고 세인들의 눈앞에 모습을 내보이고 있었다.

라둘푸스 수도원장은 주저 없이 다가가 시신 위에 덮인 리넨보를 끌어당겨 능숙하게 팔에 걸쳤다. 그러고는 몇 분 동안, 검고 풍성한 머리칼부터 가느다란 발뼈에 이르기까지 꼼꼼하게 시신을 살펴보았다. 발에는 아무것도 신겨 있지 않았다. 원장의 시선은 새하얀 얼굴뼈에 오랫동안 머물렀다. 그러나 그 역시 다른 여자들과 구분할 수 있을 만한 특징은 아무것도 발견할 수 없었다.

"그렇군, 참으로 기이해!" 그가 혼잣말처럼 중얼거렸다. "이 여인을 묻은 자가 그녀에게 애정을 느끼고 망자의 권리를 존중한 듯 보이니 말이오. 혹시 죽인 자와 매장한 자가 다른 사람은 아니었을지…… 이를테면 사제가 개입했다거나…… 그러나 죄의식을 느끼지 않았다면 무엇 때문에 이 여인의 죽음을 은폐했을까? 어떻소? 죽인 자와 묻은 자가 동일 인물이라 보시오?"

"그럴 수도 있겠지요."

"연인 사이였을까? 고의가 아니라 우연히 운명적인 화를 당한 것일까? 혹은 순간적으로 폭력을 쓴 뒤 곧바로 후회한 경우일까? 도무지 모르겠군."

"폭력의 흔적은 없습니다." 캐드펠이 말했다.

"그렇다면 도대체 어떻게 죽었을까? 분명 병으로 죽은 것은 아니오. 그랬다면 지금쯤 신성한 교회 묘지에 누워 있겠지. 그렇다면 무엇이었을까? 독살?"

"그럴 가능성도 있습니다. 아니면 칼에 심장이 찔려 죽었는데 지금은 뼈만 남아 아무 흔적도 찾을 수 없는 건지도 모르고요. 보십시오, 뼈가 뚫리거나 부러진 곳 없이 온전하게 쭉 뻗어 있지 않습니까."

라둘푸스가 리넨을 다시 단정하게 덮어주었다. "어쨌거나 이 자리에는 고인의 얼굴이나 이름을 아는 사람이 없는 것 같구려. 하지만 계속 노력해봐야 할 거요. 만일 이 여인이 생전에 여기 살았다면 그녀를 아는 사람이 분명 나타나겠지. 그녀가 마지막으로 모습을 드러낸 이후 보이지 않아 궁금해하던 사람도 있을 테고. 자, 이제 그만 돌아가서 생각나는 대로 모든 가능성들을 면밀하게 검토해보십시다."

그 순간 캐드펠은 분명하게 감지했다. 원장은 지금 가장 불길한 가능성을 처음으로 떠올리고 깊은 불안을 느끼는 중이었다. 세 사람은 다시 응접실의 적막 속으로 되돌아와 문을 닫았다. 마침내 그 이름이 언급되어야 할 때였다.

"지금 우리 앞에는 두 가지 의문이 놓여 있습니다." 휴가 먼저 입을 열었다. "우선, 죽은 여인은 누구인가? 이에 대해 확실하게 대답할 수 없다면 이렇게 바꿔보죠. 그 여인일 가능성이 있는 사람은 누구인가? 그리고 두 번째로, 최근 몇 년 사이 이 근방에서 아무 말이나 흔적도 없이 사라져버린 여자가 있는가?"

"그렇게 묻는다면……" 수도원장이 무겁게 입을 열었다. "꽤 가능성이 높은 인물이 있긴 하오. 게다가 장소도 꼭 들어맞지. 하지만 지금껏 그녀의 행방에 대해 의문을 제기한 사람은 없었소. 모습을 감춘 게 그녀 자신의 의지에 의한 것이었는지 아닌지에 대해서도 그렇고. 사실 그 일은 그의 아내도 용인하려 하지 않았지만, 나 역시 받아들이기 힘든 경우였소. 물론 루알드 수사의 입장에서 본다면야 제 영혼이 향하는 대로 따를 수밖에 없었을 거요. 그러한 의지를 거역하기란 해가 뜨는 것을 막기보다 더 힘든 법이니까. 나로서는 더 이상 도리가 없었소. 그 여인이 결코 응어리를 풀지 못했다는 점이 안타까웠을 따름이지."

마침내 남자의 이름이 나왔다. 그러나 여자의 이름은 아무도 기억하지 못할 터였다. 어느 날 갑자기 남편을 찾아와 들어가게 해달라며 수도원 정문 앞에 버티고 있는 모습을 보기 전까지 경내의 사람들 가운데 그녀를 보거나 그녀에 대해 들어본 사람은 거의 없다시피 했으니 말이다.

"그에게 이 시신을 보여주자면 먼저 원장님의 허락을 구하지 않을 수 없군요." 휴가 말했다. "그녀가 정말 그의 아내라 해도 지금 상황에서 그가 확실하게 알아볼 수 있을지는 또 다른 문제겠지만, 어쨌든 한번 확인하게는 해야 합니다. 그 땅은 그들 부부가 살았던 곳이고, 그가 떠난 이후로도 한동안은 그녀가 그 오두막에서 지냈으니까요." 휴가 잠시 말을 멈추고 수도원장의 얼굴을 바라보았다. 원장은 속을 알 수 없는 표정으로 생각에 잠겨 있었다. "루알드가 여기 들어오고 아내가 다른 남자와 달아났다는 소문이 돌던 시점 사이 혹시 그가 예전 집에 들른 적이 있습니까? 그곳에 그의 소유물들이 여전히 남아 있었으니, 무슨 계약서를 작성하거나 증인이 필요한 상황이 생겼었을지도 모릅니다. 그가 아내와 헤어진 뒤로 다시 만났다는 얘길 들어보신 적이 있나요?"

"그렇소." 라둘푸스가 대답했다. "견습 기간 초기에 아내를 찾아간 일이 두 차례 있었소. 허나 폴 수사와 함께 갔더랬지. 견습 수사들을 담당하던 폴은 루알드가 마음의 평안을 잃을까 우려하는 한편 그 여인에 대해서도 걱정하고 있었소. 그리하여 함께 가서 그녀의 마음을 돌려 루알드의 소명을 인정하고 축복하게 해주도록 최선을 다했지만 모두 허사였지! 두 번 모두 루알드는 폴과 함께 갔다가 폴과 함께 돌아왔소. 그 외에 그가 그녀를 만난 적이 있었는지는 모르겠군."

"그 땅에 작업을 하러 나갔다거나 다른 용무로 근처에 다녀온 적도 없고요?"

"벌써 1년도 더 지난 일이오. 당시 루알드가 어느 곳에서 사역했는지는 폴 수사조차 정확하게 대기 힘들 거요. 내가 기억하건대 견습 시기의 그는 늘 사람들과 함께였소. 수도원 밖으로 작업하러 나갈 때도 적어도 한 사람 이상과 함께 다녔지." 이어 수도원장이 여전히 굳은 눈길로 휴의 표정을 살폈다. "보아하니 장관은 루알드에게 직접 확인해볼 생각이군."

"원장님께서 허락해주신다면요."

"지금 당장 말이오?"

"예. 우리가 무엇을 발견했는지 아직은 소문이 퍼지지 않았을 겁니다. 당장, 아무 언질 없이 그를 데려오는 편이 좋을 겁니다. 무엇도 속일 필요가 없다고 생각할 때 물어야지요." 이어 휴가 힘주어 말했다. "늦어질수록 정확한 대답을 듣기 힘들게 될지도 모릅니다."

"그를 부르겠소." 라둘푸스가 말했다. "캐드펠, 루알드를 찾아 데려와주겠소? 행정 장관이 원하니 예배당으로 곧장 오도록 하시오. 그가 스스로를 위해서라도 결백을 입증할 수 있게 해줍시다. 아, 그러고 보니 생각나는 게 있군." 수도원장이 말을 이었다. "땅 교환에 관한 주제가 총회에서 처음 제기되었을 때 그가 이런 말을 했소. '땅은 그저 정직합니다. 어떻게 활용하느냐에 따라 쓰임이 다를 뿐이에요.'"

\*

루알드 수사는 순종의 완벽한 본보기였다. 캐드펠에게는 규율 중에서도 순종의 의무가 가장 골칫거리였지만, 루알드는 윗사람의 지시가 주어지면 마치 하느님의 명령이라도 들은 양 지체 없이 이를 받아들였다. 마지못해 하거나 툴툴대는 경우는 물론 '왜'라고 묻는 법도 없었다. 사실 '왜'라고 묻는 일이야말로 캐드펠의 첫째가는 본능이었으니, 지금은 많이 길들여졌다지만 영원히 그러한 태도를 고칠 수는 없을 것이었다.

이번에도 연장자이자 선배인 캐드펠의 지시에 루알드는 아무 의심 없이 따라나서 시체 안치소로 향했다. 지금 수도원장과 행정 장관이 거기서 자신을 기다리고 있으리라고는 상상도 못 할 터였다.

예배당 문지방을 넘어서자 관대와 촛불들, 그리고 석판 바닥 저 안쪽에서 나직하게 얘기를 나누고 있는 휴와 라둘푸스의 모습이 보였다. 루알드는 전혀 주저하지 않았다. 성큼성큼 안으로 들어간 그는 더할 수 없이 고분고분하고 침착한 태도로 서서 말했다. "원장님께서 절 찾으셨다고요."

"형제는 이 지역 출신인 데다 얼마 전까지만 해도 이웃들과 잘 알고 지냈지." 수도원장이 입을 열었다. "그러니 우리를 좀 도와주시오. 보다시피 여기 시신이 한 구 있소. 우연히 발견된 것인데, 우리 중 누구도 고인에 대해 아는 사람이 없소. 형제가 한번 찬찬히 봐주면 좋겠소. 가까이 와서 살펴보시오."

루알드는 라둘푸스 원장이 시키는 대로 보에 덮인 형체를 내려다보았다. 원장이 신속한 동작으로 단번에 리넨 보를 벗겨내자 잘 정리된 뼈들과 검은 머리를 꼬아 올린 살점 없는 얼굴이 드러났다. 이 뜻밖의 광경에 루알드의 평온이 흔들린 것은 틀림없었다. 그러나 그의 얼굴을 스치고 지나간 것은 동정심과 놀라움과 안타까움의 물결, 고요한 연못을 잠시 흔들고 가는 잔물결에 불과했다. 게다가 그는 외면하지 않은 채 시신을 머리부터 발끝까지 관찰하고 얼굴도 곰곰이 뜯어보았다. 오래 쳐다보고 있으면 한때 저 벌거벗은 뼈를 덮었던 살점들이 되살아나 고인의 산 모습이 그려지리라 생각하는 양 열심이었다. 이윽고 그가 고개를 들어 수도원장을 바라보았다. 약간의 의구심과 더불어 깊은 체념과 비애가 깃든 눈길이었다. "원장님, 모르겠습니다. 저로서는 이 시신의 주인을 알아보거나 이름을 댈 수 없을 것 같군요."

"다시 한번 잘 살펴보시오." 라둘푸스가 말했다. "키와 체형, 피부색까지 꼼꼼하게 말이오. 고인은 여자였소. 그녀와 가까웠던 사람이 분명 있을 거요. 예컨대 남편이라거나…… 딱히 얼굴의 특징이 아니더라도 사람을 알아보는 다른 방법이 있을 수 있지. 어떻소? 떠오르는 사람이 전혀 없소?"

루알드가 시신에 덮인 누더기를 다시금 꼼꼼하게 살펴보고 십자가를 움켜쥔 그 양손을 주의 깊게 관찰하는 사이 긴 침묵이 흘렀다. 이윽고 그가 유감스럽다는 듯 입을 열었는데, 자신과 상관없는 죽음에 마음이 아프다기보다는 수도원장을 실망시키게 되어 안타깝다는 듯한 표정이었다. "죄송스럽지만 원장님, 아무것도 떠오르지 않습니다. 이것이 그렇게도 중요한 문제입니까? 하느님께서는 이미 다 알고 계실 텐데요."

"그렇긴 하지. 더하여 아무리 비밀스레 숨겨놓더라도 주님께서는 죽은 자들이 모두 어디에 묻혀 있는지도 아실 거요. 루알드 형제, 이 여인이 어디에서 발견되었는지 말하지 않을 수 없군. 오늘 아침부터 도공의 땅 밭갈이가 시작되었다는 건 형제도 알 거요. 그런데 쟁기질을 하던 일꾼이 첫 이랑을 갈고 돌아서던 중 모직 천 조각과 검은 머리 한 타래가 걸려 올라왔소. 밭두렁 바로 아래, 덤불로 반쯤 가려진 지점이었지. 그리하여 여기 행정 장관께서 한때 형제가 살았던 그 땅으로 나가 시신을 발굴하여 이리로 옮겨 온 거요. 자, 보를 덮기 전에 마지막으로 다시 한번 잘 보시오. 그리고 마음에 걸리는 게 없다면 솔직하게 말해주길 바라오. 이 여인의 이름이 무엇인지 말이오."

루알드의 날카로운 옆모습을 지켜보던 캐드펠은 그 순간에야 비로소 진정한 공포의 전율이 그의 얼굴을 스치는 것을 목격했다. 심지어 그는 죄의식까지 느끼는 듯했는데, 이는 육신의 죽음에 대한 것이 아니라 자신이 망설임 없이 등을 돌려버린 대상, 즉 아내와 그녀에게 가졌던 애정의 소멸에 대한 죄의식이 틀림없었다. 루알드는 좀 더 가까이 다가가 상체를 굽히고는 죽은 여인을 뚫어지게 내려다보았다. 그의 이마와 입술에 송골송골 땀이 돋아 촛불 빛에 번들거렸다. 침묵이 한참이나 이어진 끝에 마침내 그가 전율하며 창백해진 얼굴을 들어 수도원장을 바라보았다.

"원장님, 제가 이 순간까지 아무것도 이해하지 못하고 있던 것을 용서하십시오. 저 자신이 얼마나 부족한 인간인지 이제야 깨닫고 회개하는 바입니다. 분명히 말씀드리지만 마음에 걸리는 것은 전혀, 일절 없습니다. 이 여인을 보아도 저는 아무런 감정을 느끼지 않습니다. 그리고 원장님, 설사 이 여인이 제 아내였던 제너리스라 해도, 저로서는 이러한 상태에 있는 그녀를 알아보지 못해야 마땅할 것입니다."

# 3

20여 분 뒤, 루알드 수사는 수도원장의 응접실에 앉아 정신을 추스르고 있었다. 자신의 부족한 점과 실수를 받아들이고 인정하면서도 그는 자책을 멈추지 않았다. "저 자신의 요구에 급급한 나머지 아내의 감정을 무시했습니다. 세상에 어떤 남자가 반평생이나 이어온 정을 그렇게 싹둑 잘라낼 것이며, 그러고도 1년이나 아무 감정도 느끼지 않을 수 있을까요? 관대 옆에 서서 시신을 바라보면서도 '말씀드릴 것이 없다'라 되풀이했던 저 자신이 부끄럽습니다. 글쎄요, 그것이 제너리스의 시신일지도 모릅니다. 왜 그렇게 되었으며 어떻게 그런 일이 발생했는지는 모르겠지만, 저로선 그녀가 아니라 할 수도 없군요. 그러나 시신을 보았을 때 제 마음을 움직이는 것은 전혀 없었습니다. 그리고 눈으로든 마음으로든. 그 같은 상태의 시신을 보고 무어라 말할 수 있는 사람이 누가 있겠습니까?"

"하지만 저 시신이 모든 이에게 말하는 것은 분명하지. 그 여인은 장례식도 치르지 못한 채 아무도 모르는 곳에 은밀히 매장되었소. 그러니 그녀의 죽음 역시 축복받지 못한, 즉 사람의 손에 의해 은밀히 닥친 죽음이리라 짐작할 수밖에 없고. 지금 그녀는 내게 당연한 요구를 하고 있소. 뒤늦게나마 자신의 영혼을 위한 조처를 취하고 세상의 정의로 죽음의 정황을 밝혀주길 바라지. 형제는 그녀가 누구인지 말할 수 없다고 증언했으니 나는 그 말을 믿소. 그러나 그녀가 발견된 곳이 과거 형제의 소유였던 땅인데다 형제의 아내가 살다 떠난 그 오두막 바로 옆이고 하니, 행정장관의 입장에서는 자네에게 몇 가지 질문을 하려는 것이 당연한 일이겠지. 이 문제가 해결되기 전까지는 형제뿐 아니라 다른 사람들한테도 마땅히 그럴 테고."

"지당하신 말씀입니다. 어떤 질문에든 성실히 대답하겠습니다." 루알드가 유순하게 말했다. "기꺼이, 진실되게요."

과연 그는 성실하게 대답했다. 그러나 지난날 자신의 열정에 도취된 나머지 아내로 하여금 독약 같은 쓰라린 박탈감만을 맛보게 했음을 새삼 깨달은 터였으니, 아내에 대한 죄의식에 스스로를 매질이라도 하고 싶은 듯 내내 비통한 얼굴이었다.

"제가 부르심을 받은 곳으로 나아와 제 앞에 주어진 것을 받아들인 것은 옳았습니다. 하지만 스스로의 기쁨에 도취한 나머지 아내의 처참한 심정을 깡그리 잊고 있었음은 잘못된 것이었지요. 이제 저는 그녀의 얼굴이나 거동조차 기억할 수 없는 지경이 되었으나, 다만 그녀가 제게 남기고 간 마음의 불안, 너무도 오래 도외시해온 그 불안감만은 처절히도 가슴에 사무치는군요. 어디에 가 있든 그녀는 보상을 받을 것입니다." 그가 회한이 담긴 어조로 말을 이었다. "지난 반년 동안 저는 그녀의 평온을 위해 기도조차 올리지 않았음을 고백합니다. 저 자신이 너무도 행복했으므로 그녀의 존재를 마음에서 깨끗이 잊고 있었던 것입니다."

"수사께서 성직 지망자로 이곳에 받아들여진 이후 두 차례에 걸쳐 아내를 만난 것으로 압니다만." 휴가 말했다.

"그렇습니다. 폴 수사님께서 함께 다녀오셨으니 그분께서 증언해주실 것입니다. 제게 재산이 좀 있었는데, 그것을 아내의 생계를 위해 증여하도록 원장님께서 허락하셨지요. 일은 합법적으로 처리되었습니다. 그것이 첫 방문이었지요."

"그게 언제였습니까?"

"작년 5월 28일이었습니다. 그리고 제가 가지고 있던 기구와 연장, 오두막에 남겨진 것들 가운데 쓸 만한 물건들을 팔아 돈을 마련한 뒤 6월 첫째 날에 다시 그곳으로 갔습니다. 아내가 마음을 풀고 제게 용서와 호의를 베풀어주길 바랐습니다만 헛된 바람이었지요. 수도사가 되려는 저를 곁에 두기 위해 그토록 간절히 애원했던 사람이 그날은 증오와 분노에 휩싸여 제 돈에 손도 대지 않으려 하더군요. 자기한테도 이젠 사랑할 가치가 있는 사람이 생겼으니 갈 테면 가라고 악을 썼습니다. 지난날 그녀가 제게 품었던 다정함은 크나큰 원한으로 바뀌어 있었어요."

"그녀가 그런 얘길 했단 말입니까?" 휴가 날카롭게 물었다. "새 연인이 생겼다고요? 그건 그녀가 오두막에서 사라진 뒤 나온 소문인 줄로만 알았는데…… 그러니까, 그 부인이 자기 입으로 그런 말을 했다는 거지요?"

"그렇습니다. 저를 붙잡아두지 못하게 되자 그녀는 냉혹해졌습니다. 하지만 그렇다고 세상 이목으로부터 자유로워질 수도 없는 처지였지요. 제가 여전히 그녀의 남편으로 남아 있었으니까요. 저라는 존재가 맷돌처럼 그녀의 목을 누르고 있었던 셈입니다. 그런데 그날은 자신을 막지 못할 것이라고 하더군요. 자기에게 연인이, 저보다 백배는 나은 사람이 생겼으니 어떻게 해서라도 자유를 얻고야 말겠다고, 그 사람이 부르기만 하면 세상 끝까지라도 함께 가겠다고요. 폴 수사님께서도 낱낱이 다 들으신 내용입니다. 그분께서 증언해주실 것입니다."

"그녀를 마지막으로 본 것이 그때였습니까?"

"예, 그게 마지막이었습니다. 바로 그달 말에 그녀가 사라졌으니까요."

"그 이후로 거기 다시 가본 일은 없고요?"

"없습니다. 저는 수도원 땅에서, 주로 게이 초원에서 작업해왔습니다. 제가 살았던 곳이 수도원 소유가 된 것은 불과 얼마 전의 일이지요. 지금으로부터 1년 전인 10월 초에 제 대군주였던 롱너의 유도 블런트께서 그 땅을 호먼드에 기증하셨고요. 저는 그 땅을 두 번 다시 찾지 않았습니다. 그쪽 이야기에 귀를 기울일 생각도 없었고요."

"제너리스에 대해서도?" 캐드펠이 슬그머니 끼어들면서 루알드의 여윈 얼굴에 드러난 표정을 살폈다. 고통과 수치심이 경련처럼 스쳐 갔지만 그는 이 상황을 충실하게 감내할 작정인 듯했다. 이제는 결코 떠나지 않을 확고한 기쁨의 힘이 그 모든 감정을 완화시켜 참고 견딜 만한 것으로 바꿔놓았던 것이다. "원장님께서 허락하신다면 나도 한 가지 묻고 싶군." 캐드펠이 말을 이었다. "형제는 그 오랜 세월 그녀와 함께했는데, 그사이 혹시 아내의 충절과 성실성, 혹은 형제에 대한 사랑과 관련해 불만을 느낄 만한 일은 없었소?"

"전혀요!" 루알드는 주저 없이 대답했다. "그녀는 언제나 진실했고 다정했습니다. 지나치다 싶을 정도로 제게 충실했어요! 그러한 아내의 헌신을 제가 감히 따라갈 수나 있었을지…… 심지어 그녀는 저와 함께하기 위해 고향을 떠났지요." 진실 그대로 돌이켜보는, 누가 듣고 있든 개의치 않는 태도였다. "그렇게 말도 통하지 않고 생활 방식도 이해하기 힘든 낯선 땅으로 왔습니다. 아내가 제게 얼마나 많은 것을 주었는지 저는 이제야 비로소 알 것 같습니다. 저도 보답하려고 노력하기는 했지만 그녀가 제게 해준 것에는 결코 미치지 못할 겁니다."

\*

휴가 마구간으로 가 자신의 잿빛 말에 오른 것은 저녁기도 시간이 다 되었을 무렵이었다. 문지기실을 빠져나와 수도원 앞 대로로 접어든 그는 왼쪽으로 방향을 돌려 시내의 자택에 돌아갈 것인지, 아니면 황혼 녘임에도 불구하고 오른쪽으로 돌아 계속 진실을 캐고 다닐 것인지 잠시 망설였다. 강 위를 흐르는 물은 검푸르게 빛나고 하늘에는 무거운 베일이 드리우기 시작했지만 아직 한 시간쯤은 해가 남아 있을 터였다. 그 정도면 롱너로 가서 젊은 유도 블런트와 얘기를 나누고 돌아오기에 충분하리라. 이미 호먼드에 기증한 곳이니 그가 도공의 땅에 관심이나 있을지 의심스럽긴 해도, 그의 장원이 그곳 등성이 너머 숲속에 자리 잡고 있으니 식솔들 중 매일같이 그 길로 지나다니는 이가 있을지도 몰랐다.

휴는 세인트자일스[6]와 면한 지점에서 대로를 벗어나 여울목 쪽으로 방향을 튼 뒤 물가를 따라 이어지는 도공의 땅 오솔길을 올라가기 시작했다. 왼쪽에는 갈다 만 경사지가 펼쳐져 있었다. 새로 생긴 경작지의 경계를 이루는 등성이를 넘자 완만한 숲 지대가 시작되었다. 롱너 장원은 비옥한 목초지 위편, 강의 범람으로부터 안전한 수목 지대에 자리 잡고 있었다. 경사면 밑으로 깊숙이 파인 지하실과 거주 층 현관까지 이어진 가파른 돌계단이 보였다. 마구간에서 나와 마당을 지나가던 마부가 열린 대문으로 들어서는 휴를 보더니 쾌활하게 달려와 그의 말고삐를 건네받았다.

아래서 나는 소리를 들었는지 유도 블런트가 이내 현관문 앞에 나타났다. 주 행정 장관과 잘 알고 지내던 그는 아주 반갑게 휴를 맞이했다. 영주라는 지위에 오른 지 1년밖에 안 된 이 젊은이는 활달하고 솔직한 성격이었으며, 자기 사람들이나 주변의 규율 잡힌 세상과도 편안한 관계를 유지하고 있었다. 일곱 달 전 영웅적으로 전사한 부친을 땅에 묻는 비극적인 일을 겪었으나, 어찌 보면 그 덕에 이 젊은 새 영주가 소작인과 하인들로부터 보다 깊은 신뢰와 존경을 받게 되었다 생각할 수도 있었다. 국왕의 집사 마텔이 윌턴으로부터 퇴각하는 왕을 보호하고자 선발한 소수 병력에 블런트가 끼었고 또 그 과정에서 전사했다는 사실에 대해, 블런트 가문의 땅을 한 떼기라도 보유한 농노라면 누구나 충성심과 자부심을 느꼈던 것이다. 이제 막 스물세 살을 넘긴 젊은 유도는 경험이 부족하고 여행도 해본 적 없는, 자신이 부리는 여느 소작인들처럼 이 땅에 굳건히 박혀 있는 사람이었다. 커다란 덩치에 흰 피부와 준수한 용모, 숱이 풍성한 갈색 머리를 흐트러뜨린 남자. 조부 시절에 다소 축나긴 했지만 비옥한 땅을 제대로 관리한다는 것이 그에게는 흥미진진하고 즐거운 일이었다. 틀림없이 그 일을 잘해낼 것이며, 미래의 후계자에게는 부친에게서 물려받은 것보다 더 풍요로운 땅을 물려주게 되리라. 휴는 문득 이 젊은이가 불과 석 달 전에 혼인을 했다는 사실을 떠올렸다. 아닌 게 아니라. 그의 얼굴에서는 큰일을 치른 뒤의 평온하고 신선한 분위기가 느껴졌다.

"좋지 않은 소식을 가져왔소." 휴는 서두를 생략하고 즉시 본론으로 들어갔다. "하지만 아마 당신에게 큰 골칫거리가 되지는 않을 테니 크게 근심할 필요 없을 거요. 수도원에서 오늘 아침에 도공의 땅에 밭갈이 일꾼들을 투입했소."

"그 얘긴 저도 들었습니다." 유도가 침착하게 말했다. "아내 로빈이 그들을 보았다더군요. 이제 제가 상관할 바는 아니지만, 어쨌거나 수확이 많았으면 합니다."

"그 땅에서 처음으로 수확한 것이 무엇인지 알면 기분이 그리 좋지 않을 거요." 휴가 무뚝뚝하게 말을 이었다. "쟁기질을 하던 중 둔덕 밑에서 시체 한 구를 발견했소. 여자인데, 지금은 수도원 시체 안치소에 옮겨져 있지. 아니, 여자라기보다 여자의 뼈라고 하는 편이 정확하겠군."

손님을 위해 포도주를 따르던 유도가 문득 동작을 멈추었다. 병이 흔들리면서 그의 손 위로 붉은 포도주가 흘러내렸다. 그는 입을 쩍 벌린 채 놀라 휘둥그레진 푸른 눈으로 휴를 보았다. "죽은 여자라고요? 그러니까, 거기 시체가 묻혀 있었단 말씀입니까? 뼈가 나왔다면…… 얼마나 오래된 겁니까? 대체 그 여자는 누구고요?"

"그걸 어찌 알겠소? 우리가 아는 건 그게 여성의 뼈라는 사실뿐이오. 참고인 얘기로는 죽은 지 5년 이상은 되지 않았을 거라더군. 혹시 그곳에서 이목을 끌 만한 짓을 하는 낯선 사람을 본 적은 없소? 딱히 사람이 아니더라도 좋고. 지난 1년간 그 땅은 호먼드의 책임하에 있었으며 따라서 당신에겐 그곳을 관리할 의무가 없었다는 점이야 나도 잘 알고 있소. 하지만 그 땅과 이처럼 가까이 있으니 근방에 침입자가 있었다면 혹시 여기 사람들 중 누군가 목격했을지도 모르잖소. 어렴풋이라도 들은 바가 없소?"
유도가 세차게 고개를 가로저었다. "돌아가신 부친께서 그 땅을 수도원에 내준 뒤로 저는 거기 가본 일이 없습니다. 듣자 하니, 유랑자들이 이따금 그곳 오두막에 머물곤 했다더군요. 장이 설 때라든지…… 아, 지난겨울에도 여행하던 이들이 하룻밤 묵어갔다는데, 그게 누구였는지, 무슨 짓을 했는지는 저로서도 알리 만무하지요. 그들로 인한 피해나 위협 같은 건 보고받은 바 없습니다. 그나저나, 참 희한한 일도 다 있군요."
"우리도 모두 그렇게 생각하고 있소." 휴는 쓸쓸히 대꾸하며 유도가 내미는 컵을 받아 들었다. 어둑한 홀 안에서 난롯불이 타오르고 있었다. 푸르스름한 물안개와 황혼의 옅은 금빛이 뒤섞여 열린 문을 통해 안으로 새어 들어왔다. "최근 몇 년 사이 이 근방에 집을 나와 떠도는 여자가 있다는 얘기도 들어본 적이 없소?"
"네, 전혀 없습니다. 이곳엔 사방으로 제 사람들이 깔려 있지요. 만일 그런 일이 있었다면 그들이 모를 리 없고, 제 귀에도 즉각 들어왔을 겁니다. 아버님 생전이었다면 아버님 귀에 들어갔을 테고요. 아버님께서는 이곳에서 돌아가는 일들을 유독 빈틈없이 챙기셨거든요. 당신 사람이나 땅이 잘못되는 것을 두고 보실 양반이 아니었고, 다들 그분 성품을 알았기에 무슨 일이 생기면 즉시 들고 왔지요."

"나도 그렇게 알고 있소." 휴가 말했다. "하지만 한 여자가 제 집에서 나가 한마디 말도 없이 사라져버린 일은 당신도 아마 기억하겠지. 그 여자의 집이 바로 그 땅이었다는 것도."

이번에도 유도는 눈을 크게 뜨고 있다가 휴가 암시하는 바를 깨닫고는 말도 안 된다는 듯 어이없는 웃음을 머금어 보였다. "루알드의 아내 말씀입니까? 설마 그 여자라 생각하시는 건 아니겠지요! 그 여자가 이곳을 떠났다는 건 만인이 다 압니다. 비밀도 아니지요. 게다가, 나리께선 정말로 그 매장 사건이 그렇게 최근의 일일 수 있다고 보십니까? 그랬다면 그 불쌍한 여자가 뼈만 남은 채 발견됐을 리가 없죠. 말도 안 되는 얘깁니다! 제너리스는 다른 사내와 함께 달아났어요. 물론 그 여자를 나무랄 일은 아니지요. 남편이란 사람은 저 하고 싶은 대로 하는데 자기 혼자 변함없이 묶여 있으니 얼마나 억울했겠습니까. 그 상태로는 살아가기 힘들었을 겁니다. 남편이 죽으면 다시 혼인이라도 할 수 있지만, 그녀의 경우엔 그것도 불가능했잖아요. 설마 시체 안치소에 누워 있는 그 여자가 정말로 제너리스라 생각하시는 건 아니죠?"

"아직은 아무것도 확언할 수 없는 상황이오. 하지만 그 부부가 헤어진 장소와 시간, 당시의 정황으로 보아 의구심을 갖지 않을 수 없긴 하지. 이 일에 대해서는 몇 사람 외에 아무도 모르고 있지만 조만간 얘기가 새어 나갈 거요. 그때 당신은 사람들이 무어라고들 수군대는지 잘 듣고 알려주시오. 그들을 직접 만나 탐문해주면 더욱 좋고. 그 땅 근처에서 은밀한 일이 진행되거나 수상한 자들이 오두막에 숨어드는 것을 본 사람이 있는지, 특히 거기서 여자와 함께 머문 남자가 있었는지 말이오. 죽은 여자의 이름만 알아내면 문제를 푸는 데 큰 도움이 될 거요."

유도는 잠시 생각에 잠겼다. 단호한 표정에서 모종의 의지가 느껴졌다. 그 일이 질서 있는 자신의 삶을 흔들어놓을 수는 없으며 또 그렇게 되도록 보고 있지도 않겠다는 의지였다. 그는 포도주 잔 너머로 휴를 응시하다가 입을 열었다. "장관께서는 그 여자가 은밀히 죽임을 당했다 보십니까? 혹시 루알드가 의심을 살 수도 있는 상황인가요? 저로선 결코 그렇게 생각할 수 없습니다만…… 어쨌거나 장관님께서 말씀하신 내용은 잘 이해했습니다. 사람들한테 물어보고 특이하다 싶은 점이 있으면 즉각 전갈을 보내지요. 하지만 그럴 만한 일이 있었다면 이미 제 귀에 들어왔을 겁니다."

"그렇더라도 수고를 좀 해주시오." 휴가 침울하게 말을 이었다. "죽음이 발생한 상황이니 무심결에 가볍게 내뱉은 사소한 얘기라도 이젠 무거운 의미를 지닐 수 있는 법이지. 나는 루알드를 최대한 조사하고 그 외의 다른 인물에 대해서도 알아볼 작정이오. 그도 시신을 보긴 했는데, 자기 아내인지 아닌지 구별하지 못

하더군. 그를 탓할 수도 없는 노릇이오. 한 여자와 수십 년을 함께 산 남자라 한들 지금 그런 얼굴을 알아보기란 지극히 힘들 테니까."

"그가 아내를 해쳤을 리는 없습니다." 유도가 완강하게 대꾸했다. "아내가 소작지를 떠나기 전까지 그는 내내 수도원에 있었으니까요. 입문한 지 아마 서너 주쯤 되었을 때였을 겁니다. 이건 분명 다른 작자의 소행이에요. 노상강도나 그 비슷한 유의 인간이 옷가지와 소지품을 노리고 칼을 이용해 살해했겠지요."

"그렇게 보기는 어렵소." 휴가 말했다. "여자는 단정히 차려입은 채 똑바로 뉘어 있었거든. 게다가 가슴 위에 포갠 양손에는 관목 가지로 만든 자그만 십자가까지 쥐여 있었소. 몸에 아무 상처도, 부러진 뼈도 없었지. 칼을 썼을 가능성이야 있긴 하지만 지금으로서는 그걸 밝혀내기 힘들고…… 어쨌거나 다소간의 존경과 배려 속에 매장된 건 확실하오. 사실상 그게 가장 기이한 점이지."

"그래서, 그 여인을 묻은 사람이 루알드 수사이리라 생각하시는 겁니까?" 유도가 인상을 쓰며 고개를 내저었다. "혹시 이미 죽어 있는 아내를 발견하고 그랬을까요? 하지만 그랬다면 이를 알리고 시신을 교회로 옮겼을 텐데요."

"수사가 아니라 남편으로서 저지른 일이라 볼 수도 있소. 심하게 다투던 중 아내가 그를 몰아붙여 폭력을 쓰게 만들었고, 그는 사고를 친 다음 양심의 가책을 느껴서…… 아니, 그만둡시다. 루알드에 대해선 아직 크게 걱정할 필요 없소. 그는 아내가 사라지기 전부터 이미 수도원에서 동료들과 함께 생활하고 있었으니, 그가 견습 수사로 들어온 뒤 드나든 곳이 어디인지 수사들의 증언을 토대로 낱낱이 끼워 맞춰볼 생각이오. 더하여 지난 5년 사이 행방불명된 여자들이 있는지에 대해서도 알아볼 테고." 문 너머 짙어가는 어스름을 살피며 휴가 자리에서 일어섰다. "그만 돌아가는 게 좋겠군. 시간을 너무 많이 빼앗았소."

"아니, 전혀요. 괜찮습니다." 유도도 함께 일어나 말했다. "어쨌거나 먼저 이쪽부터 알아보기로 하신 것은 옳은 판단인 듯합니다. 사람들 얘기를 들어보도록 하지요. 사실 저로서는 지금도 가끔 그 땅이 제 땅인 듯 느껴져요. 비록 교회에 기증하는 경우라 해도, 남의 손에 땅을 넘겨주기란 힘든 법이지요. 그 땅에 내 뿌리가 남아 있는 기분이 들거든요. 저는 그 땅이 계속 황폐한 상태로 남겨져 있는 게 싫었습니다. 그래서 이번에 땅을 교환한다는 얘기를 듣고 아주 기뻤어요. 그쪽 수도원에서 보다 잘 활용하리라 생각했거든요. 솔직히 말씀드리자면 부친께서 그 땅을 호먼드 측에 넘기기로 했을 땐 좀 놀랐습니다. 거기서 활용하자면 골치깨나 썩게 되리라 짐작하고 있었지요." 손님을 배웅하느라 문 쪽으로 따라 나오던 그가 갑자기 걸음을 멈추더니 홀 귀퉁이, 커튼이 쳐진 문간 쪽으로 고개를 돌렸다. "장관님, 괜찮으시다면 저희 어머님께 들러 이웃으로서 인사나 좀 건네주시겠습니까? 요즘 통 바깥출입을 못 하시는 데다 찾아오는 사람들도 극히 드물어서요. 아버님 장례식 이후로는 문 밖으로 나오신 적이 없답니다. 나리께서 잠깐 들르시면 기뻐하실 거예요."

"물론 기꺼이 그래야지." 휴는 즉각 돌아섰다.

"하지만 이번에 발견된 그 여자 이야기는 절대로 하지 마십시오. 괜히 정신만 혼란스러워지실 겁니다. 얼마 전까지만 해도 저희 소유지였던 땅이고, 루알드 역시 저희 소작인이었으니…… 어머님께서 아주 강한 분이시긴 하지만, 우리는 세상의 나쁜 소식들, 특히 집과 가까운 곳의 소문들이 그분 귀에 들어가지 않게 하려고 애쓰고 있답니다."

"한마디도 않겠소!" 휴가 말했다. "지난번에 내가 마지막으로 뵌 후로 상태는 좀 어떻소?"

젊은이가 고개를 내저었다. "좋지 않아요. 하루하루 조금씩 더 여위고 창백해지시죠. 그래도 불평은 전혀 하지 않으십니다. 자, 들어가보세요!" 그는 아주 낮은 목소리로 말하며 커튼을 젖혔다. 표정을 보아 하니 그곳에 들어가는 게 영 내키지 않는 모양이었다. 한창 팔팔한 젊은이가 아픈 사람과 함께 있으면 자연히 불편함과 답답함을 느낄 수밖에 없으리라. 문을 열고 안에 있는 여인에게 말을 건네는 유도 블런트의 음성은 어색하리만치 부드럽고 절제되어 있었다. 마치 애정으로 대해야 마땅하나 도무지 가까이 하기 힘든 낯선 이에게 말을 거는 듯한 목소리였다. "어머님, 여기 휴 베링어 장관께서 찾아오셨습니다."

휴가 그를 지나쳐 자그마한 방으로 들어섰다. 평평한 석판 위에 놓인 숯 화로가 훈훈한 기운을 내뿜고, 벽에 매달린 횃불이 방을 밝히고 있었다. 부인은 불빛 바로 밑, 벽 앞에 놓인 장의자에 앉아 깔개며 쿠션들로 몸을 받쳐 꼿꼿한 자세를 유지하고 있었는데, 그 평온함과 침착한 태도가 실내의 분위기를 압도하는 듯했다. 막 마흔다섯을 넘겼을 뿐이지만 오랫동안 병을 앓아온 터라 실제보다 훨씬 더 늙고 초췌해 보였다. 부인은 시든 이파리처럼 여린 손으로 앞에 놓인 물렛가락을 잡고 양모를 꼬는 중이었다. 실 가닥을 매만지고 비트는 손길이 참으로 꾸준하고 능숙했다. 휴가 들어서자 부인은 고개를 들더니 놀라움이 깃든 미소를 지어 보이며 물렛가락을 의자 발치에 내려놓았다.

"장관님, 이렇게 고마울 데가! 정말 오랜만에 뵙는군요." 그들이 마지막으로 본 것은 일곱 달 전, 죽은 영주의 장례식에서였다. 부인이 손을 내밀자 휴는 아네모네처럼 가벼운 그 손을 잡아 입을 맞추었다. 냉기가 입술로 전해 왔다. 부인은 깊숙이 박힌 크고 연푸른 눈으로 신중하고 예리하게 그를 마주 보았다. "직무를 훌륭하게 수행하고 계시는 것 같더군요. 짐이 무거운 양반이 이 바쁜 시간에 설마 나를 만나러 여기까지 온 건 아니실 테고…… 유도한테 볼일이 있으셨습니까? 어쨌거나 이렇게 잠깐이나마 얼굴을 보게 되니 참으로 반갑습니다."

"일이 사람을 통 놓아주질 않네요." 휴가 말했다. "예, 유도에게 볼일이 좀 있어 들렀습니다. 부인께서 신경 쓰실 만한 큰일은 아니니 걱정 마십시오. 피곤하실 정도로 오래 머물지는 않겠습니다. 일 얘기도 하고 싶지 않고요. 그래, 건강은 좀 어떻습니까? 필요하신 것, 혹은 제가 도와드릴 만한 것이라도 있는지요?"

"필요한 건 말도 하기 전에 다 대령되고 있지요. 유도도 좋은 아들이지만 내가 며느리 복도 있어서. 정말이지 나로선 아무 불만이 없어요. 우리 며느리가 벌써 아이를 가졌는데, 알고 있었습니까? 좋은 빵처럼 튼튼하고 건강하니 아이도 많이 낳겠죠. 유도가 아내를 참 잘 만났어요." 부인이 즐겁게 말을 이었다. "아들은 장원을 조금이라도 더 키우겠다고 정신없이 지내다가, 요즘엔 제 자식을 보려는 기대로 들떠 있답니다. 남편은 생전에 이곳 땅을 제쳐둔 채 먼 곳에만 관심을 쏟았는데 말이에요. 국왕의 운이 오르내릴 때마다 낱낱이 파악해야 직성이 풀렸지요. 하지만 그가 떠난 지금 나는 시대에 뒤떨어져 그저 골골대고만 있으니…… 그래, 요새 바깥세상은 어떻게 돌아가고 있습니까?"

휴가 보기에 그녀는 먼 곳이든 가까운 곳이든 바깥세상의 소문으로부터 보호받아야 할 이유가 전혀 없었다. 그러나 걱정하는 아들을 생각해 그는 조심스레 입을 열었다. "우리 쪽에서는 크게 달라진 게 없습니다. 글로스터의 백작은 남서쪽 지역을 황후의 요새로 바꿔놓느라 분주하지만요. 양측 모두 각자가 보유한 것들을 지키는 데 집중하느라 당분간은 싸울 일이 없을 겁니다. 게다가 이쪽은 싸움의 중심지에서 벗어나 있으니 운이 좋은 셈이지요!"

"듣자 하니 상대측에서는 다양한 일들이 벌어지고 있는 것 같던데요." 도나타가 눈치 빠르게 대꾸했다. "그러지 말고 말해봐요, 휴. 기왕 여기까지 왔는데, 유도의 방책 너머에서 부는 신선한 미풍을 나한테는 한 줄기도 맛보여주지 않겠다는 겁니까? 내 아들은 날 베개 속에 싸놓으려 들지만 당신까지 그럴 필요는 없잖아요."

휴 또한 그렇게 느끼고 있었다. 지금 이렇게 불쑥 찾아든 말벗의 존재만으로도 그녀의 시든 얼굴에 희미한 화색이 돌고 움푹해진 눈에 불꽃이 일지 않는가.

"상대측 소식이야 물론 많지요." 그가 장난스레 말을 이었다. "국왕한테는 마음 편할 리 없는 얘기들이긴 하지만요. 세인트앨번스에서 큰일 날 일이 있었습니다. 이번에도 황후와 반역을 꾸미고 국왕을 전복시킬 음모를 세운 것에 대해 중신의 절반이 에식스 백작을 비난했던 모양이에요. 결국 그는 런던탑 관리 권한은 물론 에식스의 성과 토지까지 넘겨주어야 했지요. 그렇게 하지 않았다간 교수대로 가야 할 판국인데, 그 사람 입장에서야 아직은 죽을 준비가 안 된 터였으니까요."

"그가 그것들을 다 내놓았다고요? 제프리 드 맨더빌[7] 같은 사람에겐 대단히 따끔한 맛이었겠군." 그녀가 놀란 얼굴로 말했다. "남편은 결코 그를 믿은 적이 없어요. 늘 오만하고 거만한 자라며 싫어했지. 오래전부터 수시로 옷을 바꿔 입은 사람이라고…… 이번에도 그러려 했던 게 분명해요. 제때 처리했으니 다행입니다."

"아뇨, 토지를 몰수한 뒤 풀어주자 그는 즉시 본거지로 돌아가 부근 지역에서 사람들을 끌어모아서는 케임브리지를 공격했습니다. 교회든 뭐든 가리지 않고 약탈할 만한 건 모조리 약탈한 다음 도시에다 불을 질러버렸지요."

"케임브리지를?" 부인이 믿을 수 없다는 듯 되물었다. "감히 케임브리지 같은 도시를 공격했단 말입니까? 국왕으로서는 그를 응징하지 않을 수 없겠구먼. 제멋대로 약탈하고 방화하도록 내버려둘 순 없지."

"그게 쉽지가 않습니다. 그자는 펜 지방(영국 동부의 소택 지대―옮긴이)을 제 손금 보듯 훤히 알고 있으니 적당한 곳으로 끌어들여 전투를 벌인다는 게 결코 간단한 과제가 아니지요."

그녀가 몸을 숙이더니 발로 물레를 돌리며 여위고 반투명한 손에 실을 되감았다. 퀭한 두 눈 위로 반쯤 내려온 대리석 같은 눈꺼풀에 비친 실핏줄이 마치 흰 꽃의 엽맥 같았다. 통증은 어쩔 수 없이 드러낼지언정 감정을 내비치지는 않겠다는 듯, 그녀는 조심조심 신중하게 움직이고 있었다. 굳게 다문 입술에서 과묵함과 인내가 느껴졌다.

"내 아들도 거기 펜 지방에 있습니다." 부인이 나직하게 말했다. "둘째 녀석 말입니다. 장관께서도 기억하시지요? 작년 9월에 수사가 되겠다며 램지 수도원으로 들어갔지요."

"물론 기억합니다. 3월에 부친의 장례를 치르러 고향으로 왔을 때, 저는 그가 마음을 고쳐먹었나 했었죠. 설리엔이 수도사가 될 줄은 정말 몰랐거든요. 제가 본 그는 언제나 세상 속에서 착실하고 건전하게 살아가려는 욕구로 가득 차 있었으니까요. 그래서 수도원 생활 반년 만에 드디어 마음을 바꾸었나 보다 했는데, 제 생각이 틀렸어요. 장례가 끝나자마자 그는 돌아가버렸지요."

여전히 윤기 흐르는 눈 위로 아치형 눈썹을 치올린 채 그녀가 잠시 침묵 속에 그를 올려다보았다. 그 입술에 희미하기 이를 데 없는 미소가 잠시 스치고 지나갔다. "그래요, 나 역시 기왕 집으로 온 김에 계속 있어주었으면 했지. 하지만 그 아이는 다시 가버렸어요. 소명을 두고 왈가왈부하기란 불가능한 모양입니다." 이는 마치 세상과 아내와 결혼 생활로부터 냉정하게 떠나온 루알드에 대한 이야기 같기도 했다.

잠시 후, 휴는 어둠이 짙어가는 마당으로 나와 유도와 작별 인사를 나눈 뒤 말에 올랐다. 집을 향해 달려가는 내내 부인과의 대화가 줄곧 귓전에 맴돌았다. 그가 알기로 케임브리지에서 램지까지는 30여 킬로미터쯤 될까 말까 한 거리였다. 런던과 스티븐의 주력군이 자리한 곳에서 멀리 떨어져 있는 데다 지대의 영향으로 진입하기가 수월치 않은 곳이 바로 램지 수도원이 있는 펜 지방이었다. 게다가 겨울이 다가오고 있었으니 도나타 부인으로서는 아들을 걱정할 만도 했다. 드 맨더빌 같은 미친 늑대가 그 황무지 어딘가에 근거지를 세우면 스티븐은 군사를 총출동시켜야 할 테고, 그러면 또다시 끔찍한 전투가 벌어지리라.

\*

밭갈이가 이어지는 동안 캐드펠 수사는 몇 차례 더 도공의 땅에 다녀왔으나 더 이상 새로운 단서는 발견할 수 없었다. 혹시 또 충격적인 것이 나올까 싶어 그 언덕배기 밑을 돌 때마다 쟁기꾼과 황소 무리는 조심조심 신중하게 걸음을 옮겼지만 까맣고 매끈한 이랑들만 하나둘씩 생겨날 뿐 별다른 소득이 없었다. 캐드펠은 루알드의 말을 자꾸만 떠올렸다. "땅은 그저 정직합니다. 어떻게 활용하느냐에 따라 쓰임이 다를 뿐이에요." 그래, 땅만이 아니라 지식, 기능, 힘, 모든 게 마찬가지지, 그는 생각했다. 훼손되기 전까지는 정직하고 순결해.

선선한 가을날의 아름다움에 젖은 텅 빈 밭을 둘러본 뒤, 그는 생각에 잠긴 채 덤불과 가시나무와 나무들이 어우러진 언덕배기를 따라 천천히 내려왔다. 언덕 양쪽으로 손대지 않은 둔덕이 펼쳐져 있었다. 지난날 이곳에서 오랜 세월 일해온 한 남자가 자신이 진흙을 파내곤 했던 그 땅의 결백을 주장했다. 진솔하고 점잖고 훌륭한 일꾼인 동시에 정직한 주민. 그를 아는 사람이라면 누구나 그렇게 말할 것이다. 그러나 인간이 다른 인간을 과연 얼마나 알 수 있을까? 한때 도공이었으나 이제는 슈루즈베리의 베네딕토회[8] 수사가 되어 있는 루알드를 두고 이미 다양한 이야기가 나오기 시작했으니, 사람들이 노랫가락을 바꾸는 데는 오랜 시간이 걸리지 않을 터였다.

아닌 게 아니라, 도공의 땅에 묻혀 있다가 발견된 여자에 대한 소문은 금세 퍼져나가 이 지역 사람이면 누구나 다 아는 이야깃거리가 되어 있었다. 시신의 정체로 맨 먼저 지목된 사람은 역시나 그 여인이었다. 그곳에서 열다섯 해를 살다가 말 한 마디 남기지 않은 채 사라져버린 여인. 그렇다면 수사복을 입기 위해 그녀를 버린 남편 말고 의심할 만한 사람이 또 누가 있겠는가?

정체가 무엇이든, 어쨌거나 그녀는 이미 다시 묻혔다. 이름을 적어줄 수는 없었으나 수사들이 예도에 걸맞은 의식을 통해 교회 묘지의 적당한 귀퉁이에 묻어주었다. 교구를 두고 따지자면 롱너 소유의 땅 전체가 특수 상황에 속해 있는 셈이었다. 본래 체스터 주교들이 그 땅을 보유하고 있다가 이쪽 지역에 소재한 부동산을 모두 슈루즈베리의 세인트채드 교구에 넘겨주었으니 말이다. 게다가 그 여인이 교구 사람인지 지나가던 이방인인지 알 수 없는 상황이었으므로 라둘푸스는 그녀를 수도원 경내에 묻는 것이 간단하면서도 자비로운 처사라고 판단했다. 어쨌건 시신이 등장함으로써 생겨난 많은 문제 가운데 적어도 한 가지는 처리된 셈이었다.

하지만 그 여인이 편안히 쉬게 된 이후에도 마음이 편치 못한 이들이 남아 있었다.

"자넨 그를 용의자로 보지 않는 것 같더군." 긴 하루가 저물 무렵, 허브밭 작업장에서 휴와 마주 앉은 캐드펠이 말했다. "보다 깊이 있는 심문도 이뤄지지 않았고."

"아직은 그럴 필요가 없습니다." 휴가 말했다. "이미 갇혀 있는 셈이니까요. 그는 여기서 한 발짝도 움직이지 않을 거예요. 수사님도 직접 보셨잖습니까. 그는 모든 것을, 그러니까 최악의 것까지 전부 하느님이 자신에게 내린 정당한 벌로 받아들이고 있습니다. 아, 물론 살인을 인정했다는 얘기가 아니라, 새롭게 발견한 자신의 결함들에 대한 벌이란 뜻입니다. 아니면 스스로의 신앙과 인내에 대한 하나의 시험으로 받아들이거나요. 우리 모두가 그를 죄인으로 지목한다 해도 그는 순순히, 심지어 감사함을 느끼며 견뎌낼 겁니다. 그 어떤 것도 그를 달아나게 만들지는 못해요. 그러니 저는 그가 이곳에 들어온 이후 바깥으로 드나든 정황에 대해 캐보려고 합니다. 그 과정에서 정말로 그를 의심할 만한 단서가 드러난다 해도 그의 소재를 두고 고민할 필요는 없지요. 제가 빤히 아니까."

"아직까지는 단서를 전혀 포착하지 못한 건가?"

"이렇다 할 만한 건 없었습니다. 어느 날 갑자기 살던 곳에서 사라진 여자에 대해서도 더는 들은 게 없고요. 사망 장소나 시간, 둘 사이의 다툼, 여자의 분노, 그 모든 요소들이 루알드를 의심하게 만들고 피해자는 분명 제너리스라고 부추기는 듯합니다. 하지만 제너리스는 그가 수도원 담장 안으로 들어온 뒤로도 멀쩡하게 살아 있지 않았습니까? 게다가 그가 폴 수사를 대동하지 않은 채 그녀와 만난 증거가 전혀 없어요. 혼자서 볼일을 보러 나갔다가 몰래 그녀에게 들렀으리라 보기도 어렵습니다. 아내가 마음을 정리하게끔 하기 위해서라도 수도원장님께서 그에게 그녀를 만나지 말라 지시하셨을 텐데, 루알드는 그런 지시를 어길 사람이 아니잖습니까." 그러고서 휴는 다소 짜증스럽고 맥 빠진 투로 말을 이었다. "답답하군요. 사실 모든 정황이 루알드와 제너리스의 경우에 너무도 딱 들어맞긴 하니까요. 달리 의심 가는 사람들도 없고요."

"하지만 자넨 그렇게 믿지 않는 게지." 캐드펠이 빙그레 웃어 보였다.

"믿지도 안 믿지도 않습니다. 저는 계속해서 지켜보고, 루알드도 계속 이렇게 지내겠지요. 세간의 소문이 불리한 만큼 그로서는 이 안에 있는 편이 제일 안전할 겁니다. 설사 소문이 잘못된 것이라 한들 그에겐 아무 상관도 없을 거고요. 아마 이 모든 것을 하느님의 응징으로 생각하고 구원될 날만 끈기 있게 기다리겠지요."

# 4

10월 8일, 우중충한 이슬비 속에 아침이 밝았다. 아무것도 느끼지 못하다가 한참 후에 보면 표면이 촉촉이 젖어 있는 그런 비였다. 수도원 앞 대로의 일꾼들이 삼베 두건을 쓰고 각자의 일터로 나설 무렵, 한 젊은이가 마시장터를 지나 대로를 따라 터벅터벅 걸어 올라왔다. 두건을 앞으로 쑥 끌어당겨 이마를 가린 모습이 궂은 날씨에도 불구하고 일터로 나서는 여느 행인들과 크게 달라 보이지 않았다. 베네딕토회 교단의 수사복도 그리 눈길을 끌지는 못했으니, 그저 볼일이 있어 세인트자일스에 갔다가 대미사와 총회 시간에 맞추어 돌아오는 수사쯤으로 보였다. 진흙투성이 가죽 신발을 신은 그는 큰 보폭으로 걷고 있었지만 걸음을 내디딜 때마다 발에 통증을 느끼는 듯했다. 수사복이 무릎께까지 올라가 매끈한 근육질의 잘생긴 종아리가 다 드러나 보였는데, 발목까지 온통 진흙투성이였다. 세인트자일스 구호소보다 한참 먼 곳에서부터, 아마 수도원 앞 대로보다 훨씬 외지고 거친 길로 걸어온 모양이었다.

키는 적당한 정도였지만, 탄력 있는 한 살배기 망아지처럼 호리호리하고 각진 몸매에는 아직 완전한 성년에 이르지 못한 애송이 티가 완연했다. 그러한 젊은이가 불편하지만 결연한 걸음걸이로 힘들게 한 발 한 발 내딛는 모습은 캐드펠 수사의 호기심을 끌기에 충분했다. 젊은이가 문지기실 쪽문으로 들어서는 순간 캐드펠은 작업장에 가려고 정원으로 접어들다가 뒤를 돌아본 참이었는데, 아닌 게 아니라 그의 눈길을 끈 것은 무엇보다도 그 신출내기의 걸음걸이였다. 뒤늦은 호기심에 그는 한 번 더 젊은이를 바라보았다. 수사임이 분명한 그 젊은이는 걸음을 멈추고 문지기에게 말을 걸고 있었다. 이곳에 처음 온 방문객이 그러듯 공손하게 이곳 책임자가 누구인지 묻는 것 같았다. 우리 수도원 사람은 아닌 것 같은데, 캐드펠이 생각하며 주의 깊게 뜯어보니 과연 낯선 사람이었다. 검은색 낡은 수사복 차림, 특히 비를 막으려고 두건을 당겨 쓴 품새로 보아 다른 수사들과 특별히 구별될 것이 없었지만, 그는 이 넓은 수도원 식구들을 빠짐없이 알고 있었다. 마당 건너편보다 먼 거리에서도 성가대 수사인지, 견습 수사인지, 혹은 집사나 성직 지망자인지 한눈에 알아볼 수 있었는데, 이 젊은이는 그중 누구도 아니었다. 물론 이상할 것은 없다. 같은 교단의 다른 수도원 수사가 적법한 용무로 이곳 슈루즈베리로 파견되는 일도 드물지 않으니까. 그러나 저 방문객에게서는 어딘가 특별한 구석이 느껴졌다. 우선, 그는 도보로 이곳을 찾아왔다. 수도원 간에 오가는 공식 사절들은 주로 말을 타고 다니는데 말이다. 게다가 초라하고 지친 행색에 발까지 아파하는 것으로 보아 상당히 먼 거리를 걸어서 온 게 틀림없었다.

캐드펠은 원래 가려던 길 대신 큰 마당을 가로질러 문지기실로 향했다. 이를 항시 그의 육체를 피곤하게 만드는 호기심이라는 죄악의 탓으로만 돌릴 수는 없었다. 미사 준비 시간이 다 되어가는 데다 비까지 내리는 탓에 모두들 가급적이면 바깥으로 나오지 않았고, 꼭 나와야 할 경우에도 서둘러 잠시 볼일만 본 뒤 종종걸음으로 들어가버려 바깥에선 통 사람을 볼 수가 없었다. 용건을 전달하거나 청원자를 맞아 안내해줄 누군가가 필요한 순간 아닌가. 그리하여 캐드펠은 눈을 반짝이며 대문간의 두 사람에게 다가갔다.

"말을 전할 사람이 필요합니까, 형제님? 제가 도와드릴까요?"

"여기 이 수사님이 소속 수도원의 원장님 지시를 받고 오셨다는군요." 문지기 수사가 말했다. "라둘푸스 원장님께 직접 보고해야 한답니다. 중요한 일이라고요."

"원장님은 아직 숙사에 계십니다." 캐드펠이 말했다. "내가 방금 전까지 거기 있다 나와서 잘 알지요. 자, 안내해드리겠습니다. 원장님은 혼자 계십니다. 그처럼 중대한 보고라면 즉각 만나주실 거예요."

 젊은이가 젖은 두건을 뒤로 젖히고 고개를 흔들어 물기를 털어냈다. 마지막으로 머리칼을 정리한 지 다소 시간이 지난 듯 정수리가 짙은 갈색이 도는 금빛 잔털들로 덮여 있었다. 과연 오랜 시간 걸어온 게 틀림없었다. 어디 수도원인지는 모르겠으나 아주 먼 곳으로부터 끈질기게 걸어온 것이다. 이마와 미간이 넓고 턱으로 내려오면서 점차 가늘어지는 달걀형 얼굴에, 완고함이 느껴지는 턱은 정수리에 난 것과 같은 금빛 잔털들로 덥수룩했다. 오랫동안 걸어왔음에도 육체적 피로와 발의 통증 외에 크게 탈이 난 구석은 없어 보였다. 양 볼에 건강한 홍조가 돌았고 눈도 맑았다. 반짝이는 연푸른 눈은 한 치의 흔들림도 없이 캐드펠을 응시하고 있었다.

 "그래주시면 좋겠네요. 걸어오느라 쌓인 먼지를 털어내야겠지만 저로선 그분에게 보고를 드리는 일이 더 시급해서요. 수사님 말씀대로 우리 교단 차원에서는 아주 중대한 일이기도 하고요." 물기와 함께 자신이 지고 있는 부담도 어서 떨쳐내고 싶은 듯, 그가 어깨를 으쓱이며 이렇게 덧붙였다. "저 개인과도 관련이 있기는 합니다. 뭐, 그거야 큰일은 아니지만요."

 "원장님께선 그렇게 생각지 않으실 겁니다. 자, 어쨌거나 따라오시지요." 캐드펠이 말했다. 문지기가 끈덕진 비를 피해 안락한 숙소로 다시 들어가자, 캐드펠은 큰 마당을 따라 원장의 숙소 쪽으로 활기차게 앞장서 걷기 시작했다.

"길 떠난 지 얼마나 된 겁니까?" 아픈 다리를 이끌며 따라오는 젊은이에게 그가 물었다.

"일주일째입니다." 그의 젊음을 드러내는 다른 모든 모습들과 어울리는 맑은 저음의 목소리였다. 보아하니 이제 겨우 스무 살이 되었거나, 혹은 그보다 더 어린 것 같았다.

"그토록 먼 길을 혼자 온 겁니까?" 캐드펠이 놀라 물었다.

"수사님, 우리 모두가 뿔뿔이 흩어져 파견된 셈입니다. 죄송하지만 그 이상은 말씀드릴 수 없군요. 먼저 수도원장님께 고해야 하거든요. 그런 다음 모든 것을 그분의 손에 맡길 생각입니다."

"그래, 그래야지요." 캐드펠은 더 이상 묻지 않았다. 나직하니 자제된 그 말투에서 일종의 위기감과 함께 체념을 읽어낸 터였다. 원장 숙사의 문 앞에 다다르자 캐드펠은 격식을 생략한 채 젊은이와 함께 곧장 대기실로 들어가 반쯤 열린 응접실 문을 두드렸다. 일에 열중하고 있었는지 수도원장이 평소와 달리 높은 목소리로 들어오라 대답했다. 과연 원장은 서류 뭉치를 앞에 놓고서 기다란 집게손가락을 분주히 움직이다가 슬쩍 고개를 들어 방문객을 확인했다.

"원장님, 여기 젊은 사제가 한 사람 찾아왔습니다. 멀리 있는 우리 교단 소속 수도원에서 그곳 수도원장의 명을 받아 원장님께 보고드리고자 왔다는군요. 중대한 소식인 듯합니다. 지금 문간에 와 있는데 들어오라고 할까요?"

라둘푸스가 얼굴을 찌푸린 채 잠시 망설이더니 하던 일을 옆으로 밀어놓고는 물었다. "어디 수도원에서 왔다고 하오?"

"그건 묻지 않았습니다. 본인도 말하길 꺼려해서요. 모든 것을 원장님께 직접 보고드리라고 지시받았답니다. 듣자 하니 여기 오기까지 일주일이나 걸렸다는군요."

"들여보내시오." 수도원장이 말하고는 책상 위의 양피지들을 정리했다.

곧 젊은이가 들어와 라둘푸스 원장에게 깊은 경의를 표했다. 그러곤 비로소, 단단히 봉해졌던 마음과 혀가 풀린 양 깊은 숨을 한번 들이켠 뒤 말을 쏟아내기 시작했는데, 마치 피를 토해내는 듯한 태도였다.

"원장님, 램지 수도원에서 아주 나쁜 소식을 가지고 왔습니다. 에식스와 펜 지방의 사람들이 악마로 변해버렸습니다. 제프리 드 맨더빌이 수도원을 강탈하여 자신의 요새로 만들고는 저희들을, 겨우 목숨을 부지한 형제들을, 마치 거지 내쫓듯 길가로 몰아냈습니다. 지금 램지 수도원은 도둑과 살인마들의 소굴이 되어버렸습니다."

그는 끼어들 틈도 없이 말을 줄줄 쏟아냈다. 질문이나 확인을 받을 생각도 없는 것 같았다. 두 사람을 남겨둔 채, 그러나 귀를 쫑긋 세우고 일부러 천천히 물러나던 캐드펠이 문을 닫으려 할 때였다. 수도원장의 목소리가 청년의 숨 가쁜 발언을 뚫고 날카롭게 울렸다.

"잠깐! 캐드펠 수사, 가지 말고 함께 있어주시오. 급히 말 전할 사람이 필요할지도 모르니." 이어 그가 청년을 향해 말했다. "일단 숨부터 고르고 좀 앉아서 생각한 뒤 천천히 자초지종을 고하시오. 일주일이나 참았다면 지금 몇 분 더 참는 거야 별일도 아니잖소. 자, 우리로선 금시초문인 일이군. 형제가 그처럼 오랜 시간을 걸어 여기 당도했다면 훨씬 더 빠른 소식통인 우리 행정 장관의 귀에는 벌써 들어갔어야 마땅하건만, 그동안 아무런 얘기도 듣지 못했으니 나로선 도무지 납득이 되지 않소. 그 살육 현장에서 빠져나온 사람은 형제 하나뿐이오?"

청년은 떨리는 어깨에 올라온 캐드펠의 손길을 따라 고분고분 벽 앞에 놓인 장의자로 가서 앉았다. "원장님, 저도 드 맨더빌의 포위망을 뚫고 나오느라 상당히 애를 먹었으니 다른 사절들도 마찬가지였을 줄 압니다. 특히 말 탄 사람이 살아서 빠져나오기란 힘들었을 것인데, 국왕 측 장관들에게 소식을 전하기 위해 밀사가 파견되었다면 분명 말을 탔을 것 아닙니까? 놈들은 지금 그쪽 세 개 주州에서 말과 가축은 물론 활이나 검까지 모조리 앗아가고 있습니다. 그러니 말 탄 사람이 보였다 하면 늑대들처럼 달려들어 쓰러뜨렸겠지요. 아마 제가 처음으로 빠져나온 사람일 것입니다. 굳이 살인하여 빼앗을 만큼 값어치 있는 것을 저는 전혀 지니고 있지 않았으니까요. 그렇습니다. 휴 베링어 님은 아직 소식을 모르고 계실 겁니다."

베링어의 이름이 나오자 캐드펠과 라둘푸스 모두 깜짝 놀랐다. 원장은 얼른 고개를 돌려 자신을 올려다보는 앳된 얼굴을 오랫동안 응시했다. "형제는 우리 주 행정 장관을 알고 있군. 어떻게……?"

"그게 바로 제가 이곳으로 파견된 이유 중 하나이기도 합니다. 저는 이 고장 출신이거든요. 제 이름은 설리엔 블런트라 합니다. 롱너의 영주가 바로 제 형님이시지요. 원장님께서는 절 처음 보시겠지만, 휴 베링어 님은 저희 가족을 잘 아십니다."

아, 바로 그 친구군. 그제야 캐드펠은 이 젊은이를 머리부터 발끝까지 새삼스레 뜯어보며 생각에 잠겼다. 그 집 작은아들이 지난 9월 베네딕토회 교단에 들어가기로 마음을 먹고 램지의 견습 수사가 되기 위해 집을 떠났다고 했지. 청년의 부친이 도공의 땅을 호먼드 수도원에 넘겨준 바로 그 무렵이었다. 하지만 좀 이상한 일이었다. 왜 자기 가족들이 의지하는 성 아우구스티누스 수도회 대신 베네딕토회를 택했단 말인가? 땅을 기증하고 호먼드에 들어갔더라면 거기서 조용하고 편안히 지낼 수 있었을 텐데. 반지 모양으로 깎인 축축한 갈색 머리 안쪽에 돋아난 짙은 금빛 솜털을 내려다보며 캐드펠은 생각을 이어갔다. 하긴, 나도 나 자신의 선택과 관련하여 시비를 가릴 수 없건만. 이 청년도 성 베네딕토의 중용과 인간적 온화함에 마음을 빼앗긴 모양이지. 그러나 속 편히 넘어가려 해도 새로운 의문들이 끈덕지게 일어나는 것을 도무지 막을 수가 없었다. 아니, 그렇다면 왜 하필이면 그 먼 램지를 택했지? 슈루즈베리의 우리 수도원을 놔두고 말이야.

"휴 베링어에게는 내가 지체 없이 알릴 터이니 모든 것을 이야기해보시오." 수도원장이 달래는 듯한 투로 말을 이었다. "드 맨더빌이 램지를 장악했다고 했는데, 대체 언제, 그리고 어떻게 그런 일이 발생한 거요?"

설리엔은 입술을 적신 뒤, 일주일 내내 머리에 담아온 그림들을 차분하고 분별 있게 짜 맞추기 시작했다. "오늘로부터 치자면 아흐레 전입니다. 그 백작이 과거 자신의 땅이었던 곳으로 돌아와 전에 자기 밑에서 일했던 사람들을 규합하고 있다는 소식이 그쪽 지방 사람들 사이에 이미 다 퍼져 있었습니다. 더하여 이제 추방된 처지의 그를 기꺼이 돕겠다고 나선 온갖 야만인들과 탈법자들까지 끌어모으고 있다는 얘기까지 돌았지요. 하지만 저희는 그의 병력이 어디에 있는지 몰랐고, 우리를 노리고 있다는 것도 전혀 눈치채지 못하고 있었습니다. 아시다시피 램지는 섬이나 마찬가지인 곳 아닙니까? 발을 적시지 않고 드나들 수 있는 길은 딱 하나뿐이지요. 그곳이 수도원 부지로 선택된 것도 바로 그 때문이었고요. 세상과 등진 외딴곳으로는 으뜸이니까요."

"백작이 그곳을 탐낸 것도 분명 같은 이유에서였겠지. 그래, 그 점은 우리도 잘 알고 있소." 라둘푸스가 말했다.

"하지만 저희는 그 길을 방어해야 할 필요를 전혀 느끼지 못했습니다. 게다가 사전에 그의 계획을 알았다 한들, 수도사들끼리 무슨 수로 무장을 하고 방어할 수 있었겠습니까? 그러다 마침내 놈들이 수천의 병력으로 무장하고 건너와 그곳을 점령했지요······." 설리엔은 자신이 내뱉는 숫자나 말의 의미를 신중하게 되새기며 이야기를 이어갔다. "그리고 저희 수도사들을 마당으로 대문간으로 몰아낸 뒤 경내의 모든 것을 강탈했습니다. 수사복만 남긴 채 말입니다. 수도원 일부는 놈들의 손에 불타버렸고, 몇몇 수사들은 반항적인 태도를 보였다는 이유로 놈들에게 구타당하고 살해되었습니다. 그들은 수도원 바깥에서 꾸물대던 사람들에게도 화살을 쏘아댔지요. 그렇게 놈들은 우리 수도원을 강도와 마귀들의 소굴로 바꿔놓은 뒤 무기와 무장 군인들로 가득 채우고, 그곳을 본거지 삼아 강도짓과 약탈과 살인을 이어가고 있습니다. 인근 수 킬로미터에 사는 이들 중 자기 땅과 집안의 귀중품을 지킬 수단을 가진 사람은 전혀 없고요. 지금 상황이 그러합니다. 모두 제 눈으로 똑똑히 보았습니다."

"그럼 형제가 모시던 수도원장님은 어찌 되셨소?" 라둘푸스가 물었다.

"월터 원장님은 참으로 용맹하신 분입니다. 습격이 있은 다음 날, 그분은 단신으로 저들의 진지에 들어가셨습니다. 그러곤 놈들이 피워놓은 불길 속에 타고 있던 장작을 하나 꺼내 휘둘러 천막 몇 개를 불태운 뒤 너희 모두 파문감이라고 호령하셨지요. 그런데 놀랍게도 놈들은 원장님을 죽이지 않았습니다. 그저 조롱어린 말만 늘어놓았을 뿐 해치지 않고 놓아주었지요. 드 맨더빌이 인근 수도원 소유지에 사는 소작인들을 모조리 붙들어 수비대에 합류시켰는데, 다행히 멀리 떨어진 땅에는 아직 손을 대지 않았기에 월터 원장님은 살아남은 형제들을 이끌고 그리로 피난하셨지요. 저는 원장님께서 무사하신 것을 확인한 다음 멀리 피터버러까지 돌아서 수비망을 빠져나왔습니다. 그곳으로는 아직 위협이 미치지 못했거든요."

"원장께서 형제를 사절로 삼은 이유는 무엇이오? 국왕을 섬기는 이들에게 소식을 전해야 할 상황이었다는 것은 이해가 되오. 하지만 왜 하필 우리 주였는지 궁금하군."

"물론 이곳으로 오면서 거치는 곳마다 소식을 전했습니다. 하지만 저희 원장님께서 굳이 저를 이곳으로 보내신 건 바로 저 자신을 위해서였습니다. 사실 제게 문제가 좀 있는데, 그동안은 의무에 따라 그분께 일임한 상태였지요." 설리엔이 시선을 내리깔고는 머뭇거리며 말을 이었다. "그런데 그 문제가 해결되기도 전에 이런 재난이 닥친 겁니다. 그래서 원장님께서는 저를 이곳으로 보내시며 제 일신과 짐을 라둘푸스 원장님께 맡기라고 하셨지요. 조언이든 회개든 사면이든, 원장님께서 판단해주시는 대로 받아들이라 하셨습니다."

"그렇다면 그것은 우리 둘 사이의 일이니 나중에 듣기로 하겠소." 수도원장이 말했다. "우선 그쪽 펜 지방의 참사에 대해 더 이야기해보시오. 그자가 케임브리지에 이어 이제 램지에도 안전한 기지를 확보했다니, 앞으로도 위험해질 곳이 더 생길 것 같군."

"그는 이제 막 취임식을 마쳤습니다. 일단은 인근 고장 사람들이 고초를 겪고 있지요. 그곳 소작인들은 공물을 빼앗기고, 달리 가진 것이 없는 이들은 목숨까지 잃게 될 겁니다. 하지만 월터 원장님께서 무엇보다도 걱정하시는 곳은 엘리 지역입니다. 대단히 탐낼 만한 땅인데, 백작은 그쪽 지역 사정에 훤하지요. 그는 필시 그곳 수중 지대에 자리를 잡을 겁니다. 군사 충돌을 피할 수 있으니까요."

고개를 들고 눈을 빛내며 제 나름의 소견을 덧붙이는 그에게서는 수도원 견습 수사라기보다는 초보 군인으로서의 면모가 엿보였다. 라둘푸스도 그 점을 간파했는지 잠시 말없이 젊은이의 어깨 너머로 캐드펠과 눈길을 교환했다.

"잘 알겠소! 이제 더 전할 말이 없다면 모든 내용을 즉시 휴 베링어에게 전달하도록 하지. 캐드펠 형제, 그 일을 맡아주겠소? 나가면서 폴 수사를 불러주시오. 그리고 장관에게는 말을 타고 갔다가, 돌아오는 대로 다시 이리로 와주면 좋겠소."

\*

30여 분 뒤, 견습 수사들을 책임지는 폴 수사가 설리엔 수사를 다시 수도원장의 응접실로 들여보냈다. 먼 길을 오느라 쌓인 먼지를 깨끗이 씻어내고 면도를 마친 뒤 마른 수사복으로 갈아입은 청년은 조금 전과 딴판으로 보였다. 제멋대로 자란 머리칼을 정리할 시간은 없었으나 그래도 단정히 빗질을 마친 상태였다. 그는 흠잡을 데 없이 겸손하고 예의 바른 태도로 두 손을 모은 채 수도원장 앞에 섰으나, 그 맑고 푸른 눈에서 나오는 직선적이고 당당한 빛은 조금도 변함이 없었다.

"그만 나가보시오, 폴 수사." 곧 폴 수사가 나가고 조용히 문이 닫히자 원장은 청년을 향해 말했다. "오늘 뭘 먹지도 못했겠군. 시장하지는 않소? 식당에 식사가 준비되려면 아직 한참 있어야 할 텐데······."

"괜찮습니다, 원장님. 동트기 전에 길을 나서느라 쭉 공복이었지만 방금 폴 수사님께서 빵과 마실 것을 챙겨주셨습니다. 정말 감사드립니다."

"그렇다면 이제 형제의 문제라는 것을 들어봅시다. 서 있을 필요는 없소. 편안한 마음으로 자유롭게, 날 월터 원장이라 생각하고 이야기하면 되오."

설리엔은 시키는 대로 자리에 앉았다. 그러나 말이나 형식과 달리 그의 마음은 아직 완전히 굴하지 못한 듯 여전히 뻣뻣한 태도였다. 그가 등을 곧게 젖히고 눈을 내리깐 채 양손을 깍지끼자 손가락 마디마디가 하얗게 불거졌다.

"원장님, 제가 성직 지망자로서 램지 수도원에 들어간 것은 작년 9월 하순이었습니다. 저는 서원했던 바를 충실히 이행하려 했습니다만 예상치 못한 문제들이 발생하면서 전혀 생각지 못했던 일에 직면하게 되었습니다. 제가 집을 떠난 뒤 부친께서는 국왕 병력에 가담하시어 왕과 함께 월턴에 계셨습니다. 부친이 거기서 어떻게 사망하셨는지는 원장님께서도 이미 다 알고 계실 줄 압니다. 후위로서 국왕의 퇴각로를 방어하다가 돌아가셨지요. 그렇게 지난 3월, 부친의 시신을 수습하여 고향으로 모셔 가 장례를 치르고 오라는 지시가 제게 떨어졌습니다. 저는 수도원장님의 허락을 받아 나왔다가 정해진 날 다시 수도원으로 돌아갔지요. 하지만…… 집이 두 군데로 나뉘어 있다는 게 사람을 참 힘들게 하더군요. 본가를 아직 완전히 떠난 것도 아니고 제2의 집에 완전히 받아들여진 것도 아닌 상황에서 저는 그 이중의 여정을 재차 반복해야 했던 셈입니다. 게다가 최근에는 램지 내부에 반목이 일어 형제들이 분열되는 사태까지 발생했지요. 월터 원장님께서 한동안 대니얼 형제에게 직무를 위임하셨는데 그는 도무지 그럴 만한 그릇이 못 되는 사람이었어요. 지금은 다 해결되었지만, 그러한 사태가 저에게는 혼란과 고통 그 자체였습니다. 견습 기간 말기로 접어든 지금까지도 저는 앞으로 무엇을 해야 할지, 제가 무엇을 하고 싶어 하는지조차 모릅니다. 그래서 수도원장님께 부탁드렸지요. 최후의 서원을 하기 전에 시간 여유를 더 주십사 하고요. 그때 이번 사태가 터졌고, 원장님께서는 저를 이곳, 슈루즈베리의 우리 교단 수도원 형제들에게로 보내는 것이 최선이라 판단하신 겁니다. 그러니 저는 이제 라둘푸스 원장님의 지시와 인도에 모든 것을 맡기고자 합니다. 제 길이 뚜렷이 눈앞에 보일 때까지 말입니다."

"소명에 대한 확신이 옅어진 게로군." 수도원장이 말했다.

"그렇습니다, 원장님. 이제는 전처럼 확신이 서지 않습니다. 두 길 사이에서 흔들리고 있습니다."

"월터 원장은 형제를 결코 쉬운 길로 보내준 게 아니오." 라둘푸스가 얼굴을 굳히며 말을 이었다. "오히려 양쪽 바람이 가장 거센 곳으로 보낸 셈이지."

"그분께서는 그것이 가장 합리적이라 여기신 듯합니다. 이 지역에는 제 집이 있습니다만 원장님께서는 결코 '집으로 가라'는 말씀이 없었죠. 결국 저 자신이 택한 규율 속에서 지내며 고향과 가족의 이끌림을 강력하게 느끼게 될 곳으로 보내신 겁니다. 제게 옳고 진실한 최후의 대답을 얻을 수 없다면……" 설리엔이 갑자기 부릅뜬 푸른 눈을 치켜들었다. 일체의 동요도 찾을 수 없으나 고뇌가 깊은 눈빛이었다. "쉬운 길을 찾아 무엇 하겠습니까? 하지만 지금으로서는 아무 결정도 내리지 못하겠습니다. 뒤돌아본다는 자체가 수치스럽게 느껴지기도 하고요."

"그럴 것 없소." 라둘푸스가 말했다. "뒤돌아보는 것에 대해 말하자면 형제가 처음도 아닐뿐더러 최후도 아닐 테니. 형제가 결국 세상으로 돌아가기를 택한다 한들, 그 역시 처음도 마지막도 아닐 것이오. 모든 사람은 오로지 하나의 인생과 하나의 바탕을 지니고 있으며 이를 하느님 섬기는 일에 내놓을 수 있을 뿐이오. 만일 하느님 섬기는 방법이 단 하나밖에 없다면, 그리하여 모두들 독신으로 수도원에 틀어박혀 산다면, 출산과 탄생이 끊겨 세상에서 사람이 사라질 터이니 교회 안에서도 밖에서도 하느님은 숭배받지 못하게 되겠지. 사람이라면 자기 내면을 들여다보고 창조주께서 하사하신 최선의 자질을 최대한 바칠 수 있는 방향으로 가는 것이 당연한 의무요. 형제가 한때 옳다고 생각했던 길이 지금은 그른 듯 보여 의문을 품는 것, 그건 결코 죄가 아니오. 묶여 있다는 생각일랑 아예 버리시오. 우리도 형제가 묶이는 것은 바라지 않으니. 자유롭지 못한 사람은 자유롭게 베풀 수 없는 법이오."

젊은이는 진지한 눈빛으로 말없이 원장을 바라보았다. 잔대꽃처럼 투명하고 엷은 눈과 굳게 다문 입술이 탐색하고 있는 것은 자기 자신의 내면이 아닌 눈앞의 조언자였다. 이윽고 그가 조심스레 입을 열었다. "원장님, 솔직히 말씀드리지요. 저는 스스로의 행위에 대해서조차 확신하지 못합니다만, 지난날 교단에 입문 허락을 요청하게 된 이유만큼은 올바르지 못했다 확신합니다. 이제 와 다시 교단을 등지려는 생각을 하며 수치심을 느끼는 이유도 바로 그 때문인 듯합니다."

"형제, 사실 지금 형제가 한 말만으로도 교단이 형제를 등질 충분한 이유가 되오. 많은 이들이 처음에는 그릇된 이유로 이곳에 들어오지만 나중에는 올바른 이유를 발견해 남아 있소. 하지만 고집과 자존심 때문에 주님의 뜻을 거스른 채 남아 있는 경우, 그건 큰 죄악이 아닐 수 없소." 이어 라돌푸스는 청년이 절망과 당혹감에 갈색 눈썹을 찌푸리는 모습을 바라보며 빙그레 웃었다. "내가 형제를 너무 혼란스럽게 만들었소? 형제가 입문한 이유는 묻지 않겠소. 그러나 아마도 세상을 품고 받아들이기 위해서라기보다는 세상 밖으로 도망쳐 나오기 위해서였겠지. 형제는 아직

젊소. 형제가 보아온 세상의 겉모습은 극히 일부에 불과하오. 게다가 그동안 보아온 것들에 대해서도, 형제가 오판을 내리지 않았다 확신할 수 있는 것들은 많지 않겠지. 자, 서두를 것 없소. 당분간은 여기서 우리들과 함께 지내봅시다. 다만 다른 견습 수사들과는 거리를 두는 것이 좋겠소. 형제의 고민으로 인해 그들까지 흔들리게 되는 건 바라지 않으니. 며칠 동안 푹 쉬면서 주님께서 인도해주시리라는 믿음을 가지고 끊임없이 기도를 드리시오. 선택은 그다음에 가서 하면 되오. 물론 그 선택만큼은 다른 누구의 도움도 없이 형제 스스로 내려야 할 거요."

\*

"처음엔 케임브리지에, 이번엔 램지라……." 펜 지방 소식을 전해 들은 휴가 조급한 듯 큰 보폭으로 성내를 오가며 중얼거렸다. "게다가 엘리까지 위험에 처해 있다니! 그 청년 말이 맞습니다. 엘리는 드 맨더빌 같은 늑대가 충분히 탐낼 만한 곳이지요. 자, 이제 제가 어떻게 할지 아십니까, 캐드펠 수사님? 병기고의 창과 검과 활을 모조리 꺼내고 정예부대를 준비시킬 겁니다. 스티븐 왕은 종종 출발이 늦지요. 한참 게으름을 피운 뒤에야 일어나는 사람입니다. 하지만 이번에는 반드시 그 오합지졸을 쳐부수어야 할 겁니다. 드 맨더빌을 손에 넣었을 때 그 목을 비틀어버렸어야 했는데…… 그렇게 누누이 경고를 했건만!"

"국왕이 자네까지 부를 것 같지는 않은데." 캐드펠이 침착하게 대꾸했다. "그 늑대들을 쳐부수려고 새로 병력을 일으킨다 하더라도 아마 가까운 주들에만 소환령을 내릴 거야. 시간이 촉박하니 말일세."

"예, 그렇고말고요." 휴가 험악하게 말을 받았다. "하지만 저 역시 전갈을 받는 대로 즉시 떠날 채비를 갖추어야지요. 물론 국왕은 이곳 변방 지역의 병력까지 부를 필요는 없겠다 생각할 겁니다. 우리와 이웃한 체스터는 더더욱 부르지 않을 거고요. 체스터는 에식스만큼이나 못 미더운 사람이니, 변심할 날이 분명 올 테지요. 그럼에도 저는 국왕의 부름에 대비할 작정입니다. 수사님, 돌아가시거든 원장님께 소식 전해주셔서 감사하다고 말씀해주세요. 전 무장 병사들을 준비하고 말들도 확보해두겠습니다. 설사 필요 없게 된다 해도 손해 볼 것 없으니까요. 이따금 수비대에 긴장을 불어넣는 것도 좋은 훈련이 되지요." 수도원으로 돌아가는 캐드펠을 배웅하기 위해 함께 성문으로 향하면서도 휴는 여전히 인상을 누그러뜨리지 않았다. 그러잖아도 복잡하고 소란한 잉글랜드의 정세에 새로이 덧보태진 골칫거리를 되새기는 중이었다. "크고 작은 인생들이 함께 얽히는 걸 보면 참으로 신기하지 않습니까, 수사님? 드 맨더빌이 동부에서 복수전을 벌이는 통에 롱너 가문의 그 청년이 고향인 이곳 웨일스의 변경까지 다시 종종걸음으로 달려오게 되었으니 말입니다. 혹시 운명이 그에게 은혜를 베푼 건지도 모르겠군요. 수사님은 그 청년을 처음 만났다고 하셨죠? 사실 제 눈에 그는 결코 수도사가 될 사람으로 보이지 않았거든요."

"그는 아직 최후의 서원을 하지 않은 것으로 아네." 캐드펠이 조심스레 말했다. "개인적인 고민거리를 들고 왔다고 하더군. 그곳 수도원장이 라둘푸스 원장님께 권한을 맡기라고 했다는데…… 아마 마지막 선택의 시간을 앞두고 겁을 먹은 것 같아. 있을 수 있는 일이지! 돌아가는 대로 원장실로 가볼 참이네. 자네 얘기를 전할 겸, 또 원장님께서는 그 청년에 대해 어떤 생각을 가지고 있는지 확인할 겸 말이야."

\*

라둘푸스 원장의 응접실로 되돌아온 캐드펠은 고뇌하는 그 젊은 영혼에 대한 원장의 의중을 금세 눈치챌 수 있었다. 응접실에는 원장 혼자였다. 젊은이는 폴 수사와 함께 나가 오랜 도보 여행의 피로를 씻고 있는 모양이었다. 비록 다른 동료들과 같은 처지는 아니지만, 이제 그는 일정한 규약을 지키며 그들 틈에서 지내게 될 터였다.

"그 형제에겐 조용한 시간이 필요하오." 라둘푸스가 말했다. "당분간은 기도와 묵상을 이어가며 생각을 정리하는 게 좋겠지. 자신의 소명에 의심을 품고 있으니…… 솔직히 말하자면 내가 볼 때도 그렇소. 하지만 나로서는 그가 수도원으로 들어오고자 마음먹었을 당시의 심경이나 행위에 대해 전혀 모르고, 따라서 그때의 동기나 지금의 유보 심리가 과연 얼마나 진실한 것인지를 판단할 위치에 있지 못한 셈이오. 결국은 스스로가 해결해야 할 문제겠지. 내가 할 수 있는 건, 그저 다른 어느 때보다 맑은 머리가 필요한 이 시점에 그에게 더 깊은 어둠과 충격이 닥쳐와 정신이 혼란스러워지는 일이 없도록 하는 것뿐이오. 그가 램지에 불어닥친 불운에서 헤어나지 못한다거나, 이번에 발생한 이곳 도공의 땅 사건을 전해 듣고 혼란에 빠진다거나 하는 일은 없어야 할 것이오. 일단은 본인이 스스로를 구원하는 방안을 짜낼 수 있게끔 혼자 조용히 내버려두도록 합시다. 그가 날 다시 볼 준비가 되거든 지체 없이 데리고 오도록 비탈리스 수사에게 지시해두었소. 그리고 그때까지는 캐드펠 형제가 그를 데리고 있는 게 좋을 듯하니, 기도 시간 외에는 다른 형제들과 어울리지 못하도록 허브 밭으로 데려가 일이나 돕게 하시오. 식당이나 숙소에서는 폴 수사가 지켜볼 테지만 작업 시간에는 그의 상황을 어느 정도 아는 그대가 함께 있는 것이 제일 나을 것 같소."

"루알드가 저희와 함께 있다는 건 그 청년도 이미 알고 있을 겁니다." 캐드펠이 생각에 잠겨 이마를 긁적이다가 입을 열었다. "그가 수도원에 들어가기로 결심한 것은 루알드가 들어오고 나서 몇 달 뒤의 일이었으니까요. 루알드는 블런트 가문의 소작인 신분이었던 데다 그 장원 바로 옆에 살지 않았습니까. 행정 장관에게 듣자니, 설리엔이 어렸을 적부터 루알드의 작업장을 드나들었다더군요. 그들 부부도 자식이 없는 터라 그를 매우 아꼈고요. 혹시 그가 루알드에 대해 묻거나 만나보고 싶어 하지는 않던가요? 두 사람이 만나면 어떤 이야기가 나올지 모릅니다."

"그거야 어쩔 수 없지. 그에겐 그럴 권리가 있으며, 나로서도 그를 가두고 통제할 생각이 없으니. 하지만 지금은 그도 램지의 일과 자신의 문제로 머릿속이 꽉 차 있어 다른 일들까지 생각하지 못할 거요." 고뇌하는 청년을 걱정하는 마음으로 라둘푸스가 씁쓸히 말을 이었다. "우리로선 그에게 피난처와 평온의 시간을 제공해주는 것 외에 달리 할 일이 없소. 의지와 행동은 여전히 그 청년 자신의 것이니 말이오. 어쨌든 이번에 루알드에게 드리운 그림자와 관련해─사실이 그러하니 모른 척한들 무슨 소용이 있겠소?─휴의 말대로 두 사람의 관계가 정말 그러하다면, 청년의 마음에 새로운 슬픔과 혼란이 닥치지 않게끔 하루 이틀 정도는 서로 마주치지 않도록 하는 것이 좋겠지. 하지만 그런 상황이 닥친들 또 어쩌겠소? 그는 성인이오. 성인으로서 마땅히 져야 할 짐을 우리가 대신 져줄 순 없는 노릇 아니겠소?"

\*

설리엔이 루알드 수사와 정면으로 맞닥뜨린 것은 그가 도착하고 이틀째 되던 날 아침이었다. 그는 캐드펠과 함께 있었다. 이미 교회에서 예배를 드릴 때 설리엔은 수사들 틈에 끼어 있는 루알드를 보았고 한두 번쯤 그와 시선이 마주쳐 성가대 쪽을 향해 미소를 지어 보이기도 한 터였다. 그러나 루알드는 달콤한 환희에 넋이 빠진 시선으로 그저 머뭇거릴 뿐 알은체를 하지 않았다. 마치 과거의 인연 따위는 파고들 틈도 없는 경이와 황홀경의 베일 너머로 설리엔을 보는 것만 같았다. 그러다 그날 아침, 두 사람은 동시에 큰 마당으로 들어서다가 회랑 남쪽 문에서 마주치게 되었다. 설리엔은 정원 쪽에서 오는 길이었는데 그 뒤로 캐드펠이 한두 걸음 떨어져 느릿느릿 동행하고 있었고, 루알드는 진료소 방향에서 오던 참이었다. 물집이 잡혔던 발도 이제 다 나은 터라 젊은이답게 급한 걸음으로 걷던 설리엔은 키 큰 회양목 울타리 모퉁이를 곤두박질하듯 돌아가다가 하마터면 루알드와 부딪힐 뻔했다. 서로의 소맷자락이 스치는 순간 두 사람은 흠칫 걸음을 멈추고 얼른 사과의 말을 건네며 한 발짝 뒤로 물러났다. 찬란한 일출이 남긴 얇은 금빛 꼬리들이 여전히 줄무늬를 이루고 있는 드넓은 창공 밑에서, 두 사람은 서로를 가로막는 영광의 베일 없이 비천한 보통의 인간으로서 그렇게 서로 마주쳤다.

"설리엔!" 루알드가 기쁨의 미소를 지으며 양팔을 벌려 청년을 포옹하고는 잠시 그의 얼굴에 뺨을 대었다. "첫날 교회에서 자네를 보았네. 여기 이렇게 안전하게 있는 걸 보고 얼마나 기뻤는지!"

설리엔은 한순간 말을 잃은 채 루알드의 머리부터 발끝까지 살펴보았다. 그의 여윈 얼굴에 깃든 평온과 기묘한 분위기에 압도

된 듯했다. 아닌 게 아니라, 루알드는 마침내 제 집을 찾아 과거에는 결코 느껴보지 못했던 만족 속에 살고 있었다. 장인의 삶과 오두막에서의 결혼 생활, 자신이 속했던 사회에서는 결코 맛볼 수 없었던 만족감이 그를 온통 채웠던 것이다. 조금 떨어져 선 채 빈틈없는 눈길로 두 사람을 지켜보던 캐드펠도 잠시 루알드의 면면을 뜯어보았다. 자기 선택이 옳았음을 굳게 확신하는 사람으로서, 그는 누구든 곁으로 끌어당겨 무구한 기쁨의 빛을 환히 밝혀줄 수 있는 경지에 올라 있었다. 어떤 위협도 알지 못하며 어떤 그림자도 드리우지 못할 사람. 누가 보아도 완벽한 행복을 소유한 자의 모습이었다. 진정한 계시란 과연 저런 것이지, 캐드펠은 생각했다. 저 모습이 바로 그런 경우야. 놀라운 일이로고!
"당신은요? 당신은 어떠세요? 잘 지내시나요? 지금 생활에 만족하시고요?" 여전히 그에게서 눈길을 떼지 못한 채 설리엔이 말했다. "하긴, 그냥 보기만 해도 알겠군요!"
"나는 아무 문제 없네. 모든 것이 너무도 좋아. 나한텐 과분할 정도로." 그가 청년의 소맷자락을 잡았고, 두 사람은 나란히 교회 쪽으로 향했다. 캐드펠은 그들의 대화가 들리지 않을 정도로 거리를 둔 채 천천히 뒤를 따라갔다. 걸어가며 보니 루알드는 같은 길을 선택한 형제로서 그에게 이런저런 이야기를 건네는 듯했다. 설리엔이 램지에서 탈출해 왔다는 것은 이미 수도원 식구들이 다 아는 사실이므로 루알드도 물론 알고 있을 테지만, 소명에 대한 그의 믿음이 흔들리고 있다는 점은 꿈에도 모를 터였다. 그러니 루알드가 엉뚱한 이야기를 하거나 지금 자신의 머리 위에 드리운 그림자에 대해 말할 것 같지는 않았다. 탄력 있는 젊음과 성실하고 인내심 강한 중년. 두 사람이 어깨를 마주 댄 채 유쾌하게 걸음을 옮기는 모습을 뒤에서 바라보고 있자니, 마치 같은 업에 종사하는 아버지와 아들이 나란히 일터로 나가는 모습을 보는 기분이었다. 바로 그런 아버지의 심정으로, 루알드도 그늘진 자신의 운명이 혹시라도 이 젊은이가 간직한 찬란한 믿음의 지평선에 구름을 드리우지 않기를 바랄 터였다.

\*

"램지는 회복될 걸세." 루알드가 확신에 차서 말했다. "오랜 인내가 필요하기는 하겠지만 어쨌거나 악은 소탕될 거야. 나도 자네 수도원의 원장님과 형제들을 위해 기도하고 있다네."
"저도 쭉 기도드리고 있습니다." 설리엔이 말을 이었다. "그 끔찍한 곳에서 벗어났으니 저는 행운아예요. 하지만 가엾은 그곳 주민들은 어디 피할 곳조차 찾지 못하니 참으로 안타까울 따름입니다."
"다들 그들을 위해 기도하니 곧 응답과 응보가 내려올 것이야."
남쪽 현관의 그림자가 두 사람 위에 드리웠다. 그들은 헤어져야 할 지점에서 걸음을 멈추었다. 루알드는 성가대의 지정석으로, 설리엔은 견습 수사들 틈에 마련된 구석 자리로 가야 했다.

이윽고 루알드가 입을 열었다. 여전히 평온하고 부드러운 음성이었으나 내면 깊숙한 감정의 우물에서 나오는 양 아련하게 울리는 것이, 마치 멀리멀리 퍼져가는 종소리처럼 들렸다.
"제너리스가 떠나간 이후 혹시 소식을 보내온 적은 없는가? 아니면 그녀 소식을 들었다는 사람이라도……."
"아뇨, 전혀 듣지 못했는데요." 설리엔이 흠칫 놀라며 대답했다.
"나도 못 들었네. 물론 나야 그럴 자격도 없지만…… 하지만 누구든 그녀에 대해 아는 바를 내게도 들려주면 고마울 텐데 말이야. 그녀는 자네가 아주 어렸을 적부터 자네를 아끼고 좋아했지. 그래서 혹시나 했는데…… 어쨌거나 그녀가 무사히 잘 있는지 어떤지 진심으로 궁금하네."
설리엔은 눈을 내리깐 채 한참 동안 말없이 서 있다가 아주 낮은 목소리로 입을 열었다. "저 역시 그렇습니다. 그 마음이 얼마나 간절한지는 하느님께서 아실 거예요!"

# 5

제롬 수사는 자신으로서는 전혀 알지 못하는 일이 수도원 내에서 진행되고 있다는 생각에 마음이 편치 않았다. 램지에서 피난 왔다는 견습 수사와 관련해 모든 진상이 철저하게 공개되지 않았다는 느낌이 들었다. 물론 총회에서 라둘푸스 원장이 램지의 비운과 펜 지방에서 발생한 끔찍한 사태에 대해 분명하게 밝히기는 했다. 그러면서 원장은, 소식을 전할 겸 피난처를 찾아 이곳으로 온 젊은 수사 설리엔이 힘든 경험을 딛고 회복할 수 있도록 당분간 조용하고 평온하게 지내게 해주자고 덧붙였다. 거기까지는 분명 조리 있고 친절한 조처였다. 그러나 설리엔이 누구인지 수도원 식구들이 모두 알게 된 지금, 그의 귀향을 도공의 땅에서 죽은 여인의 시신과 연관시켜 생각해보는 것은 당연했다. 루알드 수사에 대한 의혹이 점점 커지고 있었으니, 그 젊은이가 이 비극적인 사태와 관련한 이런저런 세부 사항들에 대해 알고 있는 것은 아닌지, 그렇다면 그것이 루알드에게 어떤 영향을 미치게 될 것인지 그는 궁금해 견딜 수가 없었다. 젊은 수사는 과거 자기네 가문의 소작인이었던 사람에 대해 어떻게 생각할까? 수도원장이 그에게 조용하고 평온한 시간을 줄 것을 강조하고, 많은 동료들과 어울리지 않아도 될 작업장에 그를 배치한 것도 그 사건과 관련되어 있지 않을까? 셜리엔과 루알드가 만났을 때 두 사람 사이에는 과연 무슨 이야기가 오갔을까? 둘의 거동에서 주목할 만한 점은 없었을까?

두 사람이 만났다는 사실을 모르는 사람은 없었다. 대미사 시간, 그들은 나직하게 대화를 나누며 함께 교회에 들어와 별다른 표정 변화 없이 헤어져 각자의 자리에 가 앉았고, 그 뒤로도 흔들림 없는 표정과 한결같은 걸음을 유지했다. 그러나 제롬 수사는 줄곧 의심스러운 눈길로 그들을 주시했다. 그는 눈치가 빠른 사람이었으니, 그래서 더욱 감정이 상했다. 슈루즈베리 성 베드로 성 바오로 수도원[9] 내부는 물론 인근 지역에서 돌아가는 일들에 훤하다고 자부하는 그가 이 불명료한 사태를 안전히 파헤치지 않고 넘어갈 경우엔 그간의 명성에 흠집이 나는 것은 물론이요, 로버트 부원장의 눈 밖에 날 가능성도 있었다. 로버트는 체통 때문에 몸을 사릴 뿐, 음침한 구석이 있다 싶으면 어디든 그 귀족 출신다운 코를 들이밀고 싶어 했다. 만일 신뢰하던 소식통이 오류를 범했다는 것을 알게 되면, 틀림없이 그 얄팍한 은빛 눈썹을 치올리며 못마땅한 심기를 드러내리라.

그리하여 그날 오후, 세인트자일스 구호소에 새로 들어온 환자를 만나보고 약 찬장도 채워 넣을 요량으로 캐드펠 수사가 짐을 한 보따리 꾸려 들고 외출하자, 제롬 수사는 이때다 싶어 독자적인 방문길에 나섰다. 두 조수가 남아 허브밭을 보살폈지만 그중 윈프리드 수사는 월동 준비를 위해 양분 빠진 채마밭에 구덩이를 파고 있었다.

물론 제롬이 아무 용무 없이 간 것은 아니었다. 페트루스 수사가 수도원장의 식탁에 올릴 양파가 필요하다고 했던 것이다. 캐드펠의 저장 창고에는 약재 말리는 쟁반들이 있는데, 얼마 전 건조 작업을 위해 양파들을 모두 그곳으로 옮겨놓은 터였다. 평소 같았으면 그런 심부름은 다른 사람한테 떠넘겼을 제롬이 그날만큼은 직접 나섰다.

청년 설리엔은 허브밭 작업장에서 이듬해 파종을 위해 말려둔 콩을 골라내느라 바빴다. 흠이 났거나 미심쩍은 것들은 버리고 좋은 놈들만 모아 단지에 넣는 일인데, 그 단지도 분명 루알드 수사가 속세에 있을 때 빚어낸 작품일 것이었다. 제롬은 이 작업을 중단시키기에 앞서 잠시 문간에 선 채 조심스레 그를 응시했다. 가만 보고 있자니 제롬 자신이 충분히 알지 못하는 어떤 일이 진행되고 있다는 의혹이 더욱더 깊어졌다. 우선, 설리엔의 체발 상태부터 수상스러웠다. 새로 돋은 연갈색 머리가 무성해지도록 그대로 둔 것이, 제롬에게는 도무지 수도사다운 모습으로 여겨지지 않았다. 다시 머리를 깎으면 다른 수사들처럼 점잖은 모습을 갖추게 될 것인데 대체 어떤 이유로 내버려두는 걸까? 그리고 또 하나, 지금쯤은 루알드 수사 자신의 입을 통해 그 시신 발굴 사건에 대해 들었을 텐데 그는 전혀 마음의 동요를 느끼지 않는 듯, 아무 걱정 없이 평온한 태도로 부지런히 손을 놀리며 단순 작업에만 열중하고 있지 않은가. 미사 시작 전 큰 마당에서 교회까지 나란히 걸어온 두 사람이 살해된 그 여자 이야기를 한마디도 주고받지 않았다는 건 제롬으로선 상상할 수 없는 일이었다. 그 여자는 지난날 이 청년의 아버지가 소유하고 루알드 자신이 거주했던 땅에서 발견되었다. 뜬소문과 험담과 추측이 난무하는 가운데 유일한 진실이 있다면 바로 그것이었다. 두 사람이 어떻게 그 얘기를 안 하고 넘어갈 수 있겠는가? 만일 이 청년과 그의 집안이 살인 의혹을 받고 있는 루알드의 편에 서기로 했다면, 이는 위기에 처한 루알드에게는 꽤나 든든한 보호막으로 작용하게 된다. 제롬이 루알드의 입장이었다면 그들의 협력을 얻고자 노력했을 것이다. 하지만 지금 속내를 알 길 없는 저 청년은 심중에 아무것도 없는 듯, 심지어 램지에서 겪었을 긴장과 압박감마저 이미 초월한 듯 그저 종자를 골라내느라 여념이 없었다.

방문객의 그림자가 드리우자 설리엔이 몸을 돌려 제롬을 마주 보고는 상대가 입을 열 때까지 묵묵히 기다렸다. 그에게는 아직 모든 수사들이 다 똑같아 보였고, 마르고 자그마한 이 사람과 여태 말 한마디 나눈 일이 없는 터였다. 좁다란 잿빛 얼굴과 구부정한 어깨 때문에 제롬은 실제보다 나이가 많아 보였는데, 연장자를 따르고 그 말에 복종하는 것은 젊은 수사들의 의무였다.

제롬이 양파를 달라고 하자 설리엔은 저장 창고로 들어갔다. 수도원장의 식탁에 올라가는 것이라는 말을 들었기에 제일 잘 여물고 알차고 잘생긴 것들로 골랐다. 제롬은 양파를 건네받으며 짐짓 호의적인 태도로 말문을 열었다. "그래, 어떻게 지내시오? 다른 곳에서 힘든 시련을 겪다가 우리 수도원으로 왔다 들었소. 이곳의 캐드펠 수사와 잘 지내고 있소?"

"아주 잘 지냅니다, 감사합니다." 친절한 듯 보이긴 하지만 이 방문객의 의중이 아직 파악되지 않아 설리엔은 조심스레 대답했다. 믿음이 가는 용모도 아닐뿐더러 목소리를 듣자니 그다지 진심을 담아 묻는 것도 아닌 듯했다. "이곳으로 온 것은 제게 크나큰 행운이지요. 하느님께 감사드릴 뿐입니다."

"적절히 활기찬 곳이지." 제롬이 슬쩍 떠보며 말했다. "하지만 이곳에서도 형제의 마음이 그리 편치 않을 테니 안타깝구먼. 보다 좋은 상황일 때 우리에게 왔더라면 좋았을 것을."

"그렇긴 하지요." 그저 램지의 상황을 떠올리며 설리엔이 대답했다.

제롬은 한발 더 나아가기로 마음먹었다. 보아하니 연민을 느끼는 척 조금만 자극하면 이 청년이 금세 속내를 털어놓을 것 같았다. "나도 마음이 아프오." 그가 감미로운 목소리로 말했다. "충격적인 일이었을 게야. 그같이 끔찍한 습격을 받고 간신히 고향에 돌아왔는데 더 나쁜 소식을 마주해야 했으니…… 이번에 세상에 드러난 그 죽음이며, 우리 수사에게 드리운 의혹의 그림자며, 게다가 그는 형제의 집안과도 아주 가까운 사이잖소."

제롬은 자신이 꺼내놓고자 하는 주제를 향해 거침없이 파고드느라 순간 설리엔의 표정이 굳어버리는 것도 눈치채지 못했다.

"죽음이라뇨? 무슨 죽음 말입니까?"

갑작스러운 반응에 제롬은 입을 벌린 채 말을 멈추고는, 혹시 이 친구가 일부러 이러는 것 아닌가 싶어 앞에 선 젊은이의 얼굴을 유심히 살폈다. 그러나 휘둥그레 뜬 그 푸른 눈이 어찌나 맑은지, 다른 이의 능청을 귀신같이 간파해내는 능력을 지닌 그로서도 청년이 정말로 놀라 되묻고 있다는 사실을 의심할 수 없었다.

"루알드한테서 아무 얘기도 못 들었소?" 제롬이 물었다.

"무슨 얘기 말씀입니까? 죽음이라니…… 금시초문입니다. 지금 무슨 말씀을 하시는 건지 전 도무지 모르겠군요, 수사님!"

"아니, 두 사람이 오늘 아침에 나란히 예배당으로 들어왔잖소." 제롬은 따지듯 말을 이었다. "둘이 같이 오는 걸 내 눈으로 봤소. 분명 뭔가 얘기를 나누면서―"

"네, 그랬지요. 하지만 나쁜 소식이니, 죽음이니, 그런 얘기는 전혀 없었습니다. 저는 걸음을 뗄 적부터 루알드와 알고 지냈습니다. 그분이 굳건한 믿음 속에 더할 수 없는 행복을 느끼는 것을 보고 기뻤지요. 하지만 죽음에 대한 소식은 전혀 못 들었습니다.

도대체 그게 무슨 얘기죠? 간청하오니 자세히 알려주십시오!"
"난 형제가 벌써 알고 있으리라 생각했는데……." 제롬이 당혹스러운 표정으로 입을 열었다. 무언가 캐내려고 왔다가 거꾸로 정보를 전해주어야 할 입장에 서게 된 것이다. "우리 수도원의 밭갈이 일꾼이 도공의 땅에서 쟁기질을 시작한 첫날 여성의 시신을 한 구 파냈소. 장례 의식도 치르지 않고 불법으로 매장된 터라 행정 장관은 살해된 것으로 추정하고 있지. 사람들은 그것이 루알드가 속세에서 아내로 데리고 살았던 여자의 시신이라고들 하고…… 나는 형제도 루알드에게서 소식을 들었을 거라 생각했소. 그가 형제에게 아무 말도 하지 않은 거요?"
"네, 그런 얘긴 전혀 없었습니다." 설리엔이 대답했다. 얼굴이 멍하고 목소리가 희미한 것이, 이미 그의 모든 사고가 저 으스스한 사건에 사로잡혀버린 듯했다. 하지만 그 의미를 헤아리는 일은 잠시 유보하는 편이 좋겠다고 생각했는지, 이내 그는 푸르고 맑은 눈을 들어 아무런 동요 없이 제롬을 응시했다. "추정이라 하셨지요? 그럼 아직 신원이 밝혀지지 않았단 말씀이군요. 루알드는 물론 다른 사람들도 그 여자가 누구인지 확인하지 못한 겁니까?"
"그건 불가능할 것 같소. 알아볼 만한 게 있어야 말이지…… 뼈만 남은 채 발견되었으니까." 사람의 모습이 그렇게 볼품없이 변해버릴 수 있을까? 제롬은 상상만 해도 온몸이 오싹했다. "죽은 지 적어도 1년 이상 된 것 같소. 물론 더 오래되었을 수도 있고. 최대로 잡으면 5년까지 되었을 수도 있다더군. 흙이 이런저런 방식으로 사람 몸의 흔적을 바꾸거나 없애기엔 충분한 시간이지."

설리엔은 잠시 아무 말 없이 뻣뻣하게 서 있었다. 여전히 가면 같은 표정이었지만 머릿속으로는 방금 자신이 들은 이야기를 찬찬히 정리해보는 듯했다. 이윽고 그가 입을 열었다. "조금 전 수사님께서 그러셨죠? 그 죽음과 관련해 이 수도원의 형제에게 짙은 의혹이 드리워 있다고요. 그 사람이 루알드입니까?"

"그야 당연한 것 아니겠소?" 제롬이 말했다. "법이 제일 먼저 눈길을 돌릴 데가 그쪽 말고 어디겠소? 우리가 아는 바로는 그곳을 자주 드나들던 다른 여자가 없소. 게다가 그 여자는 일언반구도 없이 사라졌다는데, 어디에든 살아 있는지 아니면 죽어버렸는지 누가 알겠소?"

"그럴 리가 없습니다. 루알드는 그녀가 사라지기 전에 이곳에 들어와 이미 한 달여를 지낸 상태였어요. 그 사실은 휴 베링어 님도 아실 겁니다."

"그건 맞지만 그렇다고 아예 불가능한 일이라 할 수는 없지." 제롬이 대답했다. "루알드는 수도원에 들어온 뒤에도 두 번이나 그녀를 찾아갔소. 남겨두고 온 재산과 관련해 일을 처리하기 위해 다녀왔다더군. 물론 두 번 모두 폴 수사를 대동했다지만, 그 외에도 혼자서 그녀를 찾아간 적이 없다고 누가 장담할 수 있겠소? 내내 수도원 안에서만 지낸 것이 아니라 다른 사람들과 함께

게이 초원을 비롯한 우리 땅 여러 곳에 나가 작업을 했거든. 그럴 때 동료들의 눈을 따돌리지 않았으리라는 법도 없지." 자신의 논리에 은근한 만족감을 느끼며 그가 심술궂은 태도로 말을 이었다. "어쨌거나 지금 행정 장관은 루알드 수사가 수련기 초기에 수도원 밖에서 보았던 용무를 일일이 추적하느라 바쁘오. 그 두 사람이 단둘이 만나거나 말다툼이라도 벌인 적이 전혀 없었다는 게 명백히 밝혀진다면야 물론 잘된 일이겠지. 그리고 만일 미심쩍은 점이 발견될 경우에도 현재든 미래든 루알드는 변함없이 여기 있을 테니 큰 문제는 없을 거요."

"어리석은 생각이에요." 청년이 갑자기 거친 목소리로 말했다. "설사 여러 증인이 나온다 하더라도 루알드는 아내를 해친 범인일 수 없습니다. 저는 그를 잘 알아요. 누가 두 사람이 함께 있는 걸 보았다면, 차라리 그 증인이 거짓말쟁이라 생각하는 편이 합리적일 겁니다. 그는 그런 짓을 할 사람이 아닙니다. 절대 아니에요!" 도전적인 시선으로 제롬을 쏘아보며 설리엔은 되풀이했다.

"그건 형제 생각이고!" 제롬이 대꾸하며 몸을 한껏 곧추세웠지만, 그의 정수리는 여전히 상대보다 머리 하나쯤 낮은 자리에 있었다. "인정에 휘둘려 형제를 변호한답시고 나서서는 안 되오. 율법 제69장에도 나와 있다시피 진실과 정의야말로 보잘것없는 오류투성이 기호嗜好에 앞서는 가치이니, 형제가 율법을 안다면—물론 당연히 알고 있어야겠지만—그 같은 무조건적인 애정은 죄악임을 명심해야 하오."

이러한 책망에도 설리엔은 도전적인 시선을 떨구거나 고개를 숙이지 않았다. 때마침 멀리서 들려온 캐드펠의 목소리를 제롬의 예리한 귀가 포착하지 않았다면 그는 오히려 보다 긴 강변으로 응수했을 것이다. 캐드펠은 몇 미터 떨어진 오솔길에서 걸음을 멈춘 채 연장을 치우고 삽을 씻던 윈프리드 수사와 쾌활하게 대화를 주고받는 중이었다. 제롬은 청년과 자신이 함께 있는 모습이 다른 이에게 목격되어 사태가 복잡해지는 것을 원치 않았다. 그 목격자가 캐드펠이라면 더더욱 그랬다. 캐드펠이 훈련도 덜 된 이 조수를 맡은 건, 아마 청년이 지나치게 많은 정보를 접하지 못하도록 하기 위함일 것이었다.

"물론 형제의 심정이 이해되지 않는 건 아니오." 제롬은 서둘러 아량을 베풀듯 말을 이었다. "이미 가슴 아픈 시련을 거친 직후에 또 이렇게 갑작스러운 비보를 접했으니…… 더 이상은 말 않겠소!"

이어 그는 즉각, 그러나 여전히 품위를 잃지 않은 채 몸을 돌려 문 밖으로 나섰다. 열두어 걸음 옮겼을 때 캐드펠과 마주친 그는 간단하게 인사를 건넨 뒤 지나쳤는데, 이것이 캐드펠로서는 약간 놀랍게 느껴졌다. 제롬이 그처럼 예의를 차리는 모습은 좀처럼 보기 드물었기 때문이었다. 이는 그가 무언가 양심의 가책을 느끼거나, 적어도 당황하고 있음을 뜻했다.

작업장에 들어가보니 설리엔은 폐기된 콩들을 모아 퇴비 그릇에 담고 있었다. 분명 캐드펠의 발소리와 목소리를 들었을 텐데 그는 제 지도 수사에게 알은체를 하지 않았다.

"제롬은 무슨 일로 왔었나?" 캐드펠이 무심한 어조로 물었다.

"양파를 가지러요. 페트루스 수사님이 보내셨답니다."

로버트 부원장보다 낮은 지위의 사람이 제롬 수사에게 심부름을 시키는 경우는 없었다. 제롬은 윗사람의 비위를 맞추느라, 혹은 자신에게 이익이 될 경우에만 일을 돕곤 했다. 붉은 머리에 북부인 특유의 호전적인 성격을 지닌 요리사는 제롬에게 호의적인 감정이 전혀 없었고, 설사 호의를 느낀다 한들 그만한 이익을 제공할 능력도 갖지 못했다.

"페트루스 수사에게 양파가 필요했다는 얘기야 믿을 만하네만, 제롬이 원한 건 무엇이지?"

"제가 여기서 어떻게 지내는지 알고 싶어 하시더군요." 설리엔이 조심스레 말했다. "그걸 물어보셨습니다. 하지만 수사님, 지금 제 상황이 어떤지는 수사님께서 잘 아시지요. 제가 잘 지내고 있는 건지, 무엇을 해야 하는지 저는 아직도 모르겠습니다. 어쨌든 더 머물지 말지를 결정하기 전에 먼저 수도원장님을 다시 뵙는 것이 좋을 것 같습니다. 원장님께서도 필요할 경우 언제든 찾아오라 하셨으니까요."

"그렇다면 당장 가보게." 캐드펠은 선선히 대답하면서도 의자에 남겨진 부스러기를 깨끗이 쓸어내리는 청년의 손길과 그늘 속에 숨겨진 젊고 엄격한 얼굴을 주의 깊게 지켜보았다. "아직 저녁기도까지는 시간이 좀 남았으니."

\*

라둘푸스는 자신을 찾아온 청원자를 초연하고도 아량 있는 눈길로 뜯어보았다. 사흘 만에 보는 청년의 모습은 예상했던 것과 크게 다르지 않았다. 기력을 회복한 듯 걸음걸이가 힘찼고, 얼굴의 피로와 긴장은 물론 눈에 어려 있던 위험과 공포의 빛도 사라져 있었다. 마음에 담긴 고민의 정리 여부에 대해서는 아직 정확히 알 길이 없었지만, 행동거지나 단단히 다물린 잘생긴 턱의 모습으로 보아 무언가 중대한 결심을 품고 온 듯했다.

"원장님," 청년은 대뜸 본론으로 들어갔다. "제가 원장님을 뵙고자 한 건 제 가족과 집을 방문할 수 있도록 허락해주십사 해서입니다. 어차피 시험을 받는 처지라면 내부는 물론 외부의 변수와도 접촉해보는 것이 공평할 줄 압니다."

"난 형제가 형제 자신의 문제를 해결하고 마음을 결정했다는 얘기를 하러 온 줄 알았소." 라둘푸스가 온화하게 말했다. "내가 겉모습만 보고 너무 성급하게 짐작했나 보군."

"예, 원장님. 제겐 아직 분명해진 것이 없습니다. 그리고 확신이 설 때까지는 결코 결정을 내리지 않을 생각입니다."

"그러니까, 형제의 인생을 걸기 전에 롱너의 공기를 맛보고 싶다는 뜻이오? 이곳에서 우리의 생활을 보고 느끼듯, 가솔이나 친척들의 상황도 직접 살피려 하는 게지. 나로선 말릴 생각이 없소." 원장이 말을 이었다. "당연히 방문해도 좋소. 망설이지 말고

가보시오. 롱너에서 하룻밤 지내보는 것도 좋을 거요. 형제가 거기서 얻거나 잃을 수 있는 게 무엇인지 꼼꼼하게 잘 생각해보고, 언제든 준비가 되거나 확신이 서거든 어느 길을 택했는지 내게 와서 말해주시오."

"알겠습니다, 원장님." 설리엔이 말했다. 지난 1년간 램지의 견습 수사로 지내며 익혀온, 복종과 의무와 공경이 어린 목소리였다. 그러나 그의 불안스러운 눈길은 제 눈에만 보이는 듯한 먼 목표에 가 박혀 있었다. 적어도 수도원장의 눈에는 그렇게 보였다. 설리엔이 생각을 감추는 데 능하다면, 라둘푸스는 수사들의 얼굴을 읽어내는 데 정통한 사람이었다.

"자, 가보시오. 지금 당장이라도 좋소." 청년이 걸어서 먼 길을 온 지 얼마 되지 않았다는 사실을 고려하여 라둘푸스는 한 가지 특권을 덧보탰다. "지금 떠날 생각이라면 마구간에 가서 노새를 타고 가시오. 그래야 해 지기 전에 도착할 수 있겠지. 아, 캐드펠 수사에게도 미리 알리는 것을 잊지 말고."

"예, 감사합니다, 원장님!"

예를 표하고는 서둘러 방에서 나가는 설리엔을 라둘푸스는 흥미와 안타까움이 뒤섞인 눈길로 지켜보았다. 진실로 마음을 굳혔다면 데리고 있을 만한 가치가 충분한 청년인데, 그는 생각했다. 하지만 이미 그를 잃었다는 생각이 드는군.

설리엔은 수도원에 들어간 뒤 이미 한 차례 집에 다녀갔다. 윌턴에서의 패주 이후 부친의 장례를 치르기 위해 며칠 집에 머물다 다시 소명으로 돌아가지 않았던가. 그러다 일곱 달이 지난 지금, 이번에는 자식으로서의 도리와 같은 피치 못할 명분도 없이, 급작스럽게 다시 롱너를 방문하겠다고 나선 것이다. 라둘푸스가 보기에 이는 이미 마음의 결정이 내려졌음을 암시하는 중대한 증거였다.

캐드펠은 저녁기도에 참석하려고 마당을 가로지르던 중 설리엔과 마주쳤다.

"물론 어머니와 형님이 보고 싶겠지." 그는 진심을 담아 말했다. "아무 걱정 말고 가보게나. 그리고 어떤 결정을 내리든, 자네에게 하느님의 축복이 있길 비네."

노새를 타고 나가는 청년을 지켜보는 캐드펠 역시 라둘푸스와 같은 생각을 하고 있었다. 그 자신은 애초의 선택을 믿어보고자 힘들게 노력했겠지만, 캐드펠이 보기에 설리엔 블런트는 수도원 생활에 어울리는 사람이 아니었다. 이제 집으로 가 피붙이들에 둘러싸이고 제 잠자리에서 하룻밤을 보내면 그의 고민은 해결될 터였다.

그럼에도, 대단히 끈덕진 의문 하나가 기도 시간 내내 캐드펠의 마음속에서 쉬지 않고 꼬물거렸다. 저 청년을 수도원으로 향하게 만든 최초의 동인은 과연 무엇이었을까?

*

 설리엔은 이튿날 미사 시간에 맞추어 돌아왔다. 그의 표정은 매우 엄숙했고 거동도 의연했다. 무슨 연유에서인지, 공포와 역경을 피해 당도했던 때와 비교하면 몇 년쯤 더 나이가 들어 남자로서의 힘과 결의를 모두 갖춘 모습이었다. 취약하나 탄력 있던 젊은이가 어느새 진지하고 과단성 있는 성인이 되어 돌아온 것이다. 그는 미사가 끝난 뒤 캐드펠에게로 다가왔다. 길어진 갈색 머리칼 안쪽으로 삐죽삐죽 솟은 솜털과 엄숙하기 그지없는 얼굴이 우스울 정도로 부조화스러운 모습을 만들어내고 있었다. 드디어 이 청년이 제 본래 모습으로 되돌아갈 때가 되었나 보군, 어느새 청년에게 정이 붙기 시작한 캐드펠이 그를 관찰하며 생각했다.
 "원장님을 뵈러 갈까 합니다." 설리엔이 먼저 입을 열었다.
 "그럴 줄 알았네."
 "함께 가시겠습니까?"
 "그럴 필요가 있을까? 자네와 그분 둘이서만 편히 이야기하는 게 좋을 걸세. 어쨌든 그분이 놀라시지는 않을 것 같네."
 "그것 말고도 더 말씀드릴 것이 있어서요." 설리엔이 굳은 표정으로 말을 이었다. "수사님은 제가 이곳에 도착한 모습을 처음 보신 분이고, 제가 가져온 소식을 행정 장관님께 전한 분이기도 하시지요. 형님께 듣자니, 늘 휴 베링어 님과 교류하신다고요. 그리고⋯⋯ 밭갈이가 시작되었을 때 무슨 일이 있었는지, 도공의 땅에서 무엇이 발견되었는지 이제 저도 압니다. 사람들이 어떻게 생각하고 말하는지도 알지만, 저로선 그게 결코 사실이라 생각지 않습니다. 수사님께서 저랑 같이 원장님께 가셔서 이번에도 증인으로서 옆에 계셔주셨으면 합니다. 원장님께서도 지난번에 그랬듯 말 전할 사람을 필요로 하실 것 같고요."

그 태도가 얼마나 다급하고 직선적인지 캐드펠로서는 당장 무어라 캐물을 마음이 나지 않았다. "자네와 원장님께 필요하다면야…… 자, 가세나!"

수도원장은 용건도 묻지 않고 그들을 응접실로 들였다. 그 또한 설리엔이 미사가 끝나는 대로 접견을 청하리라 예상하고 있었으리라. 그러나, 표정이나 음성은 크게 변하지 않았을지언정, 청년이 증인까지 대동하고 들어오자 조금 놀란 눈치였다. 자신의 결정을 변호해줄 대변자로서 캐드펠을 데려온 것일까? 혹은 시련의 시간 동안 의탁했던 지도 수사에 대한 꼼꼼한 배려일 뿐일까?

"어서 오시오. 롱너에는 잘 다녀왔소?" 라둘푸스 원장이 입을 열었다. "그래, 그 방문이 형제의 길을 찾는 데 도움은 되었고?"

"그렇습니다, 원장님." 설리엔은 다소 뻣뻣한 자세로 원장 앞에 나아오더니 창백한 얼굴을 들어 엄숙하고도 초롱초롱한 눈빛으로 그를 바라보았다. "저는 교단을 떠나 세상으로 돌아가고자 합니다. 삼가 허락해주시기를 청합니다."

"깊이 숙고한 끝에 선택한 것이오? 이번에는 일체의 의심도 없는 게 확실하오?" 수도원장이 변함없이 온화한 목소리로 물었다.

"그렇습니다. 입문을 요청한 것은 저의 실수였습니다. 이제는 분명히 알겠습니다. 지난날 저는 오직 저 자신의 평온을 구하기 위해 의무들을 남겨둔 채 떠났습니다. 원장님께서는 이번에야말로 저 스스로 결정을 내려야 한다고 하셨지요."

"그렇소. 형제를 비난할 생각은 조금도 없소." 라둘푸스는 빙그레 웃어 보였다. "형제는 아직 어리지만 피난처를 찾아 수도원에 들어왔고, 그렇게 1년이라는 시간을 보낸 만큼 더 현명해졌을 줄 아오. 어중간한 마음으로 의심 속에 교단에 남는 것보다야 다른 분야에 종사하며 전심을 다해 주님을 섬기는 편이 훨씬 낫지. 그런데 아직 수사복을 벗지 않았군그래."

"아직 원장님의 허락이 나지도 않았는데 어떻게 마음대로 수사복을 벗어버릴 수 있겠습니까?" 설리엔이 말했다. "원장님께서 놓아주시기 전까지 저는 자유로울 수 없습니다."

"기꺼이 형제를 놓아주겠소. 형제가 머물기로 결정했다면 나로선 기쁜 일이었겠으나, 이 선택이 형제 자신에게는 더 좋을 것이라 믿소. 세상도 형제를 반겨줄 거요. 자, 가시오. 허락과 축복을 모두 내리니, 마음 기우는 곳에 가서 주님을 섬기도록 하시오."

원장은 말을 맺은 뒤 검토해야 할 일상사들이 놓여 있는 책상 쪽으로 약간 몸을 틀었다. 물론 서두르는 기색은 내비치지 않았지만, 이것으로 접견이 끝났다 생각한 모양이었다. 그러나 설리엔이 계속 버티고 선 채 강렬한 시선으로 자신의 거동을 좇자 이

내 자신이 막 자유를 내어준 형제를 다시금 바라보았는데, 이번에는 보다 날카로운 시선이었다.

"더 청할 것이 있소? 형제를 위한 기도는 틀림없이 올려줄 텐데."

"원장님." 설리엔이 입을 열었다. "저 자신의 고민은 끝났으니, 이제는 거대한 거미줄과도 같은 다른 이들의 일들에 뛰어들어야 할 것 같습니다. 우연인지 의도된 것인지는 모르겠으나 이곳에서 저한테 숨겨왔던 일들을 롱너의 제 형님께서 말씀해주셨습니다. 작년에 제 부친께서 호먼드에 땅을 기증하셨는데, 지금으로부터 두 달 전 호먼드 측에서 보다 편리한 사용을 위해 그곳을 이 수도원의 땅과 교환했다고요. 그리고 그 땅에 쟁기질이 시작되었을 때 여인의 시신이 한 구 발견되었다고요. 또 다들 그 시신을 두고 루알드 수사가 교단에 들어오기 전에 함께 살았던 아내의 것이라 수군댄다고ㅡ"

"다들 그렇게 수군대는지는 모르겠군." 미간을 모은 채 청년의 엄숙한 얼굴을 마주 보며 수도원장이 그의 말을 잘랐다. "어쨌든 진실은 아직 모르오. 그 여자가 누구인지, 어쩌다 죽게 되었는지 당장은 알 길이 없지."

"하지만 이곳 담장 밖에서 나오는 이야기들은 다릅니다." 설리엔이 완강하게 말을 이었다. "물론 그처럼 끔찍한 것이 발견되었다는 사실이 알려진 이상 그런 소문이 도는 것은 당연합니다. 한 여자가 아무 말 없이 사라진 곳에서 어느 여자의 시신이 발견되었다! 사람들로선 그 둘이 같은 인물이라 생각할 수밖에 없지 않겠습니까? 하지만 모두 잘못 알고 있는 겁니다. 예, 그건 사실이 아니에요! 하지만 제가 듣기로는 휴 베링어 님도 그런 쪽으로 생각하신다고요. 그렇다고 그분을 탓할 수는 없겠지만요. 원장님, 지금 루알드 수사는 말도 안 되는 혐의를 받고 있습니다. 사람들이 그러더군요. 그는 이미 살인자 취급을 받고 있으며, 목숨까지 위험한 지경이라고요."

"소문을 전부 믿어서는 안 되지." 원장은 인내심 있는 태도로 대꾸했다. "행정 장관의 심중도, 형제의 추측과는 다르오. 그가 루알드 수사의 행적을 조사하는 건 직무에 따른 것일 뿐이며, 필요한 경우 다른 사람들에게도 똑같이 할 것이오. 그런 이야기를 루알드 수사 본인이 그대에게 직접 들려주지는 않았겠지? 그대는 롱너의 집에서 처음 들었다고 했으니. 루알드 자신의 마음이 어지럽지 않은데 굳이 그대가 그 사람 때문에 힘들어할 필요가 있는지 의문이군."

"네, 원장님, 저도 그 말씀을 드리고 싶었습니다!" 열정과 갈망으로 설리엔의 얼굴이 벌겋게 달아올랐다. "누구도 그 사람 때문에 힘들어질 필요가 없지요. 그렇습니다, 원장님 말씀대로 그 여자가 누구인지 말할 수 있는 사람은 없어요. 그러나 결코 누구일 수 없는지에 대해서는 여기 있는 제가 분명히 말할 수 있습니다! 루알드의 아내 제너리스가 살아서 잘 지내고 있다는 걸 저는 잘 아니까요. 정확히 말씀드리자면, 적어도 3주 전까지는 말입니다."

"그녀를 보았단 말이오?" 라둘푸스가 놀란 눈길로 청년의 시선을 되받았다.

"아니, 그런 것은 아닙니다! 하지만 그보다 더 확실한 것이 있지요." 설리엔이 갑자기 수사복 목깃 깊숙이 한 손을 집어넣더니 끈에 묶어 목에 걸고 있던 자그마한 물건을 끄집어내서는 머리 위로 끈을 벗어 모두가 볼 수 있도록 손바닥 위에 얹었다. 그의 체온 덕에 여전히 따뜻한 그것은, 웨일스 산악 지대와 변경에서 이따금 발견되는 노란 돌이 자잘하게 박혀 장식되어 있는 평범한 은반지였다. 그 자체로는 그리 값나가는 물건이 아니었으나 그가 반지에 대해 이야기하는 내용이 놀라웠다. "원장님, 물건을 지니고 다니는 게 계율에 어긋난다는 점은 알고 있습니다만, 분명히 말씀드리건대 램지에 있을 때는 이것을 소장하지 않았습니다. 자, 이 안쪽을 한번 살펴보십시오!"

라둘푸스는 잠시 탐색의 눈길로 살펴보다가 손을 뻗어 반지를 집어 안쪽 면이 잘 보이도록 돌려 들었다. 이내 곧고 까만 그의 양 눈썹이 한군데로 모였다. 설리엔이 봐주었으면 하는 것을 발견한 듯했다.

"G와 R이 엮인 형상이군. 다소 흐릿하긴 하지만 틀림없어. 오래전에 새겨진 모양이오. 지금은 가장자리가 닳아 희미해졌는데, 처음엔 꽤 깊이 새겼던 것 같군." 그가 열이 오른 설리엔의 얼굴을 들여다보았다. "그대는 이것을 어디서 손에 넣었소?"

"피터버러의 한 보석상에게서 얻었습니다. 램지에서 빠져나오고 월터 원장님께서 제게 이곳으로 가라고 명하신 이후의 일이었지요. 순전히 우연이었습니다. 당시 피터버러에 머물던 교역상들 중에는 두려움에 그곳을 떠나려던 이들이 있었습니다. 드 맨더빌이 얼마나 가까운 곳에 있는지, 그자가 어떤 세력들과 함께하는지 소문으로 들어 잘 알고 있었으니까요. 그래서 다들 서둘러 물건을 팔고 떠나가기 시작했지요. 그러나 몇몇 상인들은 대담하게도 거기 남기로 결정했는데, 그 보석상도 그중 하나였어요. 밤늦게 거기 당도한 저는 원장님의 지시에 따라 프리스트게이트에 머물던 그 상인에게 가서 하룻밤을 보냈습니다. 그는 무법자와 날강도에 관한 소문이 들려와도 꿈쩍하지 않는 단호한 사람인 데다 램지 수도원의 충실한 후원자이기도 했지요. 귀중품들은 이미 다 숨겨놓았고 값이 덜 나가는 것들만 가게에 남아 있었는데, 거기서 반지를 발견했습니다."

"그중 이 반지를 어떻게 알아본 거요?" 수도원장이 물었다.

"오래전, 어린아이 적부터 보았던 물건이니까요. 새겨진 문자를 확인하지 않고도 곧장 알아볼 수 있었습니다. 이걸 언제 어디서 손에 넣게 되었는지 보석상에게 묻자, 불과 열흘 전쯤 한 여자가 가져와서 팔고 갔다더군요. 그 여자의 말로는, 약탈을 일삼는 드 맨더빌을 피해 멀리 떠나기로 부부가 결론을 내리고 안전한 곳에서 다시 정착하는 데 필요한 돈을 마련하기 위해 가지고 있는 물건을 모두 내다 파는 중이라고 했답니다. 당시 그 지역에는 큰 이해관계가 걸려 있지 않는 한 그렇게 무작정 떠나는 사람들이 많았습니다. 여자의 용모와 거동에 대해 보석상에게 물어보았는데, 그의 설명으로 보아 제너리스가 틀림없었습니다. 원장님, 그녀는 불과 3주 전까지도 멀쩡히 살아 피터버러에 있었던 겁니다."

"그렇다면 왜 그대가 이 반지를 보관하게 되었지?" 부드러운 목소리였으나, 원장은 줄곧 예리하고 위압적인 눈으로 청년을 쏘아보고 있었다. "대체 무슨 이유였소? 이 물건이 이곳에서 지극히 중요한 역할을 하게 되리라는 건 당시 생각지도 못했을 텐데."

"네, 전혀 생각지 못했지요." 설리엔의 양 뺨이 밑에서부터 붉어지는 것을 캐드펠은 눈치챘다. 그러나 힐난 어린 듯한 질문 앞에서도 그의 푸른 눈빛은 여전히 의연했고, 눈 역시 평소와 다름없이 크고 맑았다. "원장님께서 저를 세상으로 다시 보내주셨으니 이곳 담장 밖의 한 인간으로서 말씀드리겠습니다. 루알드 부부는 제 유년기의 가까운 친구였습니다. 그리고 그들에 대한 애정이 깊어져 제 육체와 더불어 성숙하게 되었을 때 이미 저는 어린아이가 아니었지요. 원장님께서도 들으셨는지 모르겠지만 제너리스는 아름다운 여자였습니다. 물론 그녀는 제 감정을 전혀 알지 못했어요. 그러다가 그녀는 떠나갔고, 저는 수도원과 수사복이 제게 마음의 평화를 주리라는 헛된 희망을 품게 되었습니다. 이제는 원장님께서 그 의무를 떨치도록 허락해주셨지만요. 어쨌거나 그 반지를 보고 만지는 순간 저는 그녀의 것임을 확신했고, 그것을 지니고 싶었습니다. 다른 생각은 전혀 없었어요."
 "하지만 그대에겐 그 값을 치를 만한 돈도 없었을 텐데." 라둘푸스는 변함없이 차분한 어조로 말했다. 그의 고백을 듣고도 책망하는 기색은 전혀 없었다.
 "그 상인이 거저 주었습니다. 방금 원장님께 말씀드린 그대로, 어쩌면 더 자세하게, 그에게 지난 사연을 얘기했거든요." 열정과 엄숙함만이 가득했던 설리엔의 눈에 한순간 반짝이는 웃음기가 스쳐 갔다. "우리는 그저 하룻밤을 같이 보낸 친구에 불과했습니다. 저로서는 그를 다시 보지 못할 것이고 그 역시 마찬가지였지요. 그렇게 우연히 마주친 사람들끼리는 가족에게 할 수 있는 것보다 더 내밀한 대화를 나누게 되기도 하지요. 제 이야기를 모두 들은 그는 서슴없이 제게 이 반지를 건네주었습니다."
 "그럼, 이곳에 와서 루알드를 만났을 때 왜 그에 대해 이야기하지 않았소?" 원장이 캐물었다. "최소한 반지를 보여주며 그 여인의 소식을 전했어야 하는 것 아니오?"
 "제가 반지를 얻은 것은 루알드를 위해서가 아니라 저 자신을 위안하기 위해서였으니까요." 설리엔이 대답했다. "그리고 그에게 반지를 보여주지 않고 입수하게 된 내력과 장소를 얘기하지도 않았던 건, 당시 그에게 어두운 그림자가 드리워 있다는 사실을 전혀 알지 못했기 때문입니다. 죽은 여자가 발견되었다는 사실은 물론, 항간에서 그 여자를 제너리스로 추정하고 있다는 것도 그때까지는 전혀 몰랐습니다. 저는 이곳에 와 처음으로, 그것도 딱

한 번 그와 얘기를 나누었습니다. 미사 보러 가던 중에 만나 몇 분쯤 대화를 나누었지요. 그는 완벽한 행복과 만족을 느끼고 있는 것 같았습니다. 그러니 제가 서둘러 그의 옛 기억을 휘저을 필요가 있었을까요? 그는 이곳에 오기까지 기쁨과 더불어 고통도 겪어야 했습니다. 저로선 그가 현재의 기쁨을 즐기도록 내버려두는 편이 좋겠다고 생각했지요. 하지만 이제는 그도 알아야 할 겁니다. 원장님, 제가 이 반지를 가지고 여기 오게 된 건 어쩌면 하늘의 뜻인지도 모릅니다. 이제 이것을 기꺼이 원장님께 넘기겠습니다. 제게는 소용이 다한 물건이니까요."

잠시 침묵이 내린 사이 수도원장은 이 사건에 얽힌 인물들과 눈앞에 보이는 반지의 의미를 곰곰이 씹어보았다. 이윽고 그가 캐드펠을 돌아보았다. "형제가 나를 대신해 휴 베링어에게 가 이리로 와주십사 청해주겠소? 당장 만나지 못하거든 전갈이라도 남겨두고 오시오. 행정 장관이 이 얘기를 직접 듣기 전까지는 다른 누구한테도 말이 새어 나가지 않도록 주의해야 하오. 루알드 수사도 알아서는 안 되오. 설리엔, 그대는 이제 이 수도원의 형제가 아니지만 내가 보는 앞에서 그대 이야기를 다시 한번 들려주어야겠으니, 그때까지는 우리의 손님 자격으로 여기 있어주었으면 하오."

# 6

휴는 성의 병기고에 있었다. 에식스의 무정부 상태를 진압하러 나가게 될 가능성을 염두에 두고 강철 비축 문제를 논하던 터였다. 그곳에서 벌어진 사태를 심각하게 받아들여 국왕의 긴급한 부름에 대비하는 쪽으로 마음을 굳힌 것이다. 사실 준비한 것들이 요긴하게 쓰일 가능성은 크지 않았고, 그 자신도 대비하는 행위 자체에 만족하고 있었다. 이곳에 훌륭한 정예부대가 준비되어 있으며, 소환령이 내려올 경우 몇 시간 안에 길을 떠날 수 있다는 사실이 그에게 안도감을 주었다. 황폐화된 펜 지방으로부터 이처럼 멀리 떨어진 곳의 행정 장관에게까지 동원령이 내려오는 일은 아마 일어나지 않을 터이나, 어쨌든 조금이라도 가능성이 있는 이상 대비를 해야 했다. 게다가 휴의 개인적인 의지도 크게 작용하였으니, 제프리 드 맨더빌과 같은 인간이 어딘가 존재한다는 사실이 그의 질서 의식과 건전한 정신을 모욕했던 것이다.

휴는 캐드펠을 향해 건성으로 인사를 건넨 뒤 이내 시선을 돌려 병기 제조업자가 쇠를 두드려 검의 모양을 잡아가는 과정을 꼼꼼한 눈길로 지켜보았다. 수도원장이 급히 만남을 청한다고 전했는데도 반응이 영 시큰둥해, 캐드펠은 슬쩍 이렇게 덧붙였다.

"도공의 땅에서 발견된 시신과 관계된 일이야. 상황이 크게 달라졌네."

아니나 다를까, 휴가 얼른 고개를 돌렸다. "어떻게 달라졌다는 말씀입니까?"

"가서 당사자에게 직접 들어보게나. 설리엔 블런트가 펜 지방에서 나쁜 소식만 가져온 건 아니더군. 원장님은 그가 자네 앞에서 다시 한번 설명하기를 원하시네. 그의 이야기 중 당신이 놓친 의미가 있다면 아마 자네가 집어내리라 생각하시는 게지. 그게 아니더라도, 이야기를 다 들은 뒤 함께 머리를 맞대볼 수 있을 거야. 자, 말을 타고 출발하세."

시내를 통과하고 수도원 앞 대로로 이어지는 다리를 건너는 사이 캐드펠은 휴가 곧 듣게 될 소식의 서론쯤에 해당하는 내용을 미리 귀띔해주었다. "설리엔 수사는 속세로 돌아가기로 마음을 정한 듯하네. 자네 판단이 옳았어, 수도사로는 결코 어울리지 않는다고 했지. 그 자신도 같은 결론에 도달했다네. 청춘을 필요 이상으로 낭비하지 않아 다행이야."

"라둘푸스 원장님도 결정에 동의하셨습니까?" 휴가 물었다.

"내가 볼 때 그분은 당사자보다 훨쩍 앞서 가 계셨네. 물론 그가 훌륭한 청년이고, 제 나름껏 최선을 다한 것은 사실이지. 하지만 그릇된 이유로 교단에 들어오게 되었다고 본인이 털어놓더군. 이제 그는 자신에게 예정되었던 인생으로 돌아갈 걸세. 어쩌면 자네의 수비대로 들어갈지도 모르지. 한 가지 소명이 중단되었을 땐 또 다른 소명을 필요로 하는 사람이니까. 형님의 땅에서 게으름이나 피우고 드러누워 있을 청년이 아니라네."

"유도가 결혼한 지 얼마 되지 않아 더 그럴 겁니다. 이제 한두 해 안에 아이를 갖고 가계를 다지려는 참이니 동생 입장에서 머물기가 마땅치 않겠지요. 예, 물론 그는 잠재력이 풍부한 젊은이입니다. 체격 좋고, 사지도 튼튼하고, 말 탄 자세도 늘 보기 좋았지요."

"모친께서 아주 좋아하시겠군." 캐드펠이 말을 이었다. "자네가 그랬지, 그 부인에겐 평생 큰 낙이 없었다고. 하지만 이제 아들이 집으로 돌아오면 크나큰 기쁨을 느끼겠지."

휴는 캐드펠과 나란히 원장의 응접실로 들어섰다. 잠재력 풍부한 그 젊은이는 그때까지도 원장과 함께 있었다. 자못 편안한 분위기였으나, 벽에 어깨를 기댄 채 꼿꼿하게 앉아 있는 설리엔의 자세에서 약간의 긴장감이 느껴졌다. 자신이 이곳에서 해야 할 일이 아직 남아 있기 때문일까? 휴를 보자 마침내 그 역할을 완수할 때가 왔다 생각했는지 그가 두 눈을 빛냈다.

"여기 이 설리엔이라는 청년이 장관한테 전해야 할 중요한 얘기가 있소." 수도원장이 입을 열었다. "나는 이미 들었지만, 내가 미처 생각하거나 기억하지 못하는 내용이 있을지 모르니 장관이 직접 듣는 것이 좋을 거요."

"그럴 리야 있겠습니까." 청년의 얼굴이 밝게 보이는 곳에 자리를 잡고 앉으며 휴가 말했다. 날이 흐리긴 했지만 정오를 조금 넘긴 시각이니 그나마 하루 중 제일 밝은 때였다. "어쨌거나 절 신속하게 불러주셔서 감사합니다. 지난번 그 변사체와 관계된 얘기라고요. 캐드펠 수사님께서는 거기까지만 말씀해주시더군요. 자, 설리엔, 이제부터 들을 터이니 말해보시오. 나한테 할 얘기가 무엇이오?"

설리엔이 자신의 이야기를 한 번 더 반복했다. 먼젓번보다는 간략했으나 그가 사용하는 단어들은 거의 달라지지 않았다. 말이 어긋나는 대목도, 아귀가 맞도록 의도적으로 끼워 맞춘 듯 여겨지는 내용도 없었다. 그는 활기찬 태도로 술술 말을 잇다가 이야기를 모두 마치자 가쁜 숨을 몰아쉬고 몸을 뒤로 기대더니 결론을 내리듯 덧붙였다. "그러니 루알드 수사에게는 어떤 의혹도 있을 수 없습니다. 7가 제너리스 말고 다른 여자와 관계를 맺은 저도 없잖습니까. 제너리스는 무사히 살아 있습니다. 발견된 시신의 주인이 누구든, 제너리스가 아닌 것만은 분명합니다."

휴는 반지를 손바닥에 올려 머리글자가 새겨진 부분을 유심히 바라보고 있었다. 곧 그가 생각에 잠긴 표정으로 설리엔을 응시했다. "그 상인에게 가서 잠자리를 청하라고 명한 사람이 당신 수도원의 원장님이었다고 했소?"

"그렇습니다. 램지 수도원 수사들의 좋은 친구였지요."

"상인의 이름은 뭐요? 또 그의 가게는 시의 어디쯤에 있지?"

"이름은 존 힌데라고 하고, 가게는 대성당에서 그리 멀지 않은 프리스트게이트에 있습니다." 기다렸다는 듯 그가 재빨리 대답했다.

"알겠소, 설리엔. 이번 의문의 죽음과 관련해 당신은 루알드를 모든 의혹에서 구해내고, 날 위해서는 용의자 하나를 줄여주었소. 하지만 사실 내가 그 사람을 용의자로서 진지하게 의식한 적은 없소. 그가 범인일 가능성은 극히 낮았지. 그러나 수도사도 인간이잖소. 특수한 필요성과 분노와 고독이 결합된 상황이라면 우리 중 살인하지 않을 사람은 극히 드물 거요. 어쨌든 그가 살인을 했을 가능성이 사라졌다 해서 섭섭지는 않군. 이제 실종된 여인을 찾는 일에 총력을 기울여야 할 것 같소. 원장님, 루알드도 이 사실을 알고 있습니까?"

"아직 말하지 않았소."

"그렇다면 지금 그를 불러주십시오."

원장이 캐드펠을 돌아보았다. "캐드펠 형제, 루알드를 찾아 이리로 오라고 전해주겠소?"

캐드펠은 고분고분 지시에 임했으나 머릿속이 너무나 복잡했다. 루알드를 풀어준다는 것은 휴의 입장에서 원점으로의 후퇴나 다름 아니며, 이는 국왕의 일에 전력을 기울이고자 하는 지금 다시 이번 사건으로 돌아와야만 한다는 사실을 뜻했다. 물론 그 시신이 다른 여자일 가능성에 대해서도 꾸준히 조사해왔지만, 사라진 제너리스야말로 가장 가능성 있는 인물이었다는 점을 부인하기는 어려웠다. 어쨌거나 이 예상치 못한 증언 덕에 적어도 성 베드로 성 바오로 수도원만큼은 평정을 되찾을 수 있겠군, 캐드펠은 생각했다. 루알드 또한 감사와 기쁨을 느낄 테고. 물론 그러한 감정은 자기 자신보다 옛 아내의 안위에 대한 것이니, 무아경에 이른 완벽한 그의 평온은 종종 인간적 오류를 범하곤 하는 대부분의 수사들이 도달할 수 있는 범위를 넘어선 경지에 있었다. 하느님이 그에게 무엇을 명하고 요구하시든 그는 충실히 따랐다. 자신에게 슬픔과 치욕이, 심지어 목숨까지 요구되더라도 말이다. 설령 순교가 요구된다 하더라도 그는 마음을 바꾸지 않으리라.

캐드펠은 식당 지하실에서 루알드를 찾아냈다. 식품 창고 관리인 매슈 수사가 자주 쓰이는 용품들을 주로 보관하는 곳이었다. 루알드는 학문이나 예술 방면보다는 실용적인 작업에 뛰어난 사람이라 매슈 수사 밑에 배치되어 있었다. 수도원장의 응접실로 오라는 전갈을 듣자 그는 손에 묻은 먼지를 털어낸 뒤 재고품 목록을 정리했다. 이어 남쪽 구역 끝에 위치한 매슈 수사의 작은 사무실로 가 용건과 행선지를 보고하고는, 질문 하나 없이 순순히 캐드펠을 따라나섰다. 무슨 일인지 묻지도, 궁금해하지도 않는군, 캐드펠은 생각했다. 속세의 권위자와 수도원의 권위자가 엄숙한 얼굴로 나란히 앉아 자신을 기다리는 모습을 보면서도 이러한 평온을 유지할 수 있을까? 응접실 문간을 지나 두 판관과 마주한 순간에도 그의 거동이나 표정에서는 아무런 변화를 찾아볼 수 없었다. 그는 그저 조용히 예를 표한 뒤 질문이나 명령이 떨어지기를 기다릴 뿐이었다. 캐드펠은 뒤따라 들어와 문을 닫았다.

"내가 형제를 불렀소. 밝혀진 일이 있는데 형제도 알아야 할 것 같아서." 수도원장이 말했다.

휴가 손바닥에 놓인 반지를 내밀었다. "이것을 아십니까, 루알드 수사님? 자, 받아서 잘 살펴보시지요."

굳이 그럴 필요도 없었다. 휴의 손에 놓인 그것을 보자마자 벌써 그의 입술이 벌어지면서 대답이 나올 참이었다. 그러나 그는 일단 시키는 대로 반지를 집어 들어 안쪽에 새겨진 머리글자들이 잘 보이게끔 햇빛 쪽으로 돌려보았다. 자신이 생각한 물건이 맞는지 확인하는 작업이라기보다는, 지난날의 화합을 회상하고 미래의 화해와 용서를 희망하는 일종의 의식처럼 그것을 살펴보는 듯했다. 희미하지만 따뜻한 믿음의 감정이 여윈 얼굴에 덮인 인내의 주름들을 순간적으로 녹이는 모습을 캐드펠은 보았다.

"알고말고요, 원장님. 이것은 제 아내의 반지입니다. 결혼하기 전에 제가 그녀에게 주었지요. 웨일스에 있을 때였는데, 거기에서 이런 돌이 나거든요. 그런데 반지가 어떻게 여기 와 있는 겁니까?"

"우선 답변부터 분명하게 해주면 좋겠소. 그 여인의 것이 확실하오? 똑같은 것이 하나 더 있는 건 아니겠지?"

"그럴 리는 없습니다. 같은 머리글자들을 새긴 반지야 있을 수 있겠지만, 여기 있는 이 글자들은 제가 직접 새긴 게 틀림없어요. 물론 전문 조각가의 솜씨는 아니지만요. 이 선들과 요철, 실수한 흔적들까지 제가 일일이 다 기억합니다. 세월과 함께 선명하던 선들이 무뎌지고 퇴색되는 것도 제 눈으로 보아왔고요. 이것을 마지막으로 본 건 제너리스의 손에 끼워진 모습이었지요. 그렇다면…… 제너리스가 이곳에 돌아온 겁니까? 제가 그녀와 이야기를 좀 나누어도 될까요?"

"아뇨, 그녀는 여기에 없습니다." 휴가 말했다. "이 반지는 피터버러에 있는 한 보석상의 가게에서 발견되었습니다. 보석상은 불과 열흘 전에 한 여인에게서 이걸 샀다고 증언했지요. 펜 지방이 무정부 상태로 변하자, 여인은 보다 안전한 곳으로 가 살기로 마음먹고 돈을 모아 그 시를 떠나고자 했답니다. 보석상의 설명으로 미루어, 그 여인은 지난날 당신의 아내였던 사람과 동일인인 듯합니다."

순간 루알드의 수수한 얼굴에 드리운 먹구름이 가시며 희망의 빛이 피어올랐다. 라둘푸스 원장을 바라보는 열의에 찬 눈빛이 얼마나 강렬하게 반짝이는지, 창으로 새어 드는 햇살은 그 기쁨의 반사광에 불과해 보일 정도였다.

"그럼 그녀는 죽지 않았군요! 무사히 살아 있는 거예요! 원장님, 장관님께 몇 가지 더 질문을 드려도 되겠습니까? 정말 기쁘고 놀라운 일이네요!"

"물론이오."

"행정 장관님, 이 반지가 피터버러에서 거래된 것이라면, 지금은 대체 어떤 연유로 여기에 와 있는 겁니까?"

"최근 그쪽 지역에서 이 수도원으로 온 사람이 가지고 왔소. 바로 여기 있는 설리엔 블런트요. 당신도 이 사람을 잘 알 것이오. 그는 여행 중 보석상의 집에서 하룻밤 묵었는데, 그의 가게에서 이 반지를 보고는 누구의 것인지 바로 알아보았소." 이어 휴가 조심스레 덧붙였다. "그리고 옛정을 생각해 이것을 당신에게 가져다주기로 한 거요. 그렇게 해서 이 반지가 지금 당신의 손에 들어오게 되었지."

루알드는 고개를 돌려 한참 동안 청년을 바라보았다. 청년은 쥐구멍에라도 숨고 싶은 표정으로 약간 떨어져 입을 꾹 다물고 있었다. 어떻게든, 그 투명한 얼굴과 진솔한 눈 위에 덧창을 내려서라도, 루알드의 시야에서 벗어나고 싶은 마음이었다. 두 사람 사이에 기묘한 탐색의 시선이 오가는 사이 감히 누구도 움직임이나 말로써 그 강렬한 긴장을 깨뜨릴 수 없었다. 루알드가 차마 입 밖으로 내지 못하는 말들이 캐드펠의 귓가에 울리는 듯했다. '자네는 왜 내게 반지를 보여주지 않았지? 짐작되는 이유가 있긴 하지만, 정말 그 때문에 마음이 내키지 않았다 하더라도 최소한 그녀의 근황 정도는 알려줄 수 있었을 텐데. 무사히 잘 살아 있다는 정도는 얘기했어야 하지 않나?' 그러나 루알드가 설리엔의 얼굴에서 눈길을 떼지 않은 채 꺼낸 말은 이것이 전부였다. "저는 이 반지를 가질 수 없습니다. 아무것도 소유하지 않기로 맹세한 몸이니까요. 이것을 본 것만으로도, 또 제너리스를 안전하게 지켜주신 것에 대해서도 그저 하느님께 감사드릴 따름입니다. 앞으로도 주님께서 그녀를 지켜주시기를 바랍니다."

"아멘." 설리엔이 들릴락 말락 하게 중얼거렸다. 한숨에 가까운 소리였지만 긴장된 그의 입술이 달싹이는 것을 캐드펠은 보았다.

"루알드 형제, 어쨌거나 이것은 형제의 물건이니 가질 수 없다면 다른 이에게 주어도 좋소." 날카로운 눈으로 두 사람을 지켜보며, 그러나 판단은 보류한 채 수도원장이 말했다. 청년은 반지를 손에 넣게 된 경위와 그것을 지니고자 했던 이유를 이미 원장에게 고백한 터였다. 커다란 전환을 불러오긴 했으나 반지 자체는 대단치 않은 물건이었으니, 제 역할을 다한 지금은 그것을 어떻게 처분하느냐의 문제만 남아 있었다. "형제가 적당하다고 여기는 사람한테 주도록 하시오."

"행정 장관님께도 더 이상 필요하지 않다면, 이것을 되찾아 온 사람인 설리엔에게 돌려주고 싶습니다." 루알드가 말했다. "그는 제게 더할 수 없이 좋은 소식을 가져옴으로써 제 마음의 평화 한 조각을 찾아주었습니다. 이 수도원조차 제게 해줄 수 없었던 일이지요." 갑작스러운 미소가 수수하고 기다란 얼굴을 환하게 밝혔다. 그가 반지를 설리엔에게 내밀자 청년은 망설이듯 아주 천천히 손을 내밀어 반지를 받았다. 두 사람의 손이 서로 맞닿는 순간 젊은이의 양 뺨에 홍조가 번졌다. 그는 무심함을 가장하며 얼굴을 돌려 자신도 모르게 달아오른 낯을 식혔다.

일이 그렇게 된 거로군, 캐드펠은 그제서야 진상을 파악했다. 두 사람 사이에 질문이나 대답이 오가지 않는 건, 그러한 과정이 필요치 않기 때문이었다. 루알드는 영주의 작은아들이 태어나고 자라며 자신의 작업장과 집을 드나드는 모습을 쭉 지켜봐왔을 것이다. 아이가 사춘기의 격정과 괴로움을 겪고 성인으로 성장하며 줄곧 그 신비스러운 여인의 곁을 맴돈다는 것도 눈치챘을 것이다. 여인은 이방인이었다. 그녀가 모두에게 친절하고 모두와 가까웠던 것은 아니었다. 그러나 설리엔에게는 달랐다. 아이들에게는 나름의 권리가 있으니 다른 이에게는 허용되지 않는 곳에도 어려움 없이 들어가 자리를 잡곤 한다. 설리엔은 자신 때문에 그녀의 마음이 동요한 일은 없었다고 주장했다. 그녀는 자신의 마음을 알지도 못했다고. 그러나 루알드는 알고 있었던 것이다. 그러니 이제 와서 청년이 굳이 자신의 동기를 밝힐 필요도, 이제 와서야 자신에게 소중한 것을 지키는 수단으로 반지를 사용한 것에 대해 용서를 구할 필요도 없었다.

"좋습니다." 휴가 쾌활하게 말했다. "그럼 그렇게 하지. 더 이상은 묻지 않겠습니다. 루알드 수사님, 수사님의 마음이 다시 편안해졌다니 기쁘군요. 이제 적어도 이 문제 때문에 힘들어할 필요는 없을 겁니다. 수사님이나 수도원에 대한 의혹은 이제 한 점도 없어요. 난 다른 쪽으로 눈을 돌려봐야겠군요. 그리고 설리엔, 당신은 교단을 떠나기로 했다 들었는데, 그렇다면 당분간 롱너에 머물 터이니 차후에 나와 이야기를 좀 할 수 있겠소?"

"그럼요. 언제든 원하실 때 부르면 가겠습니다." 설리엔은 여전히 약간 뻣뻣한 자세로 대답했다.

'원하신다면'이 아니라 '원하실 때'라니, 무슨 뜻으로 저런 표현을 사용했을까? 수도원장이 간단한 축복의 말을 건네고 루알드와 설리엔을 내보내는 사이 캐드펠은 생각에 잠겼다. 장차 자신에게 더 많은 것이 요구되리라는 것을 예감한 걸까?

\*

"그 여자를 남몰래 사랑했던 모양이군요." 세 사람만 남게 되자 휴가 입을 열었다. "있을 수 없는 일도 아니지요. 청년의 모친이 8년 넘게 지병을 앓았고 점차 쇠약해져 지금도 기력을 회복하지 못하고 있다는 점을 고려하면요. 저 청년은 언제부터 그런 사랑을 시작했을까요? 열 살쯤 되었을 때부터였을까요? 물론 그가 루알드의 소작지를 드나들며 귀여움을 받은 건 그보다 훨씬 오래 전부터였겠지만요. 아이들은 순진한 시절 친절하고 아름다운 여자에게 홀딱 빠져 지내다가 어느 순간 자신의 몸과 마음에서 꿈틀대는 남성을 발견하게 되고, 그다음에는 육체든 마음이든 어느 한 쪽이 승리하기 마련입니다. 짐작건대 저 청년의 경우는 마음이 승리하여 대좌 위에, 아니—원장님 앞에서 이런 단어를 쓰는 것이 적절치는 않겠지만—제단 위에 사랑을 올려놓고 침묵 속에 그녀를 숭배해왔던 것 같습니다."

"실제로 그랬다고 본인 입으로 밝혔소. 여인은 그 사실을 결코 알지 못했다는군. 이것 역시 그의 얘기지만." 라둘푸스가 덤덤하게 대답했다.

"저로서는 그 말을 믿고 싶군요. 루알드가 자신의 속내를 빤히 알고 있다고 느끼는 순간 그의 얼굴이 작약처럼 붉어지는 것을 원장님도 보셨을 겁니다. 남들이 탐내는 아름다운 아내를 보며 그는 불안감을 느낀 적이 없을까요? 루알드 말입니다. 그녀가 대단한 미인이었다는 점에 대해서는 세상이 모두 동의하는 듯하니까요. 아니면 청년이 선을 넘지는 않으리라 여겨 계속 자신의 집에 드나들도록 내버려둔 것일까요?"

"그보다는, 모든 정황으로 미루어 아내의 충절이 확고부동함을 알고 있었던 것 같군." 캐드펠이 말했다.

"하지만 소문에 따르면 루알드가 떠나려는 마지막 순간에 그 여인이 남편한테 그랬다지 않습니까? 자신에게 연인이 있다고요."

"소문이 아니오." 수도원장이 단호하게 말을 이었다. "루알드 자신도 그렇게 이야기했소. 그가 폴 수사와 함께 마지막으로 찾아갔을 때 그런 말을 들었다더군. 자신에게는 훨씬 더 사랑할 가치가 있는 연인이 있다고. 그동안 남편에게 애정을 바쳐왔지만 남편 자신이 그것을 파괴했다고."

"그게 과연 진실이었을까요? 물론 보석상에게도 자신과 남자에 대한 이야기를 했다지만……." 캐드펠이 말끝을 흐렸다.

"누가 알겠습니까?" 휴가 양손을 들어 올렸다. "남편에게야 진실이든 거짓이든 닥치는 대로 퍼붓다가 나온 말이었을 수도 있겠지만, 보석상에게까지 거짓말을 할 이유는 없지요. 어쨌든 분명한 하나의 사실은, 우리가 발견한 여인이 제너리스가 아니라는 겁니다. 따라서 저는 루알드는 물론, 누군지 몰라도 제너리스와 눈이 맞았다는 그 남자도 용의선상에서 제외하고자 합니다. 이제 다른 여인과 다른 살인 동기를 찾아봐야지요."

*

"그래도 영 마음에 걸리네요." 캐드펠과 나란히 문지기실 쪽으로 돌아가던 휴가 말했다. "제너리스가 무사하다는 사실을 루알드 수사님과 처음 마주쳤을 때 말해주지 않았다는 것 말입니다. 비록 가정을 버리고 수도사가 되었다지만 그녀에 대해 알아야 할 권리로 따지자면 그분만 한 사람이 누가 있었겠습니까? 그를 보자마자 전해야 할 얘기로 그보다 더 긴급한 소식은 또 어디 있고요?"

"당시 설리엔은 여인의 변사체에 대해 전혀 듣지 못했을 뿐 아니라 루알드가 의혹을 받고 있다는 사실도 몰랐다지 않은가." 이렇게 거들었지만, 스스로 듣기에도 무언가 자신 없는 변명처럼 여겨지는 것에 캐드펠은 다소 놀랐다.

"그거야 저도 인정합니다만, 아무리 그렇더라도 루알드가 그녀를 염두에 두고 있었으리라는 것쯤은 분명 알았을 것입니다. 그녀가 죽었는지 살았는지, 살아 있다면 어떻게 지내는지 궁금해할 게 뻔하지 않습니까? 그를 보자마자 이렇게 말했어야 당연하지요. '제너리스 일로 걱정할 필요는 없습니다. 그녀는 잘 지내고 있으니까요.' 그 얘기만 했더라도 모든 게 더 수월했을 텐데요."

"그 청년은 제너리스를 사랑했네." 아주 조심스럽게, 캐드펠은 마음속 생각을 입 밖에 내었다. "어쩌면 루알드가 만족스러워하는 모습을 보고 싶지 않았는지도 모르지."

"그 청년이 그런 악감정을 가질 만한 사람으로 보이십니까?" 휴가 물었다.

"아니면, 그의 마음이 램지 사태와 거기서 도망쳐 나온 일로부터 아직 헤어나지 못한 상태였다고 해두지. 그 정도면 다른 일은 깡그리 잊어버릴 만하지 않은가."

"반지를 보고 옛사랑을 돌이킨 것도 램지에서 빠져나온 이후의 일이었습니다." 휴가 반박했다. "그때 그 반지는 그의 마음을 온통 사로잡을 만치 의미 있는 물건이었지요."

"그래, 솔직히 말하자면 나 역시 그 점이 의심스럽네. 하지만 사람이 압박에 몰렸을 때 어떤 식으로 행동하는지, 그 동기가 무엇인지 누가 제대로 설명할 수 있겠나? 중요한 건 반지 그 자체야. 루알드는 즉각 그것을 알아보았지. 바로 자신이 그녀에게 주었던 물건이니까. 제너리스는 눈앞의 필요 때문에 그것을 팔았고…… 청년 설리엔의 행동에 무언가 석연찮은 점이 있다 해도 어쨌거나 그는 그 증거물을 가지고 온 사람이야. 제너리스는 살아 있으며, 루알드는 하마터면 고스란히 감내해야 할 뻔했던 모든 비난들로부터 자유로워졌네. 우리가 더 이상 무엇을 알아야 한단 말인가?"

"이제 어디에 초점을 맞추어야 하는지를 알아야죠."

"흠…… 유도에게서 그 땅을 기증받은 뒤 호먼드 측에서 소작인으로 들어앉혔다는 그 여인은 만나보았나?"

"아, 만나봤죠. 지금은 딸과 함께 시내에서 지내고 있더군요. 서쪽 다리에서 크게 멀지 않은 곳이에요. 그 여인은 아주 짧은 동안 거기 머물렀습니다. 추락 사고를 당해 사위가 와서 데려갔고, 이후 그곳은 텅 비어버렸지요. 듣자 하니 그녀가 거기서 지내는 동안에는 특별한 일이 없었던 듯합니다. 근처에서 수상한 사람을 본 적도 없다고요…… 하지만 여인이 떠난 이후 나그네들이 이따금 거기 들러 묵어가곤 했다는 얘기도 들리더군요. 주로 장이 서는 기간에요. 롱너의 유도도 사람들에게 물어보겠답니다. 혹시 거기서 특이한 일이 벌어지는 것을 목격한 이가 있는지 말이에요. 어쨌든 아직까진 그럴싸한 이야기가 들려오지 않네요."

"무언가 새로운 것이 있다면 설리엔이 집에서 돌아와 자신의 얘기를 할 때 같이 전해주었겠지."

"일단 범위를 더 넓게 잡고 다시 탐문해봐야겠습니다." 갑작스레 복잡해진 국왕의 일로 인해 잠시 정신을 딴 데 팔았던 것은 사실이나, 휴는 이 사건이 시작된 뒤로 줄곧 인원을 동원해 인근 지역을 탐문해온 터였다.

"어쨌거나 사건이 벌어진 시기는 어느 정도 감을 잡을 수 있겠군. 지금은 시내로 떠났다는 그 여인이 거기 살았던 동안에는 누군가 주변으로 올라와 못된 짓을 했을 가능성이 극히 낮다고 볼 수 있지. 한적한 장소를 찾아 헤매는 남녀가 넓은 들판을 두고 굳이 사람 사는 곳을 찾아들지도 않았을 테고. 그러니 그 나이 든 여인이 호먼드의 명을 받아 그리로 들어가기 전과 거기서 떠난 이후로 범위를 좁혀보세. 가만있자…… 제너리스가 오두막 문을 활짝 열어두고 난로에 재만 남긴 채 떠난 것이 정확하게 언제였지?"

"사흘 중 하루일 겁니다." 열린 쪽문 앞에서 걸음을 멈춘 채 휴가 말했다. "정확하게는 몰라요. 6월 27일에 롱너 사람 하나가 소를 치러 나와 그쪽 강둑으로 지나가던 중 뜰에 있는 그녀를 보았다고 했습니다. 그리고 6월 마지막 날 산등성이 북쪽 너머에 사는 이웃 여자 하나가 나룻배를 타러 가다가 그 집에 들렀죠. 거리로 따지자면 지름길이 아니지만, 아마도 남편이 출가했다는 이야기를 듣고는 호기심이 생겨 부러 둘러 갔던 모양입니다. 그때 가보니 문이 열린 채 집이 텅 비어 있고 난로도 싸늘하게 식어 있더랍니다. 이후 근방에서 루알드의 아내를 다시 본 사람은 아무도 없지요."

"그 땅을 호먼드 측에 넘긴다는 기증서가 증인들의 참석하에 작성된 것이 10월 초였네. 그게 정확하게 며칠이었지? 자네도 증인으로 참석했잖은가."

"10월 7일이었습니다. 죽은 대장장이의 아내가 그리로 들어간 건 그로부터 사흘 뒤였고요. 그동안 좀도둑들이 드나들었던 터라 손을 좀 봐야 했거든요. 냄비며 침상 위의 이불 같은 것들이 사라지고 문 걸쇠도 망가져 있었지요. 그러고 보니 드나든 사람들이 있긴 했네요. 밤손님들 말입니다. 어쨌거나 큰 피해는 없었습니다. 옮길 수 있는 것을 모조리 들어내 그곳을 깨끗이 비운 것은 나중 일이었어요."

"그러니까, 일단은 6월 30일부터 10월 10일 사이 거기서 살인이 자행되고 시체가 매장되었다 볼 수 있겠군. 그 늙은 여인이 시내에 사는 딸네 집으로 옮겨 간 것은 언제였지?"

"겨울 추위가 그녀를 몰아냈다고 할 수 있을 겁니다. 성탄절 무렵, 꽁꽁 얼어붙은 날 빙판에서 넘어졌거든요. 다행히 그녀에게는 아주 착한 사위가 있었지요. 장모가 어떻게 지내는지 수시로 살피던 중, 그녀가 속수무책으로 드러눕자 시내의 자기 집에서 함께 살자며 모셔 갔다더군요. 그때부터 그곳은 텅 비게 되었지요."

"그렇다면 금년 초 무렵이었을 텐데, 내가 보기에 죽은 여인은 1년 넘게 땅속에 묻혀 있었던 게 분명하거든. 또 엄동설한이 아니라 흙을 쉽게 빨리 파낼 수 있는 시기에 매장되었고. 금년 봄?

아니지. 그때부터 치자면 시간이 너무 짧아. 좀 더 뒤로 거슬러 올라가야지. 그래, 아마 작년 6월 말부터 10월 10일 사이에 일이 벌어졌겠구먼. 그러면 흙이 자리를 잡고 계절의 변화와 함께 땅속뿌리들이 무성히 자랄 충분한 시간이 나오지. 만일 지나던 뜨내기들이 그 오두막을 이용했다손 치더라도, 금작화 덤불이 늘어진 둔덕 밑을 파볼 생각을 누가 했겠는가? 내가 쭉 생각한바, 시체를 묻은 자는 장차 그 땅이 경작 목적으로 파헤쳐지리라 미리 내다보았던 것 같네. 그래서 죽은 여자가 방해받지 않고 영원한 잠을 이어갈 수 있을 만한 지점에 묻은 거지. 사실 우리도 쟁기를 돌릴 때 한두 걸음만 조심했다면 결코 시신을 발견할 수 없었을 걸세."

"차라리 그랬더라면 좋았을걸 싶네요." 휴가 자조 섞인 투로 말을 이었다. "하지만 어쨌거나 수사님들이 그걸 발견하셨죠. 한 여인이 죽은 채 발견되었으니, 그게 누구냐를 떠나 사건 자체를 피해 갈 수는 없는 노릇이에요. 이제와 여인의 이름을 다시 찾아주고 그녀를 묻은 자로부터 설명을 받아내는 것이 그렇게 중요한 일일까 싶긴 하지만, 어쨌거나 이 사건을 마무리할 때까지 수사님이나 저나 발 뻗고 쉬기는 틀린 것 같습니다."

\*

시내에서 시작된 소문은 그 안에서 잠시 들끓다 바깥으로 퍼지곤 하지만, 외곽 지역에서 온 이야기들은 일단 수도원 앞 대로에서 1킬로미터쯤 떨어진 외곽 동쪽 끝에 자리한 세인트자일스 구호소를 거친 뒤에야 시내로 유입되기 마련이었다. 그 자선 기관을 상습적으로 드나드는 이들은 뿌리 없는 거리의 사람들이었다. 거지들, 일거리를 찾아 헤매는 인부들, 아예 일하지 않고 살기로 작정한 소매치기나 좀도둑, 사기꾼, 자선에 의지해 살아가는 장애인들과 병자들, 치료를 요하는 나병 환자들. 그런 이들이 유랑 끝에 거둔 유일한 수확물, 즉 사방의 소문을 마치 화폐처럼 이용하여 이익을 보고자 하는 것도 당연했다. 구호소의 원장은 수도원에서 임명한 평신도였으나 사실상 오스윈 수사가 책임자 역할을 하고 있었으니, 원장이 수도원 앞 대로에 있는 자택에서 나와 보는 일조차 드물었던 반면 오스윈 수사는 병원을 들고나는 이들의 동태에 익숙했고, 정말로 가난하고 불운한 사람들과 비열하고 가치 없는 건달들을 척척 가려내는 예리한 눈도 지니고 있었다. 물론 성한 몸에 장애가 있는 척하는 자들이 그리 많은 것은 아니었지만 오스윈 수사는 상대가 속이려 드는 이유까지도 훤히 꿰뚫었다. 세인트자일스의 업무를 맡기 전 식물 표본실에서 한동안 캐드펠이 조수로 지낸 덕에, 그는 약용 물약과 연고 제조법을 비롯해 다른 많은 기술도 갖추고 있었다.

   캐드펠이 오스윈 수사가 요청해온 약제들을 한 보따리 지고 수도원 앞 대로로 나선 것은 설리엔의 고백이 있은 지 사흘째 되던 날이었다. 그에게 세인트자일스의 약 찬장을 채워 넣는 일은 필요에 따라 이삼 주에 한 번씩 어김없이 행해온 일상적인 업무였다. 이제 가을도 깊어, 거리의 사람들이 벌써부터 다가올 겨울을 걱정하면서 그 혹한기에 대체 어디서 후원을 받고 피난처를 찾아낼지 궁리하기 시작할 즈음이었다. 운신이 가능한 이라면 어떻게든 움직여 살아남을 방안을 짜내고 있으리라. 캐드펠은 서두름 없이 대로를 따라가면서 문이 열린 집 앞에서 안에 있는 이들과 인사를 나누기도 하고, 적당한 햇빛 속에 놀고 있는 아이들을 흐뭇한 눈길로 바라보기도 했다. 아이들 곁에는 그들의 변함없는 친구이자 추종자인 개들이 늘 함께 붙어 다녔다. 가을 공기와 떨어지는 잎사귀들 때문일까, 캐드펠은 다소 관조적인 마음으로, 동시에 희미한 죄책감을 느끼며, 휴의 고민거리와 관련된 모든 상념을 떨쳐버리고 수도원의 일과 자신의 직무에 대해 생각하려 애썼다. 그의 마음 뒤편에는 사람을 갉아먹는 저 하찮은 의심들이 늘 자리를 잡고 얕은 잠에 빠져 있었다.

 이윽고 그는 길이 갈라지는 지점에 당도했다. 대로 옆쪽, 완만한 경사를 이룬 풀밭과 윗가지 울타리 너머로 낮고 기다란 병원 지붕이 펼쳐지고, 자그만 부속 예배당의 나지막한 탑이 삐죽 솟아 있었다. 오스윈 수사가 현관으로 나와 그를 맞이했다. 커다란 덩치에 늘 그렇듯 쾌활하고 기력이 넘치는 모습이었다. 늘어진 나뭇가지들 사이로 체발된 머리를 스치며 과수원에서 나오는 그의 팔에는 늦배가 담긴 바구니가 들려 있었다. 단단하고 작은 그 배들은 성탄절까지 저장실에 보관될 터였다. 오스윈 수사는 허브밭에서 캐드펠과 일하는 동안 원기 왕성한 육체와 생기발랄한 마음을 제어하는 법을 터득했으니, 이제는 만지던 것을 부숴놓거나 잘해보려는 열의에 급히 서두르다 제 발에 걸려 나자빠지는 일은 없었다. 아닌 게 아니라, 그는 세인트자일스 구호소에 온 뒤로 캐드펠의 기대를 훨씬 뛰어넘을 만큼 훌륭한 일꾼이 되어 있었다. 물론 큼직한 손과 건장한 팔은 자그만 정제를 빚고 환약을 굴리는 일보다 환자나 노약자를 옮기고 호전적인 자들을 제압하는 일에 더 어울리는 것이 사실이다. 하지만 그는 캐드펠이 가져온 약들을 적절히 복용시키는 일에도 뛰어났으며, 아무리 까다롭고 배은망덕한 환자 앞에서도 절대로 화를 내지 않는, 눈치 빠르고 쾌활한 간호사로서의 능력도 입증해 보였다.

두 사람은 약 찬장 선반을 채워 넣고 자물쇠를 채운 뒤 나란히 홀로 들어섰다. 그곳에는 불이 피워져 있었다. 벌써 11월이 코앞인 데다, 몸이 너무 허약해 자유롭게 돌아다니지 못하는 객들이 있기 때문이었다. 개중에는 교회 묘지로 옮겨져 묻히는 날까지 이 병원을 떠나지 못할 사람들도 있었다. 몸이 성한 이들은 과수원에 나가서 갓 수확한 과실들을 따 모으고 있었다.

"새 환자가 한 사람 들어왔습니다." 오스윈이 입을 열었다. "수사님께서 그를 한번 보시고 제가 제대로 치료하고 있는지 확인해주셨으면 합니다. 엄청나게 지저분한 노인네인데, 입심까지 더러워요. 몸에 벼룩이며 빈대가 어찌나 들끓던지 다른 사람들한테서 뚝 떨어진 광 한구석에 자리를 마련해주었습니다. 지금은 깨끗이 씻겨 새 옷으로 갈아입혔지만 그래도 격리시켜두는 편이 좋을 듯합니다. 피부 종기가 감염될지 모르니까요. 하지만 더 해로운 건 그의 격한 증오입니다. 세상 전체에 대해 악감정을 가지고 있어요."

"세상 전체가 그에게 원한 살 만한 짓을 했는지도 모르지." 캐드펠이 말했다. "그렇다고 자기보다 상황이 좋지 못한 이들에게 분풀이를 해서는 안 되지만. 증오에 빠진 이들은 늘 있는 법이네. 그래, 그 사람은 어디서 데려왔는가?"

"나흘 전에 절뚝대며 자기 발로 찾아왔습니다. 숲속 부락들 근처에서 대충 잠을 자고 가능한 곳에서는 음식을 구걸하기도 했다더군요. 하지만 얻은 것으로 부족할 때는 도둑질도 했을 겁니다. 장이 설 때 여기저기서 일을 했다고도 하는데, 제가 보기엔 혼자서 소매치기 짓을 한 게 아닌가 싶고요. 사실 그 사람 얼굴을 보면 아무리 인심 좋은 상인이라도 일을 맡길 마음이 나지 않을 것 같거든요. 일단 가서 보시지요!"

구호소에 딸린 널찍한 광은 여름에 장만해둔 건초 냄새와 사과 익어가는 향으로 가득한 것이 자못 안락한 느낌까지 주었다. 예의 노인네는 텁수룩한 재색 머리를 한때 당당했을 어깨 사이로 쑤셔 넣은 채 외풍이 제일 적은 귀퉁이의 간이 침상 위에, 마치 홰에 앉은 새처럼 웅크리고 앉아 있었다. 처음 왔을 때보다는 깨끗해졌겠지만 여전히 패나 지저분했고, 적의 어린 성난 얼굴로 방문객들을 맞이하는 모습이 그 더러운 성질에도 큰 변화가 없었던 듯했다. 조글조글한 주름과 수십 곳에 달하는 자그만 상처들, 더하여 의혹과 원한으로 가득한 얼굴 속에서 심술궂고 영악해 보이는 두 눈이 반짝이며 그들을 쏘아보았다. 새로 얻은 가운은 세월과 더불어 쪼그라든 그의 육신에 너무 커 보였는데, 캐드펠은 아마도 병원 측에서 일부러 큰 옷을 내주었으리라 짐작했다. 편하게 움직일 수 있도록 하는 동시에, 그의 주글주글한 목과 어깨까지 쭉 내려가며 돋은 종기들이 옷감과 마찰되는 일을 조금이나마 방지하기 위해서였다. 모직과의 접촉을 줄이기 위해 옷 안쪽에 리넨 보도 한 겹 덧입혀놓은 듯했다.

"감염 증세는 다소 호전되었습니다." 오스윈이 캐드펠의 귀에 대고 나직하게 말한 뒤 노인에게 다가갔다. "자, 영감님, 이 좋은 아침에 기분은 어떠신지요?"

예리한 눈길이 위로 올라가더니 캐드펠에게 와 머물렀다. "좋을 것도 없어." 누더기가 다 된 껍질 같은 몸에서 나오는 것치고는 뜻밖에도 실하고 건장한 음성이었다. "당신 하나를 볼 줄 알았는데 둘이나 보게 되었구먼." 이어 몸을 움직여 침상 가장자리로 나와 앉아 호기심 어린 눈길로 캐드펠을 들여다보았다. "당신은 내가 아는 사람이군." 그가 말하고는 씩 웃었다. 아는 사람을 만나 반갑다기보다는, 혹시라도 적이 될 경우 자신이 유리한 위치에 있다는 생각에서 나오는 웃음 같았다.

"듣고 보니 나도 노인장을 어디선가 본 것 같소." 캐드펠 역시 그 얼굴을 유심히 관찰하며 말을 이었다. "하지만 그때는 이보다는 상태가 좋았던 것 같은데. 얼굴을 이리 빛 쪽으로 돌려보시오, 그렇지!" 그는 종기들로 뒤덮인 그 얼굴의 생김새를 찬찬히 살펴보았다. 곪아터진 뾰루지에 시선이 머무는 동안 주름들 속에 자리 잡은 노르스름하니 반짝이는 노인의 눈도 줄곧 그를 지켜보고 있었다. 염증 가장자리에 난 흉한 상처 딱지들은 이제 막 아물어가는 참이었다. "여기 따뜻한 곳에서 잘 얻어먹는 데다 오스윈 수사도 점잖게 대해주건만, 무엇 때문에 우리를 못마땅해하는 거요? 상태가 좋아지고 있다는 건 노인장도 잘 알지 않소. 이제 이삼 주만 더 진득하니 기다리면 증세가 깨끗이 사라질 거요."

"그래, 그다음엔 날 여기서 쫓아내겠지." 팔팔한 목소리가 신랄하게 으르렁거렸다. "그 수법은 내가 잘 알고말고! 늘 그랬거든. 치료해준 다음엔 다시 춥고 썩어빠진 자리로 내모는 거야. 어딜 가든 똑같다고. 하룻밤 묵을 지붕이라도 찾아냈다 싶으면 웬 철면피 같은 놈이 와서는 날 차내고 제가 차지해버리지."

"여기엔 그럴 사람이 없소." 캐드펠이 차분하게 지적하고는 보호막 구실을 하는 리넨 보를 앙상한 목 주위로 다시 둘러주었다. "그 점은 오스윈 수사가 알아서 해줄 거요. 당신은 그에게 치료를 맡기고 깨끗이 나을 때까지 아무 생각도 하지 마시오. 어디 가서 누울지, 무엇을 먹을지 궁리할 필요 없소. 그런 문제들은 몸이 낫고 난 뒤에 생각해도 돼요."

"말만 번드레하지, 끝에 가면 다 똑같아. 난 단 한 번도 행운이란 걸 누려보지 못했어." 그가 캐드펠을 노려보며 툴툴거렸다.

"당신들이야 속 편하겠지. 넉넉하고 든든한 지붕 아래 뽀송뽀송한 침상에서 자면서 구호한답시고 문지기실 앞에서 빵 부스러기나 나눠주고는 하느님 앞에 가서 말하잖소. 우리의 신앙이 이만큼이나 깊다고. 그런 날 밤 우리 불쌍한 영혼들이 어디다 머리를 두는지나 걱정해보시지."

"그래, 바로 거기서 노인장을 보았군." 캐드펠이 마침내 기억을 떠올리곤 말했다. "장이 서기 전날 밤이었지."

"그래, 거기서 봤지. 그때 내가 뭘 받았더라? 빵이랑 멀건 수프, 그리고 돈 1파싱(영국의 옛 화폐 단위로 4분의 1페니에 해당한다―옮긴이)이었나?"

"그건 에일 마시는 데 쓰셨을 테고." 캐드펠이 따뜻하게 말하고는 미소 지었다. "그래, 그날 밤 당신은 어디다 머리를 두고 잤소? 그리고 장이 서는 동안은 어디서 밤을 보냈소? 이런 광이 있었다면 아늑한 밤을 보냈을 텐데."

"당신네 영역은 아니었어." 그가 심술궂게 말했다. "내가 아는 곳이 있었소. 여기서 그리 멀지 않은 오두막인데, 텅 비어 있었소. 작년에 난 거기서 지냈소. 그 악마 같은 빨간 머리 봇짐장수가 계집과 함께 와 날 쫓아내기 전까진 말이오. 그래서 결국 어디로 갔는 줄 아시오? 그 옆에 있는 울타리 밑으로 갔지. 내게 가마 옆 귀퉁이라도 내주면 좋았을 것을, 녀석은 계집하고 장난질을 하려고 그곳을 완전히 독차지했소. 그런 뒤에는 둘이서 거의 밤마다 싸우더구먼. 마치 들고양이들처럼 말이야. 내가 다 들어서 알지." 캐드펠이 갑자기 조용해진 것도 눈치채지 못한 채 그가 투덜대듯 계속 중얼거렸다. "올해는 내가 그 집을 차지했어. 그런데 이젠 쓸모없는 곳이 되었더구먼. 지금쯤은 아예 무너져 내렸을걸. 이미 손대는 곳마다 썩어가고 있었거든."

"그 오두막 말인데……" 캐드펠이 천천히 말했다. "거기가 어디요?"

"강 건너, 롱너하고 가까운 곳이오. 지금은 아무도 없을 거요. 망가져 폐허가 되었으니까!"

"그러니까 올해 장이 서는 동안 당신이 거기서 며칠 밤을 지냈다고 했소?"

"지금은 비가 줄줄 샌다니까. 작년에는 더할 수 없이 든든하고 야무졌으니 올해도 괜찮겠지 했는데, 내 팔자가 어디 가나? 늘 떠돌이 개같이 쫓겨나 울타리 밑에서 벌벌 떨도록 타고난걸."

"그러면 작년 이야기를 좀 해주시오. 당신을 내몰았다는 사내, 장에 물건을 팔러 온 봇짐장수라 했소? 그가 장이 파할 때까지 쭉 그 오두막에서 지냈고?"

"그 녀석하고 그년하고." 노인은 자신이 가진 정보가 캐드펠에게 절실한 관심사라는 사실을 눈치채고는 느긋하게 이 상황을 즐기기 시작했다. 그러나 정보로 이익을 꾀할 생각은 없는 모양이었다. "그 검은 머리 계집은 아주 사납기 짝이 없더구먼. 그 녀석 못지않게 못된 년이었지. 정말 한 치도 다르지 않았다니까! 내가 다시 들어가려고 하니까 글쎄, 찬물을 퍼부어 쫓아내지 뭐요."

"그들이 떠나는 것을 보았소? 남녀가 같이 떠났소?"

"보긴 뭘 봐. 내가 떠날 때까지도 두 연놈은 거기 있었는데. 베이스탄으로 가려는 어떤 사람이 혼자서는 감당하기 힘들만치 물건을 많이 샀길래 내가 짐꾼 노릇을 해주느라 나루터까지 같이 갔었지."

"그럼 금년에는? 이번 장에서도 그 사람을 보았소?"

"아, 그야 물론이지. 녀석을 붙잡고 소란을 떨지는 않았지만, 어쨌건 보긴 봤소."

"여자도 같이 있던가요?"

"아니, 올해는 고 계집이 코빼기도 안 내밀던데. 볼 때마다 녀석 혼자이거나, 선술집에서 딴 놈들과 어울려 있거나 했지. 녀석이 어디서 잤는지야 내가 어찌 알까! 도자기 굽는 땅도 이제는 마땅한 곳이 못 되니. 듣자 하니 그 계집은 거리에서 지내며 곡예도 부리고 노래도 했다더군. 그 여자 이름은 들어본 적 없소."

마지막에 '여자'라는 단어가 슬쩍 강조되어 나오는 것을 캐드펠은 놓치지 않았다. 결정적인 무언가가 담긴 단지의 뚜껑을 들어 올리는 듯한 기분으로 그가 물었다. "그렇다면 남자의 이름은 아는 모양이군."

"그럼, 노점과 맥줏집을 드나드는 사람들은 다 알지. 브리트릭이라고, 루이톤 출신이라 했소. 시내 시장들에서 물건을 사다가 이쪽 근방을 누비고 다니며 팔지. 가끔은 웨일스까지 들어가기도 하고. 거의 매일 떠돌아다니긴 하지만 그리 멀리까지 나가지는 않소. 장사를 잘한다고들 하더구먼!"

"그렇군." 캐드펠은 천천히 긴 숨을 내쉬었다. "그에게 나쁜 일이 없기를, 노인장에게는 은혜와 복이 내리길 기도하겠소. 당신이 걱정거리를 지니고 있듯 브리트릭도 그럴 것이며, 결코 그의 고민이 더 수월하거나 가볍지는 않을 것이오. 노인장은 이제 잘 먹고 쉬면서 오스윈 수사의 지시를 따르시오. 그러다 보면 어깨의 짐은 금방 가벼워질 거요. 다른 사람들도 모두 그렇게 되었으면 좋겠구먼."

노인은 침상에 쭈그리고 앉아 문간으로 향하는 두 사람을 호기심 어린 눈길로 지켜보았다. 캐드펠의 손이 걸쇠에 닿는 순간 뒤에서 그의 목소리가 들려왔다. 희한하리만치 낭랑하고 쾌활한 음성이었다. "내 한마디만 더 하리다. 녀석의 계집 말인데, 성질은 못됐어도 생긴 건 반반하더군."

# 7

이렇게 그들은 새로운 용의자의 이름을 확보하게 되었으니, 이 것이 마치 마법처럼 기억을 파헤치기 시작했다. 이름이란 실로 강력한 마술이다. 세인트자일스에서 돌아온 뒤 캐드펠은 당장 휴에게 가 자신이 들은 내용을 빠짐없이 전했고, 그로부터 이틀도 지나지 않아 루이톤 출신 행상인에 대한 정보가 책을 한 권 써도 될 만큼 많이 입수되었다. 시장과 마시장터 주변 사람들이 브리트릭이라는 이름을 듣자마자 너도 나도 입을 열어 활기차게 떠들어댔던 것이다. 딱 하나, 작년에 장이 서는 동안 그가 도공의 땅 오두막에서 며칠 밤을 머물렀다는 사실만 빼고. 심지어 이웃한 롱너의 식솔들조차 그가 거기서 지냈다는 사실을 모르고 있었다. 당시 그 오두막은 방치된 지 불과 한 달밖에 되지 않았으니 아주 쓸 만한 상태였다. 그 은밀한 거주자는 보따리를 들고 하루 종일 나가 지냈을 테고, 그의 여자 또한 군중을 즐겁게 해주며 살아갔다니 마찬가지였을 것이다. 밤을 보내고 밖으로 나갈 때마다 문을 닫고 모든 것을 정리하여 아무도 없는 듯 보이게 했으리라. 그리고 세인트자일스 구호소에 머무는 노인의 말대로 두 사람이 자주 싸웠다면, 그 싸움은 밤에 오두막 안에서 이루어졌을 것이다. 제너리스가 떠난 뒤로는 롱너 사람 중 누구도 버려진 그 땅에 올라가보지 않았다. 왠지 모를 냉랭함과 황량한 분위기 때문에 주민들은 그곳을 외면하고 피하곤 했다. 아늑한 잠자리가 필요했던 그 비참한 노인만이 그곳으로 가 제 운을 시험해보았고, 결국 더 강한 자에게 빼앗긴 채 쫓겨났던 셈이다.

"아, 그 사람 기억나요." 죽은 대장장이의 아내인 노파가 울새처럼 맑고 동그란 눈을 동그랗게 뜨고서 말했다. "몇 년 전부터 보따리를 들고 돌아다녔지. 그러니까 그게…… 내가 남편이랑 서턴에 살 때였는데. 처음에는 보잘것없는 장사로 시작했지만 곧 물건을 늘리고 정기적으로 인근 부락들을 돌았어요. 아시다시피 여자들은 매주 시내로 나갈 수가 없는 형편이잖아요. 나는 그 사람한테서 소금을 사곤 했지요. 맨정신일 때는 장사도 잘하고 힘든 일도 마다 않았지만 술만 들어갔다 하면 아주 거칠어졌어요. 작년에 장이 섰을 때도 그 사람을 봤는데, 얘기를 나눠보진 않았네요. 그가 도공의 땅까지 올라가 잠을 잤을 줄 누가 알았겠어요? 나도 그때까지는 그 오두막 근처에도 안 갔으니…… 호먼드의 수도원장님이 내게 그곳의 관리를 맡긴 건 그로부터 두 달 뒤의 일이었어요. 남편이 그해 늦봄에 저세상으로 간 터라 일거리를 좀 찾아주십사 내가 부탁을 드려놨었거든. 남편은 살아생전 수도원을 위해 열심히 봉사했기 때문에 원장님이 날 모른 체하진 않으리라 생각했지요."
"혹시 여자에 대해선 아는 바가 없습니까?" 휴가 물었다. "떠돌이 곡예사라고 들었는데요. 검은 머리에 인물이 아주 좋다고요. 그 사내가 여자와 함께 있는 모습을 본 적이 있습니까?"
"그래요, 여자를 하나 데리고 다녔지." 노파가 잠시 생각한 끝에 시인했다.
"마시장터 귀퉁이, 왜 워트네 술집 바로 옆에 있는 생선장수 점포 있잖아요. 하루는 거기서 내가 물건을 사고 있었는데 그 여자가 와서 남자를 데리고 가더구먼. 여자 말로는 남자가 하루 벌이를 몽땅 퍼마시는 데 쏟아붓고 자기가 번 것도 절반이나 탕진했다더군요. 그때 일은 똑똑히 기억해요, 둘 다 워낙 요란했거든. 사내는 술기운에 점점 험악해지고, 여자도 만만치 않았지요. 둘이 서로 다짜고짜 욕을 퍼부어대더니 갈 때는 사이좋게 나란히 갑디다. 비틀대며 줄곧 욕을 퍼붓는 남자를 여자가 보듬어 안은 채 말이에요. 여자 얼굴이 잘생겼다 했나요?" 노파가 잠시 생각하더니 콧방귀를 뀌었다. "뭐, 그렇게 볼 수도 있겠지. 눈이 검고 되바라진 계집이었어요. 버들가지처럼 삐삐 마르고 낭창낭창한 게 가랑이를 척척 잘도 벌리게 생겼더만."

"브리트릭이 금년 장에도 나타났다고들 하던데. 그를 보았습니까?"

"예, 거기 왔습디다. 겉모습을 봐선 아주 잘나가는 것 같았어요. 잘만 하면 먹고살기 괜찮은 게 행상이라고들 하잖아요. 그 사람도 한두 해 뒤에는 다른 상인들처럼 점포를 내고 수도원에 기부금도 내고 할 거예요."

"그럼 여자는? 여전히 그와 함께 있었고요?"

"여자는 못 봤어요." 노파는 바보가 아니었다. 그즈음, 슈루즈베리 주변 2킬로미터 안에 사는 이들 중 정체 모를 여자의 시신이 발견되었다는 소식을 모르는 사람은 거의 없었다. 지금 무언가 단서를 줄 만한 대답을 해봐야 연속되는 질문을 받으며 골머리만 썩히게 될 게 뻔했다. "하지만 올해 내가 수도원 앞 대로에 나가본 건 몇 번 안 돼요. 매일 거기서 하루를 보내는 사람들이 있을 테니 그들이 더 잘 알겠지요. 어쨌거나 난 그 여자를 못 봤어요. 그 사람이 여자를 어떻게 했는지는 하느님이나 아시겠지." 노파는 이렇게 말한 뒤 결코 다치지 않을 자신의 정숙함에 파고든 사악한 기운을 모조리 떨쳐내려는 듯 품위 있게 성호를 그었다. "그래도 아마 여기서 작년 성 베드로 축일장 이후로 그 여자를 본 사람을 찾기란 쉽지 않을 거예요."

\*

"아, 그 사람!" 수도원 평신도 집사들의 원로인 윌리엄 리드가 말했다. 그는 해마다 장이 설 때면 물건을 반입해 오는 상인들과 장인들로부터 수도원의 임대료와 사용세를 거두곤 했다. "그래요, 누구를 말씀하시는지 알 것 같군요. 약간 건달 같은 구석이 있긴 하지만, 난 그보다 더한 인간들도 숱하게 봤지요. 여기서 장사를 하자면 적게나마 요금을 내는 게 마땅하지 않습니까? 더구나 헤라클레스 뺨치게 다들 한 보따리씩 들고 들어오니 말입니다. 하지만 실상이 어떤지는 장관님도 아실 거예요. 점포를 세우고 장사를 하는 이들이야 어디어디 있는지 금방 알아낼 수 있지요. 그들은 세금도 잘 내니 문제가 되지 않아요. 하지만 몸에 물건을 이고 돌아다니면서 파는 작자들은 멀찌감치 징수원이 나타난다 싶으면 금세 어디론가 사라져버리곤 하니, 그들을 찾는 데 드는 품과 시간을 따지자면 몇 푼 안 되는 세금은 그냥 포기하는 편이 낫다니까요. 수많은 점포들이며 사고파느라 북적대는 사람들 사이를 드나들며 까막잡기를 해야 하니…… 결국 세금 한 푼 안 내고 달아나는 경우가 부지기수입니다. 그래도 뭐, 큰 손해는 없어요. 게다가 그 사람 같은 경우는, 사업 규모가 점차 커지고 있으니 조만간 세금을 내지 않을 수 없을 겁니다. 제가 그 사람에 대해 아는 건 그게 전부예요."

"올해 그자가 여자와 함께 왔었습니까? 검은 머리의 미인인

데, 곡예도 하고 재주도 부린다더군요."

"아뇨, 못 봤습니다. 작년에는 그자와 같이 다니며 먹고 마시던 여자가 하나 있었는데, 아마 나리가 말씀하시는 게 그 여자일 겁니다. 내가 나타난다 싶으면 바로 그 여자가 남자한테 신호를 보내 내빼게 해주었지요. 하지만 올해는 보이지 않았어요. 브리트릭이 금년엔 물건을 더 많이 가지고 왔더군요. 아마 워트네 술집에서 지냈을 겁니다. 어디든 물건을 보관할 데가 필요했을 테니까요. 거기 가서 물어보면 더 많은 걸 알아내실 수 있을 거예요."

\*

"브리트릭요?" 월터 레널드가 커다란 술통을 굴려 와 실내 한 구석에 세우고는 맨살이 드러난 억센 팔을 그 위에 포개 얹고 몸을 기댄 채 차분하게 휴를 뜯어보았다. "예, 장이 서는 동안 여기서 저랑 같이 지냈습니다. 금년에는 짐을 잔뜩 지고 왔길래 다락방에 이것저것 보관하게 해주었지요. 그러면 안 될 이유라도 있나요? 그 사람이 수도원에 세금을 내지 않고 다닌다는 건 알지만, 몇 푼 덜 걷힌다고 큰 지장이 생기는 것도 아니잖습니까. 수도원장님께서 하찮은 이들에게 그렇게 가혹한 분도 아니시고요. 아, 물론 브리트릭을 결코 하찮다고는 볼 수는 없지요. 붉은 머리에 덩치 좋고 아주 건장한 사람이거든요. 술이 들어가면 이따금 싸움을 즐기기도 합니다만, 대체로 보아 나쁜 사람은 아니에요."

"작년에 그가 여자를 하나 데리고 다녔다 들었는데요." 휴가 말했다. "그때는 여기서 지내지 않았다는 거 알고 있습니다. 하지만 이곳에 와 술을 마시곤 했을 터이니 당신도 그 남녀를 보았겠지요? 혹시 그 여자에 대해 기억나는 것 없습니까?"

아닌 게 아니라, 워트는 벌써 그녀를 떠올리며 즐거움과 흥미가 어린 미소를 짓고 있었다. "그 여자! 한번 보면 좀처럼 잊기 힘든 그런 여자였지요. 자그마한 피리를 연주하면서 몸을 버들가지처럼 꼬아대는가 하면 3월의 양처럼 깡충깡충 춤을 추곤 했어요. 뭐, 대가가 아닌 이상 레벡(중세의 3현 악기—옮긴이)보다는 피리가 들고 다니기도 연주하기도 편하잖습니까. 여자가 아주 야무져서 두 사람이 번 돈을 한 푼까지 잘 챙겼지요. 몇 번인가 결혼 이야기를 꺼내는 것 같았는데, 그를 교회 문으로 데려가진 못했던 모양입니다. 올해 그가 혼자서 나타난 걸 보면 아마 그걸로 끝이었나 보죠. 여자를 어디에 떨구고 왔는지는 모르겠지만, 그녀는 어디에 있더라도 혼자서 잘해나갈 겁니다."

월터의 마지막 말이 휴에게는 대단히 안타깝게 와 닿았다. 그는 지금 다른 가능성에 대해 생각하고 있었다. 예의 사건을 떠올리고 말을 아긴 노파와 달리, 위트는 아직 그 시신과 여자를 연결하지 못한 모양이었다. 한데 휴가 무어라 더 묻기도 전에, 그가 다시 입을 열어 놀라운 말을 덧붙였다. "군닐드. 그 사람은 여자를 그렇게 불렀지요. 대체 어디 출신인지—아마 브리트릭도 모를 텐데—대단한 미인이었어요."

벌거숭이 뼈만 남은 시체를 생각하면 그 말 역시 기묘한 느낌을 주는 건 마찬가지였다. 어쨌든 이제 그 여인은 상상 속에서나마 살아 있을 때의 모습을 조금씩 찾아가고 있었다. 거칠고 억척스러우면서도 유연한 거리의 여자. 검은 머리에 눈부신 외모. 마지막으로 본 지 1년이나 지난 뒤에도 선술집 주인 남자의 눈에 불꽃을 일으킬 수 있는 여자.

"그 뒤로는 여자를 본 적이 없습니까? 여기서든 다른 데서든."

"제가 뭐 다른 데 가볼 일이 있겠어요?" 워트가 말했다. "돌아다니는 거야 젊을 때 실컷 해봤으니 이젠 한자리에 붙박여 있는 게 좋아요. 예, 그 뒤로는 두 번 다시 그녀를 보지 못했습니다. 그러고 보니 그 사람, 올해는 여자에 대해 한마디도 않더군요. 하긴, 좋았던 시절을 생각해본들 무슨 소용이겠어요? 헤어진 마당이니 이젠 서로가 서로에게 죽은 사람이나 마찬가지겠죠."

*

"여기까지가 우리가 알아본 바입니다." 아늑하고 은밀한 허브밭 작업장에서, 캐드펠을 위해 간단하게 상황을 설명한 뒤 휴가 말했다. "루알드의 오두막에서 밤을 보낸 이들 중 신원이 확인된 유일한 사람이 바로 브리트릭이에요. 다른 방문객들도 있었겠지만 우리로선 일일이 확인할 도리가 없지요. 게다가 그에겐 여자가 있었어요. 모든 이야기를 종합해볼 때 둘의 관계는 그저 좋기만 했던 게 아니었던 듯하고요. 여자가 결혼하자고 졸랐지만 남자는 전혀 반응이 없었답니다. 그러니까, 1년 전에요. 금년에는 여자가 보이지 않았다는군요. 장이 서는 곳이나 시장, 결혼식장 같은 곳을 다니며 생계비를 벌어야 했을 텐데 말입니다. 그걸 증거라 할 수는 없겠지만, 어쨌거나 해명을 요하는 대목이지요."

"그리고 여자의 이름이 나왔지." 캐드펠이 생각에 잠겨 말했다. "군닐드. 거주지를 모르니 어디서 왔는지, 어디로 갔는지 알 수는 없고. 자네들은 일단 그 두 사람을 부지런히 찾아 나서야겠군. 아무래도 남자 쪽을 찾는 편이 더 쉬울 걸세. 물론 이미 자네 사람들이 총동원되었겠지."

"주 인근 지역과 국경 너머까지 사람을 풀어놨습니다. 듣자니 그는 소금이나 향신료 같은 일용품을 구입할 때를 제외하면 시내로 들어가는 일이 드물다는군요."

"이제 11월로 접어들어 장이나 시장 철은 끝났다고 봐야겠지만 아직 날씨가 온화하고 비도 잦지 않으니 아마 이런저런 작은 마을을 순회하고 있을 걸세. 아주 멀리까진 나가지 않았을 게야. 루이톤에 본거지를 두고 있다면 한파나 추위가 닥칠 즈음에는 그리로 가야 하니, 그곳에서 그리 멀지 않은 곳을 돌아다니겠지."

"예, 해마다 이맘때면 루이톤에 남아 있는 어머니에게 가 겨울을 난답니다."

"그럼 귀향할 때를 대비해 거기 사람을 대기시켜놓았겠군."

"운만 따라준다면 그 전에라도 잡을 수 있겠지요. 저도 루이톤을 잘 아는데, 슈루즈베리에서 15킬로미터도 떨어지지 않은 곳입니다. 아마 웨일스의 부락들을 일일이 돌아본 뒤 노킨을 거쳐 동쪽으로 틀어 곧장 고향으로 가지 않을까 싶어요. 그쪽 귀퉁이에는 작은 촌락들이 다닥다닥 붙어 있으니 추워질 때까지 장사를 이어가면서 고향 쪽으로 다가가겠지요. 거기 어딘가에서 그자를 발견할 수 있을 겁니다."

\*

그로부터 사흘 뒤, 과연 그들은 거기 어디쯤에서 그를 찾아냈다. 휴의 하사관 하나가 국경 너머 웨일스에서 그를 발견하고 일단 웨일스 지역 마을들을 돌며 행상하게끔 내버려두었다가, 국경을 넘어온 그가 느긋하게 메러스브룩과 노킨으로 향할 때까지 신중하게 기다렸다. 지난 몇 년간 휴는 국경 너머 포위스의 난폭한 이웃들을 엄중하게 감시하며, 이쪽에서 잉글랜드의 법이 침해당하는 것도 묵과하지 않되 저쪽 편에서 잉글랜드인이 웨일스의 법을 어겼다는 불평이 나오지 않게끔 세심하게 신경을 써온 터였다. 물론 양측의 암묵적인 계약을 저들이 먼저 파기하지 않는다는 조건이 걸려 있었으나 서북쪽에 위치한 오아인 귀네드[10]와의 관계가 우호적이라 지금껏 큰 문제는 없었다. 그럼에도 규율이 제대로 잡히지 않은 포위스의 웨일스인들을 일부러 자극할 필요는 없었으니, 휴의 하사관도 자신이 노리는 사냥감이 아무 의심

없이 국경 역할을 하는 오래된 제방을 넘어올 때까지 기다린 것이다. 날씨가 아직 많이 따뜻했으므로 길을 걷는 데 어려움은 없었다. 브리트릭은 이제 텅 빈 듯 보이는 보따리를 들고 고향으로 향하고 있었다. 매출 상황이 만족스러운 모양이었다. 설령 재고가 남아 있다 해도 고향으로 가는 길에 인근 마을에서 전부 팔 수 있으리라.

그렇게 잉글랜드로 들어온 그는 조용히 휘파람을 부는가 하면 긴 지팡이로 길가의 잡초들을 헤쳐가며 메러스브룩을 향해 성큼성큼 걸음을 옮겼다. 그러다 마을 입구에 이를 무렵, 가볍게 무장한 채 순찰 중이던 슈루즈베리 수비대원 두 사람에게 걸려들었다. 그들은 양쪽에서 접근해 와 그의 팔을 하나씩 잡고는 흥분한 기색이라곤 없이, 그저 이름이 브리트릭이냐고 물었다. 브리트릭은 두 병사들보다 머리 반쯤 크고 덩치도 좋았으니 아마 마음만 먹었다면 밀치고 달아날 수도 있었을 것이다. 그러나 이들이 누구인지 금세 눈치챈 그는 무모하게 굴지 않기로 마음먹은 듯 조심스럽게 처신하면서 흔쾌히 이름을 밝힌 뒤, 영문을 모르겠다는 표정으로 왜 그러느냐 물었다.

병사들은 행정 장관이 슈루즈베리로 그를 데리고 오라 명했다고만 대답했다. 그들의 과묵함과 무신경한 손길에 브리트릭은 잠시 이대로 달아나버릴까 생각했으나 이미 때는 늦었다. 다음 순간 동료 순찰병들 둘이 더 나타나 가세했던 것이다. 그들은 서두름 없이 느릿느릿 도로변에서 나왔는데, 둘 다 금방이라도 튕겨

나갈 듯 시위가 당겨진 활을 들고 있는 품새가 꽤 솜씨 좋은 궁수들로 보였다. 등에 화살을 맞고 싶은 생각은 없었으므로 브리트릭은 순순히 응했다. 웨일스를 바로 등 뒤에 둔 채로 이런 일을 당하다니 참으로 속이 쓰렸다. 그러나 얌전하게 굴다 보면 달아날 기회를 포착할 수 있을지도 모를 일이었다.

그들은 브리트릭을 노킨으로 데려간 뒤 말을 한 필 구하여 해지기 전에 슈루즈베리에 당도했다. 성 감옥에 갇힐 즈음 그의 얼굴에는 뚜렷한 동요의 기색이 나타났으나 정말로 겁을 집어먹지는 않은 듯했다. 아닌 게 아니라, 속내를 알 길 없는 얼굴 뒤에서 그는 자신이 저질러온 불법행위들을 저울질하며 평가하고, 과연 그것들 중 무엇 때문에 붙잡혔는지, 이제 어떤 것을 얼마만큼이나 밝혀야 할지 궁리하고 있었다. 어리둥절한 얼굴로 자신을 압송해 온 병사들에게서 작은 정보라도 빼내려 시도해보았으나 모두 실패로 돌아갔으니 이제 할 수 있는 일은 기다리는 것뿐이었다. 행정 장관은 조금 더 있어야 나타날 모양이었다.

그 무렵 행정 장관은 로버트 부원장과 업턴 장원의 영주가 동석한 가운데 수도원장의 숙사에서 저녁 식사를 하고 있었다. 업턴의 영주가 자신의 땅 경계를 이루는 테른강의 어업권을 막 수도원에 기증한 터였다. 저녁기도 시간이 되기 전에 기증 증서가 작성되고 서명도 이루어졌는데, 업턴은 왕령 임차지였으므로 이와 같은 계약이 이루어질 경우 국왕이 임명한 관리가 동의하고 승인하게끔 되어 있었으니 휴가 증인의 한 사람으로 그 자리에 참석했던 것이다. 성에서 달려온 사자는 눈치가 빠른 사람이었다. 어쨌든 용의자를 돌벽 안에 안전히 가두어둔 상태였기에, 그는 일행이 식탁에서 일어설 때까지 참을성 있게 대기실에서 기다렸다.

"장관이 말했던 그자가 분명하오? 작년에 루알드 수사의 소작지를 무단으로 사용했다 알려진 그 사람 말이오." 마침내 사자가 소식을 전하자 라둘푸스가 물었다.

"분명합니다." 휴가 대답했다. "거기서 지냈다고 알려진 유일한 사람이지요. 그러니 원장님, 실례가 되지 않는다면 저는 이만 가봐야겠습니다. 그자가 숨을 돌리고 요령을 꾀하기 전에 어서 캐봐야 하니까요."

"그래야지. 나도 장관 못지않게 이 사건에 큰 관심을 두고 있소. 그 사람 혹은 다른 누군가의 범죄를 알고자 하기보다는 그 여인의 죽음에 대한 설명을 원하기 때문이오. 어서 가보시오. 이번에는 진실에 접근할 수 있었으면 좋겠군. 진실이 없는 한 사면이라는 것 또한 있을 수 없으니까."

"캐드펠 수사님을 모셔 가도 되겠습니까? 세인트자일스에 있는 노인이 이야기한 내용을 직접 듣고 그자에 대한 정보를 최초로 제게 가져온 분이시거든요. 제가 놓치는 세부 사항들을 집어내주실 수 있을 겁니다."

그러자 로버트 부원장이 그 고귀한 코 밑으로 눈을 내리깔며 못마땅한 듯 긴 입술을 삐죽거렸다. 캐드펠이 수도원 밖으로 너무 자주 나다니며, 엄격한 규율 해석에 어긋날 정도로 자유를 누린다고 생각하는 게 틀림없었다. 그러나 라둘푸스 수도원장은 사려 깊게 고개를 끄덕여 동의해주었다.

"예리한 증인이 빠져서는 안 되겠지. 좋소, 캐드펠 수사와 함께 가시오. 그는 기억력이 뛰어날 뿐 아니라 잘못된 냄새를 맡는 코도 아주 민감한 사람이니. 게다가 처음부터 이 사건의 현장에 있었으니 끝까지 함께할 권리도 있다 여겨지오."

그렇게 하여, 식당에서 저녁 식사를 마치고 나온 캐드펠은 수도원의 일과에서 벗어나 휴와 함께 시내로 향했다. 여느 때 같았으면 회의실로 가 성서 독회에 참석하거나, 혹시 게으름을 피우고 싶다면 작업장 핑계를 대며 지루하고 단조로운 낭독―오늘은 프란시스 수사가 낭독할 차례였다―을 모면할 시간이었다. 하지만 오늘은 달랐다. 이제 그는 휴와 함께 성의 감옥으로 가 유력한 용의자와 대면할 참이었다.

\*

그는 세인트자일스의 노인이 설명한 모습 그대로였다. 커다란 덩치에 붉은 머리카락, 늙고 꾀죄죄한 떠돌이는 물론 그보다 훨씬 힘 좋은 침입자라도 쫓아낼 수 있을 만큼 사나워 보이는 얼굴. 편견 없이 보자면 자신 못지않게 세상 물정에 밝고 원기 왕성하며 자신만만한 여자를 충분히 호릴 만한 사내라고도 할 수 있었다. 한때 함께 지내며 종종 싸움을 벌였을 때, 남자는 분명 저 커다랗고 힘줄 두드러진 손을 사용했을 것이다. 그러다 자기도 모르게, 혹은 제 붉은 머리칼처럼 불꽃같이 타오르는 분노에 못 이겨 의도적으로, 여자를 죽음에 이르게 했을지도 몰랐다. 그는 넓은 어깨를 벽에 기댄 채 뻣뻣하고 곧은 자세로 앉아 있었다. 그야말로 단단히 굳어 감옥의 돌벽과 다르지 않아 보이는 얼굴 속에서 흔들림 없는 두 눈이 두 사람을 경계하며 밀어내는 듯했다. 지난날 어려운 상황에 적잖이 처해보았고 그때마다 성공적으로 극복해낸 사람 같군, 캐드펠은 생각했다. 일이 쉽게 풀리지 않을 수도 있겠어. 왕령을 받은 행정 장관들조차 법을 엄격하게 적용할 시간도 의지도 내지 못하는 혼란스러운 시대였다. 뻔뻔한 자들이라면 사슴을 밀렵하거나 암탉을 훔치고도 법정 밖에서 그럴듯하게 둘러대지 못할 것이 없었다.

그가 지금 어느 정도나 두려움을 느끼는지, 무슨 생각을 하고 있는지, 얼마만큼이나 상황을 짐작했는지, 혹은 자신에게 닥칠 문제들에 대비해 얼마나 열심히 거짓들을 꿰어 맞추고 편집하는 중인지, 캐드펠로서는 전혀 알 길이 없었다. 그는 항의 한마디 없이 기다리고 있었지만 그 얼굴에 담긴 긴장감이 얼마나 큰지 금세 머리칼이 벌떡 곤두설 것만 같았다. 휴는 감옥 문을 닫고서 서두르는 기색 없이 찬찬히 그의 모습을 살펴보았다.

"자, 브리트릭…… 그게 당신 이름이 맞겠지? 당신은 지난 2년 사이 수도원에서 여는 장에 와 물건을 팔았다던데, 사실이오?"

"더 오래됐지요." 브리트릭이 조심스러운 저음의 목소리로 대답했다. "여기 드나든 지 벌써 여섯 해가 되었으니까." 그의 작고 불안스러운 눈이 감옥 한구석에 조용히 서 있는 캐드펠에게로 향했다. 수사복을 보고는 여태 한 번도 지불하지 않은 세금을 떠올리며, 그동안 소규모 체납자들한테는 은근슬쩍 눈감아주던 수도원장이 드디어 작정을 했나 보다 생각하는 듯했다.

"우리가 궁금해하는 건 작년의 일이오. 그다지 오래된 일도 아니니 기억이 안 난다고는 못 하겠지. 성 베드로 축일장 전날부터 사흘간 당신은 이곳에서 물건을 팔았소. 그때 어디서 밤을 보냈소?"

잠시 그는 길을 잃은 듯 멍한 표정이었다. 곧 더욱 조심스럽게, 하지만 주저하는 기색 없이 그가 대답했다. "비어 있는 집을 하나 알고 있었습니다. 시장에서 사람들이 수군대는 소리를 들었거든요. 거기 살던 도공이 수도원으로 들어가고 그 아내는 사라져 집이 텅 비었다고요. 강 건너 롱너 옆에 있는 오두막 말입니다. 제가 거기서 며칠 묵는다고 해가 될 것은 없으리라 생각했습니다. 절 여기로 데려온 게 그 일 때문인가요? 하지만 한참 전 일인데 왜 이제 와서…… 전 아무것도 훔치지 않았어요. 처음 본 그대로 남겨두었습니다. 그저 몸 가려줄 지붕이 필요했고, 마침 안락한 곳이 있었던 것뿐이지요."

"당신 혼자였소?" 휴가 물었다.

"한 여자랑 같이 있었습니다." 이번에는 곧바로 대답이 튀어나왔다. 장관이 이미 모든 것을 알고 이런 질문을 던지는 것이리라 짐작한 모양이었다. "군닐드라는 여자였죠. 이곳저곳 떠돌아다니며 사람들을 즐겁게 해주면서 벌어먹고 사는 여자였습니다. 코번트리에서 그 여잘 만나 한동안 같이 다녔습니다."

"그럼, 장이 파하고 나서는? 작년 축일장 말이오. 그때 여자와 함께 이곳을 떠나 함께 지냈소?"

브리트릭은 실눈을 뜬 채 휴와 캐드펠의 얼굴을 차례로 훑었으나 아무것도 읽어낼 수 없었다. 그가 이내 입을 열어 느릿느릿 대답했다. "아뇨, 각자 다른 길로 갔습니다. 저는 그때 서쪽으로 갈 예정이었습니다. 국경 쪽 마을에서는 장사가 꽤 잘되거든요."

"그럼, 언제 어디서 그 여자와 헤어졌소?"

"우리가 함께 지내던 그 오두막에 그녀를 남겨두고 제가 먼저 떠났습니다. 8월 4일, 빛이 들락 말락 할 정도로 이른 시각이었지요. 그녀는 동쪽으로 갈 거라고 했습니다."

"그 여자를 다시 보았다는 사람은 시내에도 수도원 앞 대로에도 전혀 없던데."

"그랬겠지요. 말씀드렸잖습니까, 그녀는 동쪽으로 갔다고요."

"그 뒤로는 그녀를 전혀 못 보았소? 옛정을 생각해 다시 한번 찾아보려 하지도 않았고?"

"기회가 없었어요." 브리트릭은 땀을 흘리기 시작했는데, 그게 무엇을 뜻하는지는 알 수 없었다. "우연히 만나 잠시 같이 지냈을 뿐입니다. 그 이상의 의미가 없었기에 그 여자는 그 여자 갈

길로, 저는 제 길로 갔지요."
"두 사람 사이가 틀어진 건 아니었고? 치고받고 한 적도 없소? 시끌벅적하니 다툰 적은? 두 사람이 늘 점잖고 다정하게 지냈던 것 같지는 않아 묻는 거요. 브리트릭, 당신과 그 여자에 대해 증언한 이들이 있소. 그 오두막에서 지내고 싶어 했던 사람이 하나 더 있었는데, 혹시 기억할지 모르겠군. 당신이 그 노인을 쫓아냈지. 하지만 그는 멀리 가지 않았소. 밤이 되어 당신과 여자가 싸울 때 그 소리가 다 들리는 곳에 있었다더군. 두 사람을 가리켜 격한 한 쌍이었다고 표현했지. 그리고 그녀는 당신에게 결혼하자고 졸라댔다던데. 하지만 자네는 결혼을 생각한 적이 없었고. 자, 무슨 일이 있었던 거요? 그 여자가 지겨워졌소? 아니면 여자가 너무 폭력적이었나? 당신 손 정도라면 여자의 입이나 목을 한 방만 쳐도 입을 다물게 할 수 있었을 텐데."

브리트릭이 갑자기 궁지에 몰린 야수처럼 고개를 젖히더니 돌벽에 대고 자기 머리를 부딪쳤다. 이마에 맺혀 있던 땀이 붉은 머리칼 밑으로 전율하며 흘러내렸다. 이어 그는 이를 악물고 말을 내뱉기 시작했다. 목구멍에서 질식된 듯한 소리가 새어 나왔다. "미쳤어…… 말도 안 되는 소리를…… 잘 들어요. 난 거기서 코를 골며 자고 있는 여자를 보고 나왔다고요. 여자는 평소와 다름없이 생생하고 원기 왕성했습니다. 이게 다 무슨 짓이지요? 절 어떻게 생각하는 겁니까, 나리? 제가 무슨 짓을 했다고 이러세요?"

"자, 잘 들어보시오, 브리트릭. 군닐드는 금년 장에 나타나지 않았소. 그뿐 아니라 당신이 루알드의 땅에 두고 간 뒤로 슈루즈베리에서 그녀를 보았다는 이는 한 사람도 없지. 나는 당신 둘이 서로 다투던 중 군닐드가 죽어버린 게 아닐까 생각하고 있소. 아마도 작년 축일장 기간 중에 어느 밤이었을 거요. 당신은 야밤에 그녀를 그곳 둔덕 밑에 묻었소. 올가을 수도원 일꾼들이 밭갈이를 하다가 거기서 여자의 뼈를 발견했소. 그리고 여자의 머리카락, 두개골에 붙은 검은 머리칼도 한 타래 나왔지."

브리트릭이 작은 소리를 내며 침을 꿀꺽 삼키더니, 잠시 후 가슴이라도 세게 한 대 맞은 양 요란하게 한숨을 내뱉었다. 그러고는 다시 입을 열었는데, 목이 꽉 막힌 터라 입술 모양을 잘 살펴야 겨우 그 말을 알아들을 수 있었다. "아니…… 아니야…… 아니에요! 군닐드가 아니라고요!"

휴는 그가 숨을 고르고 이 상황을 제대로 받아들이게끔 잠시 시간을 주었다. 브리트릭은 재빨리 마음을 추슬렀다. 어쨌거나 행정 장관이 진실을 말하고 있다는 점, 그리고 자신이 체포되어 여기 감금된 것이 바로 그 일 때문이라는 사실을 이해하고는 스스로를 방어해야겠다고 판단한 듯했다.

"저는 결코 그녀를 해치지 않았습니다." 마침내 그가 천천히 힘주어 말했다. "자고 있는 걸 보고 나왔다니까요. 그 뒤로는 한 번도 본 적이 없습니다. 어쨌거나 그때는 생생하게 살아 있었어요."

"여자의 시체요, 브리트릭. 땅에 묻힌 지 최소 1년은 된……

그리고 검은 머리가 나왔지. 사람들이 그러더군, 군닐드도 검은 머리였다고."

"예, 그랬어요. 어디 가 있는지는 모르겠지만 지금도 그럴 거고요. 국경 지대를 쭉 따라가보시면 검은 머리를 가진 여자들이 얼마나 많은지 알 겁니다. 아뇨, 그건 절대로 군닐드의 시신이 아니에요."

발견된 것은 말 그대로 뼈뿐이며 얼굴이나 외관으로는 결코 식별할 수 없다는 사실을 휴가 너무 쉽게 흘려준 셈이었다. 이제 브리트릭은 그 시신만으로는 자신을 범인이라 특정할 수 없다는 사실을 알고 있었다.

"모든 걸 사실대로 말씀드리지요, 나리." 그가 한층 간사스러운 목소리로 말을 이었다. "제가 오두막을 떠났을 때 그녀는 멀쩡하니 살아 있었습니다. 예, 그 여자가 제게 지나치게 집착했다는 건 부인하지 않겠습니다. 여자들이란 남자를 소유하고 싶어 하지요. 그러면 남자는 싫증을 느끼게 되고요. 제가 일찌감치 일어나 혼자 서쪽으로 향하게 된 것도 그 때문이었습니다. 서로 할퀴며 싸우는 일 없이 헤어지고 싶었거든요. 저는 결코 그녀를 해치지 않았습니다. 수도원에서 발견했다는 그 가엾은 시신의 주인은 다른 여자가 분명해요. 군닐드는 절대로 아닐 겁니다."

"다른 어떤 여자 말이오, 브리트릭? 소작인들도 이미 사라진 외딴곳으로 갈 여자가 누가 있다고? 죽으러 갔다면 모를까."

"그걸 제가 어찌 알겠습니까, 나리? 저는 작년 축일장 전날까지 그 오두막에 대해 들어본 적도 없었습니다. 강 저편에 뭐가 있고, 누가 사는지 알 리가 없었지요. 그저 아늑한 잠자리가 필요했을 뿐이라고요." 그는 이제 완전히 냉정을 되찾은 상태였다. 두개골에 검은 머리털이 달려 있다 한들, 한 꾸러미 뼈에 불과한 것에 확실하게 이름을 갖다 붙이기란 힘들다는 사실을 알았던 것이다. 이로써 당장 구제되지는 못할지언정 적어도 죄인 신세로 죽임을 당할 처지에서 벗어날 수 있는 무기를 얻은 셈이었으니, 그로서는 거기 매달려 최대한 부인할 작정이었다. "다시 말씀드리지만, 저는 군닐드를 해치지 않았습니다. 생생하게 살아 있는 것을 보고 나왔어요."

"당신은 그녀에 대해 무엇을 알고 있소?" 캐드펠이 불쑥 물었다. 이 갑작스러운 질문에 브리트릭은 한순간 균형을 잃고 휘청하며 잠시 집중력을 잃었다. "두 사람이 한동안 함께 지냈다면 그 여자에 대해 아는 것이 있겠지. 어디서 왔는지, 피붙이들은 어디에 사는지, 주로 어느 곳을 다니는지…… 당신은 그녀가 살아 있다고 했소. 아니, 적어도 살아 있는 것을 보고 떠나왔다 했지. 그렇다면 말해보시오. 어디로 가면 그녀를 찾을 수 있겠소? 그녀를 찾아야 당신 얘기가 입증이 되지."

"글쎄요, 그 여자가 자기에 대해서는 별로 말을 하지 않아서……." 주저하며 자신 없이 중얼거리는 것으로 보아 브리트릭 또한 그녀에 대해 아는 바가 별로 없는 모양이었다. 그게 아니라면 자신의 결백함을 보여주기 위해서라도 선뜻 털어놓았을 것이다. 그렇다고 당장 거짓을 끼워 맞추고 그럴싸하게 포장해 그녀가 유랑 생활을 계속하고 있을 법한 어느 먼 곳으로 관심을 돌려보기에는 시간적 여유가 없었다. "저는 그녀를 코번트리에서 만났습니다. 거기서부터 붙어 다니긴 했습니다만 도무지 자기 얘기는 하지 않았어요. 출신지는 물론 피붙이에 대해서도 일절 말이 없었지요. 어쨌든 코번트리 남쪽으로 내려가지는 않았을 것 같습니다."

"그녀가 동쪽으로 갈 예정이었다고 했는데, 그건 어떻게 알았소? 그녀는 거기서 서로 헤어지는 것에 동의하지도 않았을 텐데. 그게 아니라면 당신으로서는 굳이 이른 시각에 살그머니 빠져나왔을 리 없지."

"아까는 제가 너무 대충 지껄여댔네요." 브리트릭이 몸을 뒤틀며 털어놓았다. "그 점은 인정합니다. 전 그저…… 제가 사라진 것을 알면 동쪽으로 가겠거니 생각해서…… 혼자 웨일스에 들어갈 리는 없겠다 싶었거든요. 어쨌든 정말입니다, 전 그녀를 죽이지 않았어요. 살아 있는 것을 보고 떠나왔어요." 그는 몇 번이나 했던 말을 다시금 반복하더니, 한발 더 나아가 간청하듯 이렇게 덧붙였다. "나리, 절 공정하게 다뤄주십시오. 그녀를 찾는다는 사실을 온 시가 다 알도록 떠들어주세요. 여행객들에게 가는 데마다 그 얘기를 전하게 하고, 혹시 그녀를 보거든 나리께 전갈을 보내 자신이 살아 있음을 알리도록 당부해주십시오. 저는 나리께 거짓말을 하지 않았습니다. 제가 자신을 죽인 살인범으로 지목

되고 있다는 걸 알면 그녀는 분명 나설 겁니다. 전 절대로 그러지 않았어요. 그녀가 직접 밝혀줄 것입니다."

*

"정말로 그 여자의 이름을 널리 공표하고 여기 나타나는지 두고 볼까요?" 브리트릭을 감옥에 둔 채 문을 잠근 뒤 캐드펠과 함께 성문 쪽으로 되돌아가면서 휴가 입을 열었다. "하지만 제아무리 브리트릭의 목이 달린 문제라 하더라도 군닐드처럼 살아가는 여자가 선뜻 법 앞에 나서려 할지 저로선 의심스럽습니다. 수사님께서는 저 사람을 어떻게 보십니까? 줄곧 부인만 거듭하는데, 사실 그 자체로는 별 가치도 없는 얘기지요. 그리고…… 보아하니 양심에 걸리는 무언가가 있긴 한 것 같아요. 그 장소나 여자와 관련해서 말입니다. 그 오두막 얘기가 나왔을 때 그가 맨 처음 한 소리가 뭐였는지 기억나십니까? '전 아무것도 훔치지 않았어요. 처음 본 그대로 남겨두었습니다.' 그러다 군닐드의 죽음에 대한 이야기가 나오자 그때부터 겁을 집어먹었지요. 제가 어리석게도 뼈만 남았다는 말을 흘리는 바람에 빠져나갈 구멍을 찾아내버렸지만요. 자기가 어떻게 처신해야 할지 깨달은 뒤에는 오히려 그녀를 찾아보라며 저를 독촉했지요. 얼핏 들으면 그럴싸한 듯 여겨지지만, 혹시 그 여자가 결코 발견되지 않으리라는 걸 알고서 저러는 게 아닐까요? 아니, 그녀가 이미 발견되었다는 사실을 너무도 빤히 알고서 말입니다."

"그자를 계속 감금해둘 작정인가?" 캐드펠이 물었다.

"물론이지요! 그때 이후의 행적을 추적하는 동시에 주점 주인이나 술친구들, 그와 거래했던 마을 고객들을 샅샅이 뒤져볼 생각입니다. 그자의 행적—물론 그 여자도 포함해서요—가운데 한두 시간을 채워줄 수 있는 사람이 분명 어딘가에 있을 거예요. 진실을 알게 될 때까지는 꽉 붙들고 있어야지요. 한데 그건 왜 물으십니까? 혹시 제가 놓친 것이라도 있나요? 말씀해주세요, 수사님 의견이라면 언제든 환영입니다."

"아직은 그냥 추측에 불과하니 하루 이틀쯤 더 지켜보다가 얘기함세. 누가 알겠는가? 그 전에라도 진실이 드러나게 될지."

\*

일요일인 다음 날 아침, 설리엔 블런트가 수도원 예배당에서 거행되는 미사에 참석하기 위해 롱너에서부터 말을 타고 달려왔다. 그는 수도원에서 나와 집으로 갈 때 입었던 수사복을 깨끗이 털어낸 뒤 정성껏 개어 지니고 있었다. 출가 전에 입었던 코테(중세에 입었던 꼭 끼는 튜닉의 일종—옮긴이)와 타이츠, 린넨 셔츠를 걸치고 질 좋은 가죽신을 신은 그는 이상하게도 수사복 차림일 때보다 불편해 보였고, 길고 거추장스러운 옷자락이 사라졌는데도 도무지 젊은이답게 성큼성큼 자유롭게 걷지 못하는 듯했다. 하긴. 1년 넘게 견습 수사로 있다가 환속했으니 새삼스럽기도 할 터였다. 그러나 무엇보다 기이한 건, 분명히 마음을 정했음에도 더 행복해 보이거나 속이 편안해 보이지 않는다는 점이었다. 그의 잘생긴 턱은 엄숙하게 굳어 있었으며, 일자로 뻗은 양 눈썹 사이에는 무언가 심각한 생각을 할 때 나타나곤 하는 주름이 깊게 패어 있었다. 램지에서 오는 동안 길게 자랐던 머리칼은 이제 말쑥하게 다듬어 정수리에 돋아난 금빛 머리털과 큰 위화감 없이 어우러졌다. 그는 교단에 몸담았을 때와 다름없이 진지하게 미사를 드린 뒤 자신이 포기한 수사복을 반납했다. 그리고 라둘푸스 원장과 로버트 부원장에게 예를 표한 다음 캐드펠 수사를 찾아 허브밭으로 향했다.

"어서 오게!" 캐드펠이 반가이 그를 맞았다. "자네가 한 번은 찾아오리라 생각했네. 그래, 세상에 나가보니 어떤가? 다시 마음을 바꾸어야 할 이유 따윈 전혀 찾지 못했겠지?"

"그럼요." 단호하게 대답한 뒤 청년은 잠시 입을 닫고는 높다란 담장으로 둘러싸인 밭과 정갈하게 다듬어진 화단을 둘러보았다. 화단에는 잎이 떨어져 앙상한 나무 몇 그루와 철사처럼 까만 백리향 줄기들만 남아 있었다. "여기서 수사님과 같이 지내던 시간은 참 좋았어요. 하지만 그때로 되돌아가진 않을 겁니다. 지난날 수도원으로 도망쳤던 건 큰 실수였어요. 같은 실수를 반복할 생각은 없습니다."

"모친께서는 잘 지내시고?" 캐드펠이 물었다. 어쩌면 그가 어머니로부터 설명하기 힘든 슬픔과 고통을 느끼고 달아나려 했던 게 아닐까 짐작하던 터였다. 피할 길 없는 고통 속에 서서히 다가오는 죽음을 기다리며 살아가는 이와 함께 지낸다는 것은 젊은 사람에게 무척 견디기 힘든 일일 테니까. 그녀의 상태에 관해서는 휴가 자세하게 전해준 바 있었다. 만일 그것이 문제의 핵심이었다면, 청년은 이제 지난 일을 보상하고 집안에서 제 몫의 짐을 지기로 정리한 듯하니 그로 인해 어머니의 짐 또한 분명 가벼워졌으리라.

"가엾으신 분······." 설리엔이 말했다. "별다른 차도가 없습니다. 하지만 불평 한마디 않으시죠. 마치 어머니의 내부에 끊임없이 몸을 갉아먹고 사는 굶주린 짐승이라도 들어 있는 것 같아요. 가끔 평소보다 조금 나아 보일 때도 있지만요."

"내게 통증을 다소나마 달래주는 약초가 있다네. 자네 모친께서도 한동안은 그 약을 쓰셨지. 만일 필요하다면······."

"알고 있습니다. 지금도 다들 어머니께 약을 쓰라 말씀드리지만 거절하신답니다. 약 따윈 필요하지 않다면서요." 이어 그가 부드러운 목소리로 덧붙였다. "그래도 조금 주십시오, 어머니를 설득해볼 테니."

그는 캐드펠을 따라 약초 다발이 주렁주렁 늘어진 작업장으로 들어와 실내의 나무 의자에 앉았다. 캐드펠은 동양산 양귀비로 만든 시럽을 유리병에 채우기 시작했다. 통증을 가라앉히고 잠을 잘 자게 해주는 약이었다.

"자네는 아직 듣지 못했겠군." 캐드펠이 등을 돌린 채 말했다. "행정 장관이 여자의 살인범으로 추정되는 자를 구금해놓았다네. 우리가 한때 제너리스라 생각했으나 자네가 그렇지 않음을 입증했던 그 여자 말이야. 용의자는 브리트릭이라고, 국경 지대 마을들을 돌며 행상을 하는 사람일세. 그자가 작년에 루알드의 땅에서 밤을 보냈다는군. 성 베드로 축일장 기간 내내 말일세."

뒤에서 움직이는 소리가 들렸다. 통나무 벽에 기대앉은 설리엔이 몸을 뒤척인 모양인데, 별다른 대꾸는 들려오지 않았다.

"그때 그가 군닐드라는 여자와 함께 있었던 것 같네. 장터에서 재주도 넘고 노래도 부르는 여자였다는군. 작년 축일장이 파한 뒤로 그녀를 본 사람이 아무도 없고, 사람들 말에 의하면 검은 머리 여자였다고 하니, 우리가 발견한 그 가엾은 영혼일 가능성이 크지. 휴 베링어도 그렇게 보고 있고."

"브리트릭은 무어라 하던가요?" 설리엔이 다소 부정확한 발음으로 나직하게 물었다. "순순히 인정하지는 않았을 것 같은데."

"예상대로 나왔지. 장이 파한 다음 날 아침에 멀쩡하니 살아 있는 그 여자를 오두막에 남겨두고 떠났다더군. 그 후로는 본 적이 없다고 말이야."

"그 사람 말이 사실일 수도 있지요." 설리엔이 차분하게 말했다.

"물론이지. 하지만 이후로 아무도 그 여자를 보지 못했어. 금년 장에도 나타나지 않았고. 또 듣자니 두 남녀가 주먹다짐으로까지 발전할 만큼 격하게 싸우곤 했다는데…… 브리트릭은 다혈

질에 힘도 좋으니 어쩌다 본의 아니게 사고를 쳤을 수도 있어." 이어 그가 일부러 덧붙였다. "나로서는 그자 편을 들어주고 싶지 않네. 그럴 가치가 없는 사람이거든."

그제야 캐드펠은 돌아섰다. 청년은 아주 조용히 앉아 캐드펠을 바라보고 있었다. 별다른 감정의 동요 없이, 그저 초연한 동정심이 깃든 목소리로 그가 말했다. "가엾은 사람! 처음부터 여자를 죽일 생각은 아니었겠죠. 이름이 뭐라고 하셨죠? 곡예를 한다는 그 여자 말입니다."

"군닐드. 군닐드라고 하더군."

"길을 누비며 힘들게 지냈겠네요." 설리엔이 생각에 잠겨 말했다. "더군다나 여자 몸으로…… 여름에야 어찌어찌 살아가겠지만, 겨울에는 뭘 하나요?"

"떠돌이 곡예사들이 어떻게 지내는지 묻는 건가?" 캐드펠이 되묻고는 말을 이었다. "이맘때면 자신들을 받아줄 장원을 찾기 시작하지. 엄동설한에는 노래도 곡예도 실내에서 할 수밖에 없으니. 그러다 봄이 되면 다시 거리로 나오는 걸세."

"그렇군요. 하긴, 눈 내리는 계절에는 어디가 되었든 귀퉁이에 난로 하나만 있는 곳이라면 그저 좋을 테지요. 식탁의 제일 낮은 자리라도 차지하고 앉아 저녁을 먹을 수 있다면 더없이 반가울 겁니다." 설리엔이 허공을 응시하며 멍하니 말하고는 자리에서 일어나 캐드펠이 마개를 막아 건네주는 자그만 유리병을 받아 들었다. "이제 그만 가봐야겠네요. 형님을 도와 마구간 일을 처리해야 하거든요. 고맙습니다, 캐드펠 수사님. 이 약뿐 아니라 다른 모든 것들에 대해서도요."

8

 한 남자가 뒤에 여자를 태우고 말을 몰아 성문으로 달려 들어온 것은 그로부터 사흘 뒤의 일이었다. 그가 마당에 내려 경비병과 이야기를 나누는 동안 여자는 다소곳하게, 그러나 대단히 자신만만한 태도로 행정 장관을 만나야겠다고 청했다. 자신이 매우 중요한 용건으로 왔으며 뵙고자 하는 그분도 그렇게 생각하실 것이라는 얘기였다.
 곧 휴가 병기고에서 올라왔다. 그의 셔츠와 가죽조끼에는 대장간 용광로의 열기와 연기가 배어 있었다. 여자는 호기심 어린 눈으로 장관을 훑어보았다. 그가 너무도 젊은 데다 외모도 예상했던 바와 다르기 때문이었다. 나이 지긋하고 위엄 가득한 중년의 남자를 상상했던 그녀에게, 아직 20대에 불과한 나이에 자그마하고 날렵한 체격을 지닌 휴의 모습은 국왕의 관리라기보다 견습 병사에 가까워 보였다.
"날 보자고 한 분입니까?" 휴가 입을 열었다. "할 말이 무엇인지, 일단 안으로 들어가서 듣도록 하지요."
여자는 침착하게 그를 따라 문지기실에 딸린 작은 대기실로 들어갔다. 하지만 휴가 자리를 권하는데도 머뭇거리는 품새가, 용건부터 얼른 털어놓아야 속이 편할 모양이었다.
"나리, 제가 들은 얘기가 사실이라면, 지금 저는 나리께 꼭 필요한 사람일 겁니다." 시골 억양이 도드라지는 그 목소리에는 다소의 흥분과 긴장이 어려 있었다. 안에 들어와 자세히 보니 그녀는 휴가 처음에 생각했던 만큼 젊지 않았다. 서른다섯쯤 되었을까? 잘생긴 외모와 꼿꼿하고 단정하면서도 우아한 몸가짐이 눈에 띄었다. 여염집 아낙의 분위기가 풍기는 수수한 검은색 가운 차림에 머리칼은 뒤로 넘겨 하얀 쓰개 밑에 숨기고 있는 것이, 점잖은 시민의 아내나 귀부인을 받드는 시녀의 전형적인 모습이었다. 그녀가 왜 그에게 꼭 필요한 사람이라는 건지 얼른 짐작이 가지 않았지만, 휴는 이유를 알게 될 때까지 기꺼이 기다릴 참이었다.
"그래, 어떤 얘기를 들으셨기에 그러십니까?" 그가 물었다.
"시장 사람들이 그러더군요. 나리께서 브리트릭이라는 행상인을 감금하고 계신다고요. 작년에 한동안 그와 함께 지냈던 여자를 살해한 혐의로 말입니다. 그게 사실인가요?"

"그렇습니다. 그 일에 대해 할 말이라도 있는 겁니까?"

"그럼요, 나리!" 길고 풍성한 속눈썹에 반쯤 가려진 그녀의 눈이 그의 얼굴을 정면으로 응시했다가 금세 내리깔렸다. "제가 브리트릭에 대해 특별히 좋은 감정을 갖고 있는 건 아닙니다. 물론 그럴 만한 이유도 있고요. 하지만 나쁜 감정 역시 없습니다. 그는 한동안 저의 좋은 벗이 되어주었으니까요. 그리고 우리 사이가 비록 틀어지긴 했어도, 저로선 그가 저지른 바 없는 살인으로 인해 교수형에 처해지는 것을 원치 않습니다. 그래서 이렇게 직접 여기에 온 것입니다. 제가 살아 있다는 것을 입증하려고요. 나리, 제가 바로 군닐드입니다."

\*

"그렇게 해서, 젠장, 입증이 된 거죠!" 몇 시간 뒤, 수도원의 한가한 오후 시간을 틈타 캐드펠의 작업장에 와 그 믿기지 않는 이야기를 쏟아내면서 휴가 으르렁댔다. "더 물어볼 것도 없었어요, 군닐드가 분명하니까. 여자를 감옥으로 데리고 갔을 때 브리트릭이 어떤 반응을 보였는지 수사님도 보셨어야 했는데. 그녀의 점잖고 존경스러운 자태를 한참 멍하니 바라보다가 얼굴을 자세히 살피더니 입을 쩍 벌리더군요. 도저히 믿을 수 없다는 표정이었죠. 다시 숨이 돌아오자마자 '군닐드!' 하며 날카롭게 외쳤고요. 예, 바로 그 여자였습니다. 틀림없어요. 하지만 워낙 많이 변했는지 그 자신도 눈을 한참 의심하는 것 같았어요. 그리고 지켜보자니, 역시 우리한테 전부 얘기한 게 아니었어요. 그가 떠나던 날에 관한 대목 말입니다. 잠든 여자를 남겨두고 아침 일찍 몰래 빠져나왔다더니, 그럴 만도 했겠더라고요. 자기 돈은 물론이고 여자가 벌어놓은 것까지 한 푼 남기지 않고 챙겨 나왔으니까요. 제가 그랬잖습니까, 그 여자와 관련해 뭔가 양심에 켕기는 게 있는 것 같다고요. 그가 여자의 귀중품까지 모조리 훔쳐 가는 바람에 그녀는 작년 가을부터 겨울까지 아주 힘들게 지냈던 모양입니다."

캐드펠은 놀라는 기색 없이 침착하게 말했다. "폭풍 같은 만남이었겠군."

"글쎄요. 어쨌거나 여자가 나타나자 브리트릭은 너무나 기뻐하면서 고맙다고, 돈은 꼭 돌려주겠다고 연신 감언을 늘어놓더군요. 그런데 여자는 돈에 별 관심도 없는 것 같았어요. 그가 여자를 꾀어 다시 방랑 생활로 돌아오게 하려 했을 땐 코웃음을 쳤고요. 전혀 관심이 없었어요. 곧 마부가 와서 그녀를 안장 뒤에 앉히고는 사라져버렸습니다."

"그럼 브리트릭은?" 캐드펠이 손을 뻗어 화로 귀퉁이에 덮인 석쇠 위에서 뭉근히 끓고 있는 단지를 조심조심 휘저었다. 박하즙에서 김과 함께 올라오는 알싸한 냄새가 코를 찔렀다. 에드먼드 수사가 관리하는 진료실의 노약자 수사들 중 벌써 여러 사람이 기침감기를 앓기 시작한 터였다.

"석방되어 사라졌습니다. 아주 고분고분해져서 말이죠. 어쨌든 우리로선 그를 억류할 이유가 없어졌어요. 계속해서 동태를 지켜보기는 하겠지만요. 그래도 만일 이제부터 정직하게—아니, 그 비슷하게라도!—돈을 벌기로 마음먹었다면 법의 영역 안에 머무르는 편이 현명하다는 걸 충분히 깨달았을 겁니다. 내년 축일장 때는 수도원 측에 사용료를 낼지도 모르지요. 하지만 우리로서는 난감하게 되었습니다, 캐드펠 수사님. 살인 용의자를 하나도 아니고 둘이나 놓아주게 되었다니. 도대체가 말이 됩니까?"

"드물지만 있을 수 있는 일이지." 캐드펠이 대꾸했다.

"이 상황을 수사님은 있는 그대로 다 믿고 받아들이신다는 거예요?"

"있었던 일은 믿을 수밖에. 하지만 그것이 그저 우연과 섭리에 의한 것인가의 문제에 관해서라면 마음이 둘로 갈리는군." 이어 캐드펠이 한층 단호한 목소리로 표현을 고쳤다. "아니, 둘 이상으로 갈려."

"죽은 줄 알았던 여자가 살아난 것이야 물론 좋은 일이지요. 하지만 두 번째 여자까지 그렇게 되다니…… 가엾은 영혼이 아직도 정의를 기다리고 있지 않습니까. 범인을 찾아 교수형에 처하지는 못하더라도 최소한 이름 정도는 찾아주어야 할 텐데요. 그러나 아직까지 분명한 건 그녀가 죽었으며 해명을 요구하고 있다는 사실뿐이군요."

라둘푸스 원장의 입에서나 나올 법한 이야기를 늘어놓고 있는 이 젊고 정열적인 속인에게, 캐드펠은 존경과 애정 어린 마음으로 귀를 기울였다. 휴가 격한 분노에 빠지는 일은 흔치 않았고, 그럴 때도 쉽게 언성을 높이는 법이 없었다.

"휴, 브리트릭이 이곳 감옥에 갇혀 있다는 소식을 어디서 어떻게 듣게 되었는지, 그 여자가 이야기하던가?"

"대충요. 시장에 떠도는 소문을 들었다더군요." 이어 휴의 미간에 주름이 잡혔다. "그러고 보니 좀 더 자세히 캐물었어야 했는데……."

"생각해보게, 브리트릭이 사건의 용의자임을 밝히고 그녀의 이름을 공표한 지 사흘밖에 안 되었네. 소문이 빠르다고는 하지만 그 사이 어떻게 그 여인에게까지 당도했을까? 물론 그에 대해서도 군닐드가 설명했겠지? 그래, 그녀는 지금 어디에 살며 무슨 일을 하고 있다는가?"

"브리트릭이 그럭저럭 그녀에게 호의를 베풀다가 무일푼으로 오두막에 남겨두고 간 게 작년 축일장 이후, 그러니까 8월이었죠. 벌이가 수월치 않았던 탓에 그녀는 가을 내내 입에 풀칠이나 겨우 하면서 간신히 버텨냈다고 합니다. 그리고 수사님도 기억하시겠지만 작년에는 겨울이 일찍 찾아왔고 또 워낙 험악했잖습니까. 그래서 그녀도 다른 유랑 곡예사들처럼 엄동설한에 자신을 받아줄 만한 장원을 일찌감치 찾아 나섰답니다. 다들 그렇게 도박을 걸잖아요. 운에 따라 성공 아니면 실패가 되지요!"

"맞아, 나도 그 노인에게 그런 말을 했지." 캐드펠이 혼잣말처럼 중얼거렸다.

"그 여자의 경우는 성공이었어요. 눈 내리는 12월에 우연히 위딩턴 장원으로 들어간 겁니다. 피챌런이 토지를 강탈당한 뒤로 그곳은 왕령 소작인 자일스 오트미어의 소유가 되었지요. 거기 식구들이 성탄절 축제 때 필요하다며 군닐드를 받아주었답니다. 그리고 더욱 좋은 일이 일어났으니, 열여덟을 갓 넘긴 그 집 젊은 딸이 그녀를 아주 좋아하게 된 모양이에요. 군닐드 자신의 말로는 손재주가 좋고 머리 손질이나 바느질에 능숙한 덕에 그집 딸의 몸종으로 눌러앉게 되었다는군요. 지금 그녀가 어떤 모습인지, 그 우아한 걸음걸이며 숙녀다운 거동을 수사님도 보셨어야 했는데 아쉽네요. 주인에게 이런저런 도움을 주면서 자신의 위치를 굳히고 있는 것 같았어요. 앞으로는 절대 거리나 장터로 돌아가지 않을 겁니다. 정말이지, 수사님께서 직접 그 모습을 보셨어야 했어요."

"그러게, 아쉽구먼." 캐드펠이 생각에 잠긴 채 말을 이었다. "어쨌거나 위딩턴이라면 업턴에서 그리 먼 곳은 아니지. 하지만 군닐드가 어제 장을 보느라 시내로 들어온 적이 없고, 그 소식을 아는 누군가 우연히 위딩턴에 들른 것도 아니라면, 소문이 저 혼자 들판을 달리고 강을 건넜던 모양일세. 물론 소문이라는 게 때로는 매보다 빠르게 날아가곤 한다는 점이야 인정하네. 적어도 시내나 수도원 앞 대로에서 시작된 소문은 하룻밤 사이 멀리까지

쫙 퍼지지. 하지만 그곳은 좀 달라. 외진 곳에 있으니 누군가 소식을 들고 굳이 찾아가지 않았다면 금세 알기 힘들었을 텐데."

"장에 나갔던 이들이 전해주었는지 아니면 바람에 실려 갔는지, 어쨌거나 그 소식이 위딩턴까지 날아갔으니 브리트릭에게는 대단히 잘된 일이지요. 이제 저로선 어느 쪽을 캐봐야 할지 도무지 감이 안 잡힙니다. 무고한 사람을 추적하는 것보다야 차라리 이 상태가 나을지도 모르지요. 하지만 이 사건을 포기하여 피고 없는 재판으로 넘어가도록 내버려두고 싶지는 않습니다."

"아직은 그렇게까지 생각할 필요 없네. 며칠 기다리면서 국왕 쪽 일을 살펴보고 있게나. 그러다 보면 한 가닥 실마리가 잡힐지도 모르지."

\*

저녁기도가 시작되기 전, 캐드펠은 수도원장의 숙소로 가 다소 불편한 마음으로 접견을 청했다. 자신에게 종종 허락되는 특권이 일반적인 수도원 규율을 넘어선 수준이라는 점을 잘 알고 있기 때문이었다. 수도원장이 그에게 보여주는 신뢰 자체가 그에게는 일종의 부담으로 작용하기도 했다.

"원장님, 오늘 오후에 휴 베링어가 찾아와 브리트릭이라는 사람과 관련해 어떤 일이 있었는지 보고드렸을 줄 압니다. 1년여 전 그와 함께 지냈다고 알려진 여인이 평소 자주 드나들던 곳에서 자취를 감춘 것은 사실이나, 죽었기 때문에 그런 것은 아니었습니다. 여인이 직접 나타나 그가 자신을 해치지 않았음을 입증했으므로 그자는 석방되었지요."

"그랬다더군. 나도 들었소." 라둘푸스가 말했다. "장관과 한 시간 정도 얘기를 나누었지. 그자가 살인과는 무관하여 제 갈 길로 갈 수 있게 된 것은 한편으로 다행스러운 일이 아닐 수 없소. 하지만 죽은 자에 대한 우리의 책임은 여전하니 탐색은 계속되어야 할 것이오."

"원장님, 제가 온 것은 내일 외출을 허락해주십사 청하기 위해서입니다. 몇 시간 정도면 족할 것입니다. 그자의 석방과 관련해 몇 가지 의문이 드는바 해답을 찾아보지 않을 수가 없습니다. 휴 베링어에게 그 일을 부탁하지는 않았습니다. 그가 국왕의 일로 바쁘기 때문이기도 하고, 또 어쩌면 제 생각이 틀렸을지도 모르니까요. 제 짐작이 잘못된 것으로 드러날 가능성을 생각한다면, 굳이 그 사람까지 성가시게 할 필요가 없지 않겠습니까? 반대로 제 의심이 근거 있는 것으로 밝혀질 경우엔……" 캐드펠이 진지하게 말을 맺었다. "그땐 일을 그에게 넘기고 저는 손을 떼겠습니다."

수도원장은 잠시 생각하더니 입가에 슬쩍 미소를 띠었다. "구체적으로 어떤 의심인지 물어도 되겠소?"

"옳든 그르든 저 나름의 해답을 찾을 때까지는 아무것도 말씀드리지 않는 편이 좋을 것 같습니다." 캐드펠이 대답했다. "제가 아무 문제도 없는 곳에서 사악한 것만 보려 드는 음흉하고 의심 많은 노인네로 판명될 경우 다른 사람을 그처럼 부끄러운 진창 속으로 이끌고 싶지도 않을뿐더러, 숨기기보다 떠벌리기 더 쉬운 거짓 고발이라는 부담을 지우고 싶지도 않으니까요. 내일까지만 기다려주시지요."

"그렇다면 한 가지만 이야기해보시오." 라둘푸스가 말했다. "수사가 생각하고 있는 그쪽 방향에 또다시 루알드 수사를 지목하게 만드는 근거가 있는 것은 아니겠지?"

"전혀요, 원장님. 그와는 무관합니다."

"다행이군! 난 그 사람이 죄를 지었으리라 생각할 수가 없거든."

"저도 그렇습니다. 그는 아무 짓도 하지 않았으리라 확신합니다."

"좋소. 적어도 그는 평안을 누리겠군."

"아니, 그렇다고는 말씀드리지 못하겠습니다." 원장의 예리한 눈길을 의식하며 캐드펠이 말을 이었다. "사면도 못 받고 적절한 죽음의 의식도 치르지 못한 채 이름 없이 수도원 땅에 묻혀 있었던 그 여인에 관한 한 이 수도원 안에 있는 우리 모두가 함께 걱정하고 슬퍼해야 할 테니까요. 그런 의미에서, 이 문제가 해결되기 전까지 루알드 형제는 물론 우리 중 누구도 평안을 누릴 수 없을 것입니다."

라둘푸스는 오래도록 말없이 그의 얼굴을 응시하다가 불쑥 정적을 털어내고 현실적인 어조로 입을 열었다. "그렇다면 수사의 증명 작업을 한시라도 빨리 진행시키는 것이 좋겠소. 좀 먼 길이 다 싶거든 마구간의 노새를 이용하도록 하시오. 한데 어디로 가려는 게요? 그 정도는 물어봐도 되겠지?"
"그리 먼 곳은 아닙니다만 노새를 타면 시간을 아낄 수 있겠지요. 위딩턴 장원에 다녀오려고 합니다."

*

캐드펠은 이튿날 아침기도가 끝나자마자 출발했다. 군닐드가 피난처를 구하다가 우연히 가 닿게 되었다는 그 장원까지는 10킬로미터쯤 되었다. 그는 롱너 땅에서 나룻배로 강 상류를 건넌 뒤 세번강으로 유입되는 자그만 개천을 따라 양편으로 둑이 솟은 지대를 통과했다. 거기서 오른쪽 멀리 보이는 나무와 덤불이 우거진 산꼭대기 너머가 바로 도공의 땅이었다. 이제 그 땅의 위쪽은 새 경작지로, 아래쪽은 완만한 경사의 목초지로 변모해 있었다. 개드펠이 직접 확인한 것은 아니나, 지금쯤 오두막의 잔해는 철거되었을 것이고 뜰도 정리되어 평평한 터가 되어 있을 터였다.
탁 트인 들판 옆으로 난 길이 업턴 마을까지 완만하게 이어졌다. 거기서부터 사람들이 많이 이용하는 소로를 따라 3킬로미터쯤 더 가자 마침내 비옥하고 푸른 평평한 대지 사이에 위딩턴이 나타났다. 마을 가옥들 사이로 구불구불 이어지는 두 개의 실개

천이 보였다. 그 물줄기들은 남쪽 끝으로 흘러가다가 테른강으로 유입되리라. 푸른 들판 한중간에 자리 잡은 자그만 교회는 이웃한 업턴의 교회가 그렇듯 수도원의 재산으로, 드 클린턴 주교가 몇 년 전 베네딕토 교단에 기증한 것이었다. 마을 저편, 개천에서 약간 뒤로 물러난 곳에 나직한 방책으로 둘러싸인 장원과 그 가장자리를 빙 둘러 늘어선 광이며 외양간, 마구간 따위가 보였다. 지하실은 통나무로, 주거층 한쪽 끝은 돌로 지어진 듯했다. 짧고 가파른 계단이 홀 문까지 이어져 있었다. 이른 아침부터 빵 굽는 사람과 젖 짜는 하녀가 바삐 드나드는지 홀 문은 활짝 열린 채였다.

대문 앞에서 내린 캐드펠은 천천히 노새를 끌고 마당으로 들어서며 주위를 살폈다. 커다란 우유 항아리를 들고 외양간에서 착유장으로 건너가던 하녀 하나가 그를 보고 걸음을 멈추었으나 마구간에서 마부가 나오자 이내 자기 볼일로 돌아갔다. 마부가 활기차게 다가와 노새 고삐를 건네받았다.

"일찍 나오셨군요, 수사님. 뭘 도와드릴까요? 주인어른은 벌써 로딩턴으로 나가셨습니다. 혹시 주인께 급한 용무가 있어 오신 거라면 지금 얼른 사람을 보낼까요? 만일 그분이 돌아오실 때까지 기다리셔도 된다면 안에 드시지요. 수사복 입은 분들께는 항시 문이 열려 있는 곳이니까요."

"바쁜 사람의 일과를 방해할 생각은 없소." 캐드펠이 말했다. "나는 그저 이 집에서 지내는 젊은 여인에게 감사를 표하기 위해 왔을 뿐이니까. 골치 아픈 문제가 있었는데 친절하게도 도움을

주었거든. 그 숙녀께 감사의 뜻만 표한 뒤 슈루즈베리로 돌아갈
생각이오. 아, 그분 이름을 정확히 모르겠는데…… 이곳 주인에
게는 자녀들이 많다고 들어서 말이지. 그 여인은 아마 장녀일 거
요. 군닐드라는 몸종을 둔 여인이오."

그 이름을 듣고 고개를 끄덕이는 마부의 태도로 보아 군닐드가
이미 이곳에서 자리를 잡아 인정받고 있다는 걸 알 수 있었다. 설
령 질질 끌리는 옷을 입고 곡예나 하던 여자가 총애받는 몸종으
로 변신한 것과 관련해 하녀들 사이에 수군거림이나 악감정이 있
었다 하더라도 이제는 모두 과거의 일일 것이다. 이는 군닐드가
지각 있는 여자임을 증명하는 상황이기도 했다.

"아, 퍼넬 님 말씀이시군요." 마부가 돌아서더니 지나가던 소
년을 불러 노새를 데려가 잘 돌보라고 일렀다. "퍼넬 님은 안에
계십니다. 마님께서는 나리와 함께 나가셨지만요. 두 분이 같은
목적으로 나가신 건 아니죠. 마님께서는 로딩턴의 제분업자 부인
을 만나러 가셨거든요. 자, 어쨌든 들어가시지요, 제가 군닐드를
불러드리겠습니다."

두 사람이 홀 문으로 이어진 계단을 오를 때였다. 마당을 가로
지르며 오가던 소리들이 보다 높고 날카로운 음성과 아이들의 요
란한 웃음에 가려지는가 싶더니, 각각 열두 살과 여덟 살쯤 되어
보이는 사내아이 둘이 열린 문간에서 쏜살같이 뛰어나와 층계를
두세 개씩 건너뛰며 내려왔다. 그 바람에 캐드펠이 넘어질 뻔했
는데도 아이들은 숨찬 소리로 고함을 지르며 계속해서 들판 쪽으

로 내달렸다. 그 뒤로 대여섯 살쯤 되어 보이는 자그마한 여자아이가 통통한 양손으로 치맛자락을 움켜쥐고 공이 튀듯 급히 뛰어나오며 오빠들을 향해 기다려달라고 소리를 질러댔다. 마부가 능숙하게 아이를 들어 계단 밑으로 안전하게 내려주자 아이는 짧은 다리가 허용하는 최고 속력으로 소년들을 뒤쫓아 갔다. 캐드펠은 잠시 계단에 멈춰 선 채 뛰어가는 아이를 바라보다가 몸을 돌렸는데, 이번에는 그보다 나이가 든 한 여자가 문간에 서 있는 것이 보였다. 여자는 미소와 호기심이 뒤섞인 얼굴로 그를 내려다보고 있었다.

군닐드가 아니라 군닐드의 주인임이 분명했다. 갓 열여덟 살이 되었다고 휴가 그랬지, 캐드펠은 생각했다. 미혼의 열여덟 살 여인. 아직 약혼도 하지 않은 듯했다. 준비된 지참금이나 아버지의 인맥이 그리 대단치 않아서이기도 하겠지만, 팔팔한 병아리 같은 동생들을 둔 장녀이니만큼 집안에서 쓸모가 많아 그리 된 것인지도 몰랐다. 대를 이을 건강한 아들을 둘이나 두었으니 두 딸은 이제 자일스 오트미어의 자산에 부과된 세금과도 같은 존재들이리라. 굳이 서두를 필요가 있겠는가? 이 큰딸은 우아한 외모를 지녔고 성품도 따뜻해 보였다. 적당한 남자만 나타난다면 지참금 걱정은 하지 않아도 될 터였다.

퍼넬은 크지 않은 키에 체구가 동그스름했고, 옅은 갈색 머리부터 자그만 발까지 온몸이 얼굴의 눈과 입술처럼 미소 짓는 듯한 분위기를 풍겼다. 동그란 얼굴에 자리 잡은 커다란 두 눈에서는 진솔함이 느껴졌으며, 풍만하고 정열적인 입은 미소 짓느라 살짝 벌어져 있었다. 그녀의 손에는 어린 여동생이 내팽개친 나무 인형이 들려 있었다. 바닥에 떨어져 있던 것을 막 집어 든 참이었다.
"이분이 퍼넬 님입니다." 마부가 쾌활하게 말하고는 뜰 쪽으로 한 걸음 물러났다. "아씨, 이 수사님께서 아씨와 이야기를 나누고 싶으시답니다."
"저요?" 그녀의 눈이 더 한층 커졌다. "어서 올라오세요, 수사님. 정말 절 찾아오신 건가요? 제 어머니가 아니고요?" 그녀의 몸에서 발산되는 환한 기운과 딱 어울리는, 아이 같은 고음의 흥겨운 음성이었다. 노래하는 듯한 억양 때문에 그 소리가 아주 음악적으로 들렸다. 그녀는 웃으며 말을 이었다. "어쨌거나 아이들이 다 나갔으니 서로 무슨 얘기를 하는지 알아들을 수 있겠네요. 여기 창가 의자에 앉으세요."
두 사람은 움푹 들어간 창가 쪽 장의자에 가 앉았다. 보온용 덧창은 일부 닫혀 있었지만 방풍창은 활짝 열린 채였다. 바람기가 거의 없는 아침이라 하늘에 구름이 끼기는 했어도 빛이 꽤나 좋았다. 여인 앞에 앉아 있자니 타오르는 등잔불과 마주한 듯한 기분이었다. 복도와 부엌, 그리고 바깥마당에서 나는 목소리들이 분주하니 뒤섞여 들려오고 있었다.
"슈루즈베리에서 오셨다고요?"
"당신에게 감사의 뜻을 전하기 위해 수도원장님의 허락을 받고 왔소. 군닐드를 그처럼 신속하게 행정 장관한테 보내어 그녀를 죽인 용의자로 갇혀 있던 이를 풀려나게 해주었으니 말이오. 정의를 바라는 우리 수도원장님이나 행정 장관 모두 당신에게 신세를 진 셈이지. 당신은 그들이 불의를 행하는 것을 피할 수 있도록 해주었소."

"상황을 알게 된 이상 그렇게 할 수밖에 없지 않았겠어요?" 퍼넬은 별일 아니라는 듯 말을 이었다. "그 가엾은 사람은 아무 죄도 저지르지 않았잖아요. 하루라도 더 감옥에서 지내도록 내버려둘 수 없었어요."

"그래, 군닐드가 필요한 상황이라는 건 어떻게 알게 되었소?" 캐드펠이 물었다. 그가 여기 온 것은 바로 그 질문을 하기 위해서였다.

"어쩌다 들었어요." 퍼넬은 질문의 목적을 전혀 의심하지 않고 쾌활하면서도 솔직한 태도로 대답했다. "사실, 누군가에게 공을 돌려야 한다면 우리가 아니라 그 사건을 전해준 그 청년한테 돌려야겠지요. 그는 군닐드라는 여자를 찾아 사방을 탐문하고 다니던 중이었어요. 이 근방 어느 집에 들어와 지난겨울을 보낸 여자를 아는지 묻더군요. 그녀가 여기 눌러앉아 있으리라곤 예상도 못 했겠지만, 어쨌거나 그로선 천만다행한 일이었지요. 제가 한 일이라곤 군닐드와 마부를 슈루즈베리로 보낸 것뿐이에요. 청년은 그동안 그녀를 찾느라 말을 타고 여기저기 다니고 있었대요. 그녀가 살아 있는지 확인하고, 만일 살아 있다면 정의를 위해 직접 나서서 증명해달라 부탁할 생각으로 말이죠."

"그처럼 애를 써주다니, 그의 공이 크구려." 캐드펠이 말했다.

"그러니까 말이에요! 여기 오기 전에는 멀리 크레세지까지 나갔었대요."

"그의 이름을 알고 있소?"

"당시엔 몰랐지요. 나중에 알고 보니 롱너의 설리엔 블런트라고 하더군요."

"그가 여기 와서 당신을 찾았소?"

"어머, 아니요!" 퍼넬은 놀라면서도 즐거운 듯 대답했다. 사실 캐드펠로서는 자신의 질문 세례에 상대가 이상한 낌새를 느끼는 건 아닌지 싶어 불안해하던 차였는데, 그녀는 아무런 망설임 없이 대답을 이어갔다. "처음엔 제 아버님을 찾았죠. 하지만 아버님은 들에 나가 계셨고, 청년이 들어왔을 때 제가 마침 마당에 있었거든요. 제가 그 이야기를 듣게 된 건 순전히 우연이었던 셈이에요."

어쨌거나 즐거운 우연이었겠군, 캐드펠은 생각했다. 고뇌로 가득한 그 청년에게는 뜻밖의 위안이었을 테고.

"그래, 자신이 찾던 여자가 여기 있다는 것을 알자 그는 그녀와 직접 얘기하겠다고 합디까? 아니면 당신더러 전해달라고 했소?"

"그분이 직접 얘기했어요. 그때 저도 같이 있었는데, 그 행상인이 감옥에 가게 된 경위를 설명하더니 군닐드가 직접 가서 그의 결백을 밝혀주면 좋겠다고 하더군요. 그러자 그녀는 흔쾌히 수락했지요."

이제 퍼넬은 미소를 지운 채 다소 심각한 표정을 하고 있었으나 솔직하고 밝은 태도는 여전했다. 그 눈에 깃든 지성과 명석함으로 보건대 캐드펠의 심문 뒤에 보다 깊은 의도가 깔려 있음을 이미 알아차린 것이 분명하지만, 자신으로서는 무엇 하나 감추거나 발뺌할 이유가 없다고 판단한 모양이었다. 진실은 결코 악의 수단이 될 수 없다고 믿는 사람의 태도였다. 곧 캐드펠이 망설임 없이 마지막 질문을 던졌다.

"혹시 그와 군닐드 단둘이서만 얘기를 나눌 기회가 있었소?"

"아…… 예, 그랬어요." 퍼넬이 대답했다. 캐드펠의 얼굴을 응시하는 그녀의 둥그런 눈은 머리칼보다 다소 옅은 금빛을 띠고 있었다. "군닐드가 그에게 고맙다고 인사하고는 마당까지 함께 나가서 말에 올라 떠나는 그를 지켜봤죠. 동생들이 막 들어온 터라 저는 그 애들을 데리고 안으로 들어갔고요. 저녁 식사 시간이 다 되었을 때였거든요. 식사를 권했지만 그 청년은 곧장 떠나더라고요."

퍼넬은 그가 마음에 들었고 지금도 그 생각은 변함없었다. 롱너에서 온 설리엔 블런트의 아량 있는 행동과 관련해 슈루즈베리에서 왔다는 이 수사가 대체 뭘 원하는 것인지, 그녀는 염려 섞인 호기심으로 머리를 굴리고 있었다. "두 사람이 무슨 얘길 나눴는지는 저도 몰라요. 나쁜 얘기는 분명 아니었을 거예요."

"나도 그렇게 생각하오." 캐드펠이 고개를 끄덕였다. "아마도 군닐드에게 부탁했겠지. 성에 가서 행정 장관을 만나거든 자신이 찾아왔었다는 얘기는 하지 말아달라고, 브리트릭이 곤경에 처해 있고 그녀가 죽은 것으로 알려져 있다는 사실은 소문으로 들어 알았다 말하라고. 물론 소문은 퍼지게끔 되어 있으니 그녀도 결국에는 듣게 되었겠지만, 그렇게 빨리는 전해질 수 없었을 거요."

"아, 그랬을 것 같네요." 퍼넬의 얼굴이 달아올랐다. "그분이라면 자신의 선량함을 굳이 알리려 하지 않았을 거예요. 그래서, 군닐드는 그가 바라는 대로 했나요?"

"물론이오. 그렇다고 그나 그녀를 탓하자는 건 아니오. 그에게도 그 정도 부탁을 할 권리는 있으니까."

권리뿐이랴, 아마 필요도 있었으리라! 캐드펠은 자리에서 일어나 시간을 내준 것에 감사를 표하고 떠나려 했지만, 여자가 손을 내밀어 그를 붙들었다.

"수사님, 이왕 오셨으니 요기라도 하고 가셔야죠. 점심때까지 계시기 어렵다면 군닐드한테 포도주라도 가져오라고 할게요. 아버님께서 여름 장 때 프랑스산 포도주를 좀 사두셨거든요." 그가 좋다 싫다 할 틈도 없이 그녀는 어느새 홀을 가로질러 휘장 문으로 향하더니 포도주를 가져오라고 소리쳤다. 오는 게 있으면 가는 것도 있어야지, 그는 생각했다. 궁금했던 것들을 묻고 대답도 모두 들었으니, 이번에는 그녀가 원하는 대로 해줄 차례였다.

"군닐드한테는 아무 얘기도 않는 것이 좋겠어요." 퍼넬이 자리로 돌아오며 속삭이듯 말했다. "그동안 힘든 삶을 살아온 여인이에요. 과거와 그 찌꺼기는 모두 묻어버리고 살게 해주어야죠. 그녀는 저의 친구인 동시에 우리 집 아이들을 귀여워해주는 좋은 하인이에요."

포도주 병과 유리잔을 들고 부엌 겸 식료품 저장실에서 들어온 그 여인은 키가 컸고 다소 마른 몸에 수수한 검정 가운을 걸치고 있었다. 몸놀림이 더없이 우아하고 유연했으며, 하얀 주름 깃으로 둘러싸인 타원형 얼굴은 올리브 껍질처럼 부드러워 보였다. 침착하면서도 조심스러운 호기심으로 캐드펠을 살피던 그녀의 검은 눈이 퍼넬에게 가서는 맹목적이다 싶을 정도로 강한 애정의 기색을 띠었는데, 그 모습이 참으로 아름다웠다. 군닐드는 솜씨 있게 상을 차려낸 뒤 조심스레 물러갔다. 그녀에겐 이곳이 그야말로 천국이나 마찬가지일 것이다. 또다시 힘든 거리의 생활로 나설 생각은 전혀 없으며, 브리트릭 같은 떠돌이의 유혹에 넘어갈 리도 만무하리라. 자신이 모시는 여인이 결혼하여 떠난다 하더라도, 계속해서 돌봐야 할 작은 아씨가 있었다. 그리고 언젠가는 군닐드 자신도 결혼하게 될 터이니, 아마 오랜 세월 같은 주인을 모셔온 이, 함께 여생을 안락하게 보낼 수 있을 것이 분명한 점잖고 나이 지긋한 하인과의 편안하고도 현실적인 결혼이 될 것이다.

"군닐드를 이 집에 받아준 건 우리로서도 잘한 일이에요." 퍼넬이 말했다. "그녀가 이곳에서 얼마나 만족스럽게 지내는지 아시겠지요. 그리고……" 이어 그녀는 자신의 관심과 흥미를 끌어당기는 것에 대해 숨김없이 캐물었다. "괜찮으시다면 설리엔 블런트라는 분에 대해 들려주실 수 있을까요? 수사님께서는 그에 대해 잘 알고 계시는 것 같은데요."

캐드펠은 숨을 한 번 들이쉬곤 청년에 대해 아는 대로 들려주었다. 그의 집과 가족에 대해, 그리고 한동안 베네딕토회의 견습 수사로 있다가 결국에는 속세를 선택한 사정까지. 그녀도 모든 것들을 아는 편이 좋을 터였다. 그러나 도공의 땅과 관련해서는, 과거 블런트 가문이 소유하다가 이런저런 경로를 거쳐 슈루즈베리의 수도원으로 넘어오게 되었으며, 첫 밭갈이 도중 한 여인의 시신이 발견되어 현재 행정 장관이 그녀의 신원을 밝히고자 애쓰고 있다는 데까지만 이야기했다. 어쨌든 블런트 가문의 아들로서 그 사건에 개인적으로 관심을 두고 무고한 이의 의혹을 풀어주고자 애쓴 것에 의심을 품을 만한 구석은 없었다. 그리고 이 정도면 수도원장이나 지금 퍼넬과 함께 앉아 있는 늙은 수도사가 그 사건에 관심을 가지는 이유 역시 만족스럽게 설명되리라.

"그러니까, 그분의 어머니가 병에 시달리고 계신다고요?" 집중해서 듣고 있던 퍼넬의 눈에 동정의 기색이 스쳤다. "그래도 아들이 다시 집으로 돌아왔으니 어머니에게는 그나마 위안이 되었겠군요."

"장남이 올여름에 결혼해서 그 아내가 어머니를 따뜻하게 돌보고 있긴 하오." 캐드펠이 말했다. "하지만 당신 말도 맞소. 설리엔이 다시 집으로 돌아와 어머니는 분명 기뻐하고 있을 거요."

"여기서 그다지 먼 곳도 아니네요." 퍼넬이 생각에 잠겨 혼잣말처럼 중얼거렸다. "우리에겐 이웃이나 다름없어요. 어때요, 수사님? 방문객이 찾아가면 도나타 부인이 반가워하실까요? 그렇게 바깥출입이 없으시다니 종종 외로움을 느끼실 것 같은데요."

더 깊은 속내를 숨긴 채 따뜻하면서도 쾌활한 목소리로 꺼내놓은 그 세심한 제안이 장원을 나서는 내내 캐드펠의 귓전을 맴돌았다. 그 밝고 자신만만한 얼굴은 롱너에 있는 병든 부인의 외로움이나 고통과 너무나 대조적이었다. 하지만 어떠랴? 설령 그녀가 시들어가는 귀부인에게 젊음의 기운과 매력을 나눠주기 위해서라기보다는 자신의 풍부한 상상력을 자극했던 청년을 만날 목적에 롱너를 찾는다 하더라도, 그 존재 자체로 기적을 이루어낼 수 있을지 모른다.

가을 들판을 지나 느긋하게 돌아오던 그는 길 중간에서 수도원 쪽으로 가는 대신 다리를 건너 시내로 들어섰다. 성에 가서 휴를 만나볼 참이었다.

\*

성문으로 이어진 비탈길을 오르기 시작하자마자, 무언가 큰일이 벌어져 성안이 시끌벅적하다는 것을 금방 알 수 있었다. 빈 짐마차 두 대가 삐걱삐걱 언덕길을 올라 아치 아래 깊숙한 통로로 들어가는 것이 보였다. 곧 캐드펠도 성문에 이르렀다. 과연 홀과 마구간, 병기고, 창고 할 것 없이 성안은 오가는 사람들로 부산하기 짝이 없었다. 캐드펠은 꽤 한참 동안 방해받지 않고 노새에 앉은 채 눈앞에 벌어지는 상황과 그 불가피한 의미를 가늠해보았다. 부산스러운 건 사실이나 혼란스러움과는 거리가 멀었다. 모든 것이 정확한 의도와 빈틈없는 계획하에 움직이고 있었다. 그가 노새에서 내리자 짐마차꾼들을 안마당으로 들여보내던 윌 워든이 잠시 일을 중단하고 다가왔다. 그는 휴의 부하 중 제일 나이 많고 노련한 사람이었다.

"내일 아침 출정합니다. 한 시간 전에 소환령이 하달됐어요. 들어가보시죠, 수사님. 장관님은 성문 탑에 계십니다."

말을 마치기 무섭게 그는 아치로 들어선 두 번째 마차의 몰이꾼에게 손짓하여 안쪽 구역으로 들여보낸 뒤 짐을 제대로 싣는지 확인할 요량으로 얼른 그 뒤를 따라갔다. 보급대는 오늘 준비를 마쳐 출발하고, 무장 부대는 내일 첫새벽에 나설 모양이었다.

캐드펠은 노새를 마구간 청년에게 넘겨주고서 성문 탑에 있는 초소로 갔다. 휴는 보고서가 어지럽게 널린 탁자 앞에 앉아 있다가 그를 보고는 서류들을 간추려 한쪽으로 밀친 뒤 자리에서 일어섰다.

"드디어 때가 왔습니다. 국왕이 반격을 결심했어요. 체면 때문에라도 더는 수수방관할 수 없었겠지요. 제프리 드 맨더빌을 특정한 장소로 끌어내 전투를 벌인다는 게 참으로 어렵다는 건 왕도 저 못지않게 잘 알고 있을 테지만 말입니다." 휴가 열정적으로 말을 이었다. "사실, 그자가 펜 지방에서 곡물과 가축을 약탈하는 짓을 멈춘다 하더라도 에식스 보급선이 멀쩡한 이상 우리가 뭘 어쩌겠습니까? 게다가 그 황량한 지역을 그자는 제 손금 보듯 훤히 알고 있으니…… 그래도 우리는 그에게 최대한 피해를 입힐 작정입니다. 쏟아져 나오게 하는 게 힘들다면 몰아넣기라도 해야지요. 승산이야 어떻든, 스티븐 왕이 케임브리지로 병력을 소집하고 제게도 원조를 요구했으니 그는 이제 플랑드르인 용병 부대 못지않게 훌륭한 병력을 갖춘 셈입니다. 이제 벼락같은 변덕만 일어나지 않는다면—그것이 그와 우리를 기습하는 일이 이따금 있거든요—우리는 케임브리지로 가 그의 앞에 서 있게 될 거예요."

이미 손을 써둔 덕에 조금은 마음이 놓이는지, 휴는 여유롭게 친구의 얼굴을 살펴보았다. 그러다 이내 중대한 소식을 가지고 온 사람이 스티븐 왕의 특사 말고도 또 있다는 사실을 알아차린 듯했다.

"아, 그렇군요!" 그가 말했다. "국왕의 소식 못잖은 일이 생긴 모양이네요. 그 와중에 제가 수사님께 짐을 남겨둔 채 혼자 떠나게 되었고요. 자, 일단 앉아서 무슨 소식인지 얘기해보시지요. 움직이자면 아직 시간이 좀 있습니다."

# 9

"우연이 아니야." 캐드펠이 팔짱을 끼고 탁자 위로 몸을 숙이며 말했다. "자네 생각이 옳았네. 비슷한 일이 그렇게 반복해서 나타난 것에는 이유가 있었지. 그렇게 되기를 바라는 사람의 손이 끼어든 게야. 그것도 두 번씩이나! 혹시나 싶어 내가 시험해 보았네. 이번 죽음과 관련해 의심받고 있는 사람이 있다고 그 청년에게 슬쩍 귀띔하면서 브리트릭이 실제보다 더 위험한 처지인 양 덧칠을 좀 했지. 그러자 어떻게 되었는지 아는가? 청년은 내게서 정보를 듣고 곧장 움직였어. 겨울이 다가오면 거리의 사람들이 따뜻한 거처를 찾아 돌아다닌다는 말을 듣고는 군닐드라는 여자가 어느 장원으로 들어갔는지 알아보려고 이 근방을 찾아다니기 시작한 거야. 한 가지 주목해야 할 것은, 이번에는 그 여자가 살아 있는지 죽었는지 그로서는 알 리 없었다는 점일세. 내가 들려준 정보 외에는 그녀에 대해 아는 것이 전혀 없었어. 그러다 운이 따라준 덕에 그녀를 찾아냈고. 자, 생각해보게. 그 전까지 그 여자의 이름도 들어본 적 없고 얼굴도 본 일 없는 그가 왜, 대체 무슨 이유로, 몸소 나서서 브리트릭을 구해내려 애를 썼을까?"

"그러게요." 탁자 너머로 캐드펠의 눈을 응시하며 휴가 말을 이었다. "다른 건 몰라도, 우리가 발견한 여인이 군닐드가 아니며 결코 그럴 리 없다고 생각지 않는 한 그런 수고를 할 이유가 없지요. 그는 왜 그렇게 생각하게 되었을까요? 죽은 여인이 누구인지, 또 그녀에게 무슨 일이 있었는지 분명하게 알고 있지 않고서야……."

"혹은 자기가 알고 있다고 생각하거나." 캐드펠이 조심스레 덧붙였다.

"수사님의 교단에서 나간 그 젊은이에게 점점 더 흥미가 생기는군요. 자, 지금까지의 내용을 정리해보지요. 그 청년은 루알드의 아내가 집에서 사라지고 얼마 안 있어 갑작스레 수도원으로 들어갔습니다. 누구도 예상하지 못한 일이었지요. 게다가 고향에 있는 슈루즈베리 수도원이나 자기네 집안에서 항시 호의를 보여온 교단 소속의 호먼드 수도원을 마다하고 멀리 램지 수도원까지 갔어요. 자신을 쫓아다니며 괴롭히는 무언가로부터 달아나고 싶었던 걸까요? 어쩌면 괴로운 정도가 아니라 위협적인 것이었는지도 모르죠. 하지만 램지가 도적들의 소굴로 변하자 그는 어쩔 수 없이 집으로 돌아왔습니다. 그때는 수도자의 길을 걷기로 했던 자신의 판단에 의구심을 품은 상태였는데, 그 부분은 사실일 가능성이 큽니다. 어쨌거나 여기로 돌아와보니 어떤 일이 그를 기다리고 있었죠? 과거 자기 가문의 소유지였던 땅에서 여자의 시신이 발견되었고, 세간에서는 그것이 사라진 아내의 시신이라며 루알드를 살인범으로 몰아가고 있었지요. 그러자 그는 제너리스가 살아 있음을 입증하기 위해 은반지를 꺼내놓고 사실을 털어놓았습니다. 그가 이야기한 그 가게는 이곳에서 너무 멀고, 현재 그쪽 지방의 상황을 감안할 때 찾아가 확인해보기도 힘들어요. 하지만 그는 반지라는 분명한 증거물을 지니고 있었습니다. 여자가 이곳을 떠나고 한참 뒤 피터버러에서 팔았다는 물건이죠. 따라서 우리는 그 시신을 결코 그녀라 볼 수 없었지요."

"그 반지가 그녀의 것이라는 건 틀림없는 사실이네." 캐드펠이 조리 있게 말했다. "루알드도 금방 알아보고는 그녀가 살아 있을 뿐 아니라 자기 없이도 잘 지내고 있다는 생각에 더할 수 없이 기뻐했지. 자네나 나나 직접 본 일일세. 그때 그에게 무언가 켕기거나 거짓된 구석은 전혀 찾아볼 수 없었어."

"저도 그렇게 생각합니다만…… 루알드 쪽으로 돌아갈 필요는 없더라도, 제너리스의 경우는 사정이 다를지 모르지요. 어쨌거나 계속해보지요. 이어 또 다른 사람이 수색의 대상으로 떠올랐습니다. 브리트릭 말입니다. 그 장소에서 사라진 또 한 여자가 있었고, 모든 정황으로 보아 그가 그녀를 살해했으리라 의심되는 사람이었지요. 그러자 이번에도 설리엔 블런트가 등장합니다. 수사님께 그 얘기를 듣고서 다시금 이 사건에 개입하지요. 문제의 여인이 살아 있음을 증명하기 위해, 누가 시키지도 않았는데 수색에 나섭니다. 그러다 참으로 운 좋게도 그녀를 발견하고요! 그렇게 그는 지난번에 루알드를 구해주었듯 이번에는 브리트릭을 구해주었습니다. 수사님, 솔직한 생각을 들려주세요. 이 모든 것들을 어떻게 해석하시겠습니까?"

"우리가 발견한 여인이 누구든, 그 죽음이 설리엔과 관련되었다 여길 수밖에 없겠지." 캐드펠이 말했다. "그는 이 사실을 마지막까지 필사적으로 감출 작정이지만, 그렇다고 루알드나 브리트릭 같은 무고한 사람까지 희생시키고 싶어 하지는 않는 게야. 그게 그 사람 나름의 원칙이 아닐까 싶네. 그가 살인을 했을 수는 있네. 그러나 그 때문에 다른 사람이 사형대에 오르도록 내버려두지는 않을 걸세."

"모든 정황으로 미루어볼 때 그렇다는 말씀이시죠?" 휴가 검은 눈썹을 치올리고 표정이 풍부한 입가에 짓궂은 미소를 띤 채 캐드펠을 바라보았다.

"그렇지."

"하지만 수사님 자신이 진심으로 그렇게 믿는 건 아닌 듯한데요!" 질문이라기보다는 단정에 가까운 말투였다. 휴는 캐드펠의 심중을 읽는 데 능통했다. 이번에도, 자신은 미처 깨닫지 못했으나 캐드펠이 무언가 다른 생각을 품고 있음을 알 수 있었다.

캐드펠은 잠시 말없이 생각에 잠겨 있다가 판관처럼 단호한 태도로 입을 열었다. "표면적으로야 그렇게 보는 것이 논리적이지. 그게 유일한 진실인 듯 여겨질 정도야. 어쨌거나 그 시신의 주인이 제너리스일 가능성이 다시금 높아진 것은 사실이네. 자, 그녀가 대단히 아름다운 여자였다는 점에는 모두가 동의하지. 나이로 보자면 청년의 어머니뻘 되고, 실제로 그는 아기 적부터 그녀를 따랐네. 그러나 청년 자신도 말했듯이 그는 그녀를 사랑하게 되었고, 그 상황이 죄스럽고 고통스러워 램지로 달아나버렸어. 풋내기 청년들의 마음에 흔히 일어나는 감정이지. 오랫동안 잘 알고 지내온 여인을 연모하다가 괴로움과 고통에 빠지는 거야. 여인은 그에게 순수한 의미의 애정을 쏟았을 뿐인데. 하지만…… 해결할 길 없는 문제와 치유할 수 없는 사랑의 고통에서 벗어나고자 했던 것 말고 수도원으로 도망친 또 다른 이유가 있었다면? 자, 문제의 상황을 한번 생각해보세. 사랑하고 믿어왔던 남편이 떠나려 했으니 제니리스로서는 그야말로 피가 끓어오를 일이었지. 게다가 떠나간 남편에게 여전히 속박된 채 외롭게 살아야 할 처지였으니! 그렇게 버림받고 느꼈을 분노와 원한은 이루 말하기 힘들 정도였을 걸세. 감정이 격한 여인이라면 아마도 모든 남자들에게, 심지어 상처 입기 쉬운 그 청년에게마저 복수의 충동을 느낄 법도 하지 않은가. 마치 강아지 다루듯 남자를 들어 올려 숭배에 가까운 눈빛을 보내다가 금세 내팽개쳐버렸을 수도 있겠지. 첫사랑의 고통을 겪고 있던 젊은이에게는 그야말로 치명적인 모욕이 되었을 걸세. 순간적으로 누군가를 죽일 수도 있었을 만큼. 그러곤 그 장면과 세계로부터 달아나기 위해, 그녀의 집을 가려주던 나무들조차 보이지 않는 황량하고 머나먼 곳의 수도원으로 들어갔다고 한다면 충분히 얘기가 될 것 같은데……."

"논리적인 추측입니다. 가능성도 있고 신뢰할 만해요." 휴가 중얼거렸다.

"단 하나 난점이 있다면, 나 자신이 그 추측을 전혀 신뢰하지 못한다는 걸세. 하지만 근거는 없어. 그저 설리엔은 아닐 거라는 막연한 마음뿐일세."

"늘 그렇듯 유보적인 자세를 보이시는군요." 휴가 차분하게 말했다. "그 덕에 저도 고삐를 당긴 채 조심조심 나아가게 되지요. 하지만 이번에는 좀 다릅니다. 자, 만일 설리엔이 그 반지를 제너리스와—그녀가 살아 있든 죽었든—헤어진 뒤로 쭉 보관해온 것이라면요? 그녀가 그에게 직접 그 반지를 주었다면요? 자신을 버린 남편에게서 받은 사랑의 선물을, 복수심에 그 순수하고 인정 많기 그지없는 새 연인에게 떠맡기듯 안겨주었을 수도 있지 않을까요? 실제로 그녀도 그렇게 말했다지 않습니까, 자기에겐 연인이 있노라고."

"그가 그녀를 죽였다면, 과연 반지를 계속 간직하고 있었을까?"

"그랬을 수도 있지요! 그랬을 가능성이 높아요. 사랑이 악마로 변하여 증오라는 또 다른 악마를 키울 때 사람들은 그런 기념품을 보며 두 감정 사이에서 갈등하지요. 그래요, 그는 그녀의 반지를 보관했을 겁니다. 심지어 램지에서 보낸 1년 내내, 수도원장과 고해신부를 비롯한 모든 사람들에게 숨긴 채 그것을 지니고 있었을 거예요."

"그렇다면 라둘푸스 원장에게도 거짓말을 한 셈이군." 캐드펠이 불쑥 말했다. "램지에서는 그걸 가지고 있지 않았다고 했잖나. 하지만 그가 아무렇지 않게 거짓말을 할 사람으로 보이지는 않는데."

"거짓말을 할 충분한 이유가 있는 것으로 얘기가 된 것 아닌가요? 반지를 계속 보관하던 중 루알드를 위해 그것을 증거물로 내보여야 할 다급한 상황이 되자 입수하게 된 경위를 거짓으로 꾸며낸 겁니다. 예, 거짓말이 틀림없어요. 물론 저도 안타깝습니다. 그 반대의 증거만 손에 들어오면 설리엔에 대한 의구심 대부분을, 아니 거의 전부 풀어버릴 용의도 있다고요."

"피터버러에서 제너리스가 살아 있다는 얘기를 듣고도 루알드를 만났을 때 왜 곧바로 소식을 전해주지 않았는가 하는 의문에 대해서도 생각해봐야 하네. 물론 그의 말대로 반지를 가지고 싶은 마음에 그랬을지도 모르지만, 반지 얘기를 꺼내지 않고도 얼마든지 루알드를 안심시킬 수 있었어. 하지만 그는 그렇게 하지 않았지."

"죽은 여인이 발견되어 루알드가 의혹을 사고 있다는 사실을 그때는 몰랐잖습니까." 휴가 조리 있게 반박했다. "굳이 급하게 제너리스의 소식을 전할 필요는 없다고 생각했겠지요. 롱너에 가서 상황의 전모를 듣게 되기 전까지는 말입니다. 그래요, 그는 루알드가 지금 있는 곳에서 행복하다는 것을 알고 그대로 내버려두는 편이 좋으리라 생각했을 겁니다."

"그가 정말 롱너에 가기 전까지는 그 사건에 대해 전혀 몰랐을까?" 식물 표본실에서 설리엔과 함께 보낸 짧은 시간을 돌이켜보며 캐드펠이 천천히 말을 이었다. "내가 보기엔 아닌 것 같아. 그가 롱너로 가서 가족을 다시 만나도록 허락해달라 요청했던 바로 그날, 제롬이 그와 함께 허브밭에 있었네. 마침 내가 돌아 나오던 제롬과 마주쳤는데, 그는 서두르는 기색으로, 그러면서도 평소와 달리 공손하게 인사를 건네더군. 지금 와 생각해보니 그때 제롬이 여자의 뼈가 발견되었고 루알드의 평판이 위협받고 있다고 슬쩍 귀띔하지 않았을까 싶어. 바로 그날 저녁 설리엔은 수도원장에게 가서 롱너에 다녀와도 좋다는 허락을 받아냈네. 그리고 이튿날 돌아오자마자 다시 원장을 찾아가 교단을 떠나겠다는 의사를 밝혔지. 그때 그 반지를 꺼내 보여주면서 자기 손에 들어오게 된 경위를 들려주었고."

휴가 실눈을 뜬 채 손가락으로 탁자를 톡톡 두드리며 생각에 잠겼다가 불쑥 입을 열었다. "어느 게 먼저였죠?"

"환속을 허락해달라 요청하여 허락을 받아낸 게 먼저였지."

"적당히 진실한 사람의 경우, 수도원장에게 거짓말을 하려면 환속을 허가받기 전보다는 그 후에 하는 편이 수월하게 여겨질 것 같은데요…… 수사님 생각은 어떻습니까?"

"내 생각도 크게 다르지 않네." 캐드펠이 우울하게 대답했다.

"좋습니다." 휴가 생각을 떨쳐내듯 어깨를 으쓱였다. "어쨌거나 두 가지는 분명해요. 첫째, 설리엔과 관련된 진실이 무엇이든, 이번 두 번째 용의자는 완벽하게 무고가 입증되어 풀려났습니다. 우리 눈으로 직접 군닐드를 보았고 이야기까지 나누었으니까요. 그녀는 아주 잘 지내고, 게다가 분별력도 갖추었으니 다시 떠돌이 유랑 생활에 나설 생각은 없을 겁니다. 그리고 브리트릭의 경우, 군닐드 외에 다른 여자와 연관시킬 만한 근거가 전혀 없으니 무사히 풀려나게 되었지요. 두 사람 다 잘 지내기를 빌어줄밖에요. 그리고 두 번째는, 브리트릭의 석방으로 인해 제너리스와 관련한 의혹이 다시금 커졌다는 사실입니다. 제너리스는 우리 눈으로 확인된 바 없지요. 반지가 나왔다고는 해도 그녀가 정말 살아 있는지, 저로선 확신할 수 없습니다. 하지만 수사님은 이러한 의혹에 의문을 품고 계시죠."

"확실한 게 하나 더 있네." 캐드펠이 진지하게 말했다. "내일 아침이면 자네는 여기서 떠나야 한다는 것. 국왕의 일이 기다려주지 않듯이 여기 우리의 일도 기다려주지 않겠지. 자네가 돌아와 다시 사건을 맡게 될 때까지 내가 어떻게 하면 좋을까? 하느님이 도와주신다면 그리 오래지 않아 해결되겠지만."

짐마차들이 아치 밑을 오가는 소리가 마치 동굴에서 울리는 듯 메아리쳤다. 두 사람은 자리에서 일어났다. 궁사들로 구성된 파견대가 먼저 보급 물자와 함께 도보로 출발하여 코번트리에서 새 말로 갈아탈 것이고, 곧 창기병들도 그곳에서 선발대를 따라잡게 될 터였다.

"그 누구에게도 이에 대해 얘기하지 말고 일이 어떻게 진행되는지 지켜봐주세요. 아, 물론 라둘푸스 원장님께는 보고를 드려야겠지요. 입이 무거운 분이시니까. 설리엔은 일단 내버려두죠. 저를 위해 용의자들을 깨끗이 정리해주긴 했지만 과연 그가 쉽게 잠들 수 있을지, 희망이나 믿음을 가질 수 있을지, 기도라도 할 수 있을지, 저로선 의심스럽군요. 어쨌든 그 친구가 당분간 이곳을 떠나는 일은 없을 겁니다."

그들은 나란히 성 바깥으로 나와 걸음을 멈추었다. "혹시 제 여행이 길어지면, 얼라인에게 들러 좀 챙겨주시겠습니까?" 어수선한 지방에서 소규모 접전을 벌이다가도 목숨을 잃을 수 있는 상황이었다. 휴는 그런 위험에 대해 일절 언급이 없었고 앞으로도 그러겠지만, 펜 지방은 너무나 위험한 곳이었다. 월턴에서 후위를 맡았던 유도 블런트도 별것 아닌 복병들을 뒤쫓다 사망하지 않았던가. 능숙하게 옷을 갈아입어 제 가치를 잘 유지해온 사람이니만큼 제프리 드 맨더빌도 국왕 병력과의 충돌이나 귀족들에 대한 실상을 최대한 피하려 할 것이나, 그가 교전의 모든 상황을 일일이 통제할 수는 없으리라.

"그러지." 캐드펠은 대답했다. "하느님께서 자네 가족을 지켜 주실 게야. 물론 자네와 함께 나가는 젊은이들도."

휴가 친구의 어깨에 한 손을 얹은 채 성문 쪽으로 걸음을 옮겼다. 두 사람은 키가 엇비슷하여 보폭도 착착 맞아떨어졌다. 그들은 그늘진 아치 통로 밑에서 다시 걸음을 멈추었다.

"한 가지 더 생각났어요." 휴가 말했다. "수사님도 말씀은 안 하셨지만 내내 생각하고 계셨을 겁니다. 케임브리지에서 피터버러까지는 그다지 먼 거리가 아니지요."

*

"결국 때가 왔군!" 저녁기도가 끝난 뒤, 캐드펠이 하루의 행적에 대해 소상하게 보고하는 동안 생각에 잠겨 귀를 기울이던 라둘푸스 원장이 마침내 입을 열었다. "장관이 출정하는 건 지난번 링컨 전투 이후로 처음 아니오? 좋은 결과가 있어야 할 텐데. 이 일로 그리 오래 자리를 비우게 되지 않기를 바랄 뿐이오."

이번 대결이 빨리 끝나게 되리라 기대하기는 어려웠다. 캐드펠은 램지에 가본 적이 없지만, 설리엔의 말에 따르면 만만찮은 천연의 외호로 둘러싸이고 좁다란 둑길 하나로만 연결된 섬이나 다름없는 곳이니 한 줌의 병력만으로도 방어가 가능할 것이었다. 게다가, 드 맨더빌 수하의 도적들이 약탈을 위해 본거지에서 나와 있다 하더라도 그들에겐 지역민으로서의 이점이 있었다. 황량하게 펼쳐진 수중 요새들을 훤히 꿰고 있으니 적이 접근해올 경우 얼른 습지 쪽으로 달아날 수 있으리라.

"대단한 성과를 기대하기는 힘들 것 같습니다. 벌써 겨울의 길목에 접어들었으니, 그 범법자들을 펜 지방에 가두어 피해를 줄이는 게 최선이지요. 듣자 하니 그쪽 지역에 사는 빈민들은 이미 크나큰 피해를 입었다더군요. 어쨌든 우리와 가까운 곳에 체스터 백작이 있으니 그의 충성심을 의심하는 국왕으로서는 여유가 생기는 대로 휴의 군사들을 돌려보내 이곳 국경 지역의 안전을 도모하고자 할 것입니다. 아마 그곳 전투와 관련해서는 신속한 공격과 신속한 죽음을 염두에 두고 있겠지요. 드 맨더빌이 옷 바꿔 입는 데 아무리 능숙하다 해도 더 이상은 힘들 겁니다. 이번에는 너무 멀리, 돌이키기 힘든 곳까지 가버렸으니까요."

"누군가의 죽음을 바랄 수밖에 없다니 참으로 서글픈 일이오." 라둘푸스가 말했다. "하지만 이번 사태로 수많은 이들의 목숨을 빼앗았고, 게다가 그처럼 끔찍스러운 방법으로 무방비 상태의 소박한 사람들을 해쳤으니, 나로서도 그가 최후를 맞기를 바라게 되는군. 다른 많은 이들에게는 그것이야말로 은총일 테니까. 그 외진 땅에 평화와 경작이 유지되려면 다른 방법이 없지 않겠소? 어쨌거나 캐드펠 형제, 그동안은 우리도 잠시 이번 사건을 덮어 두어야겠구려. 휴가 없는 동안은 앨런 허바드가 장관직을 대행하는 거요?"

휴의 대리자인 허바드는 젊고 성실한 사람이었다. 수비대 지휘

경험은 부족하지만 연륜 있고 능숙한 하사관들을 수하에 두고 있으니 그들의 도움을 얻는다면 큰 힘을 발휘할 것이었다.

"예. 그리고 혹시라도 새로운 실마리가 나오는지 윌 워든이 열심히 귀를 열어둘 테고요. 물론 그 사람도 저처럼 입을 꼭 봉한 채 태연자약한 얼굴을 하고 잠자는 개들이 실컷 꿈을 꾸도록 내버려두겠지만 말입니다." 이어 그가 심각한 표정으로 말을 이었다. "원장님도 아시다시피, 두 번째 여인이 살아 있다는 사실이 밝혀진 건 설리엔의 귀띔 덕분이었습니다. 또한 바로 그 때문에 그의 앞선 증언이 의심스러워지지요. 처음에는 이상한 점이 없었습니다. 의문을 달 여지가 없는 이야기였으니까요. 그러나 두 번째 경우에도 지난번과 같은 사람이 개입하여 용의자를 풀어주게 되었습니다. 과연 이게 우연일까요? 아닙니다, 쉽사리 납득하기 힘든 일이에요. 설리엔은 루알드나 브리트릭이 살인범으로 몰리는 상황을 두고 볼 수 없었고, 따라서 그들의 결백을 입증하기 위해 큰 수고를 했습니다. 만일 진범이 누구인지 모른다면, 그가 어찌 그들의 결백을 확신할 수 있겠습니까?"

라둘푸스는 속내를 알 길 없는 표정으로 한참이나 캐드펠을 응시했다. 곧 그의 입에서, 지금껏 캐드펠도 휴도 입에 담지 않았던 노골적인 말이 튀어나왔다.

"아니면 바로 그가 진범이거나!"

"저도 처음에는 그렇게 생각했습니다." 캐드펠이 침착하게 대답했다. "하지만 도저히 받아들여지지가 않더군요. 제가 인정할 수 있는 건 한 여인의 죽음과 시신의 발견에 대해 알지 못했다는 그의 말이 거짓이라는 사실, 딱 거기까지입니다. 브리트릭의 경우에는 의문의 여지가 없지요. 누군가의 증언이 있었던 게 아니라 당사자인 여인이 직접 나서서 제 입으로 밝혔으니까요. 다행히도 그녀는 살아 있으니 무덤에서 그녀를 찾을 필요가 없었습니다. 이제 우리가 다시금 주목해야 할 것은 바로 첫 번째 경우입니다. 과연 제너리스가 여전히 이 세상에 살아 있는가를 확인해야 해요. 그동안은 설리엔의 증언뿐, 그녀가 직접 나서거나 말을 전한 일이 없습니다. 제너리스의 행방과 반지, 그 모든 것에 대해 우리는 한 사람의 이야기만 들었을 뿐입니다."

"비록 그에 대해 아는 바는 별로 없으나, 내가 보기에 설리엔이 아무렇지 않게 거짓말을 할 수 있는 사람 같지는 않소."

"저 역시 그렇게 생각합니다. 그러나 타고난 거짓말쟁이가 아니더라도 절실한 필요를 느낄 때는 누구나 거짓말을 하게끔 되어 있지요. 그도 그랬을 겁니다. 루알드가 진 의혹의 짐을 벗겨주기 위해 말입니다." 오래전 바깥세상에서 만났던 허점투성이 인간들과의 경험을 상기하며 캐드펠은 말을 이었다. "게다가 그처럼 절박한 이유로 거짓말을 하는 이는 아무 때고 거짓말을 해대는 사람들보다 더 신중하게 잘해내는 법이지요."

"잘 아는 분야에 대해 이야기하는 것 같구먼." 라둘푸스는 내심 미소를 흘리면서도 사무적인 어조로 말했다. "어쨌거나 다른 증거 없이는 그 청년의 말을 믿을 수 없게 되었다는 얘긴데, 우리가 지금까지의 단계를 넘어 어떤 방향으로 전진할 수 있을는지 모르겠구려. 휴가 없는 동안에는 그대로 내버려두는 게 좋겠소. 롱너 사람들과 루알드 수사의 귀에는 아무 말도 들어가지 않게 하시오. 정적 속에서는 속삭임도 또렷이 들리고 나뭇잎 스치는 소리도 의미를 갖는 법이니."

"그리고……" 캐드펠이 자리에서 일어나며 덧붙였다. "휴가 제게 마지막으로 이런 얘길 하더군요. 케임브리지에서 피터버러까지는 그다지 멀지 않다고요."

\*

다음 날은 성 위니프리드[11] 축일이었다. 물론 더 큰 행사는 그 유골을 이곳 예배당 제단으로 옮겨 와 안착시킨 6월 22일에 치른 터였으나 성 베드로 성 바오로 수도원에서는 이날도 중요한 축일로 여겨 지키곤 했다. 날씨가 좋고 햇빛도 긴 여름에 비하면 11월 3일은 낮이 짧아지면서 겨울로 다가서는 때이니 축하 행렬이나 행사를 치르기에 좋은 조건이 못 된다 할 수 있었다.

아침기도 시간이 되기 한참 전에 자리에서 일어난 캐드펠은 성의聖衣를 갖추고 가죽 신발을 신은 뒤 컴컴한 계단을 따라 숙소를 빠져나왔다. 계단참에서 자그만 등불이 타오르고 있었다. 밤기도와 새벽기도를 위해 예배당으로 가는 형제들을 위한 배려였다. 작은 독방들을 구획하는 나직한 칸막이들이 늘어선 통로는 사람이 내는 작은 소리들로 가득하여 마치 점잖은 유령들이 사는 납골당처럼 느껴졌다. 부드러운 한숨, 자기도 모르게 내는 헛기침, 흐느낌 비슷한 소리, 꿈속에서 고향에 가 가족의 손등에 입 맞추며 인사하는 듯한 소리, 누군가 가수면 상태로 몸을 뒤척이는 소리, 덩치 큰 이의 힘찬 코골이 소리⋯⋯. 기다란 통로 제일 끝에는 로버트 부원장의 방이 있었다. 자신의 모든 언행에 일체의 의구심을 갖지 않는 사람답게, 그는 경건한 만족감 속에 고요히 잠들어 있는 듯했다. 부원장은 잠귀가 어두운 편이었다. 캐드펠은 큰 걱정 없이 살그머니 숙소를 빠져나갔다. 지난날에도 그는 종종 이런 일을 벌이곤 했으니, 물론 오늘 이 특별한 아침과 마찬가지로 당시에도 그 나름의 정당한 이유가 있어서였다. 이 순간 곤히 잠들어 있는 다른 형제들 중에도 분명 비슷한 짓을 해본 이들이 있으리라.

그는 소리 죽여 계단을 내려가 예배당으로 들어섰다. 제단 등불만 밝혀져 있어 넓은 실내는 어두컴컴했다. 오늘처럼 일찍 일어나는 날 그는 제일 먼저 성 위니프리드의 제단으로 가 고향땅 출신의 이 성녀에게 정중하고 다정하게 몇 마디를 건네곤 했다. 그럴 때면 웨일스어를 썼는데, 어린 시절의 언어를 쓰노라면 자기도 모르게 반갑고 친밀한 감정으로 빠져들어 그녀에게 무엇이나 부탁할 수 있었으며, 한 번도 거절의 느낌을 받은 적이 없었다. 물론 굳이 그가 나서지 않더라도 그분의 호의와 가호는 휴와 함께 기꺼이 케임브리지까지 갈 것이다. 그래도 기도를 드린다

해서 나쁠 것 없지 않은가. 가녀린 웨일스인이었던 성 위니프리드의 유골은 여전히 북웨일스에서 수 킬로미터 떨어진 귀더린에, 그녀가 성무$^{聖務}$를 행했던 땅에 묻혀 있지만 그것은 중요하지 않았다. 성인들은 육신이 아니라 영적인 존재들이므로 자신들의 은총과 관용을 바라는 곳이면 어디든 가서 영향력을 행사할 것이었다.

오늘 아침에는 제너리스를 위해서도 기도를 드려야겠군, 캐드펠은 생각했다. 그와 같은 웨일스 출신의 검은 머리 이방인. 아름다운 외모로 자신을 버린 남편 말고도 많은 사내들의 상상력을 자극했던 여인. 지금 그녀는 고향으로부터 멀리 떨어진 어딘가에서, 그런 곳을 찾게 되리라고는 상상조차 못 했던 땅에서, 사귀고 싶지도 않은 사람들 틈에서 여생을 살고 있을까? 아니면 수도원의 땅에서 다른 수도원의 땅으로 옮겨져 한적한 묘지 귀퉁이에 누워 있을까? 제너리스를 떠올리자 다소 감상적인 기분이 되었다. 마찬가지로 고향을 떠나야 했던 이 성녀 역시 분명 다정하고 따뜻한 파문을 느낄 터였다. 캐드펠은 제단 앞 제일 낮은 층계, 지난날 흐륀 수사가 성녀의 인도로 절뚝대던 다리를 치유받았을 때 목발을 내려놓았던 자리에 무릎을 꿇은 채 확신을 가지고 제너리스를 위해 기도드렸다.

자리에서 일어설 즈음에는 어둠이 엷어지고 동 트기 전의 희미한 첫 기운이 창백하고 진주 같은 햇빛으로 바뀌어 본당 창문의 형태가 뚜렷하게 드러나고 기둥과 둥근 천장과 제단도 모습을 드러내는 참이었다. 캐드펠은 회중석을 지나 전쟁이나 재난 상황이 아니고서는 결코 잠겨 있는 일이 없는 서쪽 문으로 가서는 수도원 앞 대로 너머 다리와 시내 쪽이 내려다보이는 계단으로 나갔다.

그들이 달려가고 있었다. 아침기도까지 아직 한참 남은 시각, 첫 빛도 희미한 새벽에 벌써 출발한 것이다. 캐드펠은 다리를 울리는 말발굽 소리에 귀를 기울였다. 곧 수도원 앞 대로의 야문 땅으로 들어섰는지 소리가 달라지며 형태 없는 움직임이 어둠을 뒤흔드는가 싶더니, 곧 강철에 반사되어 번득이는 희미한 빛 사이로 그들의 마구가 형태를 드러내고 가물가물하던 사람들의 모습도 시야에 들어왔다. 기를 단 창들과 유용한 쌍나팔, 그리고 인부처럼 가볍게 무장한 병사들. 창기병은 서른 명, 말 탄 궁사는 다섯 명이었다. 나머지 궁사들은 보급대와 함께 앞서 출발했으리라. 모두 자랑할 만한 병사들이었으며, 그 수에 있어서도 왕이 요구한 이상일 터였다.

휴는 말라깽이 잿빛 애마를 타고 선두에 서 있었다. 병사들 중 캐드펠이 아는 다른 얼굴들도 보였다. 단련된 수비대원들, 시내 상인 집안의 아들들, 성벽 밑 공터에서 훈련해온 숙달된 궁사들, 주 내 장원들에서 차출된 젊은 기사 종자들. 장원의 경우, 평시에는 향사 하나에 마구와 마갑을 입힌 말 한 필을 딸려 보내 오스웨스트리 근방의 웨일스인들을 경계하는 일에 40일간 봉사하도록 하면 되는 정도였다. 동부에서 일어난 비상사태가 모든 것을 뒤

흔들어버리긴 했지만, 그렇다 해도 군역 기간에는 일정한 규정이 있을 것이다. 이 사람들이 위험에 처해야 할 기간이 얼마나 되는지 캐드펠은 물어본 바 없었다. 창과 창 사이로 나이절 애스플리의 당당한 얼굴이 스쳐 갔다. 불과 3년 전 반역을 시도했던 그 청년이 이제는 충실하게 군역에 임하여 과거의 일을 불식시키고자 나선 모양이었다. 수완 있고 강건하고 힘 좋은 사내. 어쨌거나 휴가 그를 쓸 만하다 판단했다면 제대로 가르쳤을 것이니, 다시 배신할 가능성은 크지 않으리라.

말발굽이 꽉꽉한 땅과 부딪는 둔탁한 소리가 천둥같이 일더니 멀리 수도원 담장을 따라 잦아들었다. 그들이 어스름 속에 높다란 수도원 담장을 돌아 대로로 접어들 때까지, 캐드펠은 내내 그 모습을 바라보았다. 하늘에 짙은 구름이 가득해 햇살마저 심술궂게 보였다. 침침하고 흐린 하루가 될 것 같군, 그는 생각했다. 늦게는 비도 내릴 것 같은데……. 펜 지방에 나간 스티븐 왕이 무엇보다 못마땅해할 것이 바로 비였다. 비가 내리면 육로로 접근힐 수 있는 경로가 줄어들 뿐 아니라 늪지대 소로들도 뒤엉켜버릴 테니까. 군사를 전장에 주둔시키자면 돈이 많이 든다. 군역의 의무를 지닌 자들이 다수 소집됐다고는 하나 플랑드르인들로 구성된 용병 대군에게 나가는 비용은 여전할 것이다. 주민들은 그들 용병들을 무서워하면서도 증오했다. 한편이 되어 싸우는 입장인 잉글랜드인 병사들조차 그들을 싫어했다. 왕위를 놓고 끝없이 반목해온 두 경쟁자 모두 플랑드르인들을 활용하지 않을 수 없는 형편인데, 용병들 입장에서 정당한 쪽은 자신들한테 더 많은 돈을 주는 쪽이니 언제라도 반대편에 가 붙을 수 있다는 것이었다. 그러나 캐드펠이 한창때 세상을 돌며 경험한 바로는, 자신의 이익을 위해 바람개비처럼 요리조리 방향을 바꾸는 드 맨더빌 같은 귀족들이 있는 반면, 일단 계약을 맺으면 충실하게 지키는 용병들도 많았다.

작지만 유능하고 탄탄한 지휘관인 휴와 그의 부대가 시야에서 사라진 뒤에도 그들이 남긴 대지의 마지막 울림은 잠시 이어졌다. 캐드펠은 돌아서서 예배당 서쪽 문으로 다시 들어갔다.

여전히 등불 주변을 빼면 어두컴컴한 예배당 안에서, 한 사람이 교구 제단 주위를 조용히 서성대고 있었다. 캐드펠이 성가대석으로 다가가며 보니 아마 비비 꼬인 가느다란 초 심지에 불을 붙이며 아침기도를 준비하는 듯했다. 이는 수도사들끼리 순번을 정해놓고 돌아가며 하는 일이었는데 오늘은 누구의 차례인지 금방 떠오르지 않았다. 잠시 뒤, 그 사람이 고개를 들고 말없이 서서 제단을 응시했다. 캐드펠은 잡힐 듯 가까운 거리에 들어와서야 그가 누구인지 알아보았다. 다소 여위었으나 근육질의 커다란 몸을 꼿꼿이 세우고 양손을 허리께에 얌전히 모아 맞잡은 모습. 깊숙이 박힌 그의 커다란 두 눈은 황홀경에 빠져 있는 듯했다. 루알드 수사는 발소리를 들었지만 굳이 고개를 돌려 상대가 누구인지 확인하지 않았다. 자신과 같은 삶을 선택하여 같은 피난처로 들어온 이들과 늘 함께 지내면서도 때때로 그는 다른 형제들의 존재조차 깨닫지 못하는 듯했다. 캐드펠이 소맷자락이 닿을 정도로 바짝 다가서자 촛불이 일렁였고, 그제야 루알드는 깊은 한숨과 함께 몽환에서 깨어났다.

"일찍 기상하셨군요, 수사님. 잠을 제대로 못 주무셨나요?" 그가 부드럽게 인사를 건넸다.

"행정 장관의 부대가 출발하는 것을 보려고 일어났소." 캐드펠이 말했다.

"벌써 떠났습니까?" 루알드는 놀란 듯 숨을 끌어당기더니 과거에도 지금도 자신과는 너무도 거리가 먼 세계의 규율에 대해 잠시 생각에 잠겼다. 그는 자신에게 예정된 삶의 절반을 비천한 장인으로서 흘려보냈다. 캐드펠로서는 알지 못하는 이유가 있는 건지, 도공은 장인들 사이에서 가장 천대받곤 했다. 또한 이제부터 그는 이곳에서 헌신적으로 하느님을 섬기며 남은 생을 보내게 될 터였다. 루알드는 슈루즈베리 상인 가문의 젊은이들이 흔히 즐기는 활쏘기도 해본 적이 없었고, 광장에서 목검이나 무딘 검을 들고 싸워본 경험도 없었다. "원장님께서 그들의 안전과 조기 귀환을 위해 날마다 기도하라 하시겠군요. 교구 일을 맡으신 보니페이스 신부님도 마찬가지일 테고요." 하지만 이는 걱정하는 이들을 안심시키고 위로하기 위한 일일 뿐, 그 자신에게는 전혀 와닿지 않는 얘기였다. 참으로 좁은 세계에서 살아온 사람이야, 캐드펠은 생각했다. 그에 비해 넓은 세상을 경험하며 살아온 자신의 인생에 감사한 마음마저 들었다. 그러다 문득, 이 사람에게도 정열이 있었다면 그것은 결혼 생활에서나 존재했으며, 저 핏줄 속에 뜨거운 무언가 깃들었다면 모두 그 여인으로 인한 것이었으리라는 생각이 들었다.

"오늘 출정한 인원 그대로 돌아오기를 기도해야겠지." 캐드펠이 담담하게 말했다.

"그래야죠." 이어 루알드는 단호한 음성으로 말을 이었다. "하지만 검을 든 자들은 검으로 망할 것이라 성서에 적혀 있지요."

"그것을 들고 싸우는 착하고 정직한 검객을 찾아보기란 어려울 거요. 하지만 그런 이들보다 훨씬 더 나쁜 사람도 많지."

"그럴지도 모르겠네요." 루알드가 진지하게 말했다. "저만 해도 뉘우치고 회개해야 할 일들을 저질렀고, 그 역시 다른 이를 피 흘리게 하는 짓 못지않게 끔찍하다는 사실을 잘 아니까요. 심지어 저는 하느님께서 원하신 일을 한다는 핑계로 한 사람의 인생을 희생시키지 않았습니까? 그녀가 동부에서 잘 지내고 있다 하더라도 제가 그녀 인생의 큰 부분을 빼앗았다는 사실에는 변함이 없지요. 그때는 정말 몰랐습니다. 제가 그녀의 가슴을 얼마나 갈가리 찢어놓았는지…… 심지어 얼굴조차 제대로 떠올려보지 않았지요. 하지만 이제는 제가 성스러운 부름을 따른 것이 과연 잘한 일인가, 그녀를 위해 이 길을 더 보류했어야 하지 않았는가 생각할 정도예요. 이것이 하느님의 시험일지도 모르지요. 캐드펠 수사님, 대답해주십시오. 수사님은 속세의 여러 곳을 여행하며 좋은 것이든 나쁜 것이든 인간이 내몰릴 수 있는 극한의 상황들을 많이 경험하시지 않았습니까. 사랑하는 사람과 함께 지옥에 머물기 위해 천국으로 이어진 길을 포기하는 것이 가능하다고 보시나요?"

문득 이 여윈 사람의 키와 몸집이 훌쩍 커진 느낌이었다. 바야흐로 창마다 반짝이며 제단 위의 촛불들을 무색케 하기 시작한 햇빛의 강도와 명도 때문일까? 늘 유순하고 겸손한 그의 목소리도 왠지 웅변적으로 울리는 것 같았다.

"물론 그런 경우도 가능할 거요." 캐드펠은 천천히, 조심스레 대답했다. "하지만 형제는 그처럼 놀라운 사랑을 경험한 것 같지 않은데."

"사흘만 있으면 성 일투드의 날입니다." 자신이 밝혀놓은 불꽃들이 금빛으로 흔들림 없이 타오르는 것을 지켜보면서 루알드가 한결 부드럽게 말을 이었다. "수사님은 웨일스 출신이시니 그분에 대해 잘 아시겠지요. 그분에게도 아내가 있었습니다. 고귀한 신분의 여성이었지만 나다반 강둑에 갈대로 지은 오두막에서 기꺼이 그와 함께 살았지요. 하지만 어느 날 성 일투드 앞에 천사가 나타나 아내를 떠나라 했고, 그는 아침 일찍 일어나 그녀를 세상으로 몰아내버렸습니다. 아주 거칠게 밀쳐냈다고 전하지요. 이어 그는 체발하고 수도사가 되기 위해 성 두브리치를 찾아갔습니다. 거칠게는 하지 않았으나 제 경우가 꼭 그렇습니다. 저도 그런 식으로 제너리스와 헤어졌으니까요. 캐드펠 수사님, 제가 묻고 싶은 것은 이겁니다. 아내를 떠나라고 제게 명한 것은 천사였을까요, 악마였을까요?"

"형제는 지금 하느님만이 대답하실 수 있는 것을 묻고 있군. 형제와 똑같은 부름을 받고 따랐던 사람들이야 그 전에도 물론 있었소. 이 수도원을 창건하고 지금 저 제단 사이에 잠들어 있는 위대한 백작 역시 죽기 전에 아내를 떠나 수사복을 입었지." 사실 그 백작은 죽기 불과 사흘 전에, 그것도 아내의 동의하에 수사가 되었지만 지금 굳이 그런 세부 사항까지 이야기할 필요는 없었다.

루알드는 자신의 내면에 아내를 숨겨두고 봉해버린 뒤 지금껏 한 번도 그 자리를 열어 보이지 않았으며, 그 자신조차 들여다본 일이 없었다. 처음에는 신성함에 대한 갈망이 너무도 강하여 그랬고, 그다음에는 기억과 감정에 있어 인간적인 오류를 범하였기 때문에 그랬다. 그는 아내의 얼굴조차 기억하지 못했다. 하느님 앞으로의 귀의가 정신이 멍해지리만치 강하게 그를 덮쳐 모든 감각을 마비시켰던 것이다. 그렇게 어느 정도 시간이 지나자 그의 감각이 다시 소생하고 기억이 되살아나면서 살을 에듯 아픈 고통으로 그를 뒤흔든 것이다. 지금, 시간을 초월하고 인간의 경지를 넘어선 듯한 이 고독 속에서가 아니었다면, 단 힌 시람을 제외히고 어떤 증인도 없는 상황이 아니었다면, 그는 결코 마음을 열어 그녀에 대해 얘기할 수 없었으리라.

"제너리스에게 상처를 줄 생각은 없었습니다." 그는 조용히, 진솔한 태도로 말을 이었다. 누군가에게 이야기한다기보다는 스스로를 향한 중얼거림에 가까운 말투였다. "저로서는 떠나는 길 밖에 없었지만, 지금 생각해보면 다른 방식으로 떠날 수도 있었을 텐데요…… 정말 어리석었어요. 지난날 저는 동족 사이에 있던 그녀를 빼내 왔고, 그녀는 아무런 보상도 바라지 않고 오직 저라는 사람 하나에 만족하며 살았지요. 그녀가 준 것을 생각하면 저는 정말이지 그 10분의 1도 그녀에게 해준 게 없어요." 조용한 비가가 이어지는 동안 캐드펠은 꼼짝 않고 선 채 귀를 기울였다. "그녀는 아주 검은 머리칼을 지니고 있었지요. 대단히 아름다웠고요. 세상 사람들 모두가 그렇게 말을 하지만 그녀가 정말 얼마나 아름다운지는 아무도 모를 겁니다. 다들 베일에 가려진 모습만 보았을 테니까요. 그녀의 맨얼굴은 오직 저만 볼 수 있었습니다. 아, 아이들도 봤겠군요. 그녀도 아이들에게만은 숨김없이 자신을 드러냈거든요. 우리에겐 아이가 없었습니다. 자녀라는 축복은 못 받았지요. 그래서인지 그녀는 이웃 아이들에게 애정을 보였어요. 그러면서도 자신의 아이를 가지고 싶다는 희망을 포기하시 않았고요. 다른 남자를 만났다면 벌써 임신했을지도 모르겠군요."

"만일 그렇다면 형제는 기뻐해줄 거요?" 실 가닥처럼 아슬아슬하게 이어지던 이야기가 혹시라도 끊겨버릴까, 캐드펠이 조심스레 속삭여 물었다.

"그럼요. 진심으로 기뻐할 겁니다. 그녀가 계속 자식 없는 처지로 남을 이유가 있겠습니까? 저는 이미 제 길을 찾았는데 그녀만 묶여 있어야 할 이유가 없지요. 하지만 갈망이 제게 찾아왔을 땐 그런 생각을 미처 하지 못했지요."

"그럼 마지막으로 만났을 때 그녀가 했던 말에 대해서는 어떻게 생각하오? 연인이 생겼다는 게 사실인 것 같소?"

"네, 그렇습니다." 루알드가 주저 없이 대답했다. "거짓말을 하지는 않았을 겁니다. 그때 전 어리석게도 그녀에게 너무나 잔인한 짓을 저질렀으니까요. 그녀를 다시 찾아간 것도 죄악이었지요. 제가 그 얘기를 믿는 건 바로 반지 때문입니다. 수사님도 기억하시죠? 설리엔이 램지에서 가지고 온 반지 말입니다."

"물론 기억하오."

아침기도를 예고하는 종소리가 숙사에 울리고 있었다. 그러나 대화에 몰두한 두 사람에게 이는 멀리서 들려오는 희미한 소음에 불과했다.

"그녀는 제가 반지를 끼워준 뒤로 한 번도 그걸 뺀 적이 없었습니다. 그렇게 오래도록 끼고 있으리라곤 생각도 못 했어요. 제가 폴 수사님과 함께 처음 오두막을 찾아갔을 때도 변함없이 그것을 끼고 있더군요. 두 번째로 갔을 때는…… 생각이 나지 않습니다만, 어쨌거나 지금은 알 것 같습니다. 그리고 마지막으로 그녀를 찾아갔을 땐 분명히 기억합니다. 반지가 없었어요. 반지와 함께 저를 자신의 인생에서 빼버린 것이겠지요. 그러곤 다른 사람을 받아들였을 겁니다. 예, 저는 제너리스에게 연인이 있었으리라 생각합니다. 사랑할 만한 가치가 있는 사람이라고 그녀는 말했지요. 그 남자가 정말로 그런 사람이었기를 진심으로 바랄 뿐입니다."

# 10

성 위니프리드는 캐드펠이 늘 각별하게 생각해온 성인이었다. 그럼에도 의식과 예배에 이어 그녀의 일생을 낭독하는 내내, 그의 마음 한구석에서는 진정한 숭앙과는 무관한 문제들이 들썩이고 있었다. 짧은 인생이 그처럼 잔인하게 끝나버렸을 때, 성 위니프리드는 이미 특별한 여성이었다. 해맑고 아름다운 열일곱가량의 소녀. 친절하고 인정 많으며 내면의 우물에는 항시 반짝이는 맑은 물이 넘치는, 두려움 없는 냉엄함을 지녔고 육체와 영혼에서 건강한 아름다움을 발산하는 그런 여인이었으리라. 그날만큼은 온종일 이 성녀에게 집중하고 싶었다. 그러나 캐드펠의 마음이 고집스럽게도 줄곧 루알드의 반지로 향했다. 제너리스의 손가락에 끼워져 있었다는 하얀 고리. 그가 그녀를 떠났듯 그녀 또한 그를 포기하면서 빼버렸다는 그 반지.

제삼의 남자가 있었다는 말이 사실인 모양이군, 캐드펠은 생각했다. 그녀는 그와 함께 떠나 정착한 거야. 장소는 피터버러, 혹은 그 근방 어딘가였겠지. 어쩌면 드 맨더빌의 잔학한 만행에 더 많이 노출된 곳이었을지도 모른다. 살인과 테러가 시작되자 그녀와 남자는 갓 뿌리내린 정착지를 떠나기로 하고 돈이 될 만한 귀중품들을 모두 처분한 뒤 위협을 피해 더 먼 곳으로 옮겨 갔을 것이다. 그렇게 반지가 청년 설리엔의 눈에 띄게 되었고, 그와 함께 고향으로 돌아와 루알드를 구해준 것이다. 루알드가 그 이야기를 믿고 있다는 건 적어도 확실했다. 그날 아침 제단 앞에서 그가 한 말 한 마디 한 마디마다 정직의 각인이 찍혀 있었다. 그렇다면 이제 케임브리지와 피터버러 사이의 거리에 많은 것이 달려 있다. 70여 킬로미터. 아주 가깝지는 않으나, 만일 일이 잘 풀려 국왕이 체스터 백작을 감시하라며 휴의 병력을 곧 돌려보낼 경우 귀환 도중에 잠시 우회한다 해도 크게 무리가 될 만한 거리는 아니었다.

만일 피터버러의 보석상이 '그렇다'고 대답하여 설리엔의 이야기가 모두 사실임이 입증된다면, 도공의 땅에서 나온 죽은 여인의 정체는 여전히 밝혀지지 않을지언정 적어도 제너리스는 살아 있다는 얘기가 된다. 그것도 외롭지 않게. 하지만 그렇다 해도 의문은 남는다. 설리엔은 왜 자신과 아무 상관도 없는 브리트릭을 위해 그처럼 단호하게 움직였을까? 브리트릭도 루알드처럼 결백하다는 사실을 입증하려고 그렇게 애를 쓴 까닭이 무엇일까? 애초에 그 행상인이 결백하다는 것을 어떻게 알았을까? 군닐드란 여자가 살아 있다는, 아니, 살아 있을지도 모른다는 생각은 어떻게 하게 되었을까?

한편 피터버러 상인의 대답이 '아니다'로 나온다면, 즉 설리엔이 피터버러에서 보석상과 하룻밤을 보낸 적이 없고 그에게서 반지를 얻은 일도 없으며, 다만 루알드에게 씌워진 의혹을 벗겨주고자 자신이 전부터 쭉 간직해온 반지를 이용해 이야기를 꾸며낸 것이라면, 그렇다면 그는 다른 이의 속박을 풀어주기 위해 자기 목에 묶일 밧줄을 흔들어대고 있었던 셈이다.

아직까지는 답이 나오지 않았으니 더 이상 일을 진척시킬 도리가 없었다. 캐드펠은 성무에 충실히 임하려 최선을 다했으나 산만한 생각들 속에서 성 위니프리드 축일을 보내고 말았다. 이어진 며칠도 다르지 않았다. 식물 표본실에서 의식적으로 작업에 매달려보아도 평소처럼 열과 성을 다해 집중할 수 없었고, 말수까지 적어졌다. 차분한 기질과 일에 대한 열정을 지닌 윈프리드 수사가 그의 기분 변화에 흔들리지 않고 침착하게 대처하는 것이 그나마 다행스러웠다.

11월 달력의 앞부분은 주로 웨일스 출신 성인들을 위한 날들로 채워져 있었다. 루알드가 지적했듯이 6일은 성 일투드에게 바쳐진 날이었다. 아내의 감정은 전혀 고려하지 않은 채 더할 수 없이 신속하게 천사의 지시에 따랐다는 사람. 8일은 성 티실리오의 날이다. 잉글랜드의 다른 수도원에서는 그리 중요하게 여기지 않지만 포위스와 접한 이쪽 지방에서는 성 티실리오에게 특별한 의미를 부여했고, 그 영향력은 국경을 넘어 이웃한 주들에도 영향을 미쳤다. 그가 웨일스 국경 바로 앞에 자리한 메이보드나 포위스의 주요 교회를 중심으로 활약했던 데다, 헌신적인 신앙은 물론 군인다운 미덕까지 지닌 성인으로 알려져 있기 때문이었다. 오스웨스트리와 이웃한 메이저필드에서 전투가 벌어지고 성 오즈월드가 이교도들에게 사로잡혀 순교했을 때, 그는 기독교 편에 서서 싸웠다. 따라서 그쪽 주민들은 성 티실리오의 축일에 큰 의미를 두었으니, 그날 대미사에는 이곳 슈루즈베리의 시내와 수도원 앞 대로에 거주하는 웨일스인들이 대거 참석하곤 했다. 하지만 더 먼 곳에서까지 참배자가 찾아오리라고는 캐드펠도 예상하지 못했다.

미사까지는 아직 넉넉히 남은 시각, 퍼넬이 나이 지긋한 마부 뒤에 앉아 수도원 정문으로 들어섰다. 뒤따라 들어온 건장한 말에는 젊은 마부와 하녀 군닐드가 타고 있었다. 두 여인은 마부들의 도움을 받아 자갈이 깔린 마당으로 내려서더니 잠시 서서 치맛자락을 털어내고는 점잔을 빼며 교회 쪽으로 향했다. 여주인이 앞서고, 하녀는 한 발짝 뒤에서 충직하게 따라갔다. 마부들은 문지기와 한두 마디 주고받더니 말들을 끌고 마구간 쪽으로 사라졌다. 안내인 겸 친구 삼아 하녀를 거느리고 호위해줄 마부들까지 대동하였으니, 젊은 여인의 행동거지를 규정하는 사회적 규범에

한 치도 어긋남이 없는 행차였다. 퍼넬은 이 대담한 외출로 인해 이런저런 말이 퍼지지 않도록 세심하게 신경을 쓴 모양이었다. 위딩턴에서는 의젓한 장녀이나 아직 어린 나이인 만큼 타고난 솔직함과 대담함이 과하게 드러나지 않도록 주의할 필요가 있었다. 과연 그녀는 상당히 멋지고 우아하게 잘해내었고, 노련한 지원자 군닐드의 역할도 한몫을 했다. 두 사람은 양손을 모으고 겸손하게 눈을 내리깐 채 큰 마당을 가로질러 가 남쪽 문을 통해 예배당 안으로 사라졌다. 마당과 회랑을 오가는 독신주의자들과 마주쳐도 시선 한 번 주는 일이 없었다.

저 여인이 여기까지 웬일일까? 캐드펠은 생각했다. 내가 짐작하는 이유라면, 그렇게 판단하고 결심하기까지 물정에 밝은 군닐드의 지혜가 총동원되었겠지. 그리고 저 하녀는 아주 헌신적이니 필요하다면 무시무시한 용으로 돌변해서라도 제 주인을 지켜낼 게야.

그는 마지막으로 퍼넬에게 시선을 던진 뒤 형제들과 함께 예배당에 들어가 성가대석으로 향했다. 높은 제단 내부가 훤히 들여다보이는 교구석에 서 있는 이들이며, 둥그런 천장을 떠받친 기둥 주위에 몰려 있는 이들까지, 회중석은 평신도들로 꽉 차 있었다. 성가대에 가서 보니 퍼넬은 빛이 얼굴로 떨어지는 자리에 무릎을 꿇고 있었다. 눈을 꼭 감고, 입술도 움직이지 않은 채 소리 죽여 기도하는 듯했다. 수수하기 그지없는, 그러나 아주 엄숙한 차림에 연갈색 머리칼은 하얀 쓰개 밑으로 넣어 두건으로 감싼 모습이 꼭 어린 견습 수녀 같아 보였다. 동그랗고 앳된 얼굴 속 꼭 다문 입술에서 성숙함과 결의가 느껴졌다. 군닐드는 그 바로 뒤에 무릎을 꿇고 있었다. 긴 속눈썹에 반쯤 가려진 채였지만 반짝반짝 빛나는 그녀의 눈은 온전히 여주인만을 향해 있었다. 이 순간 누구라도 퍼넬 오트미어를 모욕하려 들었다가는 그 하녀에게 큰 화를 입으리라!

미사가 끝난 뒤 캐드펠은 다시 그쪽을 살펴보았으나 두 여인은 이미 무리 지어 서쪽 문으로 나가는 군중들 속에 섞여 보이지 않았다. 그들을 다시 찾아낸 건 남쪽 문을 통해 회랑으로 나가 마당에 들어선 뒤였다. 두 사람은 각자의 직무로 돌아가느라 이리저리 흩어지는 수사들의 움직임을 방해하지 않으려는 듯 한쪽에 조용히 물러나 있었는데, 마당으로 나온 캐드펠을 보는 순간 문득 퍼넬의 표정이 달라졌다. 이윽고 그녀가 눈을 반짝이며 얼른 이쪽으로 다가섰다.

"수사님, 잠시 얘기 좀 나눌 수 있을까요? 수도원장님께는 허락을 받아두었어요. 방금 나가실 때 제가 과감하게 다가가 부탁을 드렸죠." 사무적이고 단호하나 무례함은 전혀 느껴지지 않는 말투였다. "제 이름과 집안에 대해서는 벌써 알고 계시더라고요. 수사님께서 말씀드리지 않았다면 아실 턱이 없겠지요."

"내가 당신을 찾아가게 된 그 문제에 대해서라면 원장님도 소상히 알고 계신다오." 캐드펠이 말했다. "그분도 우리처럼 정의에 관심이 많으시지. 산 자들의 것이든 죽은 자들의 것이든, 정의를 구현하는 일에 도움이 된다면 어떤 만남도 가로막지 않으실 게요."

"그래서인지 저를 아주 친절하게 대해주시더군요." 퍼넬은 빙그레 웃어 보였다. "자, 그럼 대화를 나눌 만한 조용한 곳으로 안내해주시겠어요?"

그는 허브밭 작업장으로 두 여인을 데려갔다. 바깥에서 이야기를 나누기에는 날이 너무 쌀쌀했다. 그의 화로에는 아직 불빛이 남아 있었다. 통나무 문은 활짝 열린 채였고, 윈프리드 수사는 담장 바깥쪽에서 월동 준비용 구덩이를 파는 작업을 이어가는 중인지 보이지 않았다. 군닐드는 작업장 안으로 들어와 두 사람에게서 적당한 거리를 두고 섰다. 어느 모로 보나 예의에 어긋나지 않는 만남이었으니, 아마 로버트 부원장이 보더라도 눈썹을 치올릴 수 없을 터였다. 현명한 여인이군, 캐드펠은 생각했다. 게다가 이 만남을 허락하지 않을 이유가 없는 수도원장에게 곧장 가서 청하다니.

"자, 두 사람 다 편안하게 앉으시오." 캐드펠이 화로를 뒤적여 토탄 틈새의 빨간 불빛을 살려내며 입을 열었다. "당신네 장원에도 교회와 사제가 있지 않소? 무슨 생각으로 여기까지 와서 예배를 드리게 됐는지 이제 얘기해보시오. 그곳 교회도 업턴과 마찬가지로 우리 성 베드로 성 바오로 소속 수도원인데…… 게다가 그곳 사제는 보기 드물게 훌륭한 분이자 좋은 학자이기도 하지. 그의 친구인 안젤름 수사에게서 들어 잘 알고 있소."

"네, 맞습니다." 퍼넬이 대답했다. "그래서 이 문제에 대해 그분과도 대단히 진지하게 이야기를 나눠봤어요." 그녀는 두건을 어깨에 늘어뜨린 채 벽 앞에 놓인 장의자 귀퉁이에 단정하게 앉아 있었다. 검은 통나무와 대비되어 얼굴이 더욱 환해 보였다. 그녀가 고개를 돌려 미소와 손짓을 보내자 군닐드도 그늘 속에서 살며시 빠져나와 여주인의 반대편 귀퉁이에 가 앉았다. 지위의 차이를 고려한 적당한 거리감에도 불구하고 두 사람 사이의 깊은 동맹 관계가 손에 잡힐 듯 보였다. "제가 하고많은 날 중 하필 오늘을 택해 여기로 오게 된 것도 바로 암브로시우스 신부님의 말씀 때문이죠. 수사님도 잘 아시겠지만, 암브로시우스 신부님은 브르타뉴에서 몇 년간 공부를 하셨어요."

"물론 알고 있소." 화로에 빨간 불꽃이 일자 골풀무를 쥔 손길을 늦추며 캐드펠이 말했다. "나와 같은 웨일스 출신에 이 주와도 인연이 깊은 분이시지. 하지만 왜 성 티실리오의 날에 찾아와야 했는지는 짐작이 안 가는군."

"그 성인이 한 여인의 괴롭힘을 피해 브르타뉴로 건너가셨다는 사실을 아시나요? 그래서 브르타뉴 사람들도 그의 일생에 대해 얘기하곤 하죠. 그리고 오늘 밤 성인전 낭독 시간에 듣게 되실 텐데, 그곳에서는 그분을 다른 이름으로 알고 있어요. 거기서는 성 티실리오가 아니라 성 설리엔이라고 부른답니다."

*

 "아니, 아니에요." 캐드펠의 복잡한 표정을 바라보며 그녀가 얼른 말을 이었다. "암브로시우스 신부님께서 들려주신 그 이야기를 천국에서 보내온 신호 같은 것으로 받아들였던 건 아니에요. 그저 그 이름 덕에, 그 전까지 의아함과 초조함 속에서 생각만 해오던 일을 행동으로 옮길 수 있었던 것뿐이죠. 수사님은 설리엔 블런트가 겉보기와 다른 청년이라고, 그렇게 솔직하기만 한 사람은 아니라고 생각하고 계시잖아요. 저도 그 사람에 대해 많이 생각해봤어요. 이런저런 경로로 알아보기도 했고요. 제가 보기엔 상황이 그에게 너무 불리한 것 같아요. 수도원 밭갈이 일꾼들이 도공의 땅에서 발견한 가엾은 여인과 관련해 지나친 의심을 받고 있잖아요. 단지 많은 것을 알고 있다는 이유만으로요. 하긴, 너무 많이 아는 것도 죄가 될 수 있겠지만요."

 "너무 많이 아는 것은 분명 죄가 되지." 캐드펠이 말했다. "아직은 단순한 추측일 뿐이지만, 미심쩍게 볼 만한 근거가 있긴 하오."

 그녀는 모든 것을 솔직하게 털어놓고, 이제 그 역시 솔직하게 말해주기를 기대하고 있었다.

 "전체적인 얘기를 들려주시겠어요? 전 떠도는 소문들만 들어서요. 그가 어떤 위험에 처하게 될지 정확하게 알고 싶어요. 죄가 있고 없고를 떠나, 그는 다른 누군가 부당하게 비난받도록 내버려둘 사람이 아니에요."

수도원 일꾼들이 첫 이랑을 낸 순간부터 시작해 캐드펠은 그간의 이야기를 쭉 이어갔다. 퍼넬은 동그란 이마에 주름을 잡은 채 생각에 잠겨 진지하게 귀를 기울였다. 그녀는 그처럼 고결한 목적으로 자신을 찾아왔던 그 청년이 악의를 품고 있었으리라 믿지 않았다. 그러나 뭇 사람들의 의심 어린 시선에는 틀림없이 이유가 있을 터이니, 그것을 반드시 알아야겠다는 생각이었다. 캐드펠의 이야기가 끝나자 퍼넬은 긴 한숨을 내쉬곤 잠시 입술을 깨문 채 생각에 잠겼다가 직접적인 질문을 던졌다.

"수사님께서는 그에게 죄가 있다고 보세요?"

"그가 세상에 드러내기 힘든 어떤 사실을 알고 있다고 생각하오. 그 이상은 뭐라 말하기 힘들군. 결국 그가 우리에게 반지에 대한 진실을 털어놓느냐 마느냐에 모든 게 달려 있지."

"하지만 루알드 수사는 그를 믿잖아요."

"전혀 의심하지 않소."

"그분은 그를 아이 적부터 알아온 사람이기도 하고요."

"따라서 편파적일 수도 있을 거요." 캐드펠은 빙긋 웃어 보였다. "어쨌거나 당신 말이 맞소. 루알드는 그의 어린 시절에 대해 당신이나 나보다 훨씬 많이 알지. 그러니 분명 그가 진실을 말한다고 생각할 거요."

"저 역시 그렇게 생각해요. 딱 한 가지 마음에 걸리는 게 있지만요." 퍼넬이 진지하게 말을 이었다. "수사님은 그가 집에 다녀오기 전에 이미 이 문제에 대해 알고 있었으리라 생각하시죠. 하지만 본인은 집에 가서야 그 얘기를 들었다 했고요. 만일 수사님 생각이 옳다면, 그러니까 그가 롱너에 다녀오겠다고 청하기 전에 제롬 수사님에게서 그 얘기를 들었다면, 왜 즉각 반지를 보여주면서 설명하지 않았을까요? 왜 다음 날로 미룬 거죠? 본인이 이야기한 경로를 통해 반지를 손에 넣었든, 아니면 그 전부터 간직해왔든, 그날 바로 보여주었더라면 루알드 수사의 괴로운 밤을 하루라도 줄여줄 수 있었을 텐데요. 그렇게 착한 사람이 다른 이의 힘든 시간을 하루 더 연장시킬 이유가 없잖아요. 아니, 하루가 아니라 단 한 시간이라도 말이에요."

이는 캐드펠도 쭉 생각하며 해답을 찾던 문제들 중 하나였다. 퍼넬도 같은 의구심을 가졌으니, 이제 그녀의 생각을 들어보는 게 좋을 터였다. 애정의 크기로 보아, 그녀가 그보다 훨씬 더 깊이 파고들었을지도 모르니 말이다.

"그 문제에 대해서는 자세히 캐보지 않았소." 캐드펠은 이렇게만 말했다. "그러자면 우선 제롬 수사에게 물어봐야 할 텐데, 보다 확실한 근거가 확보될 때까지는 그와 대화를 나누고 싶지 않았기든. 하지만 그게 사실이라면 한 가지는 틀림없소. 설리엔에겐 자기 나름의 이유가 있었을 거요. 그것을 위해서는 롱너에 가서야 비로소 소식을 들은 양 가장해야 했던 게지."

"그 이유가 뭘까요?" 그녀가 따지듯 물었다.

"글쎄……." 캐드펠은 천천히 입을 열었다. "어떤 일에 관여

하기에 앞서 먼저 자기 형님한테 언질을 주어야 한다고 생각했던 게 아닐지…… 그로선 자신이 알고 있는 사실들로 인해 가족이 위험에 처하는 일이 없게끔 신경을 써야 했을 거요. 한동안 가족들을 만나지 못했던 상황이었으니 더더욱 그랬겠지."

"예, 물론 그랬겠죠." 그녀가 힘주어 고개를 끄덕여 동의를 표했다. "하지만 제가 보기엔 그것 말고도 다른 이유가 있지 않았을까 싶어요. 수사님도 분명 생각해보셨을 텐데요."

"어떤 이유 말이오?"

"그에게 반지가 없었던 거죠. 그래서 집에 가보겠다 청한 거예요. 반지를 가져오려고요."

참으로 겁 없이 단호하게 그런 말을 내뱉는군, 캐드펠은 그녀의 태도에 탄복하지 않을 수 없었다. 퍼넬은 설리엔이 죄와 관련된 어떤 의혹으로부터도 깨끗하다 믿었고, 따라서 그녀의 유일한 목적은 그 결백함을 세상에 입증하는 것이었다. 그러나 진실이 자신의 편이라 지나치게 확신하는 건 아닐까? 자기도 모르는 사이 허둥지둥 그의 결백함만을 따라가고 있지 않은가.

"알아요." 그녀가 말을 이었다. "이런 주장이 그 사람에게는 불리하게 작용할 수 있겠죠. 하지만 결국에는 그 반대일 거예요. 저는 그가 아무 잘못도 저지르지 않았다고 확신하거든요. 그러니 모든 가능성에 대해 생각해봐야 하지 않겠어요? 수사님은 설리엔이 자라면서 그 여자를 사랑하게 되었다 말씀하셨고, 그 자신도 그렇게 털어놓았어요. 제너리스가 남편에게 원한을 품고 반지를 다른 누군가에게 주었다 가정한다면, 그래요, 설리엔이 받았을 수도 있을 거예요. 하지만 다른 누군가 받았을 가능성도 똑같이 존재해요. 이 사람 저 사람에게 혐의를 씌우고 싶지는 않지만, 설리엔만 그 도공의 가까운 이웃이었던 게 아니잖아요. 모두 그녀가 아름다운 여자였다고 입을 모으니, 다른 젊은이들도 얼마든지 그녀에게 끌릴 수 있었을 거예요. 만일 설리엔이 죄악과 관련한 사실을 자기 입으로 밝힐 수 없는 거라면, 그건 자신이 아니라 형을 보호하기 위한 결정인지도 몰라요." 퍼넬은 확신에 찬 어조로 말을 맺었다. "수사님께서도 그 가능성을 생각해보지 않으셨을 리가 없어요."

"물론 여러 가능성을 생각해봤지." 캐드펠이 침착하게 대꾸했다. "하지만 그중 무엇에 대해서도 확실한 근거를 찾을 수 없었소. 그래, 자신이나 형을 위해 거짓말을 했을 수도 있을 거요. 혹은 루알드를 위해 그랬을 수도 있고. 하지만 그럴 경우, 어쨌든 그는 죽은 여인이 제너리스라는 사실을 알고 있다는 얘기가 되오. 또 한 가지 잊어서는 안 될 게 있으니, 그가 거짓말을 하지 않았을 수도 있다는 점이오. 브리트릭을 위해 부자연스러운 행동을 했다는 게 밝혀지면서 의문이 생기기는 했지만, 어쨌거나 그 역시 가능한 일이지. 다시 말해, 제너리스가 정말로 자신이 선택한 남자를 따라 동부 어느 곳에 가서 살고 있을 수 있다는 얘기요. 만일 그렇다면, 누군가 자기 나름의 예를 갖춰 도공의 땅에 묻어두었던 검은 머리의 그 여인이 과연 누구인지 우리는 결코 알아낼 수 없을 거요."

"하지만 수사님도 진심으로 그렇게 생각하시는 건 아니잖아요."

"난 그저 진실에 대해서만 생각할 뿐이오. 아무리 깊이 묻혀 있어도 흙을 뚫고 빛을 향해 올라오는 구근의 싹과도 같은 진실 말이지."

"그 과정을 촉진하기 위해 우리가 할 수 있는 일은 아무것도 없겠죠." 퍼넬이 체념 섞인 한숨을 내쉬었다.

"지금으로서는 기다리는 수밖에."

"물론 기도도 드리면서요."

\*

그럼에도 불구하고, 그녀가 이제 어떻게 나올 것인지 캐드펠은 궁금증을 누를 수 없었다. 한 번밖에 보지 못한 청년에게 온 마음을 쏟게 된 상황이니, 그녀로서는 무엇이라도 하지 않고는 견딜 수 없을 터였다. 설리엔도 그녀에게 특별한 관심을 보였을까? 그는 생각했다. 그거야 모르지만, 퍼넬이 돌아설 의사를 전혀 보이지 않으니 조만간 그도 관심을 가지지 않을 수 없겠지. 문득 그 청년이 더 곤란한 상황에 처하게 될지도 모른다는 생각이 들었다. 마음을 다치는 일 없이 평화롭게 이 수수께끼의 덫으로부터 벗어나는 데 필요한 무기가 그에겐 전혀 없을 것이었다.

케임브리지와 펜 지방에서는 아직 아무런 소식도 들려오지 않았다. 동부에서 오는 여행객들에 의하면 날씨가 점점 험악해지며 폭우와 첫 한파가 밀어닥쳤다고들 했다. 적들이야 지형을 잘 알겠지만 우군 중 낯선 수중 지대로 뛰어들 이는 없을 것이다. 휴가 떠난 지 일주일이 넘어가자 캐드펠은 그와 한 약속을 떠올리고 수도원장의 허락을 구해 시내로 들어갔다. 얼라인과 대자를 만나 볼 생각이었다. 하늘은 구름으로 잔뜩 덮여 있었다. 동부의 험악한 날씨가 점차 슈루즈베리 쪽으로 이동하면서 이곳에도 안개에 가까운 미세한 가랑비가 내리기 시작하여 수도원 앞 대로의 잿빛 흙을 조금씩 검게 물들이는 참이었다. 도공의 땅에서는 이미 겨울 곡물을 파종했고, 저지대 풀밭에서는 지금쯤 가축들이 풀을 뜯고 있을 것이다. 곧 그 비옥한 검은 흙에서 새 생명이 돋아나고 수풀과 나무로 우거진 산등성이 밑 둔덕이 푸르고 촉촉한 풀과 찔레 덤불로 덮이면, 한때 거기 축복받지 못한 무덤이 마련되었다는 사실도 서서히 잊히리라.

사람을 우울하게 만드는 우중충하고 습한 날씨였으나, 휴의 사저에 들어서자 가랑이에 매달리며 그를 반기는 활기찬 꼬마를 포옹하니 기쁨이 밀려왔다. 한 달쯤 지나면 네 살이 되는 어린 자일스가 캐드펠의 수사복 자락을 움켜잡고는 즐거이 집 안으로 끌어들였다. 휴가 없는 집에서는 그 아이가 대장이었으며, 제 의무와 권리에 대해서는 아이 자신도 잘 알고 있었다. 자일스는 짐짓 어른스러운 태도로 캐드펠을 맞이해 자신의 장원이 제공하는 즐거움을 마음껏 베풀었다. 심지어 직접 식료품 저장실로 가서 에일을 한 잔 들고 왔는데, 아직 아기 티를 벗지 못한 오동통한 양손으로 조심조심, 흩어진 앵춧빛 머리칼을 곤두세우고 혀끝을 내민 채 긴장하여 다가오는 모습이 너무도 사랑스러웠다. 가득 찬 잔은 넘칠 듯 위태로웠다. 아이가 균형을 잃어 체면이 깎이지 않도록 신경을 쓰며 얼라인이 적당한 거리를 두고 홀로 뒤따라 들어왔다. 그녀가 아들의 금발 너머로 캐드펠을 향해 미소를 지어 보이자 그 광채가 마치 구름을 뚫고 나오는 햇살 같았다. 아이답게 뺨이 통통하지만 제법 진지한 자일스의 얼굴, 넓은 이마에 하관이 갸름해 달걀과도 같은 얼라인의 얼굴. 두 얼굴이 서로 다르면서도 아주 흡사했고, 하얗고 윤 나는 백합처럼 부드러운 살결과 고상한 자태와 안정된 시선은 구분할 수 없을 정도로 닮아 있었다. 휴는 참으로 운이 좋은 남자야, 캐드펠은 다소 미신적인 마음으로 기도를 중얼거렸다. 지금 이 순간 그가 어디에 있든 부디 행운이 계속 그와 함께하길.

  속으로야 물론 걱정이 되겠지만 얼라인은 겉으로 이를 드러내지 않았다. 캐드펠과 함께 앉아 집안일이며 앨런 허바드가 책임지고 있는 성내 일들에 대해 얘기하는 내내 여느 때와 다름없이 쾌활한 태도로 분별력 있게 말을 이어갔다. 몇 주 전까지만 해도 대부의 무릎 위로 기어오르곤 하던 자일스는 마치 동년배 친구처럼 그의 곁에 의젓하게 옆에 앉아 귀를 기울이고 있었다.

  "오늘 오후에야 궁사 하나가 도착했다더라고요." 얼라인이 말했다. "우리로선 처음으로 소식을 들은 셈이죠. 소규모 접전에서 찰과상을 입은 사람인데, 말을 탈 수는 있겠다 보고 휴가 집으로 보냈다는군요. 사전에 길목마다 갈아탈 말들을 쭉 배치해두었대요. 앨런 허바드가 전한 바로는, 궁사가 곧 회복되긴 하겠지만 시위를 당기는 쪽 팔은 제대로 힘을 못 쓸 거라네요."

"그래, 형편이 어떻다고 하던가? 제프리를 넓은 곳으로 끌어내긴 했나?"

그녀는 고개를 저었다. "그럴 가능성은 희박한가 봐요. 사방이 물로 가득한 데다 아직도 비가 내리는 중이라…… 기습 부대를 각 마을로 내보낸 다음 돌아올 때까지 기다리는 게 고작이래요. 국왕이 아주 불리한 상황이죠. 제프리의 병사들은 이용 가능한 소로들을 훤히 꿰고 있으니 상대를 늪지 수렁에 빠뜨리는 일쯤이야 식은 죽 먹기 아니겠어요? 하지만 우리 측은 별 도리 없이 소수의 무리나 겨냥하고 있다네요. 스티븐 왕으로선 도리가 없는 상황이겠죠. 램지는 완전히 단절된 상태라 적을 끌어낼 엄두도 못 낸대요."

"그렇게 잠복한 채로 지루하게 기다려봐야 시간만 낭비하는 셈일 텐데. 스티븐 왕 성격에 그런 상태를 오래 견뎌낼 수도 없고. 비용은 많이 들고 효과는 없으니 일단 물러나 다른 책략을 짜보려 하겠지. 제프리의 병력이 그처럼 엄청나게 불어났다면 펜 지방 마을들에서 짜내는 물자만으로는 부족할 테니 지금쯤은 다른 데서도 보급을 받고 있을 게 분명하네. 그 보급선들을 치는 편이 유리할 것 같은데. 참, 휴는 무사하다던가?"

"물과 진흙으로 범벅이 된 채 추위에 떨고 있겠죠, 뭐." 얼라인이 미소를 지었다. "화가 나서 욕도 많이 해댈 거고요. 어쨌거나 그 사람은 무사하대요. 적어도 궁사가 떠나오기 전까지는 그랬다고 했어요. 수사님, 조금 전 지루하게 기다린다고 말씀하셨죠? 그 같은 상황이라면 드 맨더빌 측도 마찬가지 아닐까요? 큰 타격이 될 정도는 아니라도요."

"시간이 길어질수록 피해가 커지긴 하겠지만 국왕 쪽만큼은 안 될 게야." 캐드펠이 생각에 잠겨 말했다. "보아하니 휴는 얼마 안 있어 돌아오게 될 것 같군." 그는 제 대부의 품으로 파고드는 자일스를 다정히 바라보았다. "꼬마 나리, 자네도 곧 다시 장원을 넘겨주고 그동안 있었던 일들을 보고해야겠구먼. 행정 장관이 나가 있는 동안 설마 일에서 손을 뗀 적은 없으셨겠지."

아이는 자신의 엄중한 통치에 감히 누가 도전하느냐는 태도로 콧방귀를 뀌었다. "내가 일을 얼마나 잘 하는데요. 아버지도 그러셨어요. 내가 아버지보다 더 고삐를 잘 잡는대요. 박차도 잘 이용하고요."

"네 아버지야 늘 공정하고 가차 없는 사람이지." 캐드펠이 진지하게 말했다. "자기보다 뛰어난 사람들한테도 말이야." 친밀함과 애정의 연금술 덕에, 얼라인이 비록 얼굴에 드러내지는 않았으나 속으로 미소 짓고 있음을 그는 알 수 있었다.

"특히 여자들한테 그래요." 자일스가 만족스럽게 덧붙였다.

"그래, 그건 정말 맞는 말 같구나."

*

스티븐 왕의 변덕은 늘 제일 커다란 위험 요소였다. 그토록 대단한 용기와 결단력을 갖춘 사람이 끈기만은 부족하여, 매번 며칠 만에 공략을 포기하고 더 유망한 방법을 모색한다며 물러서는 것이었다. 이는 조급함과 좌절된 낙관주의, 그리고 무기력한 상태를 싫어하는 천성 때문이었다. 지난번 옥스퍼드 전투처럼 최후의 승리를 기대할 만한 상황이라면 모를까, 일이 지지부진하거나 조금이라도 궁지에 몰렸다 싶으면 금방 싫증을 내고 새로운 전장을 찾아 떠나버리곤 했다.

초겨울 비 내리는 펜 지방에서는 분노와 개인적인 원한 때문인지 평소보다 좀 오래 참는다 싶었으나 마침내 11월 마지막 주, 성공할 가능성이 희박해지자 스티븐은 일을 마무리하기 힘들다고 확신하게 되었다. 그동안 왕의 병력은 황량한 진흙 벌판에서 허우적대면서도 드 맨더빌의 영역을 압박하기에 충분한 위력으로 접근해갔고, 배짱 좋게 나오는 악당 무리도 꽤 많이 물리친 터였다. 그러나 적에게는 물자가 풍족하니 앞으로도 한참이나 버틸 수 있을 것이었다. 구덩이에 숨어 있는 그들을 끌어낼 방법은 전혀 없었다. 스티븐 왕은 책략을 바꾸는 방향으로 마음을 굳히고 봉건법에 따라 소집했던 군사들을 당장 필요한 곳으로 돌려보내고자 했으니, 특히 취약한 지역, 이를테면 웨일스와의 국경 지역이나 체스터 백작 같은 의심스러운 이들과 이웃한 곳의 병력들을 귀환시킬 생각이었다. 펜 지방에는 병사들 대신 건설 일꾼들로 구성된 부대를 배치하여 무법 지대를 감싸 안는 원형의 방위 거점을 마련할 것이었다. 그렇게 적지를 최대한 압박하다가 제프리 측의 물자가 떨어질 즈음 외부 보급선을 차단하면 승산이 있을 터였다. 평지나 복잡한 수로 지역에서의 전투에 익숙한 노련한 플랑드르 용병 병력이 있으니 요새를 마련해 겨울 한철을 나면서 작전에 유리한 상황이 될 때까지 버티는 것도 큰 문제는 아니리라.

그리하여 11월 말, 휴와 휘하의 군대에 철수 허가가 떨어졌다. 가벼운 부상을 입은 사람들이 있긴 했으나 사망자가 한 명도 나오지 않았기에 휴는 기쁜 마음으로 케임브리지 외곽의 수렁에서 부하들을 건져내어 귀환 길에 올랐다. 서북쪽으로 출발한 그들은 비교적 안전하고 길도 잘 닦여 있는 헌팅던에 집결했다. 거기서 병력을 서쪽에 있는 케터링으로 보낸 뒤, 휴 자신은 북쪽으로 말을 돌려 피터버러를 향해 떠났다.

\*

거기서 무엇을 알아낼 수 있을지 생각해볼 틈도 없이 달린 끝에, 그는 넨강의 다리를 건너 피터버러 시내로 접어들었다. 어쩌면 이렇게 아무 기대도 없이 접근하는 편이 더 나을 것이었다. 길을 따라가보니 활기차고 분주한 시장과 도시에 남아 있기로 결정한 주민들의 당당한 모습이 눈에 들어왔다. 드 맨더빌의 눈에는 무방비 상태의 먹이들이 고립된 곳에 갇혀 있는 셈이니, 과연 이곳을 탐내지 않고 못 배기리라. 휴는 마구간을 찾아가 말을 맡긴 뒤 프리스트게이트를 향해 걷기 시작했다.

과연 보석상이 있었다. 꽤 번창하는 은세공인의 가게로, 작업대 뒤편의 화려한 진열대가 금방 눈에 띄었다. 휴는 안으로 들어가 작업대 앞에 앉아 있는 젊은 사람에게 마스터 존 힌데에 대해 물었다. 그 이름이 나오자 젊은이는 쾌활하게 반기며 연장을 내려놓고는 뒷문으로 나갔다. 여기까지는 어긋나는 대목이 전혀 없었다. 설리엔이 램지에서 서쪽으로 오다가 들렀다는 가게와 그 주인이 여기 분명히 있으니까.

곧 마스터 존 힌데가 조수를 따라 가게로 들어왔다. 보아하니 이 도시의 자산가에 속하는 사람 같았다. 그런 이들은 대개 수도원의 충실한 후원자이기도 하니, 그 역시 이곳 수도원장과 가까운 사이일 것이다. 나이는 쉰쯤 되어 보였고 마르고 꼿꼿한 몸에 값비싼 털 가운을 걸치고 있었다.

"제가 존 힌데입니다. 무엇을 도와드릴까요?" 완고해 보이는 여윈 얼굴에 박힌 검은 두 눈이 재빨리 휴를 훑었다. 축축하고 바람 부는 장소에서 지겹도록 잠복하다가 이따금 부리나케 들판을 달리곤 했던 흔적이 휴의 옷과 갑옷에 고스란히 남아 있었다. "국왕 소집군에서 오셨군요? 소집군이 철수 중이라는 소식은 들었습니다. 설마 드 맨더빌 일당에게 땅을 넘기고 떠나라는 말씀을 전하러 오신 건 아니겠지요?"

"아, 물론 그런 용건은 아닙니다." 휴가 그를 안심시켰다. "지금은 내 땅을 지키기 위해 일단 물러나는 길이지요. 우리가 떠난다고 해서 나빠질 것은 없을 겁니다. 플랑드르군이 위험을 막아 줄 테고, 제대로 된 방위 거점을 확보하면 놈들의 섬을 고립시킬 수 있을 테니까요. 겨울이 다가오니 그자도 달리 움직이지 못할 겁니다."

"저희 같은 사람들이야 어디에 있든 하느님의 숨결 속에 든 촛불과도 같은 신세지요." 보석상이 짐짓 현학적인 태도로 말을 이었다. "저는 이미 오래전부터 그 사실을 실감하며 살았습니다. 그러니 쉽사리 겁먹고 달아날 생각도 없지요. 그래, 나리께서는 무슨 일로 여기 들르셨습니까?"

"기억하실지 모르겠지만, 10월 1일 아니면 2일에 젊은 수사 하나가 이리로 피신해 와 당신과 함께 밤을 보낸 일이 있습니까? 램지에서 약탈이 자행된 직후 그곳 월터 수도원장의 지시로 여기 들렀다더군요. 그는 고향인 슈루즈베리 수도원으로 가면서 곳곳에 램지의 소식을 전하고 있었습니다. 기억하십니까?"

"기억하고말고요." 존 힌데가 주저 없이 대답했다. "견습 기간 말기에 접어든 수사였지요. 당시 램지의 수사들은 안전을 위해 이곳저곳으로 흩어지고 있었습니다. 그 사람을 잊을 수는 없어요. 얼마간이라도 타고 가라며 말을 내주려 했는데, 그는 걸어서 가는 편이 낫다고 했지요. 부근 어느 지역으로 가든 놈들이 벌떼처럼 와글거리던 시기였거든요. 그 수사는 어떻게 됐습니까? 슈루즈베리까지 잘 갔나요?"
"예, 무사히 도착했습니다. 지나는 곳마다 소식도 전했고요. 그는 잘 있어요. 그 후 교단을 떠나 자기 형님의 장원으로 돌아가긴 했지만요."
"그때 저한테도 그런 얘길 했지요. 자신이 과연 옳은 길을 선택한 건지 의구심이 든다고요. 월터 원장도 뜻이 없는 젊은이를 붙잡고 있을 사람이 아니고…… 그래, 그 청년에 대해 제가 말씀드려야 할 것이 뭡니까?"
"그때 그가 이 가게에서 어떤 특별한 반지를 발견했다고 들었습니다." 휴가 조심스레 말을 이었다. "그리고 그 여자에 대해 캐물었다고요. 그날로부터 불과 열흘 전쯤 당신한테 와서 반지를 팔고 간 여인 말입니다. 노란색 자잘한 돌이 박히고, 안쪽에는 이름 첫 글자가 새겨진 반지였지요. 그는 그 여자를 어릴 때부터 잘 알고 지내며 애정을 느껴왔다면서 반지를 자기한테 달라고 했을 겁니다. 지금까지 내가 한 이야기 중 사실과 다른 게 있습니까?"
보석상은 한동안 굳은 얼굴로 생각에 잠긴 채 휴의 눈을 마주 보았다. 혹시 그 청년이 아무 잘못도 없이 불운한 일에 얽힌 상황은 아닌지, 이 순간 자신의 대답이 치명적인 영향을 미치게 되지는 않을지 가늠해보는 듯했다. 아니면 휴를 어디까지 믿어야 하는지 생각하는 것일지도 몰랐다. 장사꾼들은 신중해서 누구든 쉽게 믿는 법이 없으니까. 그러나 다시 휴를 찬찬히 뜯어보더니 마침내 판단을 내린 모양이었다.

"일단 안으로 들어오시지요!" 그는 조금 전 자신이 나온 문쪽으로 돌아서며 손짓으로 휴를 불렀다. "자세한 얘기를 들어보지요. 먼 길을 떠나 여기까지 오셨으니 이젠 나와 함께 더 가봅시다."

# 11

 오랜 습관을 금세 내던지기란 쉽지 않은 법이다. 수사복을 벗기는 했으나 1년 넘게 똑같은 일과를 지켜온 터라, 설리엔은 잠들었다가도 수시로 깨어 밤기도와 새벽기도를 알리는 종소리가 들려오지 않는지 귀를 기울였으며, 수많은 형제들과 함께 생활하며 익숙해진 소리들―뒤척이는 소리, 숨소리, 곯아떨어진 이들을 재촉하는 낮은 목소리―과 예배당까지 무사히 내려가도록 깜깜한 계단참을 밝혀주던 자그만 등불 빛 대신 침묵과 고독 속에 있는 자신을 발견하고 새삼스레 놀랐다가 고개를 내젓곤 했다. 불편한 수사복 자락에 익숙해진 탓에 가벼운 자신의 옷을 입고서도 여전히 마음이 편치 않았다. 애당초 옛 삶을 제대로 정리하지도 못한 채 새로운 삶에 뛰어들었고, 곧 그것을 다시 내던져버린 그에겐 새로운 인생을 시작한다는 것이 예상보다 훨씬 힘들고 괴로웠다. 게다가 집안 상황도 전에 그가 램지로 떠날 때와는 달라져 있었다. 장원을 맡게 된 형은 젊은 아내를 맞이하여 후계자를 볼 단꿈에 젖어 있었다. 형수 제하네가 아이를 가진 것이다. 게다가 땅 문제도 있었다. 토지 상태야 괜찮은 편이지만, 혹시라도 형제가 땅을 공유하기로 합의를 볼 경우엔 두 집안 모두를 부양할 만큼 그 규모가 크지 않았다. 아닌 게 아니라, 바로 그 이유로 오래전부터 롱너 집안의 차남들은 제 나름의 독자적인 생활 방편을 찾아온 터였다. 그러나 가족들은 수도원 생활을 포기하고 나온 그를 관대하게 맞아들이고 자신의 길을 찾을 때까지 기다려주었다. 유도는 더할 수 없이 솔직하고 다정한 젊은이였으며 아우를 무척 좋아했다. 그는 설리엔에게 필요할 때면 언제든 오라고, 마음을 정할 때까지는 롱너를 집으로 생각하고 편안히 드나들라고 말했다.

그러나 설리엔 자신은 도무지 마음을 편하게 가질 수 없었다. 그는 그때그때 주어지는 일을 하며 매일을 보냈다. 마구간이나 외양간 일을 하고, 매와 사냥개를 훈련시키고, 울타리 보수나 땔감용으로 필요한 통나무를 실어 오기도 했다. 필요한 일이면 무엇이든 가리지 않고 적극 나서서 열심히 임했다. 마치 몸속에 응축된 에너지가 들어 있어 어떻게든 갈아 없애야만 할 것처럼, 그렇게 하지 않으면 병이 나기라도 할 것처럼.

예전에도 그랬듯 그는 늘 조용했다. 어머니를 잘 돌보았을 뿐 아니라, 고통에 시달리는 어머니와 함께하는 시간을 금욕에 가까운 태도로 견뎌냈다. 사실 그의 형 유도는 최대한 그런 시간을 피하고자 하는 쪽이었다. 일절 힘든 티를 내지 않으려 하는 도나타 부인의 강철 같은 자제력은 참으로 놀라웠지만 곁에 있는 이들로서는 그것이 오히려 고역이었으니, 차라리 고통을 호소하는 편이 낫겠다 싶을 정도였다. 그러나 설리엔은 그런 어머니를 경탄스러우리만치 잘 참아냈다. 달리 자신이 할 수 있는 일이 없지 않은가. 어머니는 늘 인자하고 품위 있는 모습을 보였지만, 아들과 함께 있게 되어 기뻐하는지 아니면 부담을 느끼는지 설리엔으로서는 알 길이 없었다. 오래전부터 그는 어머니가 아끼는 아들은 장남인 유도라 생각해왔고, 그에 대해 원망을 품은 적은 없었다.

언제나 조용히 자기 일을 하는 설리엔에게 유도와 제하네는 거의 신경을 쓰지 않았다. 아이를 가진 두 사람은 그저 충만한 행복 속에 인생을 즐기고 있었다. 젊은 청년이 한때의 잘못된 결정으로 1년이라는 시간을 낭비한 뒤 이제 겨우 마음을 잡았으니, 다시 찾은 자유의 첫 시간은 자신의 장래에 대한 고민에 바치는 것이 당연할 터였다. 그들은 설리엔에게 필요하다 여겨지는 이런저런 일거리나 제공하면서 혼자 생각하도록 그를 내버려두었다. 그렇게 놔두면 적절한 시기에 열린 세상으로 나올 테니 애정을 가지고 기다리면 될 일이었다.

11월 중순 어느 날, 설리엔은 말을 타고 밖으로 나왔다. 롱너 땅 동쪽 외곽에서 지내는 유도의 목동에게 지시 사항을 전달하기 위해서였다. 테른강을 따라 동쪽으로 먼 길을 가 용건을 전달한 뒤, 그는 곧장 되돌아가는 대신 다시 말을 재촉하여 왼편으로 펼쳐진 업턴 지역을 향해 느릿느릿 움직였다. 구름이 조금 끼기는 했어도 날이 맑고 온화하니 서두를 필요는 없었다. 머릿속에 이런저런 생각이 오갔다. 부지런히 일하고는 있지만 과연 자신이 이 집에 필요한 존재인지 그로서는 도무지 확신이 서지 않았다. 강둑에서 약간 떨어진 길을 따라 천천히 말을 몰던 그는 탁 트인 평지 사이로 솟은 나지막한 봉우리에 올라서서야 자신이 지금 어디로 향하고 있는지 깨달았다. 앞쪽으로 그리 멀지 않은 거리에, 격자무늬처럼 얽힌 벌거벗은 나뭇가지들 틈으로 위딩턴 마을의 지붕들과 예배당 탑이 눈에 들어왔다.

지난번 이곳을 방문한 이후 설리엔의 마음에는 항시 한 여인의 존재가 자리 잡고 있었다. 그동안은 그 자신도 전혀 깨닫지 못했으나 이제는 눈만 감아도 그녀의 얼굴이 선명하게 떠올랐다. 여문 흙 마당을 때리는 말발굽 소리를 듣고서 고개를 돌리던 그 모습. 움직임을 멈춘 채 그를 바라보던 여자의 자태는 마치 미풍에 흔들리는 꽃줄기 같았고, 그를 향해 치켜든 얼굴은 추위와 바람에도 굴하지 않고 피어난 꽃송이 같았다. 그는 첫눈에 그녀의 존재 깊은 곳까지 꿰뚫어 본 기분이었다. 마치 그 몸에서 빛이 나와 모든 것이 훤히 보이는 듯했다. 우중충하니 흐린 날이었건만 그녀의 황갈색 두 눈은 옅은 갈색 머리 아래 넓게 펼쳐진 이마 밑에서 선명하게 반짝이고 있었다. 그 아낌없는 광채와 더불어, 그녀가 미소 짓는 순간 따뜻한 온기가 흘러나와 그의 정신과 마음에 깃든 차가운 근심을 녹여버렸다. 그러나 그녀에게 그는 낯선 사람이었다. 앞으로도 그를 다시 만나게 되리라고는 결코 기대하지 않을 터였다.

그는 내내 자신의 의지와 상관없이 그녀를 떠올렸고, 지금도 아무 생각 없이 그 장원이 있는 마을 어귀로 들어서고 있었다. 들판을 둘러싼 긴 방책과 그 안에 솟은 뾰족한 지붕, 장원 너머에 자리한 밭이랑과 과수원 땅이 눈에 들어왔다. 수확이 끝난 시기라 나무들에는 잎사귀가 거의 남아 있지 않았다. 첫 번째 개울은 아무 생각 없이 첨벙첨벙 건너갔지만 두 번째 개천 앞에서는 급히 멈춰 서지 않을 수 없었다. 장원 울타리와 활짝 열려진 대문에서 너무도 가까웠던 것이다. 그는 자신이 지금 무슨 일을 하고 있는지 되새겨 보았다. 이래서는 안 되며 이럴 권리도 없다는 생각이 들었다.

방책 너머 마당 한편이 보였다. 그 집의 어린 장남이 자그마한 여자아이와 함께 조랑말에 올라 조심스레 마당을 돌고 있었다. 조랑말의 움직임에 따라 아이들의 모습이 규칙적으로 나타났다가 사라지기를 반복했다. 어느 순간 저쪽 구석에서 다시 나타났을 땐 소년이 거드름을 피우며 지시를 내리고 여자아이는 작은 두 손으로 조랑말의 갈기를 꼭 붙들고 있었다. 그때 군닐드의 모습이 시야에 들어왔다. 그녀는 미소 띤 얼굴로 아이들에게 다가 와서는 조랑말의 살진 옆구리를 발꿈치로 살짝 걷어차더니 다시 뒤로 물러나 사라졌다. 설리엔은 어렵사리 정신을 차려 그들에게서 눈을 떼고 마을 쪽으로 돌아섰다.

그런데 거기 그녀가 있었다. 외투 자락 안쪽에 바구니를 넣어 들고 교회 쪽에서 다가오는 중이었다. 갈색 머리는 두툼하게 땋아 주홍색 끈으로 묶은 모습이었다. 그녀의 눈이 설리엔에게 와 멈추었다. 일찌감치 그의 존재를 알아챈 듯, 그녀는 서두르거나 망설이는 기색 없이 쾌활하게 다가왔다. 조금 전까지 그가 마음으로 그리던 모습 그대로였다. 상상 속에서와는 달리 외투 차림에 머리칼을 땋아 내리고 있긴 했지만, 그 얼굴은 변함없이 찬란하고 진솔했으며, 그를 끌어당기는 듯한 두 눈도 여전했다.

그가 말을 세운 자리에서 몇 걸음 떨어진 지점에 그녀가 걸음을 멈추었고, 두 사람은 한참 동안 말없이 서로를 바라보았다. 이윽고 퍼넬이 입을 열었다.

"여기까지 오셨다가 그냥 가실 생각이었나요? 인사도 없이요? 집에 들어가보시지도 않고요?"

만일 그에게 교활한 구석이 조금이라도 있었다면 갖은 꾀와 언어를 다 짜내어 핑곗거리를 만들어냈으리라. 자신이 이곳에 온 건 그녀나 지난번 방문과는 아무 상관 없는 볼일 때문이라고, 이제 지체 없이 돌아가야 한다고. 그러나 설리엔은 서투르기 짝이 없는 거짓말을 한마디도 찾아낼 수 없었다.

"들어가셔서 저희 아버님과 인사나 나누시지요." 그녀가 꾸밈

없이 말을 이었다. "지난번에 당신이 다녀간 이유를 알고 계시니 아주 반가워하실 거예요. 군닐드가 아버님께 전부 말씀드렸거든요. 아버님의 허락이 없었다면 군닐드 혼자 무슨 수로 말과 마부까지 거느리고 슈루즈베리에 가 행정 장관을 만날 수 있었겠어요? 우리 집 식구들은 무슨 일이든 아버님께 숨기는 법이 없답니다. 당신이 그때 군닐드에게 어떤 부탁을 했는지도 알고 계시죠. 휴 베렁어 장관에게 당신 이야기는 빼달라고 했다면서요? 예, 그녀는 시키는 대로 했어요. 하지만 우리 집에선 비밀이 없지요. 비밀을 가져야 할 이유도 없고요."

물론 그러하리라. 신의와 평온이 깃든 그 집안의 성격은 그녀의 태도에서도 여실히 드러나니 말이다. 이래서는 안 된다고, 그 평온함을 지키고 훗날 딸로 인해 겪게 될지 모를 부모의 슬픔을 덜어주기 위해서라도 그녀를 멀리해야 한다고 생각하면서도, 설리엔은 그렇게 할 수 없었다. 그는 말에서 내려 고삐를 잡은 채 그녀와 나란히 섰다. 그러곤 여전히 혼란 속에 입을 꾹 다문 채 그 집의 대문으로 들어섰다.

\*

성 세실리아의 날인 11월 22일, 캐드펠 수사는 미사에 나란히 참석한 두 사람을 보았다. 서로 다른 교구 소속의 두 남녀가 왜 함께 이 수도원에 모습을 드러냈는지 그로서는 알 길이 없었다. 설리엔은 자신이 떠나온 이 교단에 여전히 애정과 집착을 품고 있는 걸까? 새로운 삶을 개척하는 동안 바깥세상에서는 찾아보기 힘든 이곳의 안정이나 질서와 접촉하고 싶었던 걸까? 그렇다면 퍼넬은? 성 세실리아의 날을 맞이하여 안젤름 수사의 찬송을 들으러 온 것인가? 아니, 캐드펠은 생각했다. 그보다는 아직 남들 눈에 띄어도 괜찮을 만큼 관계가 발전하지 못했으니 이곳을 만남의 장소로 이용하자 생각한 게지. 편리하면서도 썩 품위 있어 보이는 곳이니까.

그들은 교구 제단 바로 곁의 회중석에 자리를 잡고 있었다. 육중한 기둥에 가로막혀 소리가 잘 들리지 않는 뒷자리와 달리, 찬송이 아주 생생하게 들리고 성가대석도 잘 보이는 곳이었다. 두 사람은 소맷자락조차 스치지 않을 정도로 거리를 둔 채 나란히 서 있었다. 엄숙한 표정이며 맑고 큰 눈에서 신앙과 열의가 여실히 느껴졌다. 퍼넬은 변함없이 밝고 유쾌한 얼굴이었으나 캐드펠로서는 처음 보는 진지함을 띠고 있었다. 한편 미간에 잡힌 주름에 불안의 그림자가 여전히 드리워 있긴 했지만, 저처럼 평온한 젊은이의 모습 또한 그로서는 처음 보는 것이었다.

미사가 끝나고 수사들이 예배당을 빠져나올 즈음, 설리엔과 퍼넬은 벌써 서쪽 문으로 나가고 없었다. 저들 두 사람이 이런 식으로 만난 게 몇 번이나 될까? 첫 만남은 어떻게 이루어졌을까? 캐드펠은 이런저런 의문을 떠올리며 허브밭의 작업장으로 걸음을 옮겼다. 예배가 진행되는 내내 두 사람은 서로 쳐다보지도, 손을 맞잡지도 않았다. 심지어 곁에 있는 서로의 존재를 의식하고 있다는 기색조차 한 번도 내비친 적이 없었다. 하지만 이들 남녀가 그리도 침착하게 미사에 열중할 수 있었다는 사실 자체가 그들을 묶어놓은 애정과 신뢰를 반증하는 셈이었다.

그처럼 분명하게 함께하다가 그처럼 조용하게 헤어져버린 두 남녀에게서는 일종의 양가성이라 할 만한 미묘한 분위기가 느껴졌는데, 그 이유를 이해하기란 그리 어렵지 않았다. 두 사람을 괴롭히는 문제가 해결되기 전까지는 관계에 더 이상의 진전이 없을 터였다. 청년을 잘 아는 루알드는 일말의 의심 없이 그의 말을 진실로 받아들였고, 그러한 단순함이야말로 루알드 자신을 구원하는 길이었다. 그러나 캐드펠에게는 어느 면에서도 확실한 것이 잡히지 않았다. 게다가 휴는 아무 소식도 없이 여전히 머나먼 땅에 나가 있으니, 지금으로선 기다리는 수밖에 도리가 없으리라.

\*

11월 마지막 날, 수비대 소속 궁사 하나가 먼지투성이의 몰골로 동쪽에서부터 달려왔다. 그는 일단 세인트자일스 구호소에서 말을 멈추어 소리 높여 소식을 전했다. 행정 장관이 이끄는 소집군이 뒤따라오는 중이라고, 가벼운 부상자가 있긴 하지만 다들 무사히 살아 있다고. 슈롭셔뿐 아니라 귀환이 필요한 다른 몇몇 주의 소집군도 겨울 동안 고향을 방비하기 위해 돌아가는 중이었다. 적을 완전히 격퇴하려던 국왕이 마침내 작전을 바꾸어, 상대의 본거지를 봉쇄하되 인근 지역의 피해를 최소화하는 쪽으로 돌아선 터였다. 싸움은 끝났다기보다 연기된 셈이었지만, 어쨌거나 슈롭셔주의 남자들이 무사히 고향으로 돌아온다는 뜻이었다.

전령이 수도원 앞 대로로 들어설 무렵에는 소식이 먼저 날아와 있었다. 그는 속도를 늦추고 지나가면서 다시 한번 소리쳐 알렸고, 주민들이 던지는 질문들에도 열심히 답해주었다. 가옥과 가게와 일터에서 사람들이 연장을 든 채 달려 나왔다. 여자들은 부엌에서, 대장장이는 대장간에서 뛰쳐나왔고, 보니페이스 신부도 수도원 교회 남쪽 현관 너머에 위치한 자신의 방에서 모습을 드러냈다. 큰 안도와 기쁨 속에서, 주민들은 전령을 통해 들은 이런저런 상세한 내막들을 서로 주고받느라 웅성거렸다.

전령이 수도원 문지기실로 들어설 무렵, 세인트자일스로부터 규칙적인 말발굽 소리와 쩔렁대는 마구의 소음이 희미하게 들려오기 시작했다. 수도원 앞 대로에 나와 있던 이들은 귀환군 무리를 환영하려고 기다렸다. 일이야 한두 시간쯤 미루어도 상관없다는 기색이었다. 소식은 수도원 안에서도 한 바퀴 돌았고, 곧 돌아올 병사들을 보기 위해 담장 쪽으로 몰려가는 수사들을 제지하는 이는 아무도 없었다. 캐드펠 또한 무사히 귀환하는 그들을 보기 위해 감사하는 마음으로 나가 기다렸다.

마침내 그들이 당도했다. 떠날 때에 비하면 다들 지치고 추레한 모습이었다. 움푹 패고 무뎌진 무기들과 여기저기 찢기고 더러워진 깃발, 머리를 붕대로 싸매거나 손목에 부목을 댄 이들이 눈에 들어왔다. 다들 수염이 덥수룩한 얼굴에 몸은 흙먼지로 가득했지만, 질서 정연하게 달려오는 그들의 모습은 무척 당당하고 활기차 보였다. 이들이 코번트리에 이르기도 전에 다시 따라잡아 무리에 합류한 휴가 넉넉히 시간을 준 덕에 말과 사람 모두 제대로 휴식을 취한 터였다. 말을 타지 못한 궁사들도 코번트리에서부터는 수월하고 여유 있게 올 수 있었을 것이다. 길이 잘 닦여져 있는 데다, 그들 모두 무사하다는 소식이 이미 앞서 출발했으니 말이다.

　무리의 제일 앞에 선 휴는 미늘 갑옷 대신 평소의 편안한 옷을 입은 모습이었다. 수도원 앞 대로에 가득한 안도와 기쁨의 환호성 때문인지 그의 얼굴이 약간 상기되어 있었다. 군중들의 환호는 시내까지 가는 내내 끊이지 않았다. 휴는 칭찬과 갈채에 쉽게 고무되는 사람이 아니었다. 만일 그가 어찌할 수 없는 상황에서 부하들을 잃고 돌아왔다면 비난과 야유가 그를 반겼을 것이니, 칭찬과 비난의 거리가 얼마나 가까운지 그는 잘 알고 있었다. 3년 전 링컨에서 돌아왔을 때를 떠올리면 아직도 가슴 한쪽이 아려 올 정도였다.

　수도원 정문 앞에 몰려 있는 동그란 정수리들을 둘러보던 휴가 마침내 서쪽 문 계단에 서 있는 캐드펠을 발견했다. 그는 부관의 귀에 대고 무어라 말한 뒤 잿빛 말을 한쪽으로 몰아 대열에서 빠져나왔다. 캐드펠이 만족스러운 얼굴로 다가와 말고삐를 잡아주었다.

"정말이지 반갑고 기쁘구먼. 모두 다 무사하니 더 이상 뭘 바라겠나?"

"하지만 제가 원했던 건 드 맨더빌의 목숨이었죠. 그자는 여전히 살아 있습니다. 쥐새끼 같은 그자를 쥐구멍에서 불러내기 전까지는 스티븐 왕도 어쩔 도리가 없어요. 그나저나, 얼라인은 만나보셨나요? 집에도 별일 없죠?"

"별일 없고말고. 얼라인이 자네를 보면 참으로 기뻐할 걸세. 라둘푸스 원장님께 가는 길인가?"

"아니, 아직은 아닙니다. 일단 부하들부터 돌려보내고 저도 집에 가봐야지요. 그보다 수사님, 저를 대신하여 처리해주실 일이 있습니다!"

"기꺼이 해야지." 캐드펠이 대답했다.

"설리엔을 만나야겠어요. 롱너만 아니라면 어디서든 좋습니다. 그의 모친이 그 사건에 대해 전혀 모르고 있는 것 같아서요. 밖에 나가는 일이 없는 데다, 가족들도 그녀에게 걱정을 끼치지 않으려는 생각에 조심하고 있더군요. 우리가 발견한 시신에 대해 아무것도 모르는데, 이제 와 제가 느닷없이 그 얘기를 꺼내면 안 되겠지요. 이미 충분히 슬픔을 겪은 사람에게 굳이 화살을 한 대 더 박아 넣을 필요가 있겠습니까? 그러니 수사님께서 원장님의 허락을 받아 그 청년을 성으로 데려와주시면 좋겠는데요."

"새로운 소식이 있는 모양이군!" 하지만 그 소식이 무엇인지 그는 묻지 않았다. "성보다는 수도원으로 데려오는 편이 나을 것 같네. 라둘푸스 원장님도 어차피 그 내용을 아셔야 하니까. 그 청년은 우리 형제였던 사람이니 부르면 즉시 올 걸세. 원장님이 적당한 구실을 만들어주실 테고. 한때 함께했던 형제이니 그분이 관심을 보여도 이상할 것 없지. 거짓말 같은 건 할 필요가 없을 거야!"

"예, 그게 좋겠네요! 그럼 그를 불러 제가 올 때까지 데리고 계십시오."

그가 잿빛 말에 박차를 가하자 캐드펠이 고삐를 놓아주었다. 휴는 한달음에 병사들을 뒤쫓아 다리와 시내를 향해 사라졌다. 떠들썩한 환영의 소리와 굽이치는 인파가 그들을 뒤따르는지 수도원 앞 대로를 울리던 만족과 감사의 웅성임은 어느새 꽃이 만발한 들판의 벌떼 소리 정도로 잦아들었다. 큰 마당으로 돌아간 캐드펠은 수도원장에게 접견을 청하기 위해 바삐 걸음을 놀렸다.

\*

롱너 방문의 구실을 찾기란 그리 어렵지 않았다. 그곳에는 통증이라도 줄여볼까 하여 한때 그에게 약을 청했던 환자가 있을 뿐 아니라, 그 집 차남은 1년 동안 수도원 생활을 하다가 갓 환속한 상태였으니 말이다. 게다가 설리엔이 과거 모친한테 썼던 그 약을 다시 써보면 좋겠다고, 오랫동안 진통제조차 쓰지 않던 어머니를 설득해 약을 복용하도록 해보겠다고 말하지 않았던가. 그러니 모친의 상태를 확인할 겸, 수도원장이 청년을 부른다는 얘기도 전하러 왔다고 하면 의심받지 않을 것이다. 바로 얼마 전까지만 해도 수도원장은 아버지로서 아들 수사를 보살펴온 사람이니까.

캐드펠이 도나타 블런트를 만난 건 딱 한 번뿐이었다. 그녀가 아직 바깥출입을 할 만한 기력을 지니고 있던 시기로, 그때만 해도 도나타는 자신의 병에 대해 여기저기 묻고 다니며 적극적으로 도움을 구하곤 했다. 한번은 그녀가 수도원 진료소를 담당하는 에드먼드 수사를 찾아왔고, 에드먼드가 그녀를 캐드펠의 작업장으로 안내해주었다. 그때의 만남을 캐드펠은 몇 년 동안 잊고 지냈는데, 그사이 도나타는 아주 서서히 쇠약해지면서 더는 롱너의 마당 밖에서 볼 수 없게 되었고 최근에는 마당에서조차 보기 힘들게 되었다. 그래, 휴의 말이 옳아, 캐드펠은 생각했다. 식구들은 이미 주체하기 힘든 짐을 지고 있는 그녀에게 새로운 걱정을 더해주지 않으려 하겠지. 궂은일은 절대로 귀에 들어가지 않도록 애쓸 거야. 만일 그녀가 알아야 할 때가 오더라도 그건 적어도 증거와 확신이 갖춰진 다음일 테고, 그때는 그녀도 피할 도리가 없으리라.

처음이자 마지막으로 보았던 때 그녀가 어떤 모습이었는지 캐드펠은 기억을 더듬어보았다. 캐드펠보다 약간 큰 키에 버들가지처럼 호리호리했고, 검은 머리에는 벌써 흰 머리카락이 몇 가닥

섞여 있었지. 반짝이는 짙푸른 눈도 떠올랐다. 휴의 말에 따르면 그녀는 지금 마른 가지처럼 쪼그라들어 움직일 때마다 온 기력을 다 써야 하는 상태였다. 양귀비즙을 쓰면 적어도 중간 중간 조금씩 잠들 수는 있을 텐데 그녀가 약을 쓰려 할지가 문제였다. 혹시 하루라도 빨리 죽음을 불러와 자유로워지고 싶은 마음에 일부러 약을 끊은 건 아닐까?

하지만 이 순간 갈색 말의 안장 위에 앉아 수도원 앞 대로를 지나쳐 동쪽으로 향하는 그의 진정한 관심은 그녀가 아니라 그 아들, 늙지도 병들지도 않았으나 마음과 영혼의 고통을 겪고 있는 젊은이에게로 쏠려 있었다.

이른 오후, 날씨는 음산하기 짝이 없었다. 아침부터 낮게 드리운 구름이 하늘을 온통 뒤덮었다. 그러나 바람은 없었고 비가 올 조짐도 보이지 않았다. 시내를 벗어나 나루터로 향하던 캐드펠은 문득 답답하고 무거운 정적을 느꼈다. 나뭇잎이나 풀잎이라도 흔들리면 이 납덩이 같은 분위기가 좀 깨지련만 도대체가 움직이는 것이 전혀 없었다. 강가의 평지에 풀어놓은 가축들조차 잠을 자는 듯 꼼짝도 않았다. 목초지를 지나던 그는 잠시 고개를 들어 도공의 땅 위로 솟은 봉우리를 바라보았다. 밭갈이가 끝나 시커멓게 보이는 경작지에 첫 생명의 파르스름한 기운이, 아직은 반투명 베일처럼 잡힐락 말락 연약하게 모습을 드러내고 있었다.

목초지 너머 깔끔하게 관리된 긴 숲길과 나지막한 언덕을 지나, 마침내 그는 롱너 장원의 열린 대문으로 들어섰다. 마구간 꼬마가 달려와 말고삐를 넘겨받았고, 착유장에서 나오던 하녀 하나가 마당을 가로질러 와 무슨 용무로 왔는지 물었다. 손님이 찾아오는 경우가 드문 듯 약간의 놀라움과 호기심이 어린 눈길이었다. 큰 길목에 자리한 집이라면 험악한 날씨를 피해 하룻밤 묵어 가려는 객이 종종 나타나겠지만, 이곳 장원은 주요 대로에서 멀리 떨어져 있으니 손님이 없을 만도 했다. 아마도 목적 없이 우연히 들르는 이는 없을 터였다.

캐드펠이 수도원장의 이름을 대고 설리엔이 있는지 묻자 하녀는 알겠다는 듯 고개를 끄덕이더니 빙그레 웃어 보였다. 교단에 몸담았던 젊은 청년을 아쉽게 여겨 아직 자신의 결정에 의심과 회의를 느낄 법한 시기에 다시금 마음을 돌리고자 찾아왔나 보다 생각하는 것 같았다. 캐드펠로서는 반가운 오해였다. 그녀가 집안의 다른 사람들에게 그런 소문을 내주면 설리엔이 원장을 만나러 나가는 것이 더욱 자연스러워 보이리라.

"어서 들어가보세요, 수사님. 설리엔 님은 안에 계십니다. 수사님을 보면 반가워하실 테니 편히 들어가시죠."

하녀는 홀 문으로 이어진 계단을 올라가는 그를 잠시 지켜보다가 지하실 쪽으로 향했다. 활짝 열린 지하실 문 너머 누군가 불룩한 통들을 굴려 안에다 쌓고 있는 모습이 보였다. 캐드펠은 곧 홀에 들어섰다. 바깥에 있다가 막 들어온 데다 날이 흐려서인지 실내가 어둑해. 그는 눈이 어둠에 적응할 때까지 잠시 멈추어 기다렸다. 아직 이른 시각인데도 땔감을 넉넉히 넣어 난로를 때고 있었다. 지금은 모두들 부엌이며 광에서 분주히 움직이느라 텅 비어 있지만, 저녁때가 되면 모든 식구들이 홀로 모여 따뜻하고 환한 불빛을 마음껏 누리리라.

이리저리 둘러보니 실내 저쪽 귀퉁이, 무거운 휘장과 그 너머로 반쯤 열린 문이 눈에 들어왔다. 거기서 사람들의 목소리가 새어 나왔는데 그중 하나는 젊은 남자의 음성이었다. 유도인가? 아니면 설리엔일까? 이어 두 여자의 목소리도 들렸다. 하나는 침착하고 낮은 음성으로, 말을 내뱉기 힘겨운 듯 느릿느릿 또박또박 이어졌다. 다른 한 여자의 목소리는 젊고 생생했는데, 그 음성이 누구의 것인지 캐드펠은 알 것 같았다. 두 사람 사이가 결국 이렇게까지 발전했군. 그 여인 자신이, 혹은 상황이, 그것도 아니라면 운명이 결국 설리엔으로 하여금 그녀를 이곳까지 이끌도록 한 것이다. 그 방에 함께 있는 남자는 설리엔이 분명했다.

캐드펠은 문을 살짝 두드린 뒤 단숨에 휘장을 젖히고 문간에 모습을 드러냈다. 설리엔과 퍼넬은 금세 그를 알아보곤 입을 다물었다. 함께 있던 다른 여자는 도나타 부인이었다. 그녀는 다소 놀란 눈길로 그를 바라보았으나 그 우아함과 품위는 전혀 흔들림이 없었다.

"이 집안에 평안이 함께하길 바랍니다!" 습관적으로 내뱉은 축복의 말에 그는 잠시 가슴이 뜨끔했다. 이 순간 자신의 존재가 평안와는 거리가 멀다는 사실을 너무도 잘 알고 있기 때문이었다. "놀라게 했다면 죄송합니다. 제 기척을 못 느꼈나 보군요. 하녀가 곧장 들어가보라고 하길래…… 제가 이 자리에 잠시 끼어도 되겠습니까?"

"물론이죠, 수사님, 어서 들어오세요!" 도나타가 말했다. 산 사람의 음성이라기보다는 송장이 내는 소리 같았다.

도나타는 안쪽 벽 앞에 놓인 장의자에 앉아 있었다. 바로 위에 걸린 횃불대의 불빛이 넘실대며 그녀의 모습을 비추었다. 쿠션들을 쌓아 올려 몸을 받치고 바닥에는 푹신하게 심을 넣은 발판을 놓은 덕에 그녀는 꼿꼿한 자세를 유지하고 있었다. 가녀린 달걀형 얼굴은 마치 갓 내린 눈처럼 파르스름하니 창백했고, 쑥 들어간 커다란 눈에서는 짙푸른 빛이 뿜어져 나왔다. 쿠션 위에 올린 양손은 거미집처럼 여리고 검은색 가운으로 감싸인 몸은 뼈와 가죽만 남은 듯했지만, 그녀는 여전히 이 집안의 주인으로서 자신의 역할에 어울리는 품위를 드러내 보이고 있었다.

"슈루즈베리에서 오셨나 보군요. 유도와 제하네가 수사님을 뵙지 못해 아쉬워하겠군요. 그 애들은 애첨의 이드머 신부님을 뵈러 갔답니다. 자, 이리 가까이 와서 앉으세요, 수사님. 빛이 흐려서요. 손님의 얼굴을 잘 보고 싶은데 시력이 예전 같지가 않답니다. 설리엔, 손님께 에일이라도 대접해야 하지 않겠니?" 이어 그녀가 다시 캐드펠을 돌아보더니, 냉정하게 다물린 입에 미소를 머금었다. "하지만 수사님은 아마 제 둘째 아들을 만나러 오셨겠지요. 이 아이가 집에 돌아와 저로서는 얼마나 기쁜지 모릅니다."

퍼넬은 도나타의 오른편에 앉아 아무 말 없이 캐드펠을 바라보았다. 그가 이렇게 불쑥 찾아온 목적을 이미, 심지어 당사자인 설리엔보다도 빠르게 짐작한 눈치였다. 그럼에도 그녀는 진중히 앉아 연장자를 존중하는 태도로 귀를 기울이며 신분 좋은 젊은 규수답게 처신하고 있었다. 그녀가 이 집에 온 건 이번이 처음일까? 짐작건대 그럴 터였다. 두 젊은이 모두 다소 긴장한 듯 보였으니 말이다.

"제 이름은 캐드펠입니다. 아드님이 수도원에 있을 때 며칠간 허브밭에서 제 조수로 일했지요. 그를 떠나보내게 되어 저로서는 안타깝지만, 자신이 택한 삶으로 돌아가는 것이니 더는 섭섭하게 생각지 말아야겠지요."

"캐드펠 수사님은 아주 좋은 스승님이셨어요." 설리엔이 그에게 잔을 건네며 초조한 미소를 지어 보였다.

"그래, 네 얘기만 들어봐도 알 것 같더구나. 그러고 보니 저도 기억나네요, 수사님. 몇 년 전 제게 약을 지어주셨죠? 얼마 전에도 설리엔을 통해 약을 보내주셨으니 정말 친절하세요. 아이는 그 시럽을 복용하라고 계속 졸라대지만 제겐 아무것도 필요 없답니다. 보시다시피 자식들이 아주 잘 보살펴주고 있으니까요. 지난번에 주신 약은 도로 가져가시지요. 다른 사람들에게 필요할 테니."

"제가 찾아온 이유는 부인의 안부를 묻기 위해서이기도 합니다. 그 약물로 효과를 좀 보셨는지, 그 밖에 도와드릴 일이 있는지 여쭈려 했지요."

부인은 캐드펠의 눈을 응시하며 미소 짓더니 이렇게 물었다. "그럼, 다른 이유는요?"

"수도원장님께서 보내셨어요. 오늘 설리엔이 수도원으로 좀 와줄 수 있는지 알아보라 하시더군요."

속내를 알 수 없는 표정으로 곁에 서 있던 설리엔이 갑자기 얼굴을 붉히며 자신도 모르게 입술을 축였다. "지금요?"

"지금." 대답이 너무 무거운 듯 느껴져 캐드펠은 부드럽게 덧붙였다. "원장님께서 그렇게 해주셨으면 한다네." 이어 그가 도나타를 바라보았다. "길지 않은 시간이었지만 그분은 아드님을 친자식처럼 생각하셨지요. 지금도 아버지 수사로서 애정을 갖고 계시고요." 캐드펠은 다시금 설리엔의 표정을 살피며 강조해 말했다. "자네가 잘 지내고 있는지 궁금해하시는 것 같아. 직접 확인하면 기뻐하실 걸세. 그뿐이야." 적어도 거기까지는 사실이었다. 수도원에서 어떤 일이 벌어지는지, 원하는 것을 얻을 수 있는지 없는지는 별개의 문제였다.

"한두 시간쯤 뒤에 출발해도 될까요?" 설리엔이 침착한 태도로 물었다. "퍼넬을 위딩턴의 집까지 바래다주려고요. 그게 순서일 것 같습니다."

캐드펠은 그 말에 담긴 의미를 이해할 수 있었다. '지금 수도원에 가면 언제 돌아오게 될지 모릅니다. 마무리 짓지 못한 일을 모두 처리한 뒤에 가는 것이 좋겠군요.' 아마도 이런 뜻이리라.

"그럴 필요는 없을 것 같은데." 도나타가 위엄 있게 말했다. "퍼넬만 좋다면 오늘은 여기서 함께 지내고 싶구나. 위딩턴에는 사람을 보내 따님이 여기 잘 있다고 알려드리면 되겠지. 젊은 손님이 자주 오지 않아서 그런지 이렇게 빨리 헤어지기가 섭섭해서 말이야. 넌 캐드펠 수사님과 같이 가고, 우리는 네가 돌아올 때까지 함께 즐거운 시간을 보내면 되지 않겠니?"

그 말에 퍼넬이 설리엔과 슬쩍 눈길을 교환하는가 싶더니, 이내 입을 열었다. "부인께서 원하신다면 저도 좋습니다. 집에서는 군닐드가 동생들을 돌봐주고 있으니, 어머님도 제게 하루쯤은 휴가를 주실 거예요."

어머니의 마음이란 참으로 놀랍지, 캐드펠은 생각했다. 극한의 고통을 느끼며 죽음을 기다리는 상황에서도 아들을 먼저 생각하고 그에게 좋은 짝이 나타났다는 사실에 기쁨을 느낀다니 말이야. 서서히 다가오는 죽음에 이미 오래전부터 익숙해진 저 부인으로서는 그저 마무리 짓지 못한 일을 처리할 수 있다는 것이 반가울 뿐일까?

그녀를 보며 느끼던 당혹감의 이유가 무엇인지, 그제야 캐드펠은 깨달았다. 고통의 시간을 보내며 머리가 잿빛으로 바뀌고 몸도 잔뜩 쪼그라들어 뼈만 남아 있었지만, 도나타는 도무지 늙은 이처럼 보이지 않았다. 그보다는 이제 막 봉오리를 피워낼 청춘의 나이에 병과 굶주림으로 시들어버린 젊은 여인 같다고나 할까. 퍼넬이 뿜어내는 광채 곁에서 그저 흐릿한 유령의 몰골을 하고 있었으나, 그럼에도 이 노부인의 모습은 여전히 눈길을 끌 만했다.

"그럼 나가서 말을 준비하지요." 설리엔이 말했다. 마치 숲속으로 달려가 바람을 맞을 생각만 하고 있던 사람처럼 홀가분한 목소리였다. 쪼그라든 어머니의 뺨에 입을 맞추려고 그가 몸을 숙이자, 부인은 죽은 이파리 같은 손을 들어 아들의 뺨을 어루만졌다. 설리엔은 어머니에게도 퍼넬에게도 작별 인사를 하지 않았다. 혹시라도 그것이 불길한 징조가 될까 두려운 모양이었다. 그가 먼저 재빨리 홀을 빠져나갔고, 캐드펠도 품위 있게 인사를 건넨 뒤 서둘러 마구간으로 향했다.

*

두 사람은 말에 올라 나란히 마당을 떠났다. 좁은 숲길로 들어설 때까지 그들은 한 마디도 없이 묵묵히 나아갔다.

"자네도 이미 소식을 들었겠지?" 한참 뒤, 캐드펠이 먼저 입을 열었다. "휴 베링어와 소집군이 오늘 돌아왔네. 아무 피해도 입지 않고 말일세!"

"예, 들었지요." 설리엔이 미소 지으며 말을 이었다. "저를 만나려 하는 사람이 누구인지는 이미 감을 잡았습니다. 하지만 수사님은 장관이 아니라 수도원장님 얘기를 꺼내셨죠. 저로서는 감사한 일입니다. 자, 이제 우리가 진짜로 가야 될 곳은 어디지요?

수도원인가요, 성인가요?"

"수도원일세. 거기까진 진실이었어. 말해보게. 자네 어머니는 어디까지 알고 계시지?"

"아무것도 모르시죠. 살인이 있었다는 것도, 군닐드나 브리트릭의 일도, 루알드가 고초를 겪었다는 것도…… 아니, 애초에 그 땅에서 여자의 시체가 발견되었다는 사실 자체를 모르고 계세요. 형님을 비롯해 집안 식구 누구도 어머니께는 한마디도 하지 않았거든요. 수사님도 보셔서 아시겠지만, 그런 짐을 지고 계신 분께 근심을 더하고자 할 사람이 누가 있겠습니까? 다시 한번, 수사님의 배려에 감사드립니다."

"그거야 어려운 일이 아니지. 하지만…… 솔직히 자네 가족들 생각이 옳은 것인지에 대해서는 다소 의구심이 생기는군. 어머니가 자네들보다 강할 수 있다는 생각은 해보지 않았는가? 근심을 더하는 일이 될지언정 결국에는 그분에게도 알려야 하리라는 생각은?"

설리엔은 고개를 들어 시선을 앞으로 향한 채 한동안 묵묵히 말을 몰았다. 구름이 짙게 낀 하늘을 배경으로 뚜렷하게 드러난 새하얀 옆얼굴에는 굳은 가면이 씌워져 있었다. 도나타에게서 느껴지던 엄격함이 그 얼굴에서도 풍겨 나왔다.

"제가 가장 후회하는 건……" 마침내 그가 조심스레 입을 열었다. "위딩턴에 간 겁니다. 제겐 그럴 권리가 없었어요. 누가 끼어들지 않았어도 휴 베링어는 결국 군닐드를 찾아냈을 겁니다.

아니, 그 전에 군닐드가 소식을 듣고 자진해서 성으로 갔겠지요. 그런데 제가 쓸데없는 짓을 해서 이렇게 되었군요!"

"아니, 그 여인도 자네 못지않게 큰 역할을 했네." 캐드펠이 조심스레 말했다. "하지만 그녀는 후회하지 않을 거야."

설리엔이 캐드펠보다 앞서 여울목으로 뛰어들었다. 그의 목소리가 또렷하고 단호하게 들려왔다. "우리가 한 일을 되돌릴 방법이 있겠죠. 그리고 어머니에 관해서는…… 제가 생각해둔 것이 있습니다. 대비책도 있고요."

# 12

저녁기도가 끝난 뒤, 네 사람은 수도원장의 응접실에 모였다. 문을 굳게 닫아걸고 덧창도 내려 바깥과 완전히 차단된 상태였다. 휴는 조금 늦게 도착했다. 집에 돌아가기에 앞서 수비대를 점검하고, 소집군에게 보수를 지급하여 가족들의 품으로 돌려보내고, 몇몇 부상자를 적절히 처치해야 했던 것이다. 집 마당으로 들어가 말에서 내려서자마자 아내와 아들이 달려와 안겼다. 그는 더러워진 옷을 벗고 식탁에 앉아 긴 한숨을 내쉬었다. 신뢰도가 크게 추락한 의심스러운 증인에 대한 조사 작업이 기다리고 있긴 하지만, 한두 시간 늦어진다고 해서 크게 문제 될 것은 없을 터였다.

잠시 쉬면서 원기를 보충했음에도 휴의 얼굴에는 여전히 피로

가 가득했다. 그는 문간에서 외투를 벗은 뒤 수도원장에게 경의를 표했다. 라둘푸스가 문을 닫자 잠시 침묵이 흘렀다. 짧지만 아주 무거운 침묵이었다. 설리엔은 벽 앞에 놓인 장의자에 조용히 앉아 있었고, 캐드펠은 방 한구석, 덧창이 내려간 창가로 물러나 있었다.

"우선 원장님께 감사드려야겠군요." 휴가 말했다. "이렇게 만남의 장소를 마련해주셨으니 말입니다. 저로선 롱너의 가족들에게 부담을 주고 싶지 않았거든요. 원장님께서도 저 못지않게 이 문제에 관심을 갖고 계신 것으로 압니다."

"진실과 정의에 대해서는 우리 모두 같은 마음일 것이오. 그뿐 아니라 나로선 우리 교단의 형제였던 청년이 세상으로 나가버렸다 하여 그에 대한 의무까지 저버릴 수 없으니, 설리엔도 이를 이해하겠지. 자, 알아서 진행시켜보시오, 장관."

책상 너머에 앉은 원장이 휴를 위해 옆자리를 내주었다. 평소 업무를 보느라 어지러웠던 책상이 지금은 말끔하게 치워져 있었다. 휴는 긴 한숨을 내쉬며 자리에 앉았다. 오랜 시간 말을 타느라 여전히 다리가 아프고 몸에 생긴 찰과상도 이제야 막 아물기 시작한 참이었지만, 펜 지방으로 출정한 병력을 무사히 데리고 돌아왔으니 그것만으로도 큰 수확이었다. 그리고 다른 수확에 관해서는 이제부터 세세하게 이야기할 것이며, 다른 세 사람은 모든 내용을 듣게 될 터였다.

"설리엔, 당신은 제너리스의 반지에 대해 증언한 바 있으니 당신이나 당시 증인이 되어주었던 분들께 재차 확인할 필요는 없으리라 믿소. 당신은 피터버러의 프리스트게이트에 있는 존 힌데라는 보석상의 가게에서 그 반지를 손에 넣게 되었다 말했소. 우리 부대가 의무에서 풀려난 뒤 나는 케임브리지에서 피터버러로 가 프리스트게이트를 찾았소. 가게도 찾아냈지. 존 힌데를 만나 그와 이야기도 나누었소. 설리엔, 이제 그의 증언을 들은 그대로 전하려 하오." 휴는 창백해진, 그러나 여전히 침착한 설리엔의 얼굴에서 눈을 떼지 않은 채 조심스레 말을 이었다. "존 힌데도 당신을 똑똑히 기억하고 있더군. 당신은 월터 수도원장의 지시에 따라 그곳을 찾아갔고, 그는 당신을 하룻밤 받아주었소. 그리고 다음 날 귀향길에 오르도록 도와주었지. 거기까지는 사실이오. 그 사람이 확인해주었으니까."

설리엔이 보석상의 이름과 가게 위치를 선뜻 대던 모습으로 미루어 캐드펠 또한 거기까지는 분명 사실이리라 짐작한 터였다. 그렇다면 그 뒤에 이어진 이야기도 의심할 여지가 없지 않을까? 그러나 설리엔의 얼굴은 점점 창백하게 굳어갔다.

"하지만 반지에 관해 질문을 던지자 그가 되물었소. 무슨 반지냐고. 그래서 내가 설명했더니 자기는 그런 반지를 본 일이 없다고 단호하게 대답했소. 그런 여자한테서 그런 걸 산 적이 없다는 거요. 자신이 꼼꼼하게 기록하는 사람은 아니지만 최근의 거래라면 기억하지 못할 리 없다고 하더군. 그는 당신에게 반지를 준 적이 없소. 왜냐하면 그것을 가지고 있던 적이 없으니 말이오. 당신이 우리한테 한 얘기는 거짓이었소."

돌덩이 같은 침묵이 깔렸다. 하지만 설리엔은 어느새 고요하고 침착한 표정으로 돌아와 휴를 응시하고 있었다. 이러한 상황을 미리 예견하고 대비한 걸까? 그는 입을 열지도 눈을 내리깔지도 않았다. 힘줄이 불거진 라둘푸스의 손이 경련하듯 움직이며 방 안에 가득한 긴장을 깨뜨렸다. 수도원장의 호출을 전했을 때 설리엔의 표정이 굳어지는 것을 보며 캐드펠은 어느 정도 이러한 상황을 예상하고 있었으나, 라둘푸스 원장으로서는 충격이 클 터였다. 그는 살아오면서 이런저런 인간의 모습을 보아왔다. 물론 거짓말쟁이들도 많이 보았고, 그럴 때마다 당황하지 않고 일을 처리해냈다. 하지만 이번 경우는 그로서도 뜻밖이었다.

"루알드는 자네가 보여준 반지가 제너리스의 것이 맞다고 확인해주었지. 보석상에게서 받은 게 아니라면 어떻게 해서 당신은 그걸 손에 넣게 된 거요? 당신이 했던 말은 거짓으로 드러났지만, 이제 진실을 털어놓을 기회가 다시 한번 주어졌소. 거짓말쟁이들 모두가 그런 혜택을 누릴 수 있는 건 아니지. 자, 할 말이 있거든 해보시오."

"그 반지는…… 제가 지니고 있던 겁니다." 뻑뻑한 자물쇠에 열쇠를 넣어 돌리는 양 애를 쓴 끝에 설리엔이 입을 열었다. "제너리스가 제게 주었지요. 수도원장님께도 이미 말씀드렸습니다만 저는 오래전부터 그녀에게 마음을 품어왔고, 그 애정은 제 생각보다도 훨씬 깊었습니다. 사실 제 감정이 어떤 것인지, 저는 성인으로 성장하면서도 깨닫지 못하고 있었습니다. 루알드가 그녀를 버리기 전까지는 말입니다. 그러다 버림받은 그녀의 분노와 슬픔을 보며 알았지요. 그녀를 움직인 것이 무엇인지 저로서는 짐작할 수 없습니다. 그저 모든 남자에게 복수하겠다 마음먹은 건지도 모르지요. 어쨌든 제너리스는 저를 받아들였고, 제게 반지를 주었습니다." 고통도 증오도 드러내지 않은 채 그가 말을 이었다. "하지만 그녀의 마음은 오래가지 못했습니다. 풋내기인 저로서는 그녀를 만족시켜줄 수 없었지요. 저는 루알드가 아니었을뿐더러, 그녀의 심장을 꿰뚫을 만큼 비중 있는 사람도 못 되었어요."

그가 사용하는 단어에 무언가 이상한 구석이 있다고 캐드펠은 생각했다. 어떤 때는 말 한 마디 한 마디에 열정의 피가 흐르는 듯했고, 또 어떤 때는 연구자의 초연함과 객관성이 느껴졌다. 라둘푸스도 비슷한 거북함을 느꼈는지, 아니면 보다 자세한 내용을 듣고 싶었는지, 직접 입을 열었다.

"자네가 그 여인의 연인이었다는 얘긴가?"

"아닙니다. 그러니까 제가 그녀를 사랑했다는 것, 절박한 상황에 처한 그녀가 저를 자신의 슬픔 속으로 조금 들어오게 해주었다는 것, 그게 전부입니다. 만일 제 고통이 그녀의 고통을 조금이라도 어루만질 수 있었다면 그리 헛된 시간은 아니었겠지요. 혹시 그녀가 저를 잠자리까지 끌어들였느냐는 뜻으로 물으셨다면, 그건 아닙니다. 그녀는 한 번도 그런 적이 없고, 저 역시 그런 생각은 품어보지 않았습니다. 저의 중요성이랄까, 이용 가치는 그처럼 크지 않았거든요."

"그녀가 사라졌을 땐 어땠소? 그 일에 대해 아는 바가 있었소?" 휴가 끈기 있게 파고들었다.

"아뇨, 아무것도 몰랐습니다. 다른 사람들이 아는 정도로만 알았지요."

"무언가 짐작한 바도 없었고?"

"그 무렵 저와 그녀의 관계는 이미 끝난 상태였습니다. 저도 그저 사람들이 하는 말을 믿었어요. 그녀가 이곳 생활에 염증을 느껴 결국 완전히 떠났나 보다고요."

"소문처럼 다른 연인과 같이 말이오?"

"연인과 함께였는지 혼자였는지, 그걸 제가 어찌 알겠습니까?"

"다른 사람들이 알고 있는 정도로만 알았다면, 여기로 돌아와 도공의 땅에서 여성의 시신이 발견되었다는 얘기를 들었을 때 틀림없이 제너리스이리라 생각했겠군."

"그렇게들 믿는 게 당연하다고는 생각했습니다." 설리엔이 힘들어하며 말했다. "하지만 반드시 그녀이리라고는 생각지 않았어요."

"좋아! 당신은 특별한 비밀을 알지 못했고, 따라서 그 시신이 제너리스인지 아닌지도 알 길이 없었소. 그럼에도 불구하고 거짓 이야기를 꾸며내고 그녀가 준 반지를 내놓아야겠다고 판단했군. 제너리스가 살아 있음을 증명하여 루알드에게 드리운 의심을 제

거해줄 목적으로 말이오. 물론 그녀가 아주 먼 곳에 살고 있는 것처럼 꾸며내 확인해볼 수 없게 했지. 결국 당신은 그녀의 생사는 물론 루알드가 유죄인지 결백한지조차 알지 못했던 거요."

"아뇨!" 설리엔이 갑자기 분노 어린 목소리를 왈칵 쏟아내며 한 걸음 앞으로 나아왔다. "루알드에 대해서는 확신하고 있었습니다. 전 그를 잘 알아요. 그가 그녀를 해쳤다니, 상상조차 할 수 없는 일입니다. 그는 살인을 저지를 사람이 아니에요."

"그는 참 행복한 사람이군. 이처럼 신뢰가 깊은 친구를 가졌으니 말이오." 휴는 냉랭하게 말을 이었다. "좋아, 다음 문제로 넘어가보지. 처음엔 우리도 그 말을 의심할 이유가 없었소. 당신이 반지를 통해 제너리스가 살아 있음을 명백하게 증명해 보였으니까. 따라서 다른 가능성들을 찾기 시작했고, 그러다 한 여자를 발견했소. 그곳에서 자주 보이다가 갑자기 자취를 감춘 군닐드라는 여자였지. 그러자 또다시 당신의 손이 개입해 상황을 주무르기 시작했소. 행상인이 체포되었다는 소식을 듣자마자 당신은 군닐드가 그와 헤어지고 겨우내 피난처로 머물렀을 법한 장원, 혹은 그녀가 살아 있음을 증언해줄 수 있는 사람을 찾아 돌아다녔소. 물론 큰 기대는 하지 않았겠지만, 어쨌거나 찾아냈을 땐 무척 기뻤겠지. 멀쩡히 살아 있는 자신을 죽인 혐의로 누군가 붙잡혀 있다는 소식을 듣고 그녀가 자진해서 나서주었으니 말이오. 설리엔, 우리가 두 번씩이나 속을 줄 알았소? 그 모든 게 정의를 원하시는 주님의 손길이려니 생각할 줄 알았소? 죽은 여인이 제너리스가 아님을 그처럼 확실하게 입증해놓고, 왜 군닐드 일에 개입한 거요? 대체 어떤 근거로 군닐드도 아니리라 자신했던 거지? 그런 일이 두 번씩이나 일어났소. 우연이라 믿기엔 지나쳤지. 물론 군닐드의 생존은 확실하게 입증되었소. 살과 피를 가진 그녀가 직접 와서 얘기를 했으니까. 하지만 이제 제너리스의 생존과 관련한 문제가 다시금 떠올랐소. 당신의 말이 거짓으로 밝혀졌으니 말이오. 내가 보기에는 우리가 발견한 시신의 이름을 찾느라 더 이상 애쓸 필요도 없을 것 같소. 당신 자신이 그 시신에 이름을 붙여준 셈이오."

설리엔은 더는 한 마디도 하지 않겠다는 듯 입을 꽉 다물고 있었다. 새로운 거짓말을 늘어놓기엔 이미 너무 늦은 터였다.

"당신은 수도원의 일꾼들이 그 땅에서 무엇을 파냈는지 들었을 때부터 그것이 그녀의 시신임을 의심하지 않았소. 그녀가 거기에 묻혀 있다는 사실을 너무도 잘 알고 있었던 거요. 그리고 루알드가 범인이 아니라는 점도 확신했지. 모든 일을 알고 계시는 하느님이나 그런 확신을 가질 수 있을 거요. 따라서 살인범이 누구인지 아는 사람은 하느님과 설리엔 당신뿐이라는 얘기요."

"설리엔," 라둘푸스가 오랜 침묵을 깨고 입을 열었다. "장관의 말과 관련하여 해명할 것이 있거든 지금 털어놓으시오. 만일 형제의 영혼에 죄가 있다면 더 이상 고집 부리지 말고 고백하고, 죄가 없거든 해명을 하시오. 형제에게 의혹을 불러온 것은 바로 형제 자신이오. 고맙게도 형제는 친구건 아니건 다른 누군가가 짓지도 않은 죄로 짐을 지는 것을 방관하지 않았소. 그 점은 내가 형제에게 기대했던 바 그대로요. 하지만 아무리 좋은 명분이 있더라도 거짓말은 그 가치를 잃게 만드는 법이오. 차라리 다른 모든 것을 포기하고 '내가 바로 그 사람이니 더는 찾지 마십시오'라고 숨김없이 말하는 것이 나을 거요."

다시 침묵이 찾아왔다. 마치 살을 누르고 숨통을 조이는 듯한 정적이었다. 창 밖에는 얇고 낮게 걸린 구름 사이로 어스름이 모여들어 나른한 잿빛 속에 세상의 모든 빛깔을 빨아들이고 있었다. 설리엔은 단단한 벽에 어깨를 기대고 광택 없는 푸른 눈을 반쯤 내리깐 채 꼼짝도 없이 앉아 있었다. 그렇게 얼마나 지났을까? 마침내 그의 몸이 꿈틀거렸다. 이 절박한 상황이 피부에 경련을 일으킨 듯, 그가 양손을 들어 뻣뻣해진 손가락으로 뺨을 몇 차례 눌렀다. 그 자리에 어린 한기를 누그러뜨려야 말을 할 수 있을 터였다. 잠시 뒤 설리엔은 고개를 들고서, 매우 단호하고 확고한 얼굴로 차분하게 휴를 바라보았다.

"그래요!" 아주 낮지만 침착하고 설득력 있는 음성이었다. "저는 몇 번이나 거짓말을 했습니다. 사실 전 장관님만큼이나 거짓을 싫어하는 사람입니다. 장관님과 합의가 잘 이루어질 경우 맹세컨대 모든 진실을 털어놓겠습니다. 제 조건을 들어주시다면 살인에 대해 자백하지요!"

"조건이라니?" 휴가 검은 눈썹을 치올리며 재미있다는 듯 되물었다.

"저 자신은 어떻게 되어도 상관없습니다." 정신이 제대로 박힌 사람이라면 누구라도 동의하지 않을 수 없는 합리적인 이야기를 하는 양 설리엔은 확고하게 말을 이었다. "제가 원하는 건 단 하나, 저로 인해 어머니와 가족들이 불명예를 겪거나 망신을 당하는 일이 없어야 한다는 것입니다. 사람의 죽음이 걸린 문제일지 언정, 죄 없는 이들을 살리고 죄 있는 자만 멸할 수 있다면 흥정을 못 할 이유도 없지 않겠습니까?"

"그러니까 이 모든 일을 침묵 속에 덮어준다면 다 털어놓겠다는 얘기요?" 수도원장이 벌떡 일어나 한 손을 들어 분노와 반대를 표했다. "살인을 두고 흥정한다는 것은 있을 수 없는 일이오. 설리엔, 고집 피우지 마시오. 형제는 지금 자신이 저지른 실수 위에 모욕까지 더하고 있소."

"아닙니다, 원장님. 일단 들어보지요. 어떤 사람의 얘기든 들어줄 가치는 있으니까요." 휴가 끼어들었다. "계속해보시오, 설리엔. 당신이 요구하려는 게 정확히 무엇이오?"

"사실 아주 간단한 것일 수도 있습니다. 저는 지금 부르심을 받았고 스스로 포기했던 자리에 불려 와 있습니다." 설리엔은 여전히 차분하고 설득력 있는 목소리로 말을 이었다. "만일 제가 또 한 번 마음을 바꾸어 제 소명으로 되돌아간다면 대단히 이상한 일이 될까요? 여기 계신 수도원장님이라면 저를 설득하실 수 있을 텐데요." 라둘푸스가 인상을 찌푸렸다. 그가 자신의 직무와 영향력을 악용하려 했기 때문이 아니라, 그의 목소리에서 느껴지는 절망 어린 변덕과 그 경박함 때문이었다. "제 어머니는 지병으로 언제 돌아가실지 모르는 상황이고, 형님은 선친과 마찬가지로 명예로운 이름을 지키며 아내와 함께 내년에 태어날 아이를 기다리고 계시지요. 두 분 모두 누구한테도 잘못을 저지른 적이 없을 뿐 아니라 이 상황에 대해 아무것도 모르고 계십니다. 제발 그분들을 평화롭게 지내게 해주십시오. 예전과 마찬가지로 명예와 평판을 지키게 해주세요. 그분들께는 제가 변심을 뉘우치고 다시 교단으로 돌아왔다고만 전하면 될 것입니다. 어디 계신지 모를 월터 원장님을 찾아가 징계와 귀환 허락을 받기 위해 멀리 떠나갔다고요. 가족들은 그분이 저를 거부하지 않으리라 믿고 안심할 겁니다. 원장님, 규율도 길 잃은 자의 귀환을 허용하며 심지어 세 번까지 기회를 주게 되어 있지 않습니까? 저를 위해 그렇게만 해주신다면 살인을 자백하겠습니다."

"그러니까······" 휴가 손짓으로 수도원장의 입을 막고서 물었다. "자백의 대가로 당신을 풀어달라는 얘기요? 다시 수도원으로 돌아가게 내버려두라고?"

"아뇨, 그런 뜻이 아닙니다. 다만 저희 가족이 그렇게 믿도록 해주십사 하는 겁니다." 자신이 입고 있는 셔츠보다도 희고 창백한 얼굴로, 설리엔은 진지하게 말을 이었다. "그렇게만 해주신다면 여러분의 뜻이 어떠하든 저는 죽음을 맞이할 각오가 되어 있습니다. 땅속에 파묻힌 채 모두에게서 잊혀도 상관없어요."

"재판도 받아보지 않고?"

"무슨 희망이 있다고요? 저는 가족들이 아무것도 모르는 채 평온하게 살기만을 바랄 뿐입니다. 목숨에 대한 공정한 보상은 목숨이니, 말로 된 형식이 다른 결과를 만들어낼 수는 없지요."

터무니없는 소리였다. 때로는 과하다 싶으리만치 확실하고 꼼꼼하게 자신의 직무를 이행해온 장관에게 이러한 말을 할 수 있는 사람은 완전히 자포자기한 죄인뿐이리라. 휴는 가만히 앉아 검은 눈을 곁눈질하여 수도원장을 제지하고는, 깊은 생각에 빠진 듯 긴 손가락 끝으로 책상을 두드렸다. 캐드펠은 그가 어떻게 나올지 대충 감을 잡을 수 있었다. 하지만, 그 이야기를 과연 어떻게 시작할 것인가? 한 가지 분명한 건 그러한 언어도단의 흥정을 그가 결코 받아들이지 않으리라는 점이었다. 살인자가 되었든 누가 되었든 아무도 모르게 한 사람을 묻어버린다니, 그야말로 생각도 할 수 없는 일 아닌가. 막다른 지경에 내몰린 경험 없는 청년만이 할 수 있는 얘기였다. 정말 그런 말을 진지하게 받아들여주기를 기대했단 말인가. 젊은이들이란, 참! 캐드펠은 불꽃처럼 타오르는 분노를 느끼며 생각했다. 잘못된 생각에 빠져 감히 어른들에게 모욕과 무례를 범하다니. 게다가 자기 자신에게까지 가혹하기 그지없는 상처를 주면서!

"슬슬 흥미가 동하는군, 설리엔." 휴가 책상 너머로 설리엔을 응시하며 입을 열었다. "하지만 대답을 주기 전에 먼저 그 죽음에 대해 더 자세히 알아야겠소. 죄를 경감할 수 있는 세부 사항들이 있을지 모르잖소. 향후의 일이 어떻게 전개되든 그러한 혜택을 받는 편이 당신에게도 좋을 거요. 아니, 당신뿐 아니라 내 마음의 평화를 위해서라도 그렇지."

"아뇨, 그럴 필요는 없을 것 같습니다." 설리엔이 체념 어린 목소리로 대꾸했다.

"내겐 어쩌다 그런 일이 일어났는지가 매우 중요하오. 싸움이 있었소? 제너리스가 당신을 거부하면서 수치심을 주었소? 아니면 다른 일로 다투다가 쓰러뜨린 거요? 그녀가 거기 루알드의 오두막 옆 수풀 밑에 어떤 식으로 묻혀 있었는지는 우리가 잘 알고 있는바—" 그의 말이 거기서 끊겼다. 순간 설리엔이 급격히 굳어진 표정으로 고개를 돌린 터였다. "왜 그러오?"

"나리께서 혼동하셨든지, 아니면 지금 절 혼란에 빠뜨리려 하시는 것 같군요." 그가 다시 피로에 지친 냉담한 표정으로 돌아가 말했다. "그곳이 아닙니다. 잘 아실 텐데요. 금작화가 우거진 둔덕 밑이었지요."

"아, 그렇지. 깜박했소. 그 이후 워낙 많은 일이 있기도 했고, 무엇보다 당시 밭갈이가 진행되었을 때 내가 현장에 있지 않았거든. 어쨌든 내가 말하려던 건 이거요. 당신은 그녀를 땅에 묻으면서 존경심이랄까, 아쉬움이랄까, 심지어 양심의 가책마저 느낀 듯한 흔적을 남겼소. 게다가 은 십자가도 함께 묻었지. 우리는 이를 단서로 추적해보았지만 자네는 물론 누구한테도 근접하지 못했고." 설리엔은 그를 빤히 쳐다볼 뿐 입을 열지 않았다. "따라서 나는 이것이 단순히 불운에 의해, 즉 의도한 바 없이 일어난 재난

이 아닐까 생각했소. 싸움이 붙으면 분에 못 이겨 한 대 치거나 밀칠 수 있지. 아니면 한 사람이 달아나다가 추락해 두개골이 깨질 수도 있소. 그녀의 두개골도 파손되어 있었소. 다른 곳의 뼈는 이상이 없는데 그 부분만 손상되었더군. 그러니 말해보시오, 설리엔. 어쩌다 그런 일이 벌어지게 되었는지 말이오. 어쩌면 어느 정도 참작의 여지가 있을지도 모르잖소."

"아셔야 할 것은 이미 모두 말씀드렸습니다." 설리엔은 대리석처럼 창백한 낯으로 경계를 늦추지 않은 채 차갑게 대꾸했다. "더는 한마디도 하지 않겠습니다."

"좋소." 인내심이 다한 듯 휴가 불쑥 자리에서 일어섰다. "이 정도면 되었다 봐야겠군. 원장님, 밖에 궁사 두 사람과 말들이 대기하고 있습니다. 죄인은 당분간 성에서 보호하겠습니다. 부하들을 들여 저 청년을 데리고 나가게 해도 되겠지요? 무기는 정문 앞에 두고 들어오라 했습니다."

수도원장은 그때껏 엄격한 얼굴로 지혜로운 눈을 가늘게 뜬 채, 말 속에 숨은 의미를 하나도 놓치지 않겠다는 듯 집중하여 귀를 기울이고 있었다. 곧 그가 입을 열었다. "그리시오, 들어오라 하시오." 그러곤 휴가 문 밖으로 나가자 설리엔을 향해 말했다. "설리엔, 상황이 우리에게 거짓을 강요하는 듯 보일지라도 결국에는 진실밖에 치료책이 없소. 악인이 되지 않는 길은 그 길 뿐이오."

설리엔이 고개를 돌리자 촛불 빛이 그의 흐릿한 푸른 눈과 창백한 얼굴 위에서 빛났다. 그가 꾹 닫고 있던 입을 어렵사리 열었다. "원장님, 제 어머니와 형님을 위해 늘 기도해주시겠지요?"
"물론이오."
"제 부친의 영혼을 위해서도요?"
"자네의 영혼까지."
휴가 다시 응접실 문간에 나타났다. 수비대 소속의 궁사 두 명이 발꿈치를 든 채 들어서자 설리엔은 지시도 기다리지 않고 얼른 의자에서 일어나더니, 말 한 마디, 눈길 한 번 남기지 않은 채 그들 틈에 끼어 나갔다. 휴가 문을 닫았다.

*

"보셔서 아시겠지만, 그는 아는 것에 대해서는 서슴지 않고 대답했습니다. 그러다 제가 작은 함정을 놓자 아예 대답을 하지 않았지요. 그가 그 자리에 있었던 건 분명합니다. 설리엔은 그녀가 매장되는 것을 보았어요. 하지만 그 자신이 그녀를 죽이거나 매장하지는 않은 것 같습니다."
"그래, 장관은 그가 무심코 약점을 드러낼 만한 대목들을 끼워 넣은 듯하더군……." 수도원장이 말했다.
"실제로 효과가 있었지요."
"하지만 나로서는 그것으로 정확하게 무엇을 얻어냈는지 잘 모르겠구려. 여인이 발견된 정확한 장소에 관한 대목은 알겠소.

설리엔도 얼른 장관의 말을 바로잡아주었지. 적어도 그 장면만은 직접 본 거요."

"하지만 그는 공범도 아니요, 근접 목격자도 아닙니다." 캐드펠이 말했다. "그녀의 가슴에 놓인 십자가가 보일 정도로 충분히 가까이 있지 않았으니까요. 그것은 은 십자가가 아니라 나뭇가지로 급조한 것이었죠. 그렇습니다. 그는 그녀를 묻지도, 죽이지도 않았습니다. 만일 그가 그런 짓을 했다면, 여자의 상처 부위를 제대로 지적하거나 부족한 대목을 보충해주었을 겁니다. 그녀의 두개골이 부서지지 않았다는 건 우리 모두 잘 압니다. 그 시신에는 상처라 할 만한 게 아예 없었지요. 만일 그녀가 어떻게 죽었는지 알았다면 그는 우리 이야기를 바로잡았을 거예요. 하지만 그는 몰랐어요. 그리고 대충 짚었다가 오히려 위험해지리라는 것을 알고 입을 다물 만큼 영리했지요. 휴가 자신에게 함정을 놓는 것도 얼른 눈치채지 않았습니까. 그래서 말을 하지 않으면 약점도 드러날 리 없다는 생각으로 침묵을 택한 겁니다. 하지만 그의 눈이 그 침묵을 깨뜨리고 있었어요. 눈빛에서 진실이 고스란히 드러나더군요."

"적어도 그가 제너리스를 사랑하여 가슴앓이를 했다는 점은 사실일 겁니다." 휴가 말했다. "마치 누이나 보모를 대하듯 어릴 적부터 아무 의심이나 고민 없이 자연스레 사랑해왔겠지요. 그러다 그녀가 버림받자 큰 연민과 분노가 그의 내부에 잠재한 열정의 끈을 모조리 풀어놓았을 것입니다. 당시 그녀가 그에게 많이 의지했다는 것도 사실일 테고요. 설리엔은 자신이 선택받았다 느꼈겠지만, 아마 제너리스는 그를 남성으로서 진지하게 대하지 않았을 겁니다. 그저 귀여워하는 아이, 자신에게 아이다운 위안을 주는 젊은이 정도로만 생각했겠지요."

"그녀가 반지를 주었다는 얘기도 사실이라 보시오?" 수도원장이 물었다.

이 질문에 즉각 대답을 내놓은 사람은 캐드펠이었다. "아닙니다."

"그 정도로 확신하오?"

"저를 늘 괴롭혀온 대목이 하나 있는데, 바로 그가 반지를 제시한 방식입니다. 원장님도 기억하실 겁니다. 집에 다녀오겠다며 원장님께 허락을 받으러 왔었지요. 그러곤 허락받은 대로 하룻밤을 롱너에서 묵었고, 돌아온 뒤 이렇게 얘기했습니다. 여인의 시신이 발견되었으며 루알드가 범인으로 의심받고 있다는 이야기를 집에 가 형님에게 듣고서야 비로소 알게 되었다고 말입니다. 그러곤 반지를 꺼내놓았어요. 그러나 저는 그가 원장님께 외출 허락을 받으러 오기 전에 이미 그 사건에 대해 들었으리라 생각합니다. 롱너를 방문해야만 했던 이유도 바로 그것이었지요. 루알드를 변호하자면 먼저 집에 있는 반지를 가져와야 했던 겁니다. 물론 당시 그가 털어놓은 내용은 모두 거짓이었습니다. 그 가엾은 청년은 누가 제너리스를 매장했는지, 그녀가 어디에 누워 있었는지 전부 알고 있었어요. 그가 이곳이 아닌 먼 타향의 수도원으로 도망친 이유도 그 일과 관련이 있는 게 분명합니다."

"한 가지 분명한 사실은……" 라둘푸스가 생각에 잠겨 말했다. "그가 다른 누군가를 비호하고 있다는 점이오. 매우 가깝고도 소중한 사람이겠지. 그의 관심은 오로지 자신의 친지들과 가문의 명예뿐이오. 그렇다면…… 그의 형님일까?"

"아닙니다." 휴가 말했다. "설리엔의 형 유도는 제외해야 할 듯합니다. 도공의 땅에서 어떤 일이 벌어졌든 유도는 그 일과 전혀 접점이 없습니다. 게다가, 어머니가 병석에 계시긴 하지만 그 외의 모든 점에서 그는 단순하고 행복한 사람이지요. 지금은 좋은 아내를 맞이하여 아들을 볼 희망에 들떠 있고요. 그저 자신의 장원에 매달려 손수 일하고 결실을 거두느라 바쁠 뿐입니다. 어두운 일이란 으레 단순하지 않은 이들에게 달려들어 마음을 갉아먹는 법이지요. 제 생각에 유도는 의심하지 않아도 좋을 것 같습니다."

"제너리스가 사라진 뒤 롱너에서 달아난 사람은 둘입니다." 캐드펠이 천천히 말했다. "한 사람은 수도원으로, 또 한 사람은 전쟁터로 달아났지요."

"그의 부친 말이군!" 라둘푸스가 이렇게 내뱉고는 잠시 생각에 잠겼다가 입을 열었다. "뛰어난 평판의 소유자로 윌턴에서 싸우다가 전사한 영웅이라…… 그래, 그럴듯한 얘기요. 그러한 명예가 더럽혀지는 것을 보느니 설리엔으로선 차라리 자신의 목숨을 희생하는 편이 낫겠다 생각했을 거요. 더욱이 어머니와 형님을, 또 조카의 장래를 생각하면 더더욱 그랬겠지. 하지만 우리로서는 거짓을 허용할 수 없소. 그러니 이제 어떻게 하는 게 좋을지……."

설리엔의 고집스러운 침묵이 시작되고부터 캐드펠 역시 쭉 같은 질문을 던지고 있었다. 휴가 놓은 작은 함정과 이어진 심문이 그의 마음 한구석에 자리해온 가정에 확신을 더해준 터였다. 설리엔은 스스로 죄를 범하지 않았을지언정 죄악의 상황을 목격했으며, 그 장면에 짓눌리고 있는 게 분명했다. 그는 과연 얼마나 보았을까? 죽음의 현장을 본 것 같지는 않았다. 만일 그랬다면 세부 사항들을 모조리 포착하여 자신을 죄인으로 몰아가는 증거로 제시했을 테니까. 아마 그가 본 것은 매장의 장면이리라. 이룰 수 없는 사랑에 고뇌하던 청년은 한 여인의 뜨거운 슬픔과 분노로 반가이 들어갔고, 곧 내팽겨쳐졌다. 그를 매우 아꼈던 제너리스로서는 자신의 불길이 그에게 미치지 않기를 원했겠지만, 그는 이미 구제할 수 없는 감정에 빠져 있었다. 그러다 어쩔 수 없이 그녀의 용광로에 이끌린 또 다른 사내로 인해 젊은 설리엔이 자신의 자리를 잃었다면? 도나타가 이미 몇 년째 죽음을 기다리는 상황이었으니 남편 유도 블런트는 한창 원기 왕성한 나이임에도 불구하고 수도사나 사제처럼 지내야 했을 것이다. 그러다가 결국 굶주린 남녀가 서로에게서 욕구를 채웠으리라. 그리고 청년이 그 모습을 목격했다면……. 청년의 고뇌는 경쟁자에 대한 질투로 더욱 깊어졌을 것이다. 그러나 경쟁자를 증오할 수도 없었으니, 바로 그가 자신이 숭배하는 사람인 까닭이었다.

상상할 수 있는 이야기다. 가능성도 충분하다. 그렇다면 아들과 아버지는 서로를 파괴하는 각자의 욕망을 숨기는 데 얼마만큼 성공했을까? 그 위험한 상황을 집안 식구 가운데 누구라도 알아차리지는 않았을까? 만약 그랬다면 과연 어디까지 눈치챘을까?

그래, 그럴 수 있을 거야, 캐드펠은 생각했다. 누구나 말하지 않는가. 그녀는 대단한 미인이었다고.

"원장님께서 허락해주신다면 제가 다시 롱너로 가보고 싶습니다." 캐드펠이 말했다.

"그럴 필요 없습니다." 휴가 말했다. "제가 벌써 수비대원을 하나 보내놨거든요. 별다른 전갈이 없으면 그 댁 마님이 밤새 기다릴 것 같아서요."

"하지만 설리엔이 오늘 밤 여기서 지낼 거라고만 전하라 했겠지. 휴, 내 생각엔 지금까지 모두가 큰 잘못을 저질러온 것 같네. 그 집 식구들은 노부인이 세상일에 대해 아무것도 모르는 채 그저 만족하며 살도록 늘 독소를 빼낸 반쪽 진실만을 전해주지 않았나. 연민이라는 명목하에 그런 어리석은 짓들이 자행된 걸세! 그분이 이 일을 알면 안 돼, 그분만큼은 이 문제에서 배제해야 해, 되뇌면서 말이야. 부인의 육신을 좀먹는 병 못지않게 그러한 대우가 그녀에게서 용기와 힘과 의지를 빼앗아 비실비실한 유령으로 만들고 있는 걸세. 만일 그 집 식구들이 진정으로 부인을 인정하고 존중했다면 그녀가 식구들이 진 짐의 절반은 덜어주었을 걸세. 정작 부인은 자신과 생을 같이하는 그 괴물 같은 병을 두려워하지 않아. 그녀에게 두려운 것은 아무것도 없지." 그가 안타까운 투로 말을 이었다. "아들이 어머니의 방패와 울타리가 되어야겠다 마음먹는 건 물론 자연스러운 일일세. 하지만 그는 어머니에게 아무런 도움이 되지 못하지 않나. 그와 함께 이리로 오는 길에도 내가 그런 말을 했네. 그가 이해했는지 못 했는지는 모르겠어. 하지만 그 부인은 훨씬 더 넓은 영역에서 자신의 의지와 목적을 실현하면서 아들의 방패와 울타리가 되어줄 수 있을 걸세. 그가 결코 이해하지 못한다 해도 그쪽이 훨씬 낫겠지."

라둘푸스가 우울한 눈빛으로 그를 바라보았다. "그러니까, 그 부인에게 이 일을 알려야 한다는 얘기요?"

"이 일과 관련해 알려야 할 모든 것을 벌써 오래전에 낱낱이 말했어야 한다고 생각합니다. 늦었지만 지금이라도 알려야 하고요. 하지만 제가 그렇게 할 수는 없습니다. 아니, 오히려 막을 수 있는 한 막아야지요. 오는 길에, 그녀에게 진실을 감출 수 있다면 그러겠다고 너무 쉽게 그와 약속해버렸습니다. 어쨌거나 오늘은 이미 늦었으니 다시 찾아가기가 힘들겠군요. 원장님께서 허락하신다면 아침 일찍 가보려 합니다."

"필요하다고 생각되거든 가시오." 수도원장이 말했다. "지금이라도 그 청년의 피해를 최소화해서 어머니 품으로 돌려보내고, 세상을 떠난 전 영주의 불명예스러운 행적이 공개되는 일 없이 집안의 명예를 그대로 지키게 만들 수만 있다면 더할 나위 없이 좋겠군."

"일단 오늘은 이대로 마무리하지요." 캐드펠이 자리에서 일어서자 휴가 부드럽게 입을 열었다. "부인이 아무것도 모른 채 행복한 시간을 보내고 있다면 오늘은 어쨌든 만족스럽게 잠자리에 들 겁니다. 설리엔에게는 아무 일도 없으며, 그저 수도원장님의 만류로 여기서 하룻밤 보내게 된 것으로 알고 편히 쉬도록 내버려두는 게 좋겠지요. 부인에게 어디까지 알려야 하는가 하는 문제는 설리엔의 진실이 밝혀진 이후에 생각해보지요. 모든 걸 그대로 전할 필요는 없을 겁니다. 지금 와서 죽은 사람의 이름을 더럽힌들 무슨 의미가 있겠습니까?"

지극히 합리적인 얘기였다. 그러나 캐드펠은 불안스레 고개를 내저었다. 몇 시간이라도 지체되는 것이 마음에 들지 않았던 것이다. "어쨌거나 내일까지는 기다려야겠지. 지켜야 할 약속이 있으니. 그리고 뒤늦게 생각이 났는데, 나와 약속한 바는 없지만 거기 남겨두고 온 사람도 하나 있다네."

# 13

캐드펠은 여유 있게 말을 달렸다. 일찍 도착해봐야 롱너의 식구들이 일어나 움직이기 전에는 별 의미가 없을 터였다. 게다가 속도를 늦추자 생각을 정리할 만한 마음의 여유도 생기는 듯했다. 모든 상황이 그가 설리엔과 함께 떠나왔던 때 그대로 남아 있을 것인지, 아니면 하룻밤 사이 비밀이 날아가버렸을지, 그로서는 알 길이 없었다. 하지만 최악의 경우라 해도 설리엔에게는 큰 위험이 없을 것이다. 결국 진실을 은폐했다는 점을 제외하면 그에게는 죄가 없는 것으로 합의가 되었으니까. 게다가 이미 죽은 사람이 정말로 죄인이라면, 굳이 그의 오점을 세상에 공개할 필요가 있을까? 그 일은 이제 휴의 권한에서도 스티븐 왕의 권한에서도 벗어나 다른 세계의 법정, 세상 어느 곳보다도 신성한 법정에서 다루어질 것이었다. 그곳의 판관은 이미 모든 것을 알고 계시리라.

이제는 약간의 기술을 발휘해 설리엔의 양심을 건드리고, 그렇게 밝혀진 진실을 살짝 어루만져 진상을 무마하는 일만 남은 셈이야, 캐드펠은 생각했다. 롱너의 노부인이 어제까지 알고 있던 것보다 더 많이 알 필요는 없었다. 입빠른 주민들도 곧 이 사건에 싫증을 내고 다음 차례가 될 작은 위기나 추문을 찾을 것이며, 결국 자신들의 호기심이 결코 충족되지 못했으며 제대로 처벌된 살인자도 없었다는 사실조차 까맣게 잊을 것이다.

그리고 바로 그 대목에서, 캐드펠은 자신이 채워지지 않는 욕심과 무모하게 충돌했음을 깨달았다. 진실을 사람들의 눈앞에 보여주지는 못할지언정, 캐내고 확인받고 승인받고자 하는 욕구가 그의 내면에 잠재해 있었다. 그렇지 않으면 삶과 죽음, 그리고 하느님의 법령 사이에 진정한 화해란 있을 수 없다고 여겼던 것이다. 참으로 오만한 생각이었다.

이런저런 상념에 잠긴 채 캐드펠은 말을 달렸다. 11월의 아침이 으레 그렇듯 바람기조차 없이 나른하게 고인 듯한 날이었다. 들판을 수놓았던 푸른빛은 다소 퇴색한 채 말라가고, 나무들도 이파리를 거의 떨구어낸 상태였다. 납빛에 가까운 강 수면은 고요히 흐르다 물살이 빠른 곳에서나 이따금씩 살랑댈 뿐이었다. 그러나 새들은 일찌감치 일어나 부지런히 노래하고 있었다. 마치 저희들 나름의 자그마한 장원을 거느린 양 침입자들의 도전에 맞서 권리와 특권을 외쳐대는 것만 같았다.
 그는 세인트자일스 앞에서 대로를 벗어나 완만한 고지로 이어진 오솔길을 따라갔다. 언덕의 절반은 시든 잔디로, 다른 절반은 히스와 여기저기 흩어진 나무들로 채워져 있었다. 잠에서 깨어난 수도원 앞 대로의 소음, 마차 삐걱대는 소리와 개 짖는 소리, 이리저리 얽히는 수많은 목소리들을 멀리 뒤로한 채 이 고지대에 서자 수도원에서는 느끼지 못했던 상쾌하고 가벼운 미풍의 움직임이 느껴졌다. 그는 언덕 가장자리의 덤불을 헤치고 꼭대기에 올라 밑을 내려다보았다. 구불구불한 강과 강변의 가파른 둑과 목초지가 눈에 들어왔다. 문득 그는 놀라 걸음을 멈추고 한 곳을 응시했다. 사공의 뗏목이 강을 건너고 있었다. 그리 멀지 않은 거리라 뗏목이 근처 강변으로 실어 나르는 것이 무엇인지 똑똑하게 보였다.
 짧고 견고한 네 다리를 가진 좁은 가마 하나가 뗏목 한중간에 잘 고정되어 있었다. 가마 위에는 비바람을 막아주는 리넨 가리개가 쳐져 있고, 한쪽 옆에는 땅딸막하고 건장한 마부가, 반대편에는 갈색 망토를 걸친 젊은 여자가 앉아 있었다. 모자나 쓰개를 쓰지 않은 터라 여자의 황갈색 머리칼이 미풍에 나부꼈다. 뗏목 뒤편에서는 사공이 잔잔한 물살을 헤치며 삿대질을 하고, 그 곁에서는 또 다른 짐꾼 하나가 침착하게 헤엄치며 따라오는 얼룩빼기 말의 고삐를 잡고 있었다. 수심이 낮은 지점이니 말이 헤엄을 쳐야 하는 거리는 얼마 되지 않을 터였다. 짐꾼들은 시골의 여느 집안에서나 볼 수 있는 하인들이었지만 그 젊은 여자가 누구인지에 대해서는 착각할 여지가 없었다. 그렇다면 이렇게 날씨가 평온한 날 불과 몇 킬로미터의 거리를 가는 데 가마까지 동원해야 하는 사람이 누구인지는 뻔했다. 병자나 늙은이, 장애인이나 죽은 사람이 아니고서는 저러지 않으리라.

캐드펠로서는 일찍 출발한다고 나왔건만 한발 늦은 셈이었다. 도나타 부인이 이미 장남을 남겨둔 채 집 밖으로 나선 것이다. 수도원장과 슈루즈베리의 행정 장관이 대체 무슨 볼일로 자신의 차남 설리엔을 만나려 했는지 알아보려는 것이 틀림없었다.

캐드펠이 노새를 쿡쿡 찔러 긴 언덕길을 달려 내려갈 즈음, 밑에서는 사공이 뗏목을 모래 평지로 밀어내고 있었다.

\*

짐꾼들이 말을 기슭으로 이끌고 가마를 뭍으로 안전하게 옮기는 사이, 퍼넬이 재빨리 달려와 노새에서 내리는 캐드펠을 맞았다. 차가운 공기 때문에, 아니, 그보다는 아마도 흥분과 다급함에 얼굴이 무척 상기되어 있었다. 모두가 불가능하리라 여겼던 노부인의 나들이에 동행하지 않았는가. 그녀는 걱정스러운 얼굴로 수사복 소매를 단단히 붙잡고서 그의 얼굴을 올려다보았다.

"부인이 고집을 부리셨어요! 당신이 지금 무엇을 하고 있는지 잘 아신다고요! 부인이 이번 일에 대해 전혀 듣지 못했다는 거

알고 계셨어요? 집안 식구들 전부⋯⋯ 유도가 부인을 겹겹이 가려진 어두운 은신처 밖으로 나오지 못하게 했고, 다른 사람들도 모두 그 지시에 따랐어요. 배려에서 나온 조치였다고는 하지만, 부인이 그런 배려를 원했겠어요? 수사님, 수사님과 저를 제외하면 부인께 자유롭게 진실을 알릴 수 있는 사람은 아무도 없었어요."

"나도 자유롭지 못하오." 캐드펠이 덤덤하게 대꾸했다. "침묵을 존중해주기로 약속했거든. 그 집 식구들도 전부 그래왔고."

"존중이라고요?" 퍼넬이 기가 막힌다는 듯 숨을 들이켰다. "그게 존중이에요? 전 그분을 만난 지 하루밖에 안 됐지만 매일 한 지붕 밑에서 지내는 그 집 가족들보다 그분을 더 잘 아는 느낌이에요. 수사님도 그분을 보셨잖아요! 피부 대신 고통으로, 가죽 대신 용기로 감싸인 한 줌 가녀린 뼈에 불과한 분이에요. 그래요, 그런 분께 감히 이런저런 문제에 대해 이야기한다는 게 힘들 수 있었겠죠. 이 얘긴 그분 귀에 들어가지 않게 합시다, 견뎌내지 못할 거예요, 다들 그런 생각이었을 거예요. 하지만⋯⋯ 이건 아니잖아요!"

"무슨 얘긴지 알겠소." 캐드펠은 기미를 읽히는 낌꾼들 쪽으로 시선을 돌렸다. "그러니까, 당신이 그분에게 진실을 알릴 유일한 사람이었군."

"한 사람이면 족하죠! 예, 제가 부인께 말씀드렸어요. 아는 대로 모두요. 하지만 제가 모르는 것도 많기 때문에 이제 그분이 직접 모든 것을 알아보시려는 거예요. 부인께 이제 목적이 생겼다고요. 살아야 할 이유와 과감하게 밖으로 나가야 할 이유가 생겼어요. 미쳤다고 생각하실지 모르지만, 앉아서 죽음을 기다리는 것보다는 그쪽이 훨씬 낫죠."

캐드펠이 가마 머리 쪽으로 몸을 굽히자 가느다란 손이 리넨 가리개를 젖혀 올렸다. 무게와 흔들림을 줄이기 위해 대마를 엮어 만든 가마 안에 도나타가 깔개와 베개들을 포개놓고 기대앉아 있었다. 그녀로서는 1년여 만의 외출이었다. 그동안 얼마나 엄청난 인내심을 발휘해야 했을지는 감히 짐작하기도 어려웠다. 리넨 가리개 밑으로 부인의 쇠약한 얼굴이 드러났다. 납빛 피부에 찡그린 얼굴. 잿빛이 도는 푸르스름한 입술은 굳게 다물려 있었다. 저 입을 열어 말을 하자면 꽤나 힘을 들여야 할 것 같았다. 그러나 그녀의 목소리는 여전히 맑고 정중했으며, 무거운 권위가 실려 있었다.

"절 보러 오시던 길이겠죠, 캐드펠 수사님? 퍼넬이 그러더군요. 수사님께서 롱너로 오실 것 같다고요. 이제 됐어요. 제가 수도원으로 가는 중이니까. 수도원장님과 행정 장관이 중대히 여기는 사건에 제 아들이 연루된 것으로 알고 있어요. 어쩌면 제가 모든 일을 바로잡을 수도 있을 것 같군요."

"제가 호위하겠습니다." 캐드펠이 말했다.

이제 와 그녀를 만류하며 신중함과 분별력을 강요해봐야 무슨 소용이 있겠는가? 그녀를 돌려보내서 어쩌겠는가? 어떻게 유도 부부를 뿌리치고 나들이를 감행할 수 있었는지 묻는 것도 아무 의미가 없을 터였다. 극한의 자제력을 발휘하여 침착함을 유지하고 있는 저 얼굴이 부인의 의지를 대변하고 있었다. 그녀는 자신이 무슨 일을 하고 있는지 잘 알았으니, 어떤 고통이나 위험도 그 기세를 꺾을 수는 없었다. 마치 들쑤셔진 깜부기불처럼, 가녀린 에너지가 부인의 내부에서 조금씩 타오르는 듯했다. 너무도 오랜 세월 체념 속에 꺼져 있던 불길이었다.

"아뇨, 먼저 가보시죠." 도나타가 말했다. "휴 베링어 님께 가 수도원장님 숙사에서 우리를 만나달라고 전해주시겠어요? 우리는 천천히 갈 수밖에 없으니 아마 수사님과 행정 장관이 먼저 도착하실 겁니다. 하지만 제 아들은 빼주세요!" 부인의 눈에 잠시 불꽃이 일었다. "그 아이는 그대로 두세요! 그게 낫지 않겠어요? 죽은 자들은 각자 자기 죄의 대가를 치러야 하니, 그것을 산 자들에게 남겨 대신 짊어지도록 할 수는 없지요."

"그게 좋겠습니다. 유산도 빚이 청산된 후에야 더 고맙게 느껴지는 법이니까요."

"그래요! 아들과 저 사이의 문제는 적당한 시기가 올 때까지 이대로 내버려두는 편이 좋을 것 같습니다. 제가 처리하겠어요. 다른 누구도 수고할 필요가 없어요."

짐꾼 하나가 퍼넬의 말에 다시 안장을 얹어 부지런히 닦고 있었다. 무리의 움직임은 천천히 걷는 속도보다 빠르지 않으니, 아마 한 시간은 더 가야 수도원에 당도할 터였다. 도나타는 다시 입을 다문 채 쿠션들 사이에 몸을 묻었다. 야윈 얼굴에 잡힌 주름 하나하나가 극기에 가까운 인내를 드러내 보였다. 그녀는 임종의 자리에서도 그런 모습으로 신음 한 번 새어 나가지 않게 하리라. 그러다 죽음이 찾아오고 마지막 손길이 눈을 감겨주면 그 모든 긴장도 확실하게 씻겨 나갈 것이다.

캐드펠은 노새에 올라 수도원 앞 대로와 시내 쪽으로 이어지는 언덕길을 따라 다시 나아갔다.

*

"도나타 부인이 알고 있다고요?" 휴가 깜짝 놀라 물었다. "제가 처음 찾아간 바로 그날부터 유도가 고집한 한 가지가 바로 그거였는데요. 그분만큼은 이 험악한 일에 끌어들이고 싶지 않다고요! 어젯밤 우리가 헤어질 때 수사님도 그러셨잖아요. 이 얽히고 설킨 복잡한 사건에 부인을 끌어들이지 않겠다 맹세했다고요. 그런데 이제 와서 부인에게 털어놓으신 겁니까?"

"내가 아닐세. 어쨌거나 그녀가 알게 되었다는 건 사실이야. 다른 여인에게서 듣게 되었지. 그리고 지금 부인은 그 여인과 함께 수도원장님의 숙사로 가는 중일세. 양쪽 세계의 책임자들에게 꼭 해야 할 얘기가 있다고 하더군."

"맙소사." 휴는 입을 벌린 채 잠시 멍하니 생각에 잠겼다가 말을 이었다. "대체 어떻게 길 떠날 생각을 했답니까? 제가 부인을 본 게 바로 얼마 전이에요. 손 한 번 움직이는 것도 힘들어했죠. 벌써 몇 달째 집 밖에 나와보지도 않았다 하셨는데……."

"그동안은 반드시 나와야 할 다급한 이유가 없었지. 부인에겐 식구들이 강요하는 보살핌과 걱정에 맞설 명분이 없었네. 하지만 이제는 있지. 부인은 의지로 가득 차 있어. 지금 몇 킬로미터 안 되는 거리를 가마에 실려 오는 중인데, 그녀로선 고통스러운 노릇이겠지. 그렇지만 그 자신이 원한 일이니만큼 나로서도 이번만큼은 만류하고 싶지 않네."

"그렇게 힘을 쓰다가는 당장 죽을지도 모릅니다."

"결과가 그렇다 한들, 그게 그렇게 불행한 종말일까?"

휴는 아무 말 없이 한참이나 그를 바라보다가 조용히 입을 열었다. "그래, 그 같은 도박 행위를 부인은 어떻게 정당화하던가요?"

"아직까지는 별말 없었네. 다만, 죽은 자들은 각자 자기 죄의 대가를 치러야 하니, 그것을 산 자들에게 남겨 대신 짊어지도록 할 수는 없지 않겠냐고 하더군."

"이 사건의 배후에 다른 사연이 있는 게 분명해요. 우리가 그 청년한테서 얻어낸 것보다 더 많은 일들이 말입니다. 좋습니다, 설리엔은 좀 더 앉아서 생각하도록 내버려두지요. 그는 아버지를 구하려 하고, 부인은 아들을 구하려 하는군요. 그동안 아들들과 식구들은 모두 그녀를 구하려고 그렇게 분주하니 움직였고요. 이제 그녀가 지휘를 한다니 다른 노래를 들을 수 있겠습니다. 아, 잠시만요, 수사님. 제가 가서 안장을 올리는 동안 얼라인과 인사나 좀 나누시지요."

*

그들은 다리에 당도했다. 수도원에 들어가기 전까지 생각을 정리하려는 듯 둘 모두 천천히 움직이고 있었다.
"그러니까……" 휴가 말했다. "부인은 설리엔이 없는 자리에서 얘기하고 싶어 한다고요?"
"그래, 아주 단호하더군. 작은아들이 있으면 안 된다고. 그리고 모자간의 문제는 적당한 때가 될 때까지 내버려두자는 거야. 입 밖에 내지는 않았지만, 유도에 대해서는 별로 걱정하지 않는 듯하더군. 어쨌든 죽은 사람의 과오를 공개해봤자 무슨 소용이 있겠는가? 대가를 치르게 할 수도 없고, 그렇다고 산 사람한테 대신 죄를 물을 수도 없는 노릇이니."
"하지만 설리엔에게 그 일을 숨길 수는 없습니다. 그는 매장 현장을 목격했으니까요. 그러니 사건과 관련한 모든 내용을 알아야 하지 않겠어요? 그가 이미 알고 있는 절반에 덧보태질 진실까지 전부 말입니다."
과연 그가, 또 우리가 그 절반이라는 것조차 제대로 알고 있기나 한 것일까? 캐드펠은 생각했다. 다른 가능성들은 모두 배제되었으며, 따라서 남은 것이 곧 진실이라 다들 확신하던 터였다. 그러나 이제 저 한쪽에서 웅크리고 있던 새로운 진실이 불쑥 나서며 생각지 못했던 가능성의 세계를 펼치기 시작했으니, 더는 그 무엇도 배제할 수 없었다. 설리엔이 알고 있는 것들 중에서도 그저 가정에 불과한 부분이 있을 것이다. 그게 과연 얼마나 될까? 그가 눈으로 보았다 믿는 것들 가운데 사실이 아니라 상상에 불과한 것은 또 얼마나 될까?

그들은 수도원 마구간 앞에 내려 수도원장의 숙사로 들어갔다.

\*

그들 모두가 수도원장의 응접실에 모였을 때는 오전도 중반에 접어들어 있었다. 휴가 문지기실에서 도나타의 가마를 기다렸다가 큰 마당을 지나 라둘푸스의 숙소까지 직행하도록 안내했다. 염려하는 그의 모습에 큰아들 유도가 떠올랐는지, 정원의 빛바랜 가을 꽃밭을 배경으로 마차에서 내리며 그녀는 관대한 미소를 지어 보이고는 순순히 그의 손에 몸을 맡겼다. 젊고 건강한 사람의 지나친 배려를 나이 들고 병든 사람의 노련한 끈기로 잘 받아들이는 모양새였다. 곧 부인이 휴의 부축을 받으며 대기실로 들어갔다. 평소 같으면 예배당 담당이자 원장의 보좌를 맡고 있는 비탈리스 수사가 한창 일하고 있을 시각이지만, 지금은 라둘푸스 수도원장이 몸소 그녀의 손을 잡아 안으로 안내했다. 방 안 패널화로 된 벽 앞에는 푹신한 방석을 깐 그녀의 자리가 마련되어 있었다.

의식이라도 치르듯 거창한 과정이었다. 나서지 않은 채 한 발 떨어져 있던 캐드펠은 문득 여왕 즉위식을 보는 듯한 느낌을 받았다. 혹시 부인도 은근히 즐기고 있는 건 아닐까? 그녀가 어떻게 생각하는지는 알 수 없지만, 그동안 부인은 중환자로서의 특권을 거의 강제적으로 누려온 터였다. 불후의 위엄을 지닌 사람으로, 자신이 남들에게 야기하는 염려와 불편함까지도 관대하게 받아들이며 품위 있게 모든 것을 견뎌냈다. 그리고 오늘, 시련에 대비해, 또한 사교적 방문을 위해 이렇게 정성껏 차려입고 나온 그녀는 부서질 듯 연약해 보이면서도 탄복할 만한 우아함을 풍겨내고 있었다. 가운은 눈과 같은 짙푸른색이었는데, 약간 바랜 것마저 똑같았다. 그 위에 걸친 소매 없는 외투 역시 푸른색으로, 장미가 수놓이고 끝단은 은사로 처리되어 있었다. 새하얀 리넨 머리쓰개가 정오 무렵의 햇살을 받아 그녀의 주름진 뺨을 반투명한 잿빛으로 만들어놓았다.

퍼넬도 잠자코 뒤따라왔지만 응접실에는 들어오지 않고 수심 어린 황갈색 눈을 동그랗게 뜬 채 대기실과 이어진 문간에 서 있었다.

"여기까지 오는 동안 퍼넬 오트미어가 친절하게도 함께해주었답니다." 도나타가 말했다. "그것 말고도 그녀에게 감사해야 할 게 많지요. 하지만 우리 얘기가 길어질 테니 괜히 여기까지 들여 지겹게 만들 필요는 없을 듯하군요." 이어 부인이 수도원장과 휴베링어를 번갈아 바라보았다. "제가 두 분께 이 만남을 강요한 건 아닌가 싶기도 합니다만, 우선 한 가지 여쭈지 않을 수 없군요. 지금 제 아들은 어디에 있지요?"

"성에 있습니다." 휴가 짧게 말했다.

"감금되어 있나요? 아니면 자유로운 상태인가요?" 꽤나 직접적인 질문이었다. 그러나 그녀의 얼굴에 비난이나 흥분의 기색은 없었다.

"성내에서는 자유롭게 움직일 수 있습니다." 휴는 이렇게만 대답했다.

"그렇다면, 장관님, 퍼넬을 성에 들여 그 아이와 만나게 해줄 수 있을까요? 우리가 이야기를 나누는 동안 같이 있으면 둘 모두에게 보다 즐거운 시간이 될 것 같군요. 만일 이후의 절차에 큰 지장이 없다면 그렇게 해주시길 부탁드립니다."

휴의 검은 눈썹이 잠시 씰룩대다가 기울어지며 수긍의 기미를 드러냈다. 이렇게나 처지가 다른 두 사람 사이에 의견의 일치가 이루어지기도 드물겠지, 캐드펠은 생각하며 마음속으로 하느님께 감사드렸다.

"제 장갑을 징표로 주지요." 휴가 말한 뒤 문간에 서 있는 여인에게 다가갔다. "이걸 가지고 가면 들여보내줄 거요." 그러곤 퍼넬의 손을 잡아 함께 밖으로 나갔다.

물론 두 여인은 어젯밤에, 혹은 오늘 아침에 이미 롱너의 집에서 계획을 세웠으리라. 지금까지 알려진 진실을 퍼넬이 도나타에게 전해주었던 바로 그곳에서 말이다. 아니, 어쩌면 새벽에 집을 나와 세번강 건너 나루터에 당도하여 캐드펠과 마주치기 직전에 그랬을까? 언제 어디서 시작되었든, 그들 계획의 자양분이 된 것은 퍼넬 오트미어의 단호한 결심이리라. 진실을 캐내어 설리엔 블런트를 짓누르고 있는 짐을 벗겨주고야 말겠다는 결심. 젊은 여인과 나이 든 여인―사실 죽음에 너무 일찍 다가갔을 뿐 나이만 보자면 별로 늙지도 않았지만―그 두 사람이 저희들 나름의 정의를 조제하기 위해 자석과 쇠처럼 달라붙은 것이다.

곧 휴가 희미하게 미소를 띤 채 다시 돌아왔다. 캐드펠은 그 미소에서 휴가 짊어진 부담을 느꼈다. 자신이 좇는 진실이 부인의 진실과는 다를지 모른다는 것을 잘 아는 터였다. 방으로 들어온 그는 세상과 이어진 문을 굳게 닫았다.

"자, 부인. 이제 저희를 부르신 용건을 말씀해주시지요."

도나타는 이미 마음을 가라앉히고 평온 속으로 침잠해 있었다. 이제부터 이어질 시간을 그녀가 과연 버틸 수 있을까? 외투를 벗은 부인의 모습은 한층 왜소해 보여서, 마치 장정의 두 손 안에 그 몸 전체가 들어갈 것만 같았다.

"먼저 이렇게 만나주신 것에 감사를 표하고 싶군요." 그녀가 입을 열었다. "더 일찍 나설 수도 있었겠지만, 어젯밤에야 그동안 두 분을 괴롭혀온 문제에 대해 알게 되었거든요. 우리 집 식구들이 저를 지나치게 염려한 나머지 나쁜 소식은 일절 전하지 않았기 때문이죠. 정말 큰 실수였습니다. 생각해보세요. 제 고통을 줄여주려고 다들 주변 상황을 조작하며 밤낮으로 고민하고 있었다는 사실을 아주 늦게야 알게 된다면, 그땐 제 마음이 더 힘들지 않겠습니까? 전혀 필요치 않을뿐더러 아무 소용도 없는 짓이었지요. 저 자신보다 보호가 절실한 사람들이 오히려 저를 보호하려 드는 것은 제게 크나큰 모욕입니다. 더구나 그들의 처지가 과거나 현재를 통틀어 더할 수 없이 힘든 상황이니 말이에요. 이는 애정이 낳은 실수이기도 한바, 저로선 불평하지 않습니다. 더욱이 이제 더는 참고 견딜 필요가 없어졌으니까요. 분별력 있는 퍼넬이 다른 누구도 하지 못했던 이야기를 들려주었거든요. 하지만 여전히 저는 모르는 것이 많습니다. 퍼넬 자신도 아직 모르기에 말해주지 못한 것들이지요. 그러니 두 분께 질문을 드려도 될까요?"

"원하는 대로 뭐든 물어보시오." 수도원장이 말했다. "천천히, 필요하다면 쉬어가면서 얘기해도 좋소."

"그래요, 이제 서두를 것도 없지요. 죽은 자들이야 물론 안전할 테고, 아직 살아 이 혼란에 뒤얽혀 상처 입은 이들 역시 안전하리라 믿으니까요. 곧 이 자리에서 어느 죽음에 대한 재판이 이루어질 것으로 압니다. 제 아들 설리엔이 여러분들로 하여금 자신이 죄인인 것처럼 믿도록 근거를 제시했다고요. 여러분께서는 그 아이를 용의자로 보시나요?"

"아닙니다." 휴가 주저 없이 대답했다. "살인 용의자는 분명 아닙니다. 비록 본인이 그렇게 말했고, 지금도 그렇게 주장하며, 앞으로도 입장을 바꾸려 하지 않을 것 같지만요. 그는 살인을 자백할 생각입니다. 필요하다면 죽을 각오도 되어 있다더군요."

그녀는 놀라는 기색 없이 천천히 고개를 끄덕였다. 뻣뻣한 리넨 주름이 뺨을 스치며 부드럽게 사각거렸다. "그럴 줄 알았어요. 여기 계신 캐드펠 수사님께서 어제 그 아이를 찾아오셨을 때만 해도 저는 놀라거나 의문을 가질 이유가 없었지요. 아무것도 모르는 상태였으니까요. 그저 눈에 보이는 그대로 믿고, 원장님께서 우리 아이가 잘못된 결정을 내린 게 아닌지 의심하시어 소명을 포기한 결정에 대해 좀 더 깊게 생각하기를 권하시려나 보다 생각했지요. 그러나 이후 퍼넬이 제게 모든 걸 얘기해주었습니다. 제너리스가 어떻게 발견되었는지, 그리고 제 아들이 어떻게 제너리스의 생존을 증명하고 루알드의 결백을 밝혀주었는지…… 게다가 그 아이는 또 한 번 애쓴 끝에 군닐드라는 여자가 살아 있다는 사실도 밝혀냈다고요…… 그때 전 깨달았지요. 그 아이가 이 일에 대해 지나치게 많은 것을 알고 있으며, 그리하여 스스로에게 벗어날 길 없는 의혹을 불러왔다는 것을 말입니다. 다 쓸데없는 노력이었어요. 아, 내가 미리 알기만 했어도……! 조금 전 그 아이가 스스로 짐을 지고자 한다 말씀하셨나요? 좋아요. 그것이 허위라는 사실을 장관께서는 제 도움 없이도 이미 간파한 모양이군요. 피터버러에 다녀오셨겠지요? 장관님이 펜 지방에서 돌아오신 지 얼마 안 되어 곧바로 설리엔이 호출되었으니, 나로선 그렇게 판단할 수밖에 없겠군요."

"그렇습니다. 피터버러에 갔었어요."

"거기서 내 아들이 거짓말을 했다는 것을 알았고요?"

"예, 거짓말이었지요. 보석상이 그를 하룻밤 재워준 것은 사실이었습니다만, 그런 반지를 그에게 준 적은 없어요. 그는 반지를 보지도 못했고, 제너리스에게서 뭘 산 일도 없었지요. 설리엔이 거짓말을 한 겁니다."

"그럼 어제는요? 자신의 거짓말이 탄로 난 것을 알았을 때 그 아이는 뭐라던가요?"

"제너리스가 예전에 주었던 반지를 쭉 간직해왔다고 했습니다."

"한번 거짓말을 하면 그걸 덮기 위해 다른 거짓말을 할 수밖에 없지요." 부인은 깊은 한숨을 내쉬고서 말을 이었다. "그 아이 스스로는 그럴 만한 명분이 있다고 생각했는지도 몰라요. 하지만 거짓말의 명분 같은 건 있을 수 없어요. 거짓말은 결국 재난을 불러오기 마련입니다. 자, 그 아이가 반지를 어디서 손에 넣었는지 말씀드리지요. 제가 찬장 속 작은 함에 넣어둔 것을 꺼내 간 거예요. 그 함에는 다른 물건도 몇 가지 들어 있지요. 외투를 여밀 때 쓰는 핀이며 평범한 은 목걸이, 리본…… 모두 사소한 것들이지만 그게 누구의 물건이었는지는 아무리 오랜 세월이 지난 후에도 알아볼 수 있을 겁니다."

미심쩍은 눈길로 조용하고 초연한 그녀의 목소리에 귀를 기울이고 있던 라둘푸스가 물었다. "그러니까, 그 물건들 모두 죽은 그 여인의 것이란 말이오? 부인이 말하는 물건의 주인이 루알드의 아내인 제너리스가 틀림없소?"

"예, 분명히 제너리스입니다. 만일 누가 제게 물어보기만 했다면 곧바로 그 이름을 댔을 텐데요. 전 거짓말 따위는 하지 않습니다. 그래요, 그 자질구레한 장신구는 모두 그녀의 것이었지요."

"죽은 자의 것을 훔치는 것은 용서받지 못할 죄악이오." 수도원장이 무겁게 말했다.

"훔칠 의도는 전혀 없었습니다." 부인은 흔들림 없이 침착하게 이야기를 이어갔다. "어쨌든 그 물건들이 아니었다면 누구도 그 시신의 이름을 밝힐 수 없었을 거예요. 실제로 아무도 그 정체를 알아내지 못했잖습니까. 하지만 그 물건을 보관하게 된 건 제 결정이 아니었습니다. 저라면 그렇게까지 하지 않았을 거예요. 함을 발견한 건 설리엔이었지요. 아마 죽은 남편의 시신을 고향으로 옮겨 왔을 때였던 것 같습니다. 남편이 사망하자 그 아이가 솔즈베리에서 시신을 옮겨 왔고, 아버지의 업무며 부채 따위를 모두 정리했거든요. 그때 그 반지를 보았던 모양이에요. 그러다 그녀가 아직 살아 있다는 증거가 필요해지자 집에 와서 가져갔지요. 반지를 제외한 그녀의 소지품은 아직 그대로 안전하게 보관되어 있습니다. 지금이라도 가져와 여러분께 보여드릴 수 있어요. 저는 함을 거기 넣어둔 이후 한 번도 열어보지 않았습니다. 어젯밤까지는요. 설리엔이 무슨 짓을 했는지 정말이지 전혀 몰랐어요. 유도도 마찬가지고요. 유도는 여전히 이 일에 대해 아무것도 모릅니다. 앞으로도 그럴 거고요."

"글쎄요." 적당한 구석에 자리를 잡고서 일절 끼어들지 않은 채 지켜보기만 하던 캐드펠이 처음으로 입을 열었다. "부인께서는 여전히 아들 설리엔에 대해 전부는 알지 못하시는 것 같군요. 루알드가 아내를 버리고 이 수도원으로 들어왔던 시기로 거슬러 올라가보지요. 당시 설리엔이 품고 있던 감정에 대해 부인은 얼마나 알고 계셨소? 그가 제너리스에게 깊은 연정을 품고 있다는 것을 아셨소? 본래 첫사랑이 제일 절망적인 법이오. 그러다 비참한 상황에 놓인 제너리스가 그에게 의지했다는 것, 그래서 그는 한동안이나마 자신을 괴롭히는 사랑의 열병에 치료약이 있을지 모른다고 기대했다는 것을 알고 계셨소? 사실 약 따위는 없었지만 말이오."

그녀는 고개를 돌려 어두운 눈으로 캐드펠의 얼굴을 뚫어지게 응시하다가 담담하게 입을 열었다. "아뇨, 전 몰랐어요. 그 아이가 루알드의 소작지를 자주 드나든다는 건 알고 있었지요. 어릴 때부터 그래왔고, 그들 부부도 그 아이를 좋아했어요. 하지만 그처럼 극단적인 감정과 상황의 변화가 있었다는 건…… 그래요, 그 아이는 그에 대해 한 마디도 꺼낸 적이 없고 그런 기색도 일절 내비치지 않았습니다. 설리엔은 은밀한 구석이 있는 아이였어요. 유도를 괴롭히는 게 있다면 그게 무엇이든 저도 늘 알았지요. 그 아이는 대낮같이 솔직했으니까. 하지만 설리엔은 달랐어요!"

"어쨌거나 그의 말로는 그랬다 하오. 자신의 망상을 끝내는 게 좋겠다고 마음먹은 뒤로도 과거의 애착 때문에 한동안 여전히 그곳을 드나들었다더군. 그러다 어느 날 어둠 속에서……." 캐드펠이 안타까운 투로 부드럽게 덧붙였다. "그렇소, 제너리스가 매장될 때 그도 그 자리에 있었소."

"저는 전혀 몰랐습니다. 지금 듣고 보니 그런 걱정이 드네요. 그런 비밀을 안고 있는 것이 그 아이로선 얼마나 두려웠을지……."

"많은 일을 설명할 만큼 충분히 두려운 일이었을 거요. 생각해 보시오. 그가 왜 수사복을 입기로 마음먹었겠소? 더구나 슈루즈베리에 있는 이 수도원을 두고 멀리 램지까지 가서 말이오. 그때 부인께선 어떻게 생각하셨소?"

"그 아이를 아는 사람에겐 그리 이상할 것도 없는 일이었죠." 먼 곳을 응시하며 그녀가 쓸쓸한 미소를 비어 보였다. "설리엔은 그러고도 남을 아이였어요. 늘 생각이 많고 무언가에 깊이 빠져 있었으니…… 어쨌거나 당시 그 집에서 원한과 고통을 부르는 일이 벌어졌다면 설리엔으로서는 함께 고통받으며 고민할 수밖에 없었을 겁니다. 제가 그 이유를 알았다면, 설리엔이 이곳을 빠져나가 수도원으로 들어갔다고 그렇게까지 마음 아파하지 않았겠지요. 하지만 전 아무것도 몰랐어요. 그 아이가 거기서 모든 일을 목격했다니…… 그래요, 정말 몰랐습니다."

"그리고 그가 본 것은," 휴가 무거운 침묵 후에 말을 이었다. "바로 자신의 아버지였지요, 제너리스의 시체를 묻고 있는……."

"네, 그랬을 겁니다."

"우리로선 다른 가능성을 생각할 수 없습니다. 하지만 부인께 이렇게 털어놓게 되어 유감이군요. 하지만 대체 어떻게 그런 일이 벌어진 것인지 아직도 전 이해가 되지 않습니다. 그분이 왜, 아니 어쩌다가 그녀를 살해하게 되었을까요?"

"아, 아니에요!" 도나타가 외치듯 말했다. "그런 게 아니에요. 그가 제너리스를 매장한 건 사실이에요. 하지만 그녀를 죽이진 않았습니다. 그 양반이 무슨 이유로 그랬겠어요? 물론 설리엔도 제 아버지가 살인자라 믿었겠지요. 그래서 어떤 희생을 치르더라도 세상에 알려지지 않게 하려 한 거예요. 하지만 사실은 그렇지가 않아요."

"그렇다면 누가……" 휴가 어리둥절하여 물었다. "대체 누가 그녀를 죽였단 말입니까?"

"아무도 아니에요." 도나타가 말했다. "살인자 따윈 없었습니다."

# 14

 모두들 믿기지 않아 한동안 입을 열지 못했으니, 기나긴 침묵 끝에 휴가 물었다. "살인이 없었다면 그처럼 은밀하게 매장한 이유가 뭡니까? 누구의 책임도 아닌 죽음이라면서 왜 숨긴 거죠?"
 "누구의 책임도 없다고 하지는 않았어요." 도나타가 참을성 있게 말했다. "죄가 없다고 하지도 않았고. 그것은 내가 판단할 게 아니니까요. 어쨌든 살인은 분명 없었어요. 내가 여기에 온 것은 진실을 말하기 위해서예요. 판단은 여러분들의 몫입니다."
 지금까지의 모든 일을 설명할 수 있는 유일한 사람, 그러면서도 설명이 필요하다는 사실조차 모르고 지내야 했던 여인이 이야기를 시작했다. 신중하고 권위 있으면서도 다정한 목소리였다. 그녀는 변명이나 회한 없이, 있는 그대로 분명하게 진상을 밝혔다.

"루알드가 수도원으로 떠나겠다 결심한 이후 제너리스는 가엾게도 절망에 빠졌어요. 원장님도 기억하실 겁니다. 그의 결심에 대해 심각하게 의심해보셨을 테고요. 그를 붙잡을 수 없다고 판단하자 그녀는 제 남편에게 간청하러 왔지요. 남편은 그들의 대군주이면서, 그와 친구처럼 지내는 사이이기도 했거든요. 루알드를 만나 그가 큰 잘못을 저지르려 한다는 점을 납득시켜주십사 하더군요. 제 남편은 그녀를 위해 정말로 최선을 다했을 겁니다. 그녀의 입장을 대변해주려고 여러 차례 드나드는 동안 물론 그녀를 위로하기도 했겠지요. 루알드에게 버림받는다 해도 집과 생계를 잃는 일은 없을 거라고 안심시키면서 말이에요. 자기 사람들에게 아주 친절한 양반이었으니까요. 하지만 루알드는 자신의 선택을 바꾸려 하지 않았어요. 그렇게 결국 그녀 곁을 떠났지요. 그러자 그를 말할 수 없이 사랑했던 그녀는……" 도나타는 흥분의 기색 없이 침착하게 말을 이었다. "그만큼 그를 증오하게 되었어요. 그리고 제 남편은 몇 날 며칠에 걸쳐 그 집을 드나들면서 그녀와 자주, 오랜 시간을 함께 보내게 되었지요."

그녀가 잠시 말을 멈추고 미망에서 벗어난 눈빛으로 사람들의 얼굴을 바라보았다.

"자, 제 모습을 보세요, 여러분. 그사이 몇 번 무덤 근처까지 가보긴 했지만 그때와 크게 달라진 것은 없답니다. 당시에도 이미 지금과 같은 꼴이었지요. 벌써 몇 년째 이런 몰골이니까요. 남편과 저는 최소 3년 넘게 잠자리를 가지지 못한 상태였어요. 예, 저한테도 물론 불행한 일이었지요. 그렇지만 남편은 허기질 정도로 절제하면서도 불평 한마디 하지 않았어요. 하긴, 전 지난날의 아름다움을 잃고 껍데기만 남아 시들어가던 상태였으니까요. 그가 몸에 손을 대기라도 할라치면 어김없이 고통이 따랐지요. 그러니 저를 건드리든 금욕하든, 그로서는 똑같이 고통스러웠을 겁니다. 반면에 제너리스는…… 여러분들도 그녀를 본 적이 있다면 생생하게 기억하시겠죠. 정말이지 아름다운 여자였어요. 세상 사람들이 다 그렇게 말했고 저도 물론 그리 생각했습니다. 절세의 미인이 격분과 좌절에 빠져 있었던 거죠. 또한 내 남편과 마찬가지로 애정에 굶주려 있었고요. 제가 지금 여러분을 곤란하게 만들고 있나요?" 그녀가 다시금 세 사람을 둘러보았다. 그들은, 목소리를 높이기는커녕 연민마저 내비치며 이야기를 이어가는 부인의 태도에, 그 침착하면서도 무자비하리만치 허심탄회한 모습에 모두 얼어붙은 상태였다. "그렇지 않기를 바랍니다. 전 그저 모든 일을 명백하게 하고 싶을 뿐이에요. 그래야만 하는 상황이니까요."

"더 애쓰실 필요는 없소." 라둘푸스가 말했다. "이해하기 힘든 일은 아니지만 그렇게 당연한 듯 말씀하시니 조금 당혹스럽긴 하군요."

"아니요, 저는 괜찮으니 신경 쓰실 것 없습니다. 여러분들뿐 아니라 제너리스를 위해서도 제겐 진실을 말해야 할 의무가 있어요. 어쨌거나, 그는 그녀를 사랑하게 되었어요. 그녀도 그를 사랑했고요. 간단하게 말씀드리겠습니다. 그들은 서로 사랑했고, 저 또한 그 사실을 알고 있었어요. 다른 사람은 아무도 몰랐지요. 그 두 사람…… 전 그들을 탓하지 않아요. 그렇다고 용서한 것도 아니지만요. 제 남편이잖아요. 25년 동안 그를 사랑해왔고, 비록 빈껍데기가 되었을지언정 그 사랑이 작아진 건 아니었어요. 예, 그는 제 사람이었어요. 그를 다른 여자와 공유한다는 건 견디기 힘든 고통이었죠." 그녀는 잠시 말을 멈추었다가 다시 입을 열었다. "자, 이제부터는 1년 전 그날 있었던 일을 말씀드려야겠군요. 당시 저는 캐드펠 수사님이 보내주신 약을 쓰고 있었어요. 통증이 너무 심해질 때면 그 약을 먹었죠. 양귀비즙이 큰 도움을 주었던 건 맞지만, 어느 정도 시간이 지나자 그 마력도 듣지 않더군요. 몸이 약에 익숙해져서인지, 아니면 몸속의 악마가 점점 강해졌던 탓인지는 모르겠지만요."

"약효가 사라지는 경우는 나도 종종 보았소." 캐드펠이 침울하게 말했다. "고통이 정도를 넘으면 치료 효과가 사라지지."

"그래요. 그 약마저 효과가 없다면 남은 치유책은 하나뿐이지요. 주님께서는 그 방법을 엄격하게 금하지고 계시지만요. 그럼에도 불구하고……" 도나타가 거침없이 말을 이었다. "저는 죽음을 생각해보았습니다. 끔찍한 죄악이라는 건 잘 알고 있어요, 원장님. 그런데도 그 생각을 멈출 수 없더군요. 하지만 캐드펠 수사님을 찾아갈 수는 없었어요. 만일 그랬다 해도 제게 그 약물을 내주시지 않았겠지요. 게다가 저 자신도 목숨을 쉽게 내던질 용기가 나지 않았고요. 그럼에도 육체의 짐이 제가 감당할 수 없을 만큼 무거워지는 순간이 오리라 생각했기에 아주 적은 양이라도 제 곁에 두고 싶었습니다. 자그만 구원의 약병, 평안의 약속을요. 복용하지 않을 수도 있겠지만 일종의 부적처럼 곁에 두고 싶었지요. 최악의 상황…… 극한 상황에 이를 경우 그 약병을 그저 만져보는 것만으로 위안을 얻을 수 있을 것 같았거든요. 달아날 길이 남아 있다는 뜻이니까. 그게 비난받을 일일까요, 원장님?"

"나한테 가타부타 할 권리가 있는지 잘 모르겠소." 꼼짝 않고 침묵을 지키던 라둘푸스 원장이 불쑥 입을 열었다. 그 고통의 깊숙한 곳을 들여다본 듯, 그는 한 차례 깊이 숨을 들이켰다. "당신이 지금 이 자리에 있으니 그 유혹을 잘 버텨냈다는 얘기겠지. 악의 유혹을 이겨내는 것이야말로 인간들에게 요구되는 가장 무거운 임무요. 하지만 부인께서는 기독교 신자의 영혼 앞에 열려 있는 또 다른 위안에 대해서는 언급하지 않는구려. 내가 알기로 부인 교구의 사제는 아주 덕망 높은 사람이오. 그 사제에게 부인의 짐을 조금이라도 덜어줄 기회를 준 적이 있소?"

"예, 이드머 신부님은 좋은 사제이자 아주 특별한 분이시지요." 도나타가 엷은 미소를 띤 채 조심스레 대답했다. "그리고 제 영혼이 그분의 기도 덕을 보고 있는 것도 물론이고요. 하지만 고통은 여기 제 육체 안에 있고, 아주 요란한 목소리를 가졌어요. 그 악마가 얼마나 으르렁대는지 때로는 '아멘!' 하는 제 목소리조차 들리지 않을 때도 있지요. 그래요, 그게 옳든 그르든, 저는 다른 구원책을 찾아 두리번거렸어요."

"이것이 당장 필요한 얘기인가요?" 휴가 조용하게 물었다. "부인께 결코 유쾌한 기억은 아닐 텐데요. 이러다가는 기력이 다 빠질 겁니다."

"필요하고말고요. 곧 알게 되실 테니 이야기를 끝낼 때까지 조금만 참아주세요." 그녀가 다시 지난해의 기억을 끄집어냈다. "마침내 저는 제 나름의 부적을 손에 넣었어요. 그땐 제가 아직 돌아다닐 수 있을 때였지요. 수도원에서 여는 장이나 시장에 나가 상점들을 돌아다닌 끝에 어느 떠돌이한테서 원하던 것을 얻었습니다. 늙은 여자였으니 지금쯤은 죽었을지도 모르겠네요. 그후로는 그녀를 보지 못했고, 보고 싶지도 않았어요. 어쨌든 바로 그 여인이 제가 원하던 것을 구해주었지요. 아주 작은 유리병에 담긴 한 모금의 물약, 저를 고통과 세상에서 해방시켜줄 구세주를요. 마개만 단단히 막아놓으면 약효를 잃지 않을 거라더군요. 떠돌이 노파는 제게 그 약의 특성에 대해 얘기해주었어요. 극소량을 쓸 경우 다른 약으로는 듣지 않는 통증도 가라앉혀주지만, 그 이상을 쓰면 통증과 함께 생명마저 영원히 끝장낼 거라고요. 그 약은 다름 아닌 독미나리의 즙이었어요."

"아주 위험한 약초예요." 캐드펠이 씁쓸하게 말했다. "심지어 환자가 생명을 포기할 의도가 없는 경우에도 그런 효과를 발휘하곤 하지요. 나는 그 약초를 절대로 쓰지 않습니다. 위험 부담이 너무 크거든요. 외용 물약 형태로 만들어 궤양이나 부종, 각종 염증을 치료할 수도 있겠지만, 그보다는 다른 안전한 약들을 쓰는 편이 나아요."

"하지만 제가 찾던 안전은 종류가 다른 것이었으니까요. 부적과도 같은 그 약을 얻은 뒤로 저는 늘 그걸 곁에 두었어요. 고통이 극에 달할 때 종종 손을 뻗곤 했지만 매번 마개를 뽑지 못했지요. 제게 그건 그저 곁에 있다는 사실만으로도 큰 힘이 되는 버팀목과도 같았어요. 조금만 더 들어주세요, 곧 본론으로 들어갈 테니까. 작년 그 시기, 우리 집 양반이 제너리스와 사랑에 빠져버렸을 때 저는 그녀의 오두막을 찾아갔어요. 유도가 장원 일로 외출한 어느 오후를 틈타 몰래 나갔죠. 좋은 포도주 한 병과 잔 두 개, 그리고 그 약병을 가지고 갔습니다. 그러곤 그녀에게 내기를 하자고 제안했지요."

그녀가 말을 멈추고 숨을 들이켜더니, 오랫동안 꼼짝 않고 유지해온 자세를 약간 편하게 바꾸었다. 곁에 있던 세 사람 모두 실낱같이 이어지는 그 이야기를 끊고 싶은 마음이 없었다. 그들이 가정했던 모든 것은 이미 그녀의 냉담하고 초연한 태도에 의해 바람에 쓸리듯 깨끗이 날아가고 없었다. 도나타는 무심하리만치 흔들림 없고 조용한 어조로 고통과 정열을 이야기했으니, 그저 모든 일을 한 점 의혹 없이 명백하게 밝히는 데만 온 관심이 쏠려 있는 듯했다.

"저는 그녀의 적이 아니었어요. 우린 오랫동안 친밀하게 지냈고, 루알드에게 버림받았을 때 그녀가 느꼈을 분노와 좌절을 저역시 충분히 공감하고 있었지요. 그건 증오나 질투, 악의의 감정이 아니었어요. 우리 둘 다 한 남자에게 권리를 구속당한 채 꼼짝없이 매여 있는 여자들이었고, 그를 공유해야 하는 이 상황을 견디지 못한다는 점에서도 똑같았어요. 저는 그 덫에서 벗어날 방법을 그녀 앞에 제시했습니다. 두 개의 잔에 포도주를 따르고, 그 중 하나에 약을 타자고 했어요. 만일 제가 죽는다면 그녀는 제 남편을 온전히 가질 수 있을 것이며, 그녀가 그에게 행복을 줄 수 있다면 저로서도 진심으로 만족했을 겁니다. 저 자신은 그렇게 할 능력을 상실한 몸이니까요. 그리고 만일 그녀가 죽는다면, 저는 비참한 인생이나마 끝까지 살아낼 것이며 고통을 줄일 방법도 다시는 찾지 않겠다고 그녀 앞에 맹세했지요."

"그래서, 제너리스가 그 제안에 동의했습니까?" 휴가 믿을 수 없다는 듯 물었다.

"그녀도 저 못지않게 지독하고 대담하고 의지가 굳은 사람이었어요. 그리고 가진 것과 가지지 못한 것 때문에 고통받고 있었지요. 그래요, 그녀도 동의하더군요. 아주 흔쾌히."

"하지만 그 일을 공정하게 진행하기가 쉽지 않았을 텐데요."

"속임수를 쓸 생각만 없다면 아주 쉬운 일이지요." 그녀가 진솔한 태도로 말을 이었다. "먼저 그녀가 방에서 나갔고, 저는 두 개의 잔을 똑같이 채운 뒤 한쪽에 약을 넣었어요. 그런 다음엔 제가 밖으로 나갔고요. 도공의 땅 저 아래까지 내려갔지요. 그 사이 그녀는 나란히 놓인 두 잔을 옮겨 하나는 찬장 위에, 다른 하나는 탁자 위에 놓았어요. 이어 밖으로 나와 저를 불렀고, 저는 안으로 들어가 잔을 선택했지요. 그러니까 6월 28일, 아름다운 한여름 날이었어요. 목초지에 활짝 피어난 꽃들이며, 오두막으로 다시 돌아가는 제 치마에 달라붙어 번쩍거리던 은빛 꽃씨들이 똑똑히 기억나네요. 그렇게 우리는 다시 방 안에 마주 앉아 편안히 각자의 포도주를 마셨습니다. 그러곤 서로 헤어지기로 합의했지요. 그 약물이 들어가면 발끝에서부터 시작해 몸 전체가 굳어진다는 것을 알고 있었거든요. 우리는 하느님이—감히 하느님을 언급해도 될까요, 원장님? 아니면 그저 운이나 운명이라 해야 할까요?—우리 중 누구를 택하시든 각자의 집에서 죽자고 했어요. 분명히 말씀드리지만, 원장님, 전 하느님을 잠시도 잊지 않았어요. 하느님의 명부에서 제가 삭제되었으리라 생각지도 않았고요. 집으로 간 저는 실을 자으며 기다렸지요. 한 시간 두 시간—약효가 금방 나타나지는 않거든요—그렇게 지나다 보면 곧 손에 마비가 오고 물렛가락 위의 실을 더듬게 되려니 생각했어요. 그러나 계속 제 손은 실을 자았고, 민첩함에도 변화가 없더군요. 냉기가 발을 엄습하고 발목으로 올라오기를 기다렸지만 한기나 불편함은 전혀 느껴지지 않았고 숨 쉬는 데도 아무 지장이 없었어요."

그녀가 깊은 한숨을 내쉬고는 벽에 머리를 기대었다. 줄곧 짊어진 채 살아온 무거운 짐을 마침내 내려놓은 듯 홀가분한 표정이었다.

"당신이 그 내기에서 이겼군." 수도원장이 비통함이 깃든 낮은 목소리로 말했다.

"아니요. 제가 진 것이지요." 이어 그녀가 덧붙였다. "깜박하고 말씀드리지 않은 게 있네요. 헤어질 때 우리는 자매처럼 입맞춤을 나누었답니다."

\*

이야기는 더 남아 있었다. 도나타는 조리 있게 끝까지 이어가고자 힘을 모으려 애썼고, 그러느라 침묵이 몇 분간 계속되었다. 휴가 자리에서 일어나 수도원장의 탁자 위에 놓여 있던 병에서 포도주를 한 잔 따라 언제든 마실 수 있도록 그녀의 곁에 두었다. "많이 지치셨어요. 잠깐 쉬시는 게 어떨까요? 부인께서 여기까지 오신 목적은 이미 달성되었습니다. 필요한 말씀은 모두 하셨으니까요. 그래요, 어쨌거나 살인은 아니었습니다. 하지만 그렇다고 다른 무엇이라 명확히 말할 수도 없군요"

그녀가 인자하고 너그러운 눈길로 그를 올려다보았다. 불과 마흔다섯의 나이였으나 흡사 백 년을 살아온 이의 눈빛이었다. 온갖 형태의 비극들이 망각 속으로 사라져가는 것을 목격한 사람. 그녀는 지금 모든 젊은이들에게 그러한 아련함을 느끼고 있었다.

"고맙긴 하지만 이 일을 털어놓으니 한결 나아진 기분이에요.

내 건강은 신경 쓸 것 없어요. 일단 얘기를 끝맺게 해줘요. 그런 다음에 쉴 테니." 그녀는 휴가 가져다 놓은 잔을 잡고서, 그 대수롭지 않은 무게에도 파르르 떨리는 자신의 손목을 바라보았다. 그녀가 포도주를 마시는 동안 휴가 줄곧 잔을 받쳐주어야 했다. 붉은 포도주가 그녀의 재색 입술을 한순간 피로 물들이는 듯했다.

"거의 다 됐어요! 그날 남편이 집에 돌아왔을 때, 저는 우리가 한 짓을 털어놓고 죽음의 운명이 내게 떨어지지 않았다고 말했어요. 그 일을 숨길 생각은 전혀 없었죠. 솔직히 말해 증인이라도 기꺼이 세우고 싶었지만 그가 용납하지 않더군요. 사랑하는 여인을 잃었음에도 불구하고 저나 자신의 명예, 아들들의 명예를 지키고 싶었던 거예요. 그날 밤 그는 혼자 나가 그녀를 묻어주었어요. 그때 자기만의 깊은 슬픔에 빠져 있던 설리엔이 오두막으로 가다가 장례식을 치르고 있는 그를 발견했지요. 하지만 남편은 그 사실을 전혀 몰랐어요. 제게 그녀를 발견했던 당시의 상황을 들려주었는데, 마치 잠든 것처럼 침대 위에 누워 있었다더군요. 마비가 시작되자 침대에 누워 죽음이 찾아올 때까지 기다렸던 모양이에요. 그녀가 지니고 있던 그 자잘한 물건들, 그녀의 이름과 존재를 밝혀줄 물건들은 모두 그가 가지고 와서 보관했어요. 제게 비밀로 하지도 않았죠. 우리 두 사람 사이에는 비밀도 증오도 이미 사라진 상태였어요. 그저 슬픔만이 함께했지요. 그가 제가 한 짓을 끔찍한 범죄라 여기고—충분히 그렇게 생각할 수 있겠지요—그 때문에 혹시 제게 무슨 일이 생길까 우려하여 그것들을 챙겨 온 건지, 아니면 그녀의 유품을 보관하고 싶은 마음에, 즉 자기 자신을 위해서 가져온 것인지 저로서는 여전히 알 길이 없어요.

모든 것이 다 흘러가듯 그 일도 이제 지난 일이 되어버렸습니다. 제너리스가 사라졌지만 아무도 우리를 의심의 눈으로 바라보지 않았어요. 감히 상상도 못 했겠지요. 그녀가 자기 뜻으로 연인과 함께 떠나버렸다는 얘기가 어떻게 나왔는지는 모르겠는데, 어쨌거나 다들 그 소문을 믿었어요. 그러다 설리엔이 제일 먼저 그 일에서 벗어나 도망쳤습니다. 장남 유도는 루알드나 제너리스와 가깝게 지낸 적이 없어요. 그쪽 들판에서 마주치거나 같이 나룻배를 타면 짧게 인사나 나누는 정도였지요. 장원 일이며 결혼 준비로 워낙 바쁘게 지내느라 그 집안의 고통을 들여다볼 겨를도 없었고요. 그러나 설리엔은 달랐어요. 그 아이가 램지로 들어가겠다고 하기 전부터 뭔가 불편해 보인다는 걸 저도 눈치채고 있었죠. 이제야 알게 되었지만 설리엔은 제가 생각했던 것보다 훨씬 심각한 이유로 고민하고 있었던 거예요. 하지만 그 아이가 떠나자 남편의 마음은 더 무거워졌고, 결국은 도공이 땅 근처에 가거나 그녀가 살았고 묻혀 있는 그 땅을 바라보는 것조차 힘들어하게 되었지요. 그래서 땅을 처분할 생각으로 호먼드에 기증했습니다. 그 일이 마무리되자 옥스퍼드의 스티븐 왕에게 합류하러 떠났고요. 그다음 남편에게 어떤 일이 있었는지는 여러분들도 잘 아실 겁니다."

이어 도나타가 라둘푸스를 바라보며 격식을 차려 말했다. "원장님, 저는 자백의 특권을 요구할 생각이 없습니다. 법이든 교회든 저를 심판할 자격이 있는 이들에게 숨길 것이 없고 그러고 싶지도 않기 때문입니다. 제가 여기 있으니 당신들 생각대로 처분하십시오. 저는 살아 있는 그녀를 속인 적이 없으니, 그것은 공정한 내기였습니다. 또한 죽어 있는 그녀를 속인 적도 없습니다. 그동안 쭉 제 맹세를 지켜왔으니까요. 상태가 어떻든 저는 절대로 통증 완화제를 쓰지 않습니다. 제 여생 하루하루를 다 바쳐 끝까지 벌을 치르겠습니다. 보이는 바와 달리 저는 강하답니다. 끝을 보려면 아직 먼 길이 남아 있는지도 모르지요."

그렇게 이야기는 끝났다. 도나타는 말없이 앉아 휴식을 취했는데, 비교적 편안해진 그 얼굴에는 야릇한 만족감 같은 것이 떠올라 있었다. 멀리 마당 건너편 식당 쪽에서 정오를 알리는 종소리가 울려 퍼졌다.

*

왕의 대리인과 신의 대리인은 잠시 눈길을 주고받는 것으로 협의를 끝냈다. 두 사람 가운데 누가 먼저 입을 열까? 캐드펠은 생각했다. 사건이 매우 기이한 경우였으므로 양 책임자 중 누구에게 우선권이 있는가도 애매한 상황이었다. 범죄는 휴의 소관이며 죄악은 수도원장의 소관이지만, 당사자인 두 여인의 감정과 상황이 풀기 어려우리만치 서로 애처롭게 얽혀 있는 마당에 그런 것을 어떻게 구분해낼 수 있겠는가? 제너리스도 죽었고 유도도 죽은 지금, 여기서 더 캐고 들어간들 무슨 의미가 있을까? 죽은 자들 각자가 자기 죄의 대가를 치러야 한다고 말했을 때 도나타는 자신의 죄 또한 염두에 두고 있었을 것이다. 조금씩, 아주 조금씩 다가오는 죽음이 바로 그녀의 몫이었다. 이제 최후의 날도 얼마 남지 않았으리라.

"보아하니……" 먼저 입을 연 사람은 휴였다. "저로서는 이 사건에 개입할 권한이 없는 것 같군요. 옳든 그르든, 과거에 있었던 그 일은 살인이 아니었습니다. 죽은 이를 축복도 없이 몰래 매장한 게 죄라면 죄겠으나, 그 죄인조차 이미 죽어버렸지요. 이제 와 그의 불명예를 세상에 알린다고 하여 국왕의 법이나 우리 주님의 뜻에 도움이 되는 것도 아니고요. 게다가 부인의 고통을 더 하려 하거나 아무것도 모르는 상속인에게 고민을 안겨주고자 하는 사람도 없을 것입니다. 저는 이 사건이 미해결 상태로 종결되었음을 선언하는 바이며, 설사 제가 질책을 받을지언정 그대로 덮어두려 합니다. 저 역시 다른 이들과 마찬가지로 오류를 범하기 마련인 인간임을 인정합니다. 다만 반드시 해결해주어야 할 요구들이 있는바, 제너리스가 어떻게 죽음에 이르렀는지는 밝히지 않을지언정 그 시신의 주인이 제너리스라는 사실만큼은 발표해야 할 것입니다. 이름을 되찾을 권리가, 또 그곳이 자신의 무덤이었음을 밝힐 권리가 그녀에겐 있으니까요. 루알드 역시 그녀의 사망을 확인하고 적절히 애도할 권리가 있습니다. 시간이 가면 사람들은 그 일을 과거에 묻고 잊겠지요. 아마도 설리엔을 제외하면 말입니다."

"퍼넬도 있지요." 도나타가 말했다.

"그렇군요, 퍼넬도. 그녀도 이미 내막의 절반을 알고 있으니까요. 그들에겐 어떤 식으로 이야기하는 게 좋을까요?"

"진실을 말해주세요. 진실을 알지 못한 채 그 아이들이 어떻게 편안할 수 있겠어요? 그들은 진실을 알 자격이 있으며, 또 견뎌낼 수도 있을 겁니다. 다만 제 장남에게는 함구해주세요. 그 아이만큼은 아무것도 모른 채 살아가도록 내버려두고 싶군요."

"오늘 여기에 다녀가신 것에 대해서는 어떻게 설명하시려고요?" 휴가 현실적인 질문을 던졌다. "유도는 부인께서 여기 오신 것도 모르겠지요?"

"그래요, 그 아이는 오늘 아침 일찍 외출하고 없었거든요." 그녀가 희미한 미소를 띠며 고개를 끄덕였다. "아무 탈 없이 돌아가면 어렵잖게 화해할 수 있을 겁니다. 그저 노인네가 노망이 났나 보다 여기겠지요. 제하네는 제가 나온 것을 알고 있어요. 만류하려고 애썼지만 내가 고집해서 나왔으니 유도도 아내를 나무라진 못할 겁니다. 제하네한테는 성 위니프리드의 성소에 가서 기도를 올릴 생각이라고 말했지요. 그리고 원장님, 돌아가기 전에 정말로 기도를 드리고 싶습니다. 제가 집으로 가도 된다면요."

"저는 물론 허락합니다." 휴가 자리에서 일어나며 말을 이었다. "하지만 그 전에, 원장님께서 동의하신다면 부인의 아드님을 이리로 데려오고 싶군요."

휴는 수도원장의 대답을 한참이나 기다려야 했다. 저 엄격하고 올곧은 마음에 지금 어떤 생각이 스치고 있을지, 캐드펠은 어느 정도 짐작할 수 있었다. 삶과 죽음을 두고 흥정한다는 것은 자살 못지않은 죄악이요, 그런 내기를 받아들이게끔 이끈 절망도 그 자체로 커다란 죄악이다. 그러나 죽은 여인의 마음은 연민과 고통에 시달렸으며, 수도원장의 눈앞에 있는 산 여인은 스스로 부과한 벌칙을 굳게 지키느라 무자비한 극기를 시험당하며 지루하게 죽음을 기다리고 있었다. 아직은 그녀를 심판할 때가 아니었다.

"그렇게 하시오!" 마침내 라둘푸스가 입을 열었다. "나는 용서할 수도, 그렇다고 유죄 판결을 내릴 수도 없소. 확신이 없을 때는 어둠보다 빛 쪽을 돌아봐야 하는 법이지. 하느님께서 참회를 원하신다면, 부인 자신이 바로 그 참회의 길이오. 나는 나머지 모든 것에 대해 은총을 빌어줄 뿐이오. 이미 상처 입은 이들이 충분히 나왔으니 더 이상의 고통은 없도록 해야 할 것이오. 이제 알 권리를 지닌 몇 사람에게만 알려 평안을 주고, 그 외에는 일절 말이 나지 않도록 합시다. 좋소, 휴, 가서 그 청년을 데리고 오시오. 이 처참한 어둠에 고맙게도 빛을 던져주었다는 그 젊은 여인도 함께. 그리고 부인은 일단 우리 수도원에서 식사를 한 뒤 휴식을 취하시구려. 그런 다음 우리가 성 위니프리드의 제단까지 안내하겠소."

"댁까지는 제가 무사히 모셔다 드리겠습니다." 휴가 말했다. "부인은 설리엔과 퍼넬에게 필요한 일을 하십시오. 루알드 수사에게 필요한 조치는 원장님께서 해주실 것입니다."

"가능하다면 제가 루알드를 만나보고 싶습니다만……." 캐드펠이 불쑥 나섰다.

"물론 허락하오." 라둘푸스가 말했다. "저녁 식사가 끝나거든 식당에서 그를 찾아 알리시오. 제너리스와 관련한 사건이 평안 속에 끝났다고."

그들이 각자 맡은 일은 그날이 가기 전에 모두 처리되었다.

*

그들은 교회 묘지의 높다란 담장 아래 서 있었다. 주로 겸손한 평신도 후원자들이나 수도원 집사들, 착실한 일꾼들이 묻히는 안쪽 깊숙한 귀퉁이 자리였다. 아직 흙도 완전히 자리 잡지 않은 나직한 무덤 속에 한 여인이 누워 베네딕토회의 인정 속에 잠들어 있었다.

저녁기도가 끝난 뒤 캐드펠은 루알드와 함께 밖으로 나왔다. 쌀쌀한 날씨에 보슬비가 내려 지면은 물기를 살짝 머금고 있었다. 해도 많이 짧아져 날이 이미 어두웠다. 그들은 담장 밑 축축한 풀밭에 단둘이 섰다. 쇠락해가는 이파리들의 흙내와 우수 어린 가을의 정취가 그들을 감쌌다. 고통이 사라진 우수, 고뇌와 비탄의 시간을 보내고 난 영혼의 관대함이 느껴지는 듯했다. 그래서인지, 이곳에 이장된 정체불명의 시신이 자신의 아내임을 알았을 때 루알드가 크게 놀라는 기색을 내비치지 않은 것도 그리 이상하게 여겨지지 않았다. 설리엔이 옛 친구를 걱정하여 어리석게도 거짓 이야기를 꾸며냈다는 사실도 그는 당혹감 없이 받아들였다. 그녀가 어떻게 죽었는지, 무슨 이유로 의식도 치르지 못한 채 비밀리에 매장되어야 했는지, 그 내막을 밝혀낼 희망이 완전히 사라졌다는 얘기를 듣고도 줄곧 평온한 얼굴이었다. 모든 서약을 충실히 행해온 루알드는 복종의 의무 역시 절대적으로 받아들였다. 자신이 들은 내용이 무엇이든, 그에게는 그것이 최선이었다. 따라서 그는 질문하지 않았다.

"캐드펠 수사님." 제너리스의 무덤을 덮은 새 잔디를 내려다보며 생각에 잠겨 있던 그가 말했다. "이상한 것은, 이제야 아내의 얼굴이 다시 또렷하게 떠오른다는 점입니다. 처음 이곳에 들어왔을 때의 저는 열병에 시달리는 사람과도 같았지요. 그저 제가 갈망하는 것만 익식하고 있었습니다. 그녀가 어떤 모습이었는지도 전혀 생각나지 않았어요. 제너리스의 존재는 물론 그 전의 제 인생 전체가 이 세상에서 사라져버린 듯했지요."

"너무 강렬한 빛을 들여다보노라면 그렇게 되지." 캐드펠은 무심히 대꾸했다. 그 자신은 그러한 눈부심을 느껴본 적이 없는 터였다. 그는 자신의 판단력에 따라 행동했고 선택했다. 결코 쉬운 선택은 아니었지만 신중을 기했고, 두 발로 견고한 땅을 디디며 견습 수사의 길을 걸었을 뿐, 축복에 취해 있지는 않았다. "그 자체로는 아주 멋진 경험일 거요. 하지만 시력에는 좋지 않지. 너무 오래 들여다보게 되면 눈이 멀 수도 있소."

"그래도 이제는 그녀가 똑똑히 보여요. 분노와 원한에 찬 마지막 모습이 아니라, 예전에 우리가 함께 살 때 보았던 그 모습…… 젊은 여인의 모습이…….” 경이로 가득한 목소리였다. "예전에 제가 알고 행했던 모든 것들이 그녀와 함께 되살아납니다. 그 땅과 가마, 제자리에 잘 정돈되어 있던 온갖 자잘한 도구들…… 참으로 아늑한 곳이었지요. 산마루에 서면 강과 그 너머까지 다 보였어요."

"지금도 마찬가지요. 물론 땅은 이제 다 갈리고 둔덕을 덮었던 덤불도 베어졌지만 말이지. 들판에 만발하던 꽃들이 그리울 거요. 목초지의 풀들이 무르익는 한여름의 나방들도 보고 싶을 테고. 하지만 곧 이랑을 따라 어린 새싹들이 움틀 것이고, 언덕배기의 새들도 여전하겠지. 그래, 참으로 좋은 곳이오."

두 사람은 돌아서서 젖은 풀을 헤치며 총회장 쪽으로 걸어 나왔다. 푸르스름한 어스름 속에 반쯤 벌거벗은 촉촉한 나뭇가지들이 눈에 들어왔다.

"시신이 수도원 땅에서 발견되지 않았다면," 루알드가 두건 속에 얼굴을 깊숙이 묻은 채 말했다. "그리고 부모와도 같이 그 몸을 돌봐준 수사님들이 없었더라면 제너리스는 축복받은 땅에 이렇게 자리 잡을 수 없었을 겁니다. 성 일투드가 아무 죄 없는 아내를 암흑 속으로 내몰았듯 저 역시 죄 없는 제너리스를 버렸는데, 결국 하느님께서 그녀를 우리 교단의 품으로 데려와 남 부러울 것 없는 무덤을 마련해주셨군요. 제가 학대하고 등한시했던 사람을 수도원장님께서 받아들여 축복해주셨어요."

"우리의 정의라는 것은 간혹 거울에 비친 모습으로 나타나는지도 모르오." 캐드펠이 말했다. "오른쪽 모습이 있어야 할 자리에 왼쪽 모습이 있고, 악이 선으로, 선이 악으로 비쳐지기도 하지. 형제의 천사가 그녀에겐 악마였을 수도 있소. 하지만 서두르지 않는 한 하느님의 정의는 결코 실수가 없는 법이지."

# 주

**1 스티븐 왕** King Stephen(1092 또는 1096~1154)
정복왕 윌리엄 1세의 외손자이며 잉글랜드 노르만 왕조의 네 번째 국왕. 외숙부이자 잉글랜드 왕인 헨리 1세가 살아 있을 때 헨리 1세의 딸인 모드 황후의 왕위 계승을 돕겠다고 서약했으나 1135년에 헨리 1세가 죽자 약속을 깨고 잉글랜드 군주의 자리를 차지했다.

**2 모드 황후** Empress Maud(1102~1167)
마틸다(Matilda of England)라고도 불린다. 정복왕 윌리엄의 아들인 헨리 1세의 딸로, 신성로마제국 황제 하인리히 5세와 결혼했다가 그가 죽은 뒤 앙주 백작 조프루아 5세와 재혼해 헨리 2세를 낳았다.

**3 로버트 페넌트 부수도원장** Prior Robert Pennant(?~1168)
12세기 전반에 슈루즈베리 수도원의 부수도원장을 지냈고, 1148년부터 1168년까지 슈루즈베리 수도원의 수도원장을 지냈다. 성 위니프리드의 귀더린 순례를 담은 『성 위니프리드의 생애』를 남겼다.

**4 글로스터의 로버트 백작** Earl Robert of Gloucester(1090~1147)
헨리 1세의 서자이자 모드 황후의 이복형제로, 1135년 스티븐 왕이 왕위를 찬탈한 이후 모드 황후의 편에서 싸웠다.

5   세인트메리 교회 Saint Mary's Church
970년 에드거 왕에 의해 만들어진 교회. '노르만의 정복' 이후 왕실의 종교 변화에 따라 우여곡절을 거치며 여러 차례 파괴와 복구를 겪었다. 빅토리아 시대에 전면 재건축되었으며, 현재 슈루즈베리에서 가장 큰 규모의 교회로 알려져 있다.

6   세인트자일스 Saint Giles
슈롭셔의 교회이자 구호소. 설립 시기는 12세기경으로 추정된다. 1857년까지 슈루즈베리 수도원의 사제가 파견되어 이곳의 일을 도맡았다.

7   제프리 드 맨더빌 Geoffrey de Mandeville(?~1144)
스티븐 왕 밑에서 런던탑을 관리했으나 링컨 전투 당시 모드 황후 측으로 돌아서서 많은 재산과 땅을 차지하게 되었다. 이후 석방된 스티븐이 런던탑 관리 권한과 토지를 몰수하자 반발하여 반란을 일으켰다.

8   베네딕토회 Benedictine
베네딕토 규칙을 바탕으로 공동생활을 하는 가톨릭 공동체. 6세기 '누르시아의 베네딕토(성 베네딕토)'가 몬테 카시노에 창설하여 전 유럽에 퍼진 수도회의 일파다. 청빈, 순결, 복종을 맹세하고 규율이 매우 엄격한 삶을 강조했다. 집단적인 예배도 중요시하여, 수사들은 하루에 일곱 번씩 모여 찬송하고 기도하는 성무일도를 수행했다.

9   슈루즈베리 성 베드로 성 바오로 수도원 the Shrewsbury abbey of Saint Peter and Saint Paul
잉글랜드 슈롭셔주에 위치한 수도원으로, 원래 성 베드로에게 헌정된 작은 목조 교회였으나 11세기 후반 성 베드로와 성 바오로 두 사도에게 헌정된 석조 건물로 개축되었다.

10 오아인 귀네드Owain Gwynedd(1100~1170)
아버지 그루퍼드 압 시난의 뒤를 이어 1137년부터 귀네드를 통치했다.

11 성 위니프리드 Saint Winifred
홀리웰에 살았던 위니프리드에 관한 이야기는 중세 전설에 근거를 두고 있다. 그녀는 성 베이노의 조카이자 테비트라고 불리는 기사의 외동딸이었다. 크래독 왕자가 그녀를 겁탈하려 하자 달아났고, 분노한 왕자는 그녀의 목을 잘랐다. 하지만 성 베이노가 그녀를 되살렸고 새 생명을 얻은 위니프리드는 로마로 순례를 떠났다가 웨일스로 돌아와 귀더린 수녀회의 수도원장이 되었다고 전한다.

캐드펠 수사 시리즈 17
욕망의 땅

초판 1쇄 발행. 2001년 9월 15일
개정판 1쇄 발행. 2025년 6월 30일

지은이. 엘리스 피터스
옮긴이. 송은경
펴낸이. 김정순
편집. 홍상희 허영수
마케팅. 이보민 손아영

펴낸곳. (주)북하우스 퍼블리셔스
출판등록. 1997년 9월 23일 제406-2003-055호
주소. 04043 서울시 마포구 양화로 12길 16-9(서교동 북앤빌딩)
전자우편. editor@bookhouse.co.kr
홈페이지. www.bookhouse.co.kr
전화번호. 02-3144-3123
팩스. 02-3144-3121

ISBN. 979-11-6405-313-1  04840


옮긴이. 송은경
서울대학교 영어영문학과를 졸업하고 교직 생활을 거쳐 전문 번역가의 길을 걸었다.
옮긴 책으로 『남아 있는 나날』 『인생은 뜨겁게』 『블랙베리 와인』 『런던통신 1931-1935』
『게으름에 대한 찬양』 『인간과 그 밖의 것들』 『나는 왜 기독교인이 아닌가』
『중동의 평화에 중동은 없다』 『프리메이슨 코드』 『지중해 기행』 『한나의 가방』
『프로방스에서의 1년』 『위로의 편지』 등이 있다.